U0130870

你　不認識
雪的顏色

楊煉

著

獻給友友，
風雨同舟唯一人

目次

《你不認識雪的顏色》緣起

二〇一五年，當我編輯好《楊煉創作總集一九七八——二〇一五》十卷本（大陸上海華東師範大學出版社九卷，台灣秀威出版公司一卷），準備開始下一部寫作時，恰好獲得德國博世基金會（Bosch Stiftung）「華德無界行者」專門為資助中、德交流寫作提供的獎金，從而開始創作這部兼有回憶錄和思想遊記性質的作品《你不認識雪的顏色》。

主題與構思

自文革結束以來的過去四十年，中文詩始終處於社會、文化、語言轉型的中心位置。而這個時期，經濟變化之疾速、文化衝撞之錯綜、社會變革之深刻，都在詩歌中留下清晰印記。但同時，作為詩歌語境的時間和記憶，也在或自然或人為地急速流失，倘若不抓緊記錄這個最精采的激變時代，可以想見，一兩代之後的讀者，將視我們的詩歌如孤懸風中的字句，留給他們猜謎。

《你不認識雪的顏色》是朦朧詩一代詩人中，第一部以自己生活和寫作貫穿，給過去三十多年畫出一幅精神肖像的著作。我選擇對我人生中最重要的兩個「點」：北京（我生長之處）和柏林（我現居之處）為軸，在時空中穿越，把我個人、家庭、寫作、思考、國內經歷、海外漂流納入其中，與我的詩作互為映照，讓詩作和人生成為雙重文本，互相注解，其主題，可以用我的自傳體長詩《敘事詩》主題概括：大歷史深刻纏結個人經歷，（因此）個人內心構成歷史的深度。

寫作風格和形式

《你不認識雪的顏色》，全書共二十六章，構成這部我稱之為「自傳體大散文」的作品。其結構、形式、語言，與我其他所有作品的風格判然有別，它不是詩作，不是事無巨細一一羅列的回憶錄，不是純理論性思辨文字，而是地地道道的敘事散文文體，純粹由故事、人物、細節編織而成，希冀以活生生的人物、生動可感的事件、好看細緻的文字，講述我們的動盪人生，展示積蘊於詩作的能量，來自何種源頭？又如何在詩人內心發育完成？以此追問中國詩人，該如何通過自我挑戰，艱難（而美麗地）成熟為「全球意義的中文詩人」。

本書海外版

由於大陸政治環境對出版的限制，《你不認識雪的顏色》分為大陸、海外兩個版本。海外版與大陸版的區別在於：一，保留各章文本中完整的政治表述；二，包括兩個大陸版沒有的章節：第十二章〈一九八九──「這無非是普普通通的一年」〉，和第十三章，〈德國──中國「斯塔西」〉。前者從我們個人視角記述中國歷史的劇變；後者以訪問前東德祕密員警總部為線索，引出我們與中國祕密員警周旋的故事。《你不認識雪的顏色》包括這兩章，才更具體更完整，也更觸及中國問題之本質。基於此，我把本書海外版視為正版，而把大陸版視為目前不得不採取的臨時措施──或曰，一種「官方盜版」。

以下為全書二十六章的具體標題，及簡單內容提示，或可視為本書輪廓：

一，**隧道**：序言，記憶的時空隧道，穿越於柏林、北京之間。

二，**廢墟**：北京、柏林，兩座歷史廢墟，一條人生連線。

三，**黃土南店──骨灰甕**：三年插隊生涯，我的寫作之根。

四，**「牆，到處都是！」**：到柏林後第一天的戲劇性故事。

五，**「家」──「鬼府」之鬼**：北京的「家」，出走與還鄉的「原點」。

六，**《山海經》人物**：專章寫顧彬，中國詩歌的德文譯者。

七，**母親**：母親的道路與一九七六年去世，我詩歌之路的起點。

二十五，「超前研究」：柏林「超前研究」獎金與研究，與阿多尼斯的思想碰撞。

二十六，「剩水圖——你不認識雪的顏色」：尚揚先生史詩性大作〈剩水圖〉，我們的思想和詩意傳承。

楊煉

二〇一七年一月三十日，於柏林

一，隧道

我坐在這裡想一條隧道。這一個句子，包含了好幾個提問。

首先，「這裡」是哪裡？這提問，早在一九八七年我在北京寫作的長詩《[illegible]》*中，就已經問過。那首詩的第三部，題為〈幽居〉，我寫道：「此時此地　這角落杳無人煙／墓碑在這兒但這兒在哪兒　多遠」。那間地處北京西郊的小屋，被我惡狠狠地命名為「鬼府」，為什麼選這個可怕的名字？說實話連我自己也不知道，只模模糊糊覺得，這個詞含量頗大，能裝得下我想要活、想要寫的一生。

有趣的是，「鬼府」這個詞，對我這個剛戴上「青年詩人」頭銜的傢伙倒沒什麼，但它的魔

---

*為我自造的漢字，合篆書「日」、「人」為一，讀音「YI」。其含義暗合古典的天人合一，以及現代的內在、外在世界合一。

咒力量，卻擊中了一位被稱為「民間高手」的中國老書法家。友友那時任職中國戲劇出版社美術編輯，因為工作關係，認識了這位元老先生，他聽說過我，就自告奮勇要為詩人題寫書齋之名，誰知「鬼府」一詞送去，幾個星期沒了下文，我很著急，要友友去催，幾天之後，友友下班挾回一個紙卷，哈，終於來了！我打開一看，傻眼了，上面倒是兩個大字，卻變成了「凶宅」！咦，這是怎麼回事？

友友轉述老書法家的話：「不行，『鬼府』這兩個字分量太重，為寫它，我喝酒，抽瘋，把自己灌醉，想掙脫它的控制，但還是不成。這兩個字太重太可怕，它們像大石塊壓著我，實在寫不了，只好換成『凶宅』交差，真對不起啊！」可以理解他的感覺，但對我來說，「凶宅」和「鬼府」含義完全不同。凶宅，吉凶已定，那個危險是單向度的，只是考驗居住者的勇敢。可鬼府的含量，卻遠沒有那麼簡單。

中國最古老的字之書、漢代許慎著《說文解字》，釋「鬼」字之義，為「人所歸為鬼」。人有好壞，鬼也一樣。中國古代的鬼故事，鬼們並非善惡平分，相反，如《聊齋》裡那些敢於忠於愛情的女鬼們，鬼之美之善之純常遠勝活人。這樣說來，「凶宅」向死，「鬼府」如生。鬼魂，無形無影，卻都活在當下，就在我的小屋裡，成千上萬，瀰漫飄蕩。我的小屋，一命名為「鬼府」，就成了古往今來所有亡靈歸來之所。祂們來找誰？找什麼？找我嗎？我就在這兒，舉目四望，祂們在哪兒？我周圍？甚至我之內？想像得更嚇人些，莫非我自己正是一座鬼屋？讓群鬼居住其內？嘿，我還只是個「青年詩人」啊，卻給自己下了一個這麼可怕的讖語！終於，我模模糊糊猜到老書法家為什麼恐懼了。

最終，「鬼府」書法還是寫了，書寫者是那時的好友歐陽江河，另一個不知天高地厚的青年詩人。我還記得，那天在鬼府，他酒後運氣，飽蘸濃墨，踮起腳尖，大書此詞，可能用勁過猛，把個「鬼府」，寫得直如「鬼存」！老天，他還怕鬼不來來去去，非要把祂們永「存」在這兒！

歐陽江河那幅書法，高掛在我小屋門口上方，我給自己解嘲：掛在這兒像辟邪、門神。有它鎮守，鬼就知道這房間有主兒了，去別的地方吧。誰知道呢？這兩字還沒準真靈驗，我住在「鬼府」那些年，正是文革後，中國社會最動盪，文化特混亂的時候。「詩人」之名，全沒有傳統意義上的美感，倒是危機、殺機陰影重重。尤其對友友家人來說，那簡直就是「魔鬼」的同義詞！但，有「鬼府」冥冥佑護，我在那些年，無論是詩人醉打、女友鬧事，還是員警跟蹤，手銬登門，竟然都化險為夷，毫髮無損。一九八八年，和友友應澳大利亞藝術委員會之邀出國，帶上門就走，一走十年，再回此屋，已經是九八年，期間兩次盜賊光顧，連我珍存的母親骨灰盒都偷走了，遑論我老爸收藏的古董、我自己在中國雲遊帶回的異鄉「寶物」？只有「鬼府」書法，依舊高懸無恙。也是那年，我因出國前地下詩人的「前科」，一回來就被公安局盯上了，只得從塵土重重的小屋倉皇撤離，出逃前，特意站在「鬼府」——「鬼存」書法下攝影留念，佇立在這座我自己的廢墟裡，我不恍然正是一個鬼魂？

第二個提問：「這裡」和我的此時此刻，有什麼關係？

現在，我靜靜安坐之處，是德國柏林。地址清晰：選帝侯大街十八號，郵編一〇七八五（這很重要，柏林計程車司機告訴我：柏林有五條街名叫「選帝侯大街」，如果郵編不清，能輕而易舉錯出好遠）。時間確切：二〇一五年三月十一日，下午十二點半。這是這本書上路的時刻。它最終被命名為「你不認識雪的顏色」。那是北京的雪？柏林的雪？這麼多年我在路上，落滿我腳印裡的雪？它們一次次被留在身後，卻從不會消失。它們像看不見的記憶，積累進我每個新的一天，悄悄遞增著「現在」的重量。問這雪、這記憶、這時間，是什麼顏色？我只能說：「現在」的顏色。一個含括記憶總和的現在。

現在，我書房朝北的窗外，爬山虎還沒一絲春意，它們光禿禿的像鐵蒺藜，在牆上伸開手腳，托著一抹柏林冬末暗灰色的天空。

但，寂靜，不會停止我思想的掘進。相反，我能清清楚楚感到，這兒有一條隧道，就在我樓下、腳下，存在著，延伸著。沒錯，我腳下確實有一條隧道，是那條叫做U1（Underground 1）的柏林地鐵一號線。打開柏林交通圖，就能看見它，這條線，西起西柏林的烏蘭大街，東至東柏林的華沙大街，是唯一一條正東正西貫穿柏林的地鐵。我家就在它自西而來的第五站，站名就是我家街名：選帝侯大街站——「我的」車站。

這條隧道，堪稱逼真而虛幻。它在，我們又看不見那存在。我們這建於一八八〇年鐵血宰相俾斯麥時代的大樓太結實了，壓在地鐵線上，也感覺不到絲毫震動。我只能閉上眼，想像那串鐵製輪軸，在地下吱吱嘎嘎、轟轟隆隆地滾動，載著人群，無論東西，永遠朝向某個冥冥的終點行進。出來進去，我常坐這地鐵，搖搖晃晃的車廂裡，不知怎麼，總讓我想起當年在紐西蘭奧克蘭，走過格拉夫頓橋寫下的詩句：「你走去的還是你被變老的那一端／草地上的死者俯瞰你　是相同的距離」。格拉夫頓橋被當地人稱為「自殺橋」，因為聳立的橋下不是河水，而是高速公路，和一片奧克蘭最古老的墓地，誰想不開了，從那兒一躍而下，成功率百分之百。

話說回來，我家不在奧克蘭，窗外也沒有格拉夫頓橋上能遠眺的死火山和明晃晃的海面。U1地鐵，鑽過這城市地下，也鑽過我生命的、意識的暗處，在封閉中，反而讓我的記憶醒過來，像跟著命運般跟著它，移動，移動，移動，直到遠處某個燈光亮起、現實返回的地方。常常，那個地方有個確切的名字：「華沙大街」，U1線路的東頭終點站。每當它出現在月台上或被廣播進耳鼓，都會令我心底一顫：「華沙」——波蘭，這列車正向東開呢！我覺得，它不會在「華沙大街」停止，而是會繼續向東，到達真的華沙，再向前，穿過茫茫的俄羅斯森林、白雪皚皚的西伯利亞，穿過滿洲里的黑土地，逆著我一路從那裡離開的旅程，行進。它的終點，叫做「北京」。

第三個提問：這隧道是現實、抑或一種思想？

從北京到柏林，從柏林到北京，是不是有一條歷史的隧道？穿過我的、我們的生命，正被開鑿出來？我說「生命」，並不是空洞的大詞。當我們還年輕，「死亡」一詞，還沒變得沉甸甸的足夠具體，「生命」是什麼？它究竟有多少分量？其實也一片模糊。青春美好，但青春和活力有時也如謊言，讓我們輕信歷史猶如美麗的身體，可以永遠發育、生長。年輕時的野心勃勃，會誆著我們目「空」一切。因為自己眼睛的空，它看別人寫下的「歷史」，就像隔著一扇車窗看風景，那教科書裡一遍遍改寫的、媒體口號不停回收的、各種商業化刻意炒作的——一片「知識」風景，卻並不知道那不等於思想。只有當年齡過去，那個叫做「歷史」的東西，一點點滲入了自己的身體，它用活生生的感受，把一切遠，變成近，拉得更近時，壓進一個人之內。歷史的隧道縱橫交錯，其實在模擬一個人的血脈、神經、甚至那個西醫解剖學無法證實、古老的中醫卻可感、可測、可臨床應用的經絡系統，它四通八達，出發又歸來，不停充實一個人的品質。無數記憶、思考和想像，不停跨時空地編撰著「自我」這本小書。哪雙眼睛飽含滄桑，才能看見、看懂自己的滄桑。

《大海停止之處》裡寫：「現在是最遙遠的」。

現在，沒人認識它，因為每個人還在努力辨認它。

坐在書房裡這樣想著，恍兮惚兮，我的感覺就像坐進了我的長詩《同心圓》，我經歷過的生活、世界、時空，在我周圍一圈圈圍攏，點點星辰，組成一個我自己的宇宙。詩，也是一條條隧道，帶著我出生的瑞士、我長大的中國、我們浪跡過的東西南北，和腳下的柏林，延伸，又只通向同一個盡頭：在詩作的核心處，坐著的那個提問者。他，或許是我？或許早已溢出了我，成為一種語法，一部詞典，把古今、中外、個人、世界融合在一起。我自己，是不是正像一首活的〈歸去來辭〉？非把一千七百年前陶淵明的大作，翻譯為「鬼去來」才到位？「歸去來兮，胡不歸」——呵呵，他要我們歸去何處？見「鬼」啊，我們在追一首詩的鬼府？或一座不停擴建的詩歌鬼府追隨著我們？坐進詩裡，也就坐進了一個共時的、總能開進更深處的車廂，搖搖晃晃行進，等著驟然撞上人生的一剎那。這景象也不陌生啊，每天晚上，當我們踏著暮色，來到選帝侯大街盡頭新建的格萊士德里克公園散步，總能看到，U1那條金色大昆蟲，一頭鑽出地下隧道，輪聲隆隆駛上鐵橋，車窗內燈火通明，照著無數「鬼存」的臉，抽象，真實：出走之人，歸來之人。

二，廢墟

我的隧道，觸目地連接起兩座廢墟。一座是北京西郊的圓明園，另一座就是柏林。時空穿越，思想飛馳，兩座廢墟，也像兩節會移動的車廂，從我的人生兩端，一步步接近，開進、甚至撞擊在我體內，沉積在那兒，匯聚成一處。

一九六四年，北京

我九歲那年，我們家從住過七年的西苑機關，搬到新建的國際關係學院。搬家的大活兒，沒我什麼事，但老爸卻交給我一件古怪的任務：把我從小養大的那隻貓「虎子」，從舊家搬到新家。虎子是一隻大黃貓，長毛，因為長得虎裡虎氣而得名。牠的來歷頗為神奇：那是我四歲時，和院子裡的小孩玩捉迷藏，我鑽進一個牆角煤堆旁捲著的一捆草席，正得意不會被發現，忽然嚇了一跳，衣服邊有什麼在動！趕快爬出來，打開草席一看，是四隻毛茸茸、還沒睜開眼睛的小貓！其中一隻，一身黃毛最可愛。我記得好清楚，我四歲的小手，也能把牠捧起來，回到家裡，老保母二姨要用牛奶餵牠，才發現牠小得還不會舔奶。於是，我們一小杓一小杓灌，幾天後，牠會自己舔了，再過幾天，會吃飯了。那時沒有「寵物」的概念，但我好寵牠呦，和牠一起玩，一起吃，一起睡。虎子一天天長大，那身黃毛越來越威風，像件皇袍。牠也確實不讓我失望，沒過兩年，就成了院子裡的「貓王」，真正妻妾成群，繁衍了一大堆龍子龍孫。雖然虎子在我家「皇宮」裡住得很舒服，但不改牠的荒野本性。白天，牠在家裡打盹，夜裡就精神抖擻地出去巡視。那時我家住在一樓，很方便牠晚出早歸。每天天不亮，我聽見窗檯上輕輕一響，就知道牠回來了。牠跳上來，二姨起床開窗，牠一進屋，直接跳上我的床，我微微撩開被窩，牠就冷颼颼地鑽進來，一直鑽到底再回頭，找到我胳膊，閉上眼開始打呼嚕。要是我故意不撩開被窩，牠就伸出滿是小麻刺兒的舌頭，舔我的臉，直到舔得我笑起來，撩開被窩算。搬家，我就要把這虎子，搬到我們的新居。

在這趟「出差」之前，我已經夠熟悉這條路。出西苑機關大門，穿過兩邊都是稻田的小馬路，到西苑商場，從澡堂邊過去，斜插過一片滿是墳頭的黃土路，貼著南黨校牆外走，過小石橋進國關院門，走到學院最後那棟八號樓，就到了。二姨幫我把虎子裝進一個布口袋，繫緊。我雙手摟著牠，出門時還輕輕拍拍他：「很快就到啦」。嗨，我哪兒知道，這口袋可不是被窩，虎子從來沒被關過這搖來晃去的禁閉，過一會兒，牠就忍不住開始掙扎了。我加快腳步，好不容易到了西苑商場，再往前那條黃土路，恐怕成了我有生以來最漫長的一條路。虎子的掙扎，已變成搏鬥，牠不再認我這個主人，而是牙、爪並用，渾身使勁，把薄薄的布口袋和我的手，抓出一道道裂口。

這條混蛋土路，怎麼到不了頭啊?!我一邊哭求，一邊拚命抓住虎子，生怕一鬆手牠就會無影無蹤，這荒郊野地到哪兒去找牠啊？可我的好心，令虎子更害怕。快到國關院門時，牠整個身子已掙出口袋，我鮮血淋淋的小手，只抓著牠兩條後腿，遠處看，肯定更像是我在垂死掙扎。幸好，國關門口有工人，看見這場人、貓搏鬥，趕過來幫我抓住了虎子，重新把牠關入牢籠。我還記得那工人說的一句話：「怎麼讓這麼小孩幹這活兒？」虎子當然還在折騰，好在工人把口袋繫得很緊，到新家也不遠了。後來才發現，虎子是真急了，我手上一道道被牠深深抓掉的肉，讓我媽媽心疼了好多天。

但，這也讓我記住了這個地點：西苑商場後面，那條死也走不完的黃土路上，我和圓明園廢墟第一次相遇。

二〇一五年，柏林

我二〇一二年獲得德國柏林 Wissenschaftskolleg 學者獎金，我們從倫敦搬家到柏林，住進選帝侯大街十八號。兩年後的二〇一五年，我們仍穩穩住在這個柏林家裡，當年那九歲的小男孩，一晃竟然已六十歲。想起剛開始寫詩的時候，聽說有人六十歲還在寫，直接蹦出的反應是「什麼老棒材（Cei，第四聲），還寫不完？」現在，這話筆直地砸到了我自己頭上。

Wissenschaftskolleg 的英文譯名很有趣：Advanced Studies，中文直譯就是「超前研究中心」。但，對我來說，柏林能「超前」，恰恰基於它對「後」——過去、歷史、記憶、地層——的重視。

或許，這重視，也是一種不得不。誰看過二戰剛結束時柏林滿目瘡痍、廢墟累累的照片，能忽略這座城市內部沉甸甸的痛楚？一座城市就像一個人，它的年齡裡，儲存著從小到大發育的經歷，包括它經歷的所有劫難。它當下的面貌、性格，一定和它的形成過程密切相關。

我住的選帝侯大街十八號，實在不太像廢墟。這座老房子，建於一八八〇年，正逢普魯士在威廉一世和鐵血宰相俾斯麥領導下，打敗法國拿破崙三世，帝國氣息不可一世之時。步入高過五米的門廊，右側兩根雕花大理石柱（後來才發現其實是假的，「大理石」只是表面的油漆手法而已），寬闊的木樓梯，沿著雕花扶手盤旋而上。到達每層，迎面整扇深褐色木質板牆，嵌著一扇小宮殿似的大門。這樓很罕見的每層只住一戶，而不是常見的兩戶大門相對。入得家來，一口氣五個大房間，也是從屋頂雕花，到地面方木地板，一色原裝。呵呵，當初選擇柏林住所時，我曾把若干房子的照片拿給友友看：「那些可以是很漂亮的家，而這個能變成偉大的家！」視覺感極強的友友，立刻決定：「就要它！」

不過，柏林的歷史，並沒有因為這房子表面的美麗而遠離。我們的房子兩邊，選帝侯大街十七號和十九號，是兩座新建築。所謂新，無非意味著低矮的屋頂，水泥板表面，一望而知二十世紀六、七〇年代的簡陋。在柏林誰都知道，這類建築是一個個傷口，二戰的炸彈，炸掉了那裡原來的老房子，留下照片上、紀錄片裡那些豁口，噴出烈火，黑黝黝、支離破碎地佇立，倒塌，成為斷壁殘垣。在德國住過一段，友友開玩笑說：「德國人的勤勞，都成缺點了。」這句話就來自廢墟，那是說，在德國，你幾乎看不到被保留的廢墟，它們要麼被修整一新（估計我們的房子就是），要麼乾脆被徹底拆掉，好像愛清潔的德國人，看見這半生半死的廢墟，首先咯應的是自己，那心裡就彆扭得受不了。所以，必須拆光，甭管多難看再造一個。這才是邏輯。

我的詩〈柏林的住址〉，寫到了這兩顆看不見的炸彈：

選帝侯大街十八號　選中了誰
睡在一左一右兩顆不停擲落
不停爆破的炸彈之間
夢　仍像個彈坑裡的傷兵　咬著牙包紮大火

真正的廢墟不一定非得被看見。同理，被看見的廢墟，或許早已離開了廢墟的本義，而只是拿廢墟作裝飾品。就像西柏林中心，那座故意留下來的破教堂，一個修了又修的旅遊點，矗立在那兒，連殘破都是為招攬遊客鏡頭準備的。它喚不醒沉痛，更遑論反思。但，每個靜夜，當我從客廳視窗，眺望選帝侯大街空蕩蕩的街道，聆聽偶爾駛過的車輪，在鵝卵石路面上壓出轔轔車聲，昏黃的路燈下，我感到，一簇簇炸彈仍在落下，穿過時間，在我身邊無聲炸開。真的廢墟，不應該、也不可能被清除，相反，它們自己每天重重疊疊繼續搭建，那些石頭雪花，既在落下又在升起，總能增加我們心裡歷史的深度。給活著的生命，用一片寂靜，狠狠裸露出那麼多傷口。

一九八〇年，北京

沒有誰，在中國長大，受過一點教育，會不知道「圓明園」這個名字。那條我九歲時和虎子扭打著走過的黃土路，究竟有多長？「廢墟」一詞，對我有什麼意義？卻是我很久以後才懂得的。我是指從自己那一串經歷學到的東西：一九六六年開始的文革，一九七〇年父母下鄉、家庭離散，一九七六年母親去世和我開始寫詩，一九七八年我在北京民主牆遇到後來那群詩人朋友，激盪的八〇年代，和後來天安門大屠殺後，被我稱作「詩意的倖存者」的漂泊人生。

我所認可的最早詩作，寫於一九八〇年，那首長詩，就題為〈自白——給一座廢墟〉。其中，被我時而引用的第一首「誕生」，開頭幾句是這樣：

讓這片默默無言的石頭
為我的出生作證
讓這支歌
響起
動盪的霧中
尋找我的眼睛
在灰色的陽光碎裂的地方

拱門、石柱投下陰影
投下比燒焦的土地更加黑暗的回憶
彷彿垂死的掙扎被固定
手臂痙攣地伸向天空
彷彿最後一次
給歲月留下遺言
這遺言
變成對我誕生的詛咒

這首詩裡寫的廢墟，具體來說，指圓明園廢墟。今天，誰不知道它的故事？那座北京西郊的清代皇家園林。從十八世紀初的康熙皇帝開始，歷代皇帝南巡，不僅帶回江南園林藝術美學，而且乾脆集中各地能工巧匠，經兩百年修建，把它建成中國南、北各式園林藝術之集大成者。「圓明園」一名下，含長春、綺春、圓明三園，再加附近的頤和園、萬春園，以及無數拱衛皇家的貴族園林，與西邊萬壽、香山、玉泉三山借景對景，形同一體。西北方更遠處，燕山山脈的四季顏色，又給它架起一座活的屏風、一道渲染變幻的背景。對這座園林，奢華一詞遠遠不夠，要形容它，必須用精雅！歐洲傳教士曾歎其為「東方凡爾賽」，我得說，那唯一證明了他們想像力多麼有限。唉，這座中國園林藝術博物館，倘若存留於世，不啻人類藝術、文化的頂級瑰寶。

可惜，歷史沒有「倘若」。一八六〇年英法聯軍、一九〇〇年八國聯軍兩次入侵北京，如此美園，竟被洋土匪們一把火燒了！何為文明？何為野蠻？還真是件說不清的事。當然，更容易說清的，倒是那些當代警匪電影中常見的情節，罪犯要消滅罪證，放火燒光一切最為簡單。今天歐洲拍賣市場上，一件件動輒千萬英鎊或歐元的圓明園遺物，用不著語言，就說出當年那一片貪婪和瘋狂。圓明園廢墟，嵌進世界史，只是整個十九世紀歐洲殖民之手留下的一小塊傷疤。直到全球化的今天，那隻手晃動的影子仍沒有消失。

但對我，和一片廢墟一起長大，是一種命定嗎？廢墟，無論它曾經叫過什麼名字，毀滅已把它還給了荒野。那時，還沒有現在的圓明園廢墟公園。那條西苑商場後面的黃土路，向東走出好幾里遠，地面上始終遍布著河道、土丘、地基、碎石、土墩、曲徑、野樹、雜草、湖泊。腳下隨時可以踢出殘磚斷瓦，上面的年號清晰可辨。遠處，隔著水面，一抹深秋的晨霧，與某座漢白玉基石融在一起，那座隱遁的宮殿，載沉載浮，實現著原本構思中的縹緲。

我家搬去的國際關係學院，也在圓明園舊址地界內，每到春天，二號樓前兩棵碩大的海棠樹，會開滿粉紅白嫩的花朵，那種甜香，悠遠豔雅，現在想起還讓我心裡被撓得癢癢的。我爸熟悉：「這叫西府海棠，這麼大棵，本來應該是宮裡的東西。」另一個秋天，風大，我在圓明園散步，風中高樹晃動，我找一棵坐在底下，閉上眼聽四周葉落之聲，噗噗沉重竟如隕石。再一個冬夜，我正在修改〈半坡〉組詩嗎？或誰知什麼令人不安的緣由，我和友友摸進黑燈瞎火的圓明園，沿著小路走，聽寒風怒號而過，似有無數鬼魂隱隱翻飛。漆黑搖動的樹影上，月亮周圍環繞著一輪巨大的風圈，幽暗的淡黃色，瀰漫在夜空中。世界簡單到只剩幾條線：大地，樹木，天空，卻都在黑暗裡。黑暗抹去了朝代、時間、生死或消失，成為唯一的主宰。

圓明園存在過幾百年是什麼意思？半坡新石器遺址存在過幾千年是什麼意思？時間是什麼意思？我，這個小小的此刻，看著那一切，也被它們看著，彼此的一瞥，像在互相抹去。我對友友說：

「瞧吧，哪有時間？」

是的，在廢墟旁邊長大，意味著依傍一大片空白，被它時時提示，一種消失內涵的深度。這個深度，在一九八〇年，已經包含了我人生中許多難忘的細節：更早的不說，一九七四年五月四日，我離開家，下鄉插隊的日子。一九七六年一月七日，我母親在「鬼府」心肌梗塞猝然離世的日子。一九七八年一月三十日，我老保母輾轉病榻兩個月後，掛著淌下一半的淚滴去世的日子。一九七八年底北京西單民主牆運動爆發，我從廣西趕回，投入成千上萬上訪民眾，也邂逅了我這一代年輕詩人、作家、藝術家們的日子，以及更難忘的，一九七九年那段灰牆被查封，短暫的理想熱情被冷水兜頭澆滅的日子，它只喚起了更多深思……

一九八〇年初，我參與其中的地下文學雜誌《今天》還沒被查封。圓明園，正因為它的斷壁殘垣的，最能喚起文革一代的深切命運感，由此成了我們無數次聚會的地方。讀詩，朗誦，激辯，縱酒，放歌，衝動，打架，再和好，一起繼續作文學和藝術之夢……從一九七九到一九八〇年，《今天》藉純文學的旗號苟延殘喘，但我們每次聚會，都得穿過公然夾道的員警人牆，被迎面拍照的鎂光燈晃得睜不開眼睛，我們心裡很清楚，這聚會，早已無「地下」可言。

不久之後，《今天》雜誌明確遭禁，連我們耍小聰明變換稱呼，組成的「今天文學研究會」

也在我主編了《今天文學研究資料》第三期後，在警方「只要印刷機動一動，全體進監獄」的威脅下，不得不偃旗息鼓。二十五歲的我，詩歌上還一派幼稚，人生卻經歷了早熟。我的長詩〈烏篷船〉成了整個《今天》雜誌出版史上的最後一件作品（它編在第三期《今天文學研究資料》最後），像一塊小路碑，把我嵌進中國和世界的思想經歷。它微微凸起，硌疼一雙雙走在上面的腳，直到世界走進這個不能再靠黑、白輕易劃分的全球化困境中。

「默默無言的石頭」，像一種歷史的語法，連接起個人和群體，或者說，不停把群體經驗印證在私人生活中。母親去世的一九七六年一月七日（周恩來逝世前一天），簡直是個象徵，開始了我插隊的最後一年，也開始了中國文革災難的最後一年。她轉身丟下的空白，雖然細小，卻和一片廣闊的空白連成了一片，毀滅到了底，向四面八方走都是絕處逢生。

就在那年，我用幼稚的詩，代替了和母親的通信，從尋找、琢磨詩句，學會了一種不依賴傾聽物件的傾訴。又或者，我直覺感到了，所有風中的鬼魂正在傾聽。

廢墟，也是個母親的形象，一片徹底的空白，包孕了我（我們）不知道的可能性。例如我的詩，從那時到現在寫下了那麼多、可母親卻一行也沒讀過。我總想像，如果她讀到它們，會為我多麼驕傲。「為我的出生作證」，這來自同一個母親，卻是我的第二次誕生。她用死亡，教給了我活的意義、詩的意義。她象徵了我們這一代一種堪稱怪誕的思維方式，後來被我濃縮為「噩夢的靈感」，那是說：我們不得不逼視空白，直至置之死地而後生，從絕境中發現更深的意義。

一九九五年，我環球漂泊途中，暫住於德國斯圖加特附近的「幽居堡」，工作室窗外，能俯瞰另一片曾經存在過、卻早已被摧毀的花園。但，它能被摧毀嗎？對能讀懂空白的眼睛，難道它不會被認出嗎？在那裡，我動筆書寫長詩〈同心圓〉，其中有〈輪迴的花園〉、〈花園的輪迴〉這一對詩，讓隱身的花朵，終於為能辨認它們的眼睛盛開了。

再以後，一九九八年左右吧，我回到北京，有一次，登上新建成的亞運村中心一座高樓上，伸手向西向北一比，只一攎遠，卻已囊括了從圓明園到我插隊的西三旗那段距離，這麼近啊！可它卻包含了我不知環繞地球多少圈的經歷，甚至多少個生死輪迴，想到許多同學、朋友，就在這「一攎」空間裡過了一輩子，我的感覺只能是：暈！

一九九一年，柏林

一九九一年一月二日，我和友友帶著兩件行李，離開住了近兩年的紐西蘭奧克蘭，飛到柏林泰格爾（Tegel）機場。

德國學術交流中心（DAAD）派來接機的司機，一路開著我們來到毛姆森大街九號（Mommsenstrasse 9），上得二樓，就到了我獲得DAAD柏林藝術項目獎金，即將居住一年的住所。一進門，我們傻了眼，好大的客廳，從沒見過那麼高的屋頂，長沙發依傍著大凸形窗，兩間那時看來很豪華的臥室（一間又作書房），由一條長走廊連著廚房、浴室。那時，「豪宅」一詞尚未發明，但相比我們在奧克蘭那三人一間既漏雨又歪斜的小屋，這活生生就是豪宅呀！後來，友友在她的隨筆集《人景》中，把柏林這一年稱為「臨時貴族」。另一位學中文的德國朋友，更半賣弄地把毛姆森大街叫做柏林的「裡脊肉」。無論如何，這房子把我們震了！

放下行李，雖然有數十小時的旅途勞累，但我們興奮得怎麼也睡不著，半夜三點，乾脆：「走，瞧瞧柏林去！」穿好衣服出門，右拐，隔一條街，就是柏林著名的選帝侯大道，很巧，它的德文名字，和我們後來的家同名，都叫選帝侯，不同只在結尾處：一大道（damm），一大街（strasse）。可憐的選帝侯大道，因為 Kurfürsten 這個詞的德語發音實在太像漢語的「褲襠」，於是直接被不少中國朋友叫做「褲襠大道」，就像後來北京的「大褲衩」，成了個讓人發出壞笑的暱稱。漢語特點是字多音少，因此同音諧音字特多，起外號、繞口令、說相聲、耍貧嘴無不由此發源。可為什麼不是「褲襠」，就是「褲衩」？咳，這還得國人自己解鈴啊。

柏林冬夜，有名的又黑又冷。零下十幾、二十度是常事。我們記得，那天的大街上，空無一人，寒風如刀似劍，撲面而來。好爽啊！這從小伴我們長大的北半球冬夜，這漆黑天頂上，終於重逢的北斗七星，都是奧克蘭見不著的。無論如何，我們又和故鄉處在同一片星空下了！

對柏林人，這黑、這冷，可能夠煩人。但對我們，就像見了鄉親，是思念，是鄉愁，感動裡飽含多少喜出望外！如果說，理解過去兩年的漂泊，需要的是理性，那這層埋在心底隱隱蠕動的、卻又說不出的渴望，才真像探針，能刺入我們心底。

另一個類似的故事，也很好笑：一九九〇年五月，流亡海外的中國作家，第一次聚集到挪威奧斯陸，討論今後的文學道路。挪威筆會為我們舉行餐會，大家先到花園喝酒。突然我發現：花園裡開著丁香啊！那紫、那白，尤其是那香，太熟悉了！北京的每個春天，它必定在鬼府裡瀰漫。

哦，久別重逢，我想告訴一位挪威女詩人我的激動，連說帶比畫了半天，忽然發現那位的眼神有點不對，怎麼了？煞住話頭，我去問英語很好的作家萬之，他問我：「你們談了什麼？」我說「丁香花的味兒呀。」「你怎麼說的？」「Smoke啊。」萬之大笑：「Smoke是煙！味的英文是Smell！」老天，原來我激情洋溢侃了半天的，是「丁香冒出的煙」，還百般思念它！怪不得女詩人眼神怪誕，她肯定覺得，眼前這傢伙，不是個極端超現實主義者就是個瘋子——她被嚇著啦。

一月二號的「褲襠大道」，耶誕節的彩燈、花樹還在，櫥窗裡五彩繽紛，和晚上六點就黑燈瞎火的奧克蘭比，晃得我們眼睛應接不暇。那天夜裡，黑夜不黑，因為彩燈就像有溫度，明亮地傳遞出一種喜慶：那個德國歷史上的大日子——一年多以前的兩德統一，終於讓德國人解除了近半個世紀的「鄉愁」，遠在紐西蘭，我們也分享過電視上德國人含淚擁抱的愉悅！

這就是柏林，一本世界之書，好像歷史專門愛找它來簽名畫押似的，整個二十世紀世界歷史有多少層次，它就有多少頁碼。一戰、二戰，兩次世界大戰的發動者、戰敗者，之間夾著那個二十年代飢寒交迫、又唯美頹廢的魏瑪共和國。二戰結束，美國總統詹森非得到柏林美山區（Schoeneberg）市政廳陽台上，以一句「我是個柏林人！」宣告民主西德正式加入西方聯盟，順帶宣布了冷戰的開始。

那之後，一道新「牆」，既分隔開兩個柏林，更分隔開兩個世界。直到一九八九年，人潮撕開鐵絲網，高牆公然被踩在了腳下。那時，我們誰也想不到，一個全球化的世界，會飛快地砸到我們頭上。那些對德國人甜如蜜的日子，對許多中國人卻苦澀無比：歷史啊，哪有什麼人類一致的進化？它明明在我們眼前背道而馳！東德作家，正歡天喜地地回家，而我們剛剛學著起步漂泊，這「理」到哪兒講去？

「褲襠大道」的凜冽寒風，就這樣給我們的生活打進了一個楔子。像個小小的真空點，一個微型「黑洞」，讓歷史從單向流動的虛構，轉為雙向、多向流動，更從四面八方流回這裡，注入我們腳下。它甚至乾脆不是時間的，而是空間的。它不停斟入、又總也斟不滿腳下那個此時此地。我們獲得的啟示就是：一個人站在哪兒，那裡就一定有個你自己的、當下的考古學。內心的深度，能被無限發掘。你走動，一個宇宙就跟著你移動。

在柏林DAAD的一九九一年，被我稱為「出國後第一次喘口氣，定定神，想想到底發生了什麼事？」之前兩年的急遽動盪，人被甩出祖國，心神更是混亂，腳下沒根，感覺總在被拽到這裡或那裡。出了國才知道，原來國內那點微薄工資，其實也算一種奢侈，因為旱澇保收，沒什麼心理壓力。在國外，生存突然整個坍塌到自己頭上，謀生的刀刃，令每天變得無比鋒利。房租、飯錢，這些在國內忽略不計的話題，突然變得逼人無比。在奧克蘭，友友當過好一段旅館清潔工，我呢，假冒馬來西亞朋友「江健勇」之名擦洗汽車。「洋插隊」的古怪感覺，悄悄埋進內心，等著合適的土壤發芽。柏林名正言順的臨時貴族，至少暫時衣食無憂，讓緊張心態稍微緩解。「喘氣，定神」，讓鄉愁也找到了它自己釋放的形式：夢。用一個夢，我的母親回來了。這是她自從一九七六年去世後，十五年來，很少幾次對我的「探望」之一。此中細節，後面還會寫到，但它演變成我的詩作〈母親〉，卻寫出了生理之死和心理之死的會合點：

你一直站在那裡
我卻越來越遠地死於縮小的距離
在一場夢和一個末日與你會合

這「會合」，既形而上、又實在無比。我在生命中奔跑，她在死亡裡等待，等著我追上她的年齡。母親先死於文革的貧病，再死於被小偷偷走、倒空的骨灰盒，這一個人的多次死亡，顯露出我們人生經驗中那種無邊之死，把它聚焦了、顯形了。廣義的母親在我之內，而滄桑在母親之內，每個軀體中，死亡重重疊疊！一個夢彎彎曲曲的枝杈，輕輕掃過。卻劃開一道永不癒合的裂縫，讓我在一剎那間，瞥見自己是一座廢墟。

一九九一年，被我們稱為戲劇性的一年。一月到達柏林，還能清清楚楚感到一種美夢氣氛：冷戰結束，懸在歐洲和世界頭上的數千顆核彈頭，不再是一簇簇「達摩克利斯之劍」。這，落實到德國，又要加上一層國家級的欣喜：作為二戰慘敗陰影的民族分裂，到此結束。總理科爾，看上去粗壯如農夫，政治手腕卻堪稱長袖善舞，竟然和蘇聯領袖戈巴契夫眉目傳情之間，就令幾百萬蘇聯占領軍旁觀東歐造反，後來更一撤了之。這對七十多年鐵腕共產史，簡直是天方夜譚！

柏林牆倒塌後，德國統一了，東德老百姓向西蜂擁。懷念舊領地的流浪老貴族們朝東蠕動，軍人槍口倒垂，前執政黨被宣布非法。「歷史」一夜間結束。落到我頭上，終於到了世界美車之鄉，手好癢癢，想開車，但剛解放的東德人，誰都想過過西德的汽車癮，嚇，西德二手車價暴漲，好不容易托朋友在離東德最遠的斯圖加特，買到一輛快十年的老寶馬，竟也花掉五千馬克。據朋友講，這車一年前最多兩千，倒楣還是幸運？就算給歷史陪嫁了吧。

可這齣喜劇沒演多久，幾個月後，德國氣氛就變了，本以為投入西方懷抱，自由、民主之外，富裕生活也會從天而降的東德人，突然發現，沒那麼便宜的事！富裕是辛苦幹出來的。東德結束，砸了很多原來的鐵飯碗，職業都沒了，誰給你發工資？沒錢，你就是二等公民。這是資本主義的鐵邏輯。從春天開始，「新納粹」一詞漸漸風行，尤其東德年輕人，無權沒錢，又不知民主遊戲怎麼玩法，只剩一張雅利安面孔，能少許安慰那失落。於是，新納粹迫害前越南同志的新聞，日漸增多。已經有好心的朋友勸我們，沒事少到東邊去。

那年五月一號，我們聽說柏林科以茲伯格區每年一度，在這天舉行「勞動節」大遊行，而且最終總演變成和員警的街壘大戰。好玩啊！我們急忙趕去，到那裡一看，已是鑼鼓喧天，旌旗蔽日，好幾千民眾，聚成一堆堆一團團，爵士樂、搖滾樂、小喇叭，電吉他無所不響。仔細看旗子，更加精采：從共產黨的鐮刀斧頭，到新納粹的骷髏頭，各自招展。最熟悉而怪誕的，公然印著毛像，下面圍著的，卻沒有一張中國臉。

遊行開始，最前面一夥又唱又跳的嬉皮龐克，歡天喜地的樣兒，好像他們才是勞動者，今天慶祝他們的「節日」。不過，同去的朋友說，這是常理，開始熱烈，結尾慘烈，等天擦黑，酒喝夠，就該動真格的了。每次五一結束，科以茲伯格中心區路面上的石塊，都要被揭掉一層，當武器砸向員警，今年多了新納粹團體，更會大打出手。果然，第二天電視新聞上，充滿了雙方頭破血流的畫面。這樣的感覺，到那年結束，已變成某種共識：統一，只是另一個漫長進程的開始。看得見的專制、民主對立，其實只是一種口號的對立，每個人以為自己在選擇，實際上在跟隨別人的說辭。到今天，真正的自我選擇才剛剛開始。你準備好了嗎？你有能力扛起人生，真正活成一個「自己」嗎？制度改變，意味著把責任還給每個人。沒了制度託詞，要是還沒有實現自我的能力，只能說是自己的雙重失敗。新納粹之類，正顯露出不少人內心那處廢墟。

那年底，友友應美國一個海外雜誌的邀請，寫了一篇散文〈柏林魔方〉，借用那個正流行的魔方玩具，寫出這短短一年裡，歷史幾度華麗轉身，那些一百八十度大轉彎，在我們眼花繚亂和目瞪口呆中，把更多人甩了出去。包括我那輛老寶馬，那年離開柏林要賣它時，東德人對西德車之熱，已經降回冰點了，最後以不到一千馬克的跳水價脫手了事。

一九九一年柏林 DAAD 最重要的收穫，是將近兩年動盪之後，我如火山噴發般的創作。那一年裡，我完成了《無人稱》詩集和《鬼話》散文集的大部分。這批作品，既是我在中國時寫作的延伸，又潛移默化得相當不同。延伸，是指盯緊現實的視角，發掘每天考古學深度的努力上；不同，指海外漂流中，從物質到心理的鋒利感受，也鍛打著詩句，給它們淬火，讓一行行詩句，被磨得雪亮，從肉體到心靈，不停切割出鮮活的傷口。這條詩歌的隧道，打通了柏林的歷史，與我的中國經驗、漂泊經驗，讓它們完美銜接，組成一部跨文化的思想詞典。「褲檔大道」上那座破教堂，引發出表達我內心之戰的〈戰爭紀念館〉：「被鎖進另一間水泥澆鑄的地下室／展覽一件使自己失傳的藝術」。柏林動物園的大風雪之夜，給我寫出〈冬日花園〉的殘酷：「燈下空無一人的街像條沙啞的喉嚨／朗誦著　而凋謝的詞旁觀多年」。參觀希特勒地堡博物館時，那斷壁殘垣，咧開大嘴，從地下反向吞噬著活人的歲月，我不由得想到那個如今已令人類耳膜麻痺的詞「恐怖」，因此寫下〈恐怖的地基〉一詩，其中有句：

癱瘓的軀體內　唯有仇恨能再生
……
再活一次　把醜陋的器官
在春天的狂轟濫炸下再暴露一次
藍圖　浸進血汙
沖洗成我們廢墟的第一張航空照片

我在寫一九九一年？抑或二〇一五年？我怎麼能知道，二十多年過去了，這廢墟的「藍圖」，仍每天出現在電視螢幕上？不停提醒我們釘在原地紋絲未動？廢墟深不見底的喉嚨，俯瞰著我們和時間，嘲笑著人們「進步」的迷夢。它早已獲得了那個高度，從「第一張航空照片」，已透視出了我們的骨骼——那模模糊糊、攥緊我們命運的輪廓。

我把散文集命名為《鬼話》，僅僅是巧合嗎？或者，我真的聽見了北京那座鬼府——在萬里之外繼續囁嚅著「鬼話」？鬼者，歸也。正是在遠離故鄉之處，我「歸來」了。「鬼話」，是一種比母語更深、更根本的語言。它不僅讓一個中國詩人回歸，而且讓各種語言的詩人，在一種隧道的深度上，互相聽見、彼此讀懂。

正因為這，一九九八年柏林 DAAD 慶祝二十五週年，當時的文學部主持人 Barbara Richter 邀請我為紀念冊撰稿，一個標題油然冒出：「柏林式寫作」。柏林，它伸出一隻手掌，掌心有個小窩，承接著一代又一代誰知道從世界哪個角落被拋出的流亡者，它和我們並無淵源，卻又不期而然成了我們共同的地址。寫作，作家們聚集到這裡，只因為要不計代價地堅持一種思想自由。沒有其他，只有寫作本身，構成了承擔這生命艱難的唯一理由。「鬼話」，超越語種地讓我們回歸到一起，從將來、也從過去篩選出一個自己的「傳統」。就像納博科夫在他那部堪稱流亡小聖經的回憶錄《說吧，記憶》中，寫到他近百年前的經歷，卻鮮活熟悉得完全像我的親歷那樣。二〇一二年，我們臨搬來柏林前，我一邊讀它，一邊寫下〈蝴蝶——柏林〉一詩，結尾三行，就像接到了納博科夫的來信：

當你　不怕被一縷香攫住
成為那縷香　遺物般遞回一封信
打著海浪的郵戳：柏林

一九九一年底，我們離開 DAAD 之前，我和 DAAD 共同策畫了一個名為「光流」的藝術節，邀請中德文學、藝術家朗誦聚會。藝術節的地點，就在柏林藝術家 Wolf Kahlen 的私人藝術博物館「柏林廢墟」，一座保留了二戰結束時累累彈洞的老房子。又是一個黑冷刺骨的冬夜，經歷了一年歷史的突降，此時人們突然醒悟、新的更深的困境，取消了五光十色，卻還原了一種深不見底的廢墟之感。它在我詩裡深深打下了印記，以至於我的譯者顧彬，在朗誦會上直接問我：「你的詩如此黑暗，光在哪裡？」我想了一下，只能回答：「詩或許黑，但我在寫——這就是光！」

三，黃土南店——骨灰甕

一九八一年，我逃離下鄉插隊的黃土南店整整五年後，又是一個冬天，我在圓明園廢墟裡散步。下午四點多鐘了，天色越來越暗，西北風咆哮而來，四周眾樹搖動，視野漸漸模糊，這寒冷，有種深藏的熟悉……突然，一個念頭（一種欲望？）從心底竄起：回村看看！對我來說，「村」這個字，不是用於任何別的村莊，它只能是黃土南店，那個我從一九七四年五月四日到一九七七年初插隊的地方。離開它五年了，我一次也沒想到過該回去看看。離開，意味著頭也不回，讓它永遠與我無關。這感覺，比恨更簡單。但誰知是什麼，用一九八一年那個冬日暮色提醒了我？是時候了，為了印證一種記憶，甚至加深它，我得「回去」。

現在的朋友們，聽說我在北京西三旗插隊，都捧腹大笑：「你這也叫插隊？」確實，在今天的北京地圖上，緊挨北四環的西三旗，早成了昂貴的北京市區，我不少朋友就住在回龍觀樓群裡，那曾是我們黃土南店的頂頭上級「回龍觀管理區」所在地。可是，一九八一年，西三旗的景觀，還沒被北京後來的房地產熱潮炸碎。當我那個「回村」的念頭一起，即刻的行動，也就是立馬跳上從頤和園開往清河的三五五路公共汽車，到清河下車，轉德勝門開往昌平的三四四或三四五路，再坐幾站，西三旗就到了。

那時公共汽車雖然慢，可這全程也就花一小時左右。我記得，在西三旗下車時，天已黑透，加上冷，感覺真像個孤魂野鬼。但沒關係，這兒一切都太熟悉啦。閉上眼睛，我也記得清清楚楚：下車的十字路口上，是農機研究所。從那兒向東拐，過軍機站，就到了黃土南店一隊的「地頭」（我的地頭！）。我像當年一樣，不走大路，斜插野地，摸黑也認得，路邊那塊地叫場院南，種了冬小麥的七尺畦，黑黝黝襯著殘雪，在腳下吱嘎吱嘎響。我知道哪兒是溝，哪兒是坎，一條斜線，直奔村頭結冰的三角坑，遠遠看見了，村子還黑黢黢蹲在夜色中，一個個窗口，一盞盞昏黃的燈光，和五年前沒什麼兩樣。

是的，我回來了，如果這也能叫「回來」的話。我到了這個村子，但不想敲任何一扇門，不想見任何一個人——我不知說什麼？怎麼解釋長達五年的一去不歸？那些燈火，在我左邊右邊，忽明忽暗，和我擦肩而過。如果老鄉們知道，在這個冬夜，我曾經偷偷潛回，卻不想和他們打一聲招呼，他們會怎麼看我？他們已經在怎麼看我？當我在雪地上佇立片刻，和村子默默相望，那些燈光，都像鬼火。只是我不知道，村子和我，誰更像鬼魂？

我的目的地，是那排小屋，當年我們的知青宿舍。在三角坑後面，沿小路擦過當年村裡唯一的「文學青年」（其實是少年）大海頭家，就到了。它還在，黑燈瞎火。我離開後兩年，知青們就搬到別的宿舍去了，再兩年，最後的知青也返城了。「知青宿舍」成了歷史遺跡。可對我，五年前封存的記憶，卻像保了鮮。這第一次歸來，雖然有黑夜遮蔽像個小偷，我的心裡卻咚咚直跳，像來赴個戀人的幽會。小屋靜靜蹲伏在那裡，好像也知道我會來。來看它。為這次冥冥幽會，它已經等了很久。

整排知青宿舍一共只有四間屋。兩頭兩大間，中間兩小間。男知青住西邊，女知青住東邊。我的小屋，在從西頭數第二間。門窗仍漆著天藍色（是我想像的吧？），門上掛著鎖，玻璃卻碎了一塊，讓我能探頭朝裡看。沒錯，還是老樣子。土炕的炕沿，當年就叫我們磨禿了，四個小夥子並排擠著睡，跳上跳下，哪能不禿？糊頂棚的破報紙，裂開一道道口子，也沒變化。我還記得躺在炕上，曾親眼看見小耗子的尖牙，叼著報紙一點點撕開，一對黑亮的小眼珠，從裂縫處朝下窺視，我臉朝上，正好四目相對。

炕沿下當年放著我的小炕桌，孤燈一盞，照著暗紅的油漆，那是別的知青呼呼大睡後，我在紙上寫「小資」詩的地方。哦，我哪知道，得過多久，我才掂得出「詩」這個字的分量？在北京，在柏林，在世界，見夠種種面孔和人生遊戲，旅途的歸宿，還得回到詩上。

破玻璃讓雪花飄進了小屋，給地面漫上白白的一層。藉著微微雪光，我的心猛跳，牆上的灰塵間，清清楚楚映出一塊獨特形狀的白，那是頭，那是四條腿，朝五個方向大大展開。一張狗皮，我的小狗「小黑」的皮，被剝掉後，我曾把它釘在了這裡。誰知道我離開後，它又在這裡留守過多久？狗皮蓋住的地方，已經和別處牆皮的顏色反差這麼大。小黑還在這兒，帶著牠的刺疼，等我呢。

這隻小黑狗，像個標誌，嵌進我的一九七六年。

那是我到黃土南店插隊的第三年。雖然我「插隊」的地方，遠不如東北知青的黑土地、西北知青的黃土地那麼「打眼」，像塊文革的胎記，一望而知盛滿故事。但，「黃土南店」這個名字，仍然滲透了中國的土腥味兒，和如今的北京比，它顯得那麼遠，不是空間上的遠，而是時間上的遠，縮成一個小黑點兒，藏在了高樓大廈的陰影下。

我記得好清楚，一九七四年五月四日那一天，我們北京六七中高中畢業班的知青，到達中越人民友好公社，被分成若干組，由生產隊的來人接走。行李被堆上一匹老白馬拉的馬車，人也坐上去，看它一扭一扭，艱難地碾著黃土路上每一道溝坎，馬汗夾著馬屁味兒，混入路邊正分櫱的麥苗味兒，又酸膻又清新，像我們心裡說不出的感覺。興奮？惶惑？茫然？都有都不準確。這裡離家也是說遠不遠，說近不近，當黃土光禿禿一片，二十公里和兩千公里能有多大區別？回想起來，我們那時真老實，騎自行車就能回家的距離，領導說兩個月回去一次，就能等兩個月。哪像晚兩年來的知青，很快就學會了在兜裡揣一張汽車月票，每晚幹完活，鐵鍬往回村的馬車上一扔，轉身跳上汽車進城，一個多小時後就舒舒服服坐在（躺在）家裡了。真聰明啊！

「插隊」第一堂課，當然是物質的，簡單說就是餓。知青食堂的飯，總是清水白菜，難得見到油星兒，加上分量有限，對長身體的男孩女孩，哪夠？給我們做飯的老呂頭，總穿條傳統的緬襠褲，於是被我們偷偷叫做「大褲襠」，他早先走街串巷賣驢肉，最喜歡給我們顯擺當年驢肉多好吃，說得我們饞蟲蠕動，猛嚥口水，心頭越恨越愛聽。那幾年，我們什麼沒吃過啊，文雅的，花一毛錢到附近安定醫院住院部小店買塊桃酥（我們叫它「耶穌」——噎酥）解饞。粗魯的，抓來隻麻雀塞進冬天的火爐，聽牠撲簌簌鑽進煙囪，拚命向上飛，快掙扎到煙囪拐彎了，又一頭栽下來。對餓壞了的我們，那不是鳥，不是生命，只是一小塊肉，久違了的、噴香的、魅力無限的、肉。

我們在生產隊幹活的收入，根本指望不上。生活費，得靠也被下放的父母每月寄來。黃土南店一隊是個窮隊，我插隊第一年，隊裡一個工（等於十個工分）兩毛多錢，我很努力地幹了一年，年底分紅拿到二十多塊，這可是一年的工資，還包括飯錢在內！呸，沒戲了，我約上兩個朋友，乾脆到北京莫斯科餐廳（簡稱「老莫」），一頓吃了它。

文革知青，無論插隊的地方遠近，都經歷過一條類似的思想曲線。剛下鄉，理想得要命，一心投入報紙上許諾的三大革命。對我這本來容易過分熱情的傢伙，那煽動更奏效。高中畢業，我就一激情，申請了到陝北延安去插隊，幸虧我老爸，自己也下著鄉，同時正被我姊姊千方百計要逃脫她那北大荒折磨得心力交瘁，一句話拍板定案：「不行！」

雖然不行，這堂現實課，還得在黃土南店補上。我到村裡後，因為愛寫寫畫畫，被搜羅進村裡廣播站。第一年「三夏大忙」，收完麥子，得趕著向田裡送糞，好播種晚季玉米。那時殘存的些微物質刺激，是「計件」制：送一車糞計一件，每天按件計酬，多計多拿錢。那天晚上，隊裡的馬隊長跑來找我：「你沒看見麼？階級鬥爭新動向！」「什麼？哪兒？」我激動了，階級鬥爭啊，這可是三大革命的第一項！「就在這兒啊！你沒看見劉大山，他推一車糞，可是到地裡倒成兩堆，算兩件！還共產黨員呢，這起了什麼帶頭作用？」我一看，可不是？那劉大山，仗著是隊裡婦女隊長的丈夫，幹活吊兒郎當，裝一袋菸也慢半拍，他車上的糞，裝得比別人多一點兒，可推進地裡倒成兩堆，一下子拿雙份錢。這是破壞呀！我記得六〇年代初中蘇之爭著名的「九評」，於是抓住這話題，在我的廣播站，也來了個九評「一車糞倒兩堆」。而且，村裡播完公社播，公社播完縣裡播，一時間沸沸揚揚，劉大山比糞還臭了，馬隊長見我就拍肩膀。我得意之餘，也不免疑惑，怎麼村裡人對我這階級鬥爭的壯舉不熱情？有些人甚至遠遠看見我繞著走？又一年後，我和村裡幾個年輕人混熟了，才知道什麼是「階級鬥爭」？那次我整個被馬隊長當槍使了，他和劉大山正在爭隊長印把子，我那九評，永遠打消了劉大山當官的可能性，也永遠和「劉派」結了仇。「你傻呀！」我好朋友大海頭說：「一個知青，將來還得靠村裡人推薦才能返城，結了這個仇，你回家的路斷了一半！」哇，後悔嗎？太晚啦！

我的革命熱情，在黃土南店漸漸降落，隨著心態沉靜，身邊的真現實回到了眼前。一天又一天，如果說有什麼比飢餓、勞累更難忍，那就是孤獨。畢竟，我才不到二十歲，能對誰傾訴這一切？唯一的安慰，是盼到每月母親寄來錢和小包裹，她的寥寥數語，對我突然變得如此寶貴。她間或回京治病，更成了我們團聚的小節日，直到一九七六年一月七日那最後一次！她的猝然去世，扔下一大片真空。心裡的空白好深啊。那是我第一次真正感受「死亡」，原來「死」這麼具體：只是一張臉，出生第一天就看見的，從小以為她永遠會在身邊的，讀著書信就會浮現在眼前的，一個總守在那兒的傾聽者、對話者、安慰者，突然——沒了。怎麼可能？雖然，這感受在我後來的生命裡，還將重複多次，但都代替不了第一次，況且是以母親的形象，實施了一次突然襲擊！

那些日子，收工回來的晚上，別人呼呼入睡，可我睡不著。空白，就在眼前。一張橫格紙，一個小筆記本，我在上面茫然寫寫畫畫，一行一行，我漸漸發現，這些字，和以前那些自以為是「詩」的東西，很不一樣了。它們不再高亢、光明、熱烈，而在下沉，到了地上、地下、心底。語言仍然幼稚，但它裡面，長出一種「根」，和我內心的欠缺契合在一起，越欠缺，這些語言越有出現的必要。它們在彌補某種不可彌補的空隙。我說出這樣的語句，不再覺得是模仿別人的聲音。這是我自己的話，也只為想聽、且能聽懂的耳朵而說。除了「她」，別人聽或不聽有什麼關係？白紙，常常寫著寫著就被淚水模糊，寫了之後，還把小本子藏起，因為這些語句的味道，實在與文革要求的昂揚不同。那時，我甚至很難想像，以後會被人叫做「詩人」，而這些詞句，正是一個「詩人」未來一生的真正起點。死亡、孤獨、內心的空缺，讓詩，成為必要的！母親最後「梗在心裡的遺言」，直接把一粒詩的種子播進了土地。

我的小黑狗，也幾乎就是那時來到的。母親去世後不久，有一天，窗外忽然小狗汪汪叫，夾雜著幾位知青興奮的笑聲。我出去一看，知青們圍著一隻小黑狗，正商量怎麼殺了吃肉，小狗像能聽懂似的，哀叫著左顧右盼。忽然，我起了憐憫心，推開眾人說：「不能吃，這小狗我要了。」不記得大家有啥爭辯，反正小狗歸了我。

我把牠叫「小黑」。這隻小黑狗，長相確實很一般。雖說是「四蹄踏雪」，渾身黑毛只有四腳雪白，但四條腿挺長，身子特短，顯得不大成比例。不知是牠知道我有救命之恩，或牠的到來，恰恰填補了我心裡一些空白，反正我們一見如故，特別親。我在知青食堂裡本來不多的口糧，總得留點給牠吃，半個饅頭，幾杓菜，看牠埋頭猛吃，就讓我高興。小黑狗也懂事，牠主要靠自己出去找食，少給我添麻煩。現在想來，牠必是個好獵手，因為我不記得曾為餵飽牠傷腦筋。當我出工，牠就靜靜守在小屋門口。我從隊部收工回來，進村前要斜插一片墳地，牠每天都在那兒等著我，一見我出現，就遠遠迎上來，尾巴甩得溜溜圓，帶著整個小屁股左搖右擺。然後，在我腳下跑前跑後，一路回家。最美好的時刻，就是別人睡著了，我坐在小炕桌前，或看書，或寫字，牠伏在腳下，身上狗皮的土腥味，那麼溫暖。小黑好像從來不會睡著，任何時候，我叫牠一聲，哪怕只朝牠擠擠眼，牠就一骨碌站起來，朝我看著，等待下一個指示。

沒什麼「指示」，我繼續看書，牠就把呼呼喘氣的小鼻子，伸到我的書上，眼珠盯著我的臉。那眼神，用信任，用安寧，撫慰了我多少個黑夜。對於小黑，最困難的時刻，是每隔兩個月，我「獲准」回家的那幾天。我消失前，總會把牠委託給朋友照管，但誰知牠怎麼這麼靈，每次——一次不少——當我騎車回村，離進村還有兩里路，準能看見牠的小黑影，在路口上等著，牠有一部雷達？通了靈，能算準我正回來？或每天如此，從早到晚、風雨無阻地等在這兒？當然，是後者。只在十多年後，我們到了澳大利亞的雪梨，幫好友白大衛照看他的狗「哈瑞」時，才看到一模一樣的情景。白大衛不在家的日子，哈瑞也無精打采，整天趴在院門口，眼巴巴地等。唉，小黑，誰知你的皮，又在我的小屋牆上，等了好多年！

一九七六年，是我的、也是中國的「命運之年」。一月七日母親去世那晚，我抱著照相冊哭了半夜，第二天一大早，我和父親還躺在床上，突然廣播喇叭裡哀樂大奏，啊，為我媽媽？怎麼可能？原來，一月八日，總理周恩來去世了。我記得很清楚，身邊的父親說了一句「總理去世，是個很重要的事件啊。」他話裡有話，傳達著一批「老革命」們的政治資訊。

我不懂那些，但仍能感到一九七六年越來越緊張的氣氛。從周恩來去世，長安街上民眾的自發悼念，到報紙上社論一篇接一篇，口吻語氣越來越嚴厲。三月，村裡又來了一批知青，這批城裡甘家口中學的學生，雖然年輕，政治嗅覺可比我靈。四月初，天安門廣場就出事了，悼念周恩來的詩篇和「小白花」鋪天蓋地，我四月四日還在廣場上鑽來鑽去，當天回村，第二天就是那場著名的鎮壓。當然，廣場經歷必須隱瞞。四月以後，我的筆記本上，詩句也在漸變。從懷念母親，轉而朝向對知青宿舍東邊第一間屋的渴望。年輕的愛情出現了。

一個身影，高䠷而瘦弱，話語帶著鼻音，占滿了我的視野和聽覺。四月和五月，春天和初戀，激發著文字。小筆記本很快寫滿了。怎麼辦？真遺憾沒有母親諮詢的金玉良言啊，這個太缺乏經驗、卻太不乏激情的未來詩人，竟斗膽（心裡肯定哆嗦著）把大大題為「愛情之歌」的筆記本，就那麼遞給了夢中人。我簡直沒想到，從抄錄的陸游〈釵頭鳳〉，到我寫下的那一大串「永遠」，會是怎樣一顆炸彈，在那雙十八歲的手中爆炸！順理成章，沒主意的她，卻有一位母親，筆記本隨之轉到了「母親」手上。讀著我那些愚蠢的革命加愛情誓言，「母親」說不定心裡怎麼偷偷暗笑。我同樣不知道的是，她父親也是老幹部，而且此時正在文革重災區教育部工作，還有誰比她父母更懂「白紙黑字」的可怕？再後來，筆記本倒是完璧歸趙，退還到了我手上，同時遞回的還有一句話：「小心點兒，寫作永遠是給別人當靶子！」嚇，一個小女孩兒，竟比我理解詩歌的處境早得多，真是先知先覺呀！

一九七六年七月，唐山大地震。那晚上，睡到半夜，我突然聽到雷雨大作，雨聲直砸在我臉上，驚醒才發現，那是頂棚上嘩嘩落下的土。地震了！我跳起身拉門，可門拉不開，掙扎半天才發現前一晚把門栓上了。等跳出屋子，知青們都已經到了院子裡，當晚搭起地震篷，男女知青在院裡分開睡，巧啊，我和她隔著塊塑膠布頭對頭，近得能聽見她呼吸，這地震真太美好啦！

接下來兩個月，哀樂廣播接二連三，對我們卻是黃金幸福好日子。沒人有心思留在農村，再說知青宿舍房子破，砸死人更麻煩，乾脆都放回家。筆記本沒奏效，地震可大幫忙，這兩個月，我的自行車乘著初戀的清風，飛馳在頤和園和甘家口之間。這樣的好日子，保持到九月八日，那晚，我們在紫竹院小柏樹下幽會親吻，被巡邏的工人民兵抓個正著，幸虧她機智，擋住了我交代是溜回城的知青，否則麻煩更大。終於被放走時，我突然看見，樹叢後面月亮金黃一輪，碩大渾圓，原來那天中秋節。第二天九月九日，毛澤東去世的消息傳來，知青們被勒令回村。回去後第一件「政治任務」，是連夜為毛的追悼會製作白紙花。毛的追悼會呀，誰敢不沉痛？可不知我是玩野了還是啟蒙了，竟半開玩笑地對大家說「這得給夜班加班費呀。」話剛出口，看見她在我斜對面，狠狠瞪了我一眼。

我那些〈評一車糞倒兩堆〉大作結下的梁子，現在結出了苦果。村裡的權力，山不轉水轉，轉到了不喜歡我的人手中。這回輪到我倒楣了。

誰能預料，多年後的我，會寫出《豔詩》那樣的玩藝？說來沒人信，本來那個我，老鄉們講黃笑話，會躲到一邊去，倒不完全是害羞，而是聽不懂，這就足夠「不和貧下中農打成一片」了。

你永遠躲不開想找茬的人。

我們知青宿舍邊是個大水坑，夏末秋初農忙的日子，那一夜，別的知青都睡了，我和她坐在水坑旁，聊著人，聊著書，聊著她最喜歡的《紅樓夢》和林妹妹。事實上，聊什麼根本不重要，重要的是，上有星光點點，四外寂靜無聲，促膝而坐的兩個人，近近的呼吸間，就是整個宇宙。話語流逝，時間流逝，誰知道幾點了？突然，一道手電筒光射來，那個民兵連長查夜來了。「什麼時候啦？幹嘛哪？」壞了，我知道這傢伙討厭我，這次落到他手裡了。果然，第二天早晨出工，我剛到隊部，就發現「醜聞」早被他傳開了。那年頭，談戀愛幾乎等於耍流氓，何況只有一男一女，更何況是在大半夜！人們看我的眼神好複雜，她也悄悄躲著我，好吧，那我們就擰著來。從此，我從一個積極分子，急遽跌落成反派人物，再後來，乾脆自甘墮落，把對文學的愛好，展開得越發不可收拾，在隊裡卻能混就混，能懶就懶，每兩個月回家，能多待一天是一天。黃土南店啊，我真夠了！

但我太年輕，沒想到人心能多黑。那次，我又訕訕騎車回村來，突然感到有什麼不對勁，怪啊，怎麼沒見到小黑？每次牠蹲著等我的路口，這次卻空空蕩蕩。我慌了，趕到宿舍，路上的知青，都躲著和我說話，而在我的小屋裡，卻留著一碗肉和小黑被剝下的狗皮。怎麼回事？我氣懵了。找大隊黨支部書記「理論」，得到的回答是：「狗要吃人的糧食，上邊有指示，不准私人養狗，所以打死了牠。」「可這村裡到處是狗，為什麼偏偏打死小黑？」書記翻翻白眼不回答。就這樣，小黑沒了，小屋更空了。那碗專為刺痛我留下的小黑的肉，彷彿直接嵌進了我的血肉。那張皮（我不敢想像他們剝下它的樣子），黑岑岑滲透著仇恨，被我釘在小屋牆上，每天提醒我，不准我忘了這經歷。這場敵對，發展到秋末冬初，在一次知青會上達到高潮，那村支書當眾宣布：「只要我當頭兒一天，你就甭想返城！」嚇，知青們唯一的夢，就是有一天能離開農村回家，他這句話，不啻判了我的死刑。反正沒希望了，還待在這幹嘛？第二天一早，我拉上門，走了。

寫詩多年後，我把黃土南店稱為我第一個「命運之點」。我給這個詞的定義是：人，全然不情願地被推入絕境，卻由此體味到根本的真實。二十歲，母親的死，小黑的死，像另一根臍帶，連接起中國的、人性的死亡。在我還沒學會分析這世界時，先塞給我一團巨大而混沌的「經驗」，就像中文傳統式的教學那樣，理解含義之前，先背誦課文吧。「命運」越樸素越說不清，也越耐嚼耐琢磨，在未來越能汲取更多滋養。一個人一生中，不會有很多「命運之點」，但每一個，都會夯實人對生命的認識。站上、站過那一點，看見的風景就全變了。

黃土南店，把我從一個胡思亂想的浪漫男孩兒，拉回人生這口深井。冷颼颼的水，正澆到這棵未來詩人的莊稼根上。它給我的人生打了底。形象地說，它像一只骨灰甕，裡面一團團、一層層疊壓著不同姓名、不同時代的骨灰，就像我從醫院取回母親骨灰時看到的：黃白，枯槁，殘片與碎末摻雜，那麼輕薄空泛，卻有強大的輻射力，能穿透覆蓋在它們上面的水泥地面和樓群建築，從地層下時時刺痛尚未麻痺的神經。我得感謝它啊，這骨灰甕，總讓我一掏一大把，永遠掏不盡，命運之點就是詩之點。

但那時我並不知道，自己那一走有多冒險。支書甚至不屑於去找我，因為他知道，誰在中國沒有檔案，甭想找到職業。而我的檔案一如其他知青，存在公社知青辦，要拿到得憑他認可「表現好」的批准信。我離村後，在我父親幾個老朋友家漂流了幾個月。這一家家都是中國政治的老運動員，太知道我這小小反叛的危險了。他們著急，又不好對我說，只有暗暗託人，也是我命不該絕，竟然有一天，鄰居們來看黑白電視新聞時，中央廣播文工團的畫家劉寶俊恰在其中，爸爸的老朋友介紹我們認識，一聊之下，他對我的農村遭遇頗為同情，第二天去團裡詢問，中央廣播文工團創作室竟然正有一個工作名額，而且即將作廢！寶俊找到文革時和他同一派的文工團長，團長說還要考個試。寶俊透露考試內容大約是我未來的職業：寫歌詞。那是我生平第一次「認真」對待歌詞這東西：連夜翻看，背下幾首歌頌華主席的七字句，第二天果然要我現場「作詞」，拼湊組裝了幾個現成句子，團長看了對我說：「還不錯，稍微年輕一點兒，不過你本來就很年輕嘛。」

「那你們要我了嗎？」「好，我們要你了。」

絕處逢生「考」進中央廣播文工團創作室，我死死按住滿心狂喜，故作平靜地對團長說，我可以自己去取檔案，給團裡省點事。團長哪想到這小男孩還會玩心眼，當下應允。我連夜潛回公社，找到知青辦一位也愛舞文弄墨的朋友（他當然不知我和村裡書記的衝突），出示蓋著鮮紅大印的調令，詭稱報到時間急，請他幫忙。朋友不知其中有詐，還很為我慶賀。我拿到檔案，先去中央廣播事業局大樓報到，在「中央」單位正式上了班，然後轉身回村，進村就遠遠看見那支書，站在黃土路中間，簡直像在等我，他一見我就滿臉溢出笑容，我能讀懂其中的字句：「小子，我知道你跑不了！」而小子我逕直走到他面前，離他鼻子一寸遠，說「我回來就為了告訴你，我、走、了！」「不可能！」他騎上車就去了公社，哈，太晚啦，我的檔案早沒了。他一個小小的村支書，離「中央」級別差得太多了。我算為小黑報了仇。終於，可以安心走了。這一走，就是五年。

四，「牆，到處都是！」

毛姆森大街不愧是柏林的「裡脊肉」，這條街真正鬧中取靜，它與「褲襠大道」平行，僅一街之隔，味道卻全然不同。這條街兩邊的大房子，一點看不出戰爭的痕跡，它們不僅保存完好，裝飾華美，並且刷洗得一塵不染，簡直像剛造的。只有每一棟大樓不同的建築風格，讓人們能認出時間的存在：這一棟凸出三面的窗戶，形狀高大簡潔，應該建於二十世紀最初的一九〇五至一九一〇年。那一棟牆面布滿圓潤輕盈的雕花，顯然是一九二〇年代「青春建築風格」的產物。因為地處中心，又優雅寧靜，這條街一九九一年曾是畫廊聚集之處。穿過夏天濃綠、冬天雪白的林蔭道，散步時隨意踅進一間正舉行開幕式的畫廊，端著串串氣泡嫋嫋上升的香檳，欣賞或看得懂或莫名其妙的當代藝術，那韻味兒，誰說光資產階級喜歡？我們雖然長在紅旗下，還經歷過文革再教育，可照樣很享受！

一九九一年一月，我們到達柏林的季節是嚴冬，樹枝上光禿禿的，天空下午三點多就攏上一層朦朧灰暗，但，這是柏林呀！說來可笑，過去我們對這個詞的了解，不會超出蘇聯電影《攻克柏林》那點知識。那部老舊的彩色片，在我小男孩的記憶底片上，印滿了飛機大砲，和炸成山的廢墟。希特勒扭歪著臉，聲嘶力竭的嚎叫「給我出動一千架飛機！」這唯一一句被記住的台詞，像根繩子，繫住柏林這座城市，成為一種歷史的背景。儘管荒謬，它也硬拽著這個城市的名字，把它嵌進了我們的生命。

這裡還有個插曲：就在我們接到DAAD邀請，即將奔赴柏林前不久，澳大利亞前駐中國文化參贊、名小說家周思（Nicholas Jose）很興奮地和我聯繫，不久，他和一位澳大利亞電影導演同來看我，原來，他描寫八〇年代北京地下文學圈子的小說《長安街》即將被拍成電影，而他不知為什麼，認定小說主人翁、一位搖滾歌手非由我出演不可！那導演見到我的長髮，聊起當年北京朋友們晝夜滾動的激情日月，也頓時認可了周思的選擇，可當他們二位開始商量拍片時間表，我卻突然問：「請問這片子要拍多久？」「哦，大約一年吧」，導演說。「一年？那不成！這片子我不能拍！」我的回答斬釘截鐵。那二位完全驚呆了。周思問：「為什麼？」「因為我們馬上去柏林，居住寫作一年。」周思試圖說服我：「寫作能不能等等？這拍電影的機會很難得呀。」導演認為他有更棒的理由：「我得提醒一句，我們付的錢是你不能想像的！」哈，他有一點對了，在錢和詩之間，我的選擇不言而喻：「NO！我得去柏林，電影對我沒興趣！」真對不起啊，我至今記得好朋友周思那一臉失望。可話說回來，要是我當時同意不來柏林，卻去拍那部早被人忘得乾乾淨淨的電影，那才輪到我今天遺憾呢。對於我，唯一值得交出生命去兌換的東西，只有一樣：詩。

那個夜遊「褲襠大道」後的第一個早晨，在臨時貴族空蕩蕩的大房子裡醒來，我和友友四目相對：「現在幹什麼？」當然，最應該做的是顧肚子，這裡的廚房雖然裝備齊全，可油鹽醬醋一無所有，貴族面臨著飢餓的威脅。但，又好像還有什麼感覺，在我們裡面，比吃飯更急迫更重要，是什麼？我們幾乎不約而同：「走，去東柏林！」扔下沒解開的行李，穿上最暖和的羽絨服，出大門，見到第一個老外，嘗試用我們蹩腳的英語問路：「哪兒是東柏林？」那人一臉茫然，好像聽不懂，我們再比畫一條直線：「牆，就是那道牆。」這下他釋然了，也用手勢回答，卻畫了一個大圈：「牆，到處都是，一直走就能撞牆。」哈，可不是？西柏林曾是座被柏林牆圍困著的孤島，四面八方都是牆，誰想看牆？就一直走吧。

我們在薩維尼廣場站跳上 S-bahn（德國城市高架火車），唯一知道的方向是波茲坦，這條線路的東柏林終點站。好興奮啊，這趟車是向東開的！那時候，「東」有特定含義，那是政治觀念的另一邊，剛剛被打開的歷史那一邊。對漂泊在外的我們來說，向東，就像鑽進時光隧道，一次旅行，能帶我們回到自己的過去，那記憶、那昨天，沒說出來的，是藏在東方地平線背後的那個字——「家」。

S-bahn 上的乘客，一看就知道，都是像我們一樣的旅遊者，滿臉興奮，嘰嘰喳喳，向窗外翹望的眼睛裡，溢滿神祕和好奇。確實，柏林從未像一九九一年這麼吸引世界的注意力，這之前，它是鐵幕背後一塊西方的飛地，彷彿被空投到了一片虛無之中。東德國界線後面，是那無邊的「另一個世界」，廣袤，空曠，寂寥無人（至少鮮有人聲）。我運用黃土南店插隊的體驗，想像那個世界，二十公里、二百公里、兩千甚至兩萬公里，沒什麼區別。東柏林郊區一個小村莊，好像能直接銜接上西伯利亞的曠野，混沌等於空白，而空白能塞滿狂想，於是，S-bahn 的一個個車廂，滿載著對統一後新德國五彩繽紛的想像，向東駛去。

S-bahn車窗，翻動著人們手裡的旅遊書，一頁頁都是熟悉的畫面：議會大廈，勃蘭登堡門，腓特烈大街，亞歷山大廣場……車門開開合合，乘客上上下下，我們懷揣「坐到東頭最遠處！」的隱祕決定，穩坐不動。列車滾滾前行，又不知停了幾站，忽然，我們感到：有什麼不對勁了。是什麼？原來不知不覺中，車上已經沒有了旅客，現在的乘客，換成了地道的東德「人民」：灰、藍單色調的制服，工裝式的匝線棉襖，冷漠的臉色（在反射天氣還是心裡的寒意？），不是好奇，而是反感的眼神，像明明白白在把我們推開。我們再瞧瞧自己身上，糟，區別太明顯了：我穿了一件檸檬黃的、鮮豔的羽絨登山服，一望而知又輕又暖（其實是中國出口轉內銷貨，友友出國前從秀水街淘來的），友友穿一件皮衣，看著滿漂亮，其實也是倫敦跳蚤市場的戰利品，只花幾個英鎊擒獲的。但S-bahn上，沒法解釋這誤解，人們的眼神裡，只能讀出一個詞：「外人！」物質不同，確實能把人們隔開。同一個車廂裡，我們和他們，成了不信任、拒絕、甚至敵對的雙方。衣著上，我們是西方的、資產的；面孔上，我們又是東方的，而這東方，站在意識形態之牆的哪一邊？那時，讀懂柏林已夠困難，要讀懂陌生的德國眼神，簡直像一門外語中的外語！沒準那裡有德國式的溫暖，可惜咱不明白。

反正，車向東越遠，窗外景色越荒涼，最後，連彈痕累累的城市也沒了，只剩下一片冬天的荒野，冷冰冰的凍土地上，幾棵枯樹，一片殘雪，簡直像外國版的黃土南店。這車怎麼還晃不到頭呀？冷，好像能射穿玻璃，在外景和人們目光間流竄，再蔓延到我們身上、心裡，激起一陣寒戰。能感到心底深處，絲絲泛起一種說不出的恐懼。來不及分析那是什麼，又一個小站到了，我和友友對望一眼，「回去！」趁車門未關，一個縱身跳到空蕩蕩的月台上。這趟擬議中的「東之旅」，就這麼半途而廢了。事後回想，我突然自問，在中國時，我是否也有一雙那樣冷漠的眼睛？投向陌生人時，充滿了「外人」、不信任、敵對的潛台詞——世界，就這樣被一道道目光狠狠隔開。

我們又跳上向西的S-bahn，像纏回一個線軸似的，一站站倒退著重走一遍剛才的旅程。遠郊、近郊、城市、中心，亞歷山大廣場到了，這是柏林旅遊者的核心地帶，熱鬧擁擠，當然安全。我們下了車，追隨眾人的腳步，漫遊，照相，周圍一棟棟社會主義風格的大樓，畢竟是德國造，比出國前我們住過的北京勁松社區，要結實、高級得多。當然，東德時能住在這樣市中心的，肯定是高幹，要和他們比房子，得拿出北京西長安街上有名的二十二號樓，甚至釣魚台東門外的小樓區。

既然從中國來，廣場上有名的馬克思、恩格斯銅像，一定應該看。但走到近旁，我們感覺好失望：這兩位，馬克思坐得端正，恩格斯站得筆直，姿勢僵硬、表情抽象（或根本沒有表情），這塑出全身的兩位偉人，比我們見慣了只有頭像的馬恩列斯毛，彷彿突然矮了一大塊。雕像不說話，歷史卻也不沉默。馬克思身上，被潑上了一大團紅油漆，對這鮮紅淋漓的「血跡」，他一臉木然，無動於衷。倒是寫在下面的另外一行英文字，我們讀懂了：「這不是他們的錯！」柏林牆倒塌了，對歷史的反思爭辯，可並未停止。誰錯誰對？讓時間審視吧。

亞歷山大廣場上，最顯眼的，莫過於東柏林電視塔了。那座高聳入雲的東西，長長的莖，頭上頂著一顆圓球，像一棵倒立的洋蔥（中國說法「倒栽蔥」，恰如其分），從天堂的高度俯瞰著人類。它建造於一九六九年，一九六三年柏林牆切割柏林的六年後，此塔高度共三百六十五米，是巧合，還是以此暗示它占據了時間的制高點？它能俯瞰無限輪迴的三百六十五天，讓歷史變幻於腳下，而它上帝似的高居頂端一動不動。西德朋友告訴我們，電視塔本來就不是它的主要功能。它要造這麼高，因為這樣能把整個西柏林盡收眼底，毋需逾越領空，它就住在空中，西柏林每條街上的一舉一動，都被看到，被拍下，被錄製。這座瞭望塔、監視塔，無時無刻不在提醒西柏林人、甚至整個西方，小心了！你們能登上月亮，可我們最高倍數的望遠鏡，能直接看到你們床上！

我們當然好奇，既想從空中看看這座將要生活一年的城市市容，更想跨時空地看看當年東德祕密員警眼裡的「西方」是什麼樣子？於是，買票，擠進空間特小的高速電梯——真的高速！在一九九一年，我們還從沒乘坐過四十秒鐘能上升二百零三米的電梯，上下如飛機起降，耳膜被擠壓得生疼。終於，來到了塔頂圓球裡，我們手持柏林地圖，和眼中的城市對照著看，那真像一幅超前的3D地形圖，西柏林每條大街歷歷在目，有個好望遠鏡，什麼「動靜」都甭想逃過去。我們端著咖啡，環繞三百六十度的景觀，好一通欣賞。「監視塔」已經是一個遙遠的故事，柏林現在只有一個，這場3D電影的人群中，或許有〇〇七，卻肯定沒有克格勃（KGB），時代變了！我們和身邊一模一樣的西方遊客閒聊著，扛著那時罕見的東方臉，我們一次次被問「日本人嗎？」（這煩人的問題，終於有一次讓我在倫敦希斯羅機場，對又一位好奇者回答：「我是北朝鮮人！」哈，果然把他嚇了一跳！）但在電視塔上，這問候挺親切，它幫我們很快忘記了剛才S-bahn上的冷眼，而回到了熟悉的人群中。在這兒，我們的命運是相同的：沒有冷戰結束、兩德統一，誰也來不了這！於是，看吧，聊吧，喝吧，柏林在腳下——這是我們的柏林！

看夠了，冬天的薄暮也漸漸降臨，回吧。還是擁擠的電梯，還是耳膜疼，出來走上亞歷山大廣場，忽然，我發現友友身上有什麼呼扇呼扇，仔細看，哇！竟然是她那皮衣服，被什麼利器切開一道長長的口子，就在衣兜外面，顯然是讓小偷盯上了！趕快回憶，唯一可能的作案機會，必是在那個擁擠的電梯裡，人擠人的窄小空間，誰會在意身體摩擦幾下？這小偷身手也真不錯，皮衣上的切口，整齊凌厲，應該是傳說中磨鋒利的硬幣所為，這可是第一次在現實中領教它。所幸，被切開的是這皮衣外層，裡面衣兜還有一層，所以保住了寶貴的銀子。但，真問題不在於銀子，而在於這一刀，切到了我們熱昏的頭腦上，又是一道寒光，一下子連接起了剛才 S-bahn 上的目光，東德、東柏林——這些「東」，並沒有改變，它們仍是陌生的、祕密的，隱在我們周圍，擠在我們身邊，手裡攥著刀子！這一想，脊梁骨颼颼發冷，眼前著名的菩提樹下大道，算了，洪堡大學，算了，快走！這是勃蘭登堡門，門那邊就是西柏林，別照相了，快穿過去！終於，我們的腳，又站到了「西方」的土地上。記得好清楚，真是鬆了一口氣呀。這柏林第一天，就像第一堂課，好傢伙，有內容！

五，「家」——「鬼府」之鬼

北京——我的家，再自然不過，為什麼要給「家」加上個引號？

在「家」這個字下面，我可以安上一連串位址。

最早，是我父母剛從瑞士回到中國時住過的我奶奶家，地點在現今最熱鬧繁華（昂貴！）的王府井，西堂子胡同十五號。據老爸講，那是我曾祖父從滿清皇家後裔、畫家溥雪齋手裡買下來的，而溥雪齋之前，這個深宅大院，曾屬於一個什麼「英中堂」，無從考證哪朝哪代，反正從那左中右三路、前後五進的氣派，能猜到當年官老爺的顯赫。我父母一九五六年結束瑞士外交官生涯回國後，等待分配新住房期間，就在這座滿布回廊、假山、金絲楠木雕花隔扇的「資產階級」宅院裡，借居過兩年。

接著，一九五七、五八年吧，我父母搬到了他們工作的北京西苑機關。地點在北京西郊中醫研究院附近。那是第一個進入我記憶的家。那座南二院東三樓，在文革前那些年，它曾讓我體會了多少溫馨啊！父親每年冬天養的水仙，至今在我夢中幽香繚繞。母親坐在籐椅裡織毛衣，已經在我的老照相冊中定格。噩夢般可怕的機關托兒所，每到鬧流行病，就把孩子們「隔離」在那裡，哦，所以，「隔離」這個文革專用詞，對我毫不陌生，它能直接喚起一種生理反應，讓我像那次「被隔離」期間，和小朋友們排隊上街，突然遇上去買菜的老保母二姨，抱住她嚎啕大哭，死也不肯再回托兒所。雖然我哭得二姨和那位美麗的吳阿姨也陪著掉淚，但無奈命令高於一切，最後還得鬆手，眼巴巴看二姨漸漸遠去。

再以後，就是我抱著「虎子」艱難跋涉而去的國際關係學院了。我們一九六五年搬到那裡，住在學院最北面的七號樓三層一單元七號。這從西苑機關住的底樓到三樓的變化，對我不算什麼，可對荒野中出生的「虎子」，卻成了個巨大的難題：牠夠聰明，晝伏夜出後，很快學會了，現在早上回家沒有窗檯可跳，而應該爬上一層樓梯，去撓中間那扇門，可牠怎麼也分不清二樓和三樓的區別，所以上得一層，就拚命抓撓樓下那扇門，弄得我家鄰居抱怨不休，所以每到清晨，我得早早豎起耳朵，等著聽樓下大門傳來的聲音，一響就趕緊爬出被窩，把牠抱上三樓。唉，或許正是這討厭的數學考試，最終讓「虎子」徹底迷失了。某個早上，牠沒有回來，我等啊等啊，聽啊聽啊，樓下還是一片死寂。因為這個新家，我的「虎子」丟了。雖然，我二姨很快為我抱來了虎子在西苑機關繁衍的一大群王子中的一隻，雖然也是黃毛長尾，威風凜凜，但畢竟不是原版。文革開始後，牠也厄運難逃，成了一群孩子們練習殘忍的犧牲品。那雖不是我養過的最後一隻貓，可無疑是命運最慘痛的一隻。

但現在，這個加了引號的「家」，對我來說，是另一個，也只可能是這一個：我叫它「鬼府」——國際關係學院一號樓一一七室。

一號樓不是宿舍樓，它原本是教學樓。它的樣子，也根本是一座教學樓。兩邊是兩排上課的教室，中間一條走廊。因為走廊沒有窗戶，所以它要麼永遠開著燈，要麼只能黑黢黢的，要穿過它只能瞪大眼睛，摸著牆走。這樣的房子，由此獲得了一個恰如其分的雅號：「筒子樓」。

一號樓那條筒子，從早到晚的黑暗不說，更被兩邊密密麻麻堆滿的障礙物弄得險象環生。那是從一個個房間裡蔓延出來的煤爐、灶台、雜物、碗櫃、做飯的炊具、將做的和做好的菜、垃圾桶……到了飯點兒，這條筒子就成了間一眼望不到頭的廚房。家家門口，都忙碌著做飯的身影，菜刀聲、鍋杓聲、招呼孩子們回家的叫聲，孩子們衝進家門急不可待的歡呼聲，混成一團。每家主婦的背景不同，伙食的風格也不同，這條筒子，於是也成了一個中國烹調博覽會，各種香味兒，常常引誘得我口水滿溢，可惜，那只是一股股香味而已。

我的伙食，與這條筒子無關。每到飯點，我照例提上一只鋁鍋，晃到學院食堂，打回中飯或晚飯。那只鋁鍋，在我朋友們中頗為著名，原因很簡單，吃完每頓飯後，我差不多從不洗它，永遠是開水朝裡一倒，杓子一攪一涮，美其名曰「高湯」，喝完就放在一邊，等著下次繼續使用。用朋友的話說「這鍋裡，仔細點兒能品出半個月前的菜味兒！」嘿，這表揚曾令我頗為得意。

這個「家」，怎樣變成了「鬼府」？它如何與我結緣？如何難解難分？這，如同許多記憶，要回到文革去梳理源頭。

文革一九六六年開始，那年我十一歲，幾件事讓我知道出了大事。

第一件事：學校不上課了！

這對我可不是壞消息，因為我雖然不笨，但肯定不屬於死記硬背、應對考試的高手。每年期中、期末考試，都令我煩得要命，不是怕不及格，而是不願意看到自己的名字，總排在班上第三、四、五位，看著別人在我前面洋洋得意，心裡難免冒出一股醋意。每到那時，我總痛下決心，哼，得意什麼？下次我好好準備，也拿個第一！可惜，時過境遷，下學期開始，又會有比背書更有意思的其他事，輕而易舉奪去我的注意力，於是考試後只得再次重演飲恨發誓之舉。

現在可好了，不是我，而是學校、北京、甚至全國都名正言順不上課，因為我們要停課鬧革命！對這不上課的「革命」，我高興死了擁護死了，當然樂意回應。我的「革命行動」，就是玩。我頤和園離我家近在咫尺，那個夏天的大游泳池，冬天的大滑冰場，讓我「革命」得如火如荼。我每天早出晚歸，兩頭摸黑。夏天住在水裡，被太陽曬得黑泥鰍一條。冬天長在冰上，滑翔時身輕如燕，旋轉起跳，頗為矯健。老爸從瑞士帶回的一雙英國造紅色花樣溜冰鞋，也給我在冰場上增色不少。我至今記得，當我在冰上飄飄然，透過大雪紛飛，那座皇家園林，依稀像忘記了時間，隱隱恢復的古典之美。頤和園因為革命空空蕩蕩，由著我們這群野孩子盡情玩耍。儘管為工農兵服務，門票曾降至一分錢，但我更喜歡爬牆：背靠一根電線杆，手腳並用攀上石塊砌成的園牆，跳進去就是「園中之園」諧趣園。多年後，當我從國外回來，遊頤和園懷舊，仍能清楚（而驕傲地）向朋友指出哪裡是我當年越界之處。

第二件事，卻遠沒有第一件愜意，它撞上了一個陌生的詞：死亡。

首先，是我心愛的小貓之死。「虎子」丟失後，二姨為安慰我，抱回了一隻虎子的後代。我珍愛牠一如虎子還魂。幾乎每天，我從小學回家路過西苑商場，都會彎到後面賣魚肉的地方，掏出一毛或五分錢，給我的寶貝買「貓魚兒」，那是一些別人不要的魚頭、魚尾，買回家二姨會把它們燉成腥腥的魚湯，拌在米飯裡餵小虎子，這是小虎子最為興奮的時刻，牠能早早嗅出我書包裡的「貓魚」味兒，尾巴直直豎起，抖抖著，在我褲腿上蹭來蹭去，叫得別提多嗲了，一疊聲乞求我帶回的美餐。看著牠終於一頭扎進二姨拌好飯的小食盆，喵喵嗚嗚狼吞虎嚥，是我最開心的時刻！這樣的日子多了，連賣魚老頭也認識了我這個買「貓魚」的小孩，他總給我留著魚頭魚尾，包在一張荷葉裡，等著我在放學時候出現。

這樣美好的時光，到一九六六年戛然而止，那年夏天，我還沉浸在不上學的歡快中，每天頭頂游泳褲早出晚歸，但到了秋天，突然有一天，我家大門上被貼了一張大字報，歪歪扭扭的毛筆字，一看就是小孩子的筆跡，但內容卻大得可怕：原來，文革要打倒一切資本主義，包括養貓養狗，用貧下中農種出的莊稼餵貓，那貓不是「資產階級」是什麼？大字報落款司空見慣：「一群革命小將」，那其實就是國關院裡一幫小屁孩兒，他們勒令我二十四小時內交出小虎子，否則要到我家「採取革命行動」！那時，我儘管逍遙，卻還知道這個詞的分量，因為原來住在我家樓上的小學女校長，就被「革命行動」剃成了陰陽頭，每天垂著一半長髮、露出一半青光頭皮，在外面掃街。我緊緊抱著小虎子，哭著央求我爸爸不要把牠交出去，但老爸有什麼辦法？他比我更知道這群小流氓能幹出什麼事情，他沒轍，只好反過來央求我，為保全一家，只能交出小虎子。

大半天過去了，一整夜過去了，第二天早上，眼看二十四小時的大限將到，我實在沒法，只好抱起小虎子下樓，剛到門口，一群早在那兒坐等、滿心幸災樂禍的小孩兒，隨著一聲「他來啦」，哇嗚竄起，迎面撲來。我最後一眼看到的小虎子，是嚇壞了的牠，猛地掙脫我的懷抱，縱身竄上一堵牠平時一定跳不上去的好高的牆頭，後面跟著那群惡魔，如雨的石塊像惡魔的詛咒，砸向小虎子的身影。我被放過了，轉身逃回家裡，心中充滿傷痛和仇恨，既對小惡魔們，也對自己，因為我對小虎子的背叛。

那天餘下的時間，我埋在哭泣和悔恨中，爸媽、二姨也沒辦法，只能坐在旁邊默默陪著我。再一天早上，樓下小惡棍們終於散去，我偷偷出門，逢人便問：「你看見我的貓了嗎？」所有人都告訴我「被打死了」，直到有一位，顯然在可憐我：「好像被食堂的老王撿走了」。這句話，讓我在之後整整一星期，每天食堂關門後，都趴著鎖緊的門縫，叫「虎子，虎子」，我等著牠如往常一樣，鑽出某個角落，迎向我撲來。當然，牠再也沒有出現。

第三件，比第二件還可怕：一個很親近的熟人之死。

死者是我父母很熟悉的一位朋友，也算位遠親。因為她丈夫崔先生論起來和我舅姥爺、作家徐遲有親戚關係，她家又和我父母一樣喜愛歐洲古典音樂，所以我們兩家走得挺近，近到我根本不知道她姓什名誰，總是管她丈夫叫「姑丈」，順帶管她叫「姑媽」。記憶中的姑媽，蒼白，瘦弱，文靜，微笑時帶著大家閨秀的雅致。我從不記得她發脾氣的樣子。她家和我家住在同一棟樓，但他們在西邊的三單元三樓上。文革開始後，安靜的校園變得嘈雜無比，我家對面的兩棵大松樹上，安上了高音大喇叭，每天早上的〈東方紅〉震耳欲聾，由不得你不早起。沒過多久，人們也已經習慣了像高音喇叭那樣說話，開口就是一股撲鼻的怒氣，直衝對方耳鼓。但，有一天中午，我下了樓，忽然發現樓下聚集著一群群人，一反往常地在竊竊私語，看他們的眼神，也大不尋常，這下令我好奇心驟起：「怎麼回事？」「崔宗偉老婆自殺啦。」自殺？這是我第一次聽到這個詞。沿著人群的縫隙鑽過去，我發現人群聚集在三單元門洞外，都在仰頭朝上看，我也看，突然，我看見了姑媽的臉，比平時更白，朝下微垂著，顯露在她家洗手間開著的窗口中。姑媽怎麼能站那麼高？高到我從樓下都能看見她？再細看，她脖子上勒著條細而黑的繩子，從後面吊到洗手間的水管上。姑媽在幹嘛？我還在傻問，我媽媽趕過來，把我拉出人群。

這平生第一次接觸自殺，給我留下了深刻的印象：那是一張臉，熟悉的、生動的、活的，突然之間變了，變成陌生的、僵硬的、死的。一抹死亡的灰白，不同於我見過的所有其他白色。它像一層灰泥，輕輕抹過，就把一切塗成它的顏色。那種白裡，還滲出一層黃、一層灰，讓你感到它還在變，變得更冷，比無色、比透明還冷。從一位我熟識的人，我第一次接觸到這死亡的顏色。從姑媽突然丟在身後的空，我學到什麼叫做一個人「沒了」。這冷，遠超其他的冷。

整整十年後，當我在火葬場，打開包著我媽媽骨灰的報紙包，看到那堆白裡透黃的骨灰，一種不再陌生的凜冽感又撲面而來。我親手捧起媽媽的骨灰，一捧捧裝進骨灰甕，那寒意，從手心扎進心底，令我終生難忘。

姑媽是我一生中第一次看到的一個死人。那之後，我認識的死者，已經排成了一個長長的佇列。那一張張煞白空曠的臉，不管是不是上吊死的，都像從某個高度向下垂著，在俯瞰。他們能看見什麼？又過了許久，我爸爸告訴我姑媽之死的原因，那其實再普通不過了：文革開始，「資產階級知識分子」的姑丈，被紅衛兵隔離審查。他的離開，令已被一九四九年革命之變嚇壞了的姑媽恐懼萬分，以為這一關怎麼也過不去了。上吊自殺，是這位脆弱女性逃脫更大厄運的捷徑。當然，她不知道，姑丈不久就被放出，文革中他最壞的遭遇，也無非和一大幫「資產階級知識分子」們被趕到鄉下，幹過幾年農活而已。那日子，用河北冀縣老鄉給我父母們五七幹校編的民謠就是：「穿的破，吃的好，一人一塊大手錶」。如果姑媽活著，或許甚至會喜歡那遠離城市喧囂的日子。是啊，如果——可惜現實中從來沒有「如果」。

第四件，離我更近：二姨被趕「回家」去了！

「二姨」不是我真正的親戚，她是我家老保母。而她能來我家，又因為她的姨媽是看護我爸爸長大的保母，經她介紹而來，當然有雙倍的安全和保證。我父母作為紅色中國第一批外交官，一九五〇年就派駐到中國駐西歐第一個使館瑞士，那時中國追隨蘇聯制度，外交官可以帶家眷、甚至保母。於是，當我在瑞士一出生，二姨的面孔，就母親一樣地日夜俯身在我的小床上。只有到後來，從我姊姊出版的回憶錄《吃蜘蛛的人》中，我才讀到若干以前不清楚的細節。二姨曾有一女一子，一九四九年前，僅憑二姨給別人做針線洗衣服，竟然不僅把孩子們拉扯大，而且讓他們受了很不錯的教育。女兒後來的情況我略知一二，一九四九年，她跟著在銀行工作的新婚丈夫逃離北平，下落不明。當我稍大，二姨曾偷偷對我說：「他們可能去了台灣」，她和我都知道，這絕對不能洩密，因為「台灣」一詞，在那時百分之百大逆不道！

二姨留在大陸的兒子，在北京動物園工作，本來還算穩定，誰知卻在我們家住瑞士期間染上怪病去世了。對這消息，「組織上」以不能影響我父母工作為理由，拒絕透露。幾年間，二姨一直讀著別人虛構的兒子的書信，直到一九五五年她跟我們回國後，才晴天霹靂般獲悉了那噩耗。自此之後，二姨在自己家守著兒子養老的夢幻滅了，她也從此徹底把我們當作了自己的子女。回國後直到文革前的十多年間，無論我父母出門多久，我們的生活不會崩潰，因為有個核心，那就是二姨！餓了，叫二姨。冷了，找二姨。缺點小零花錢，向二姨討。有她矮矮的身影在，我們的日子就是踏實的。

二姨也有假期，每兩三個星期，她會回自己在城裡板橋二條的家裡，休息一個週末。對我那可是大災難。每次我總是哭著鬧著要和她一起去，在她身邊，比留在自己家更愜意。我記得，那時我有個保證成功的遊戲，只要依偎在二姨身邊，故意大舌頭：「我是你蛾子」。這拐了彎的「兒子」，保準能把她逗笑。傻男孩雖不懂這個詞對二姨的苦味，但我是她「蛾子」，她是我的「姨」，這親屬關係清楚無比！

可誰知，突然間，文革來了。保母還原成了僕人。她們都得回家，這也是革命。我姊姊的書裡寫了這一段。二姨好不容易用對我們的愛，彌補上了喪子之痛，現在又要活生生把我們從她身邊撕開。她的痛苦，可想而知。但紅海洋在周圍氾濫，誰敢抗拒那個潮流？成千上萬的保母，不得不離開她們照護長大的孩子。就在這時，我爸爸第一次當眾表現出了他的特立獨行。他召開了一個家庭會，當著我們的面說：「二姨現在不得不走，但無論何時，她永遠是我們家裡人，我們會一直給她錢，直到養老送終。」用我姊姊的話說：「二姨被深深感動了，從此以後，她成了我家真正的頂梁柱」。

爸爸說這話時，還完全不知道，幾年後他們將被趕下鄉，那時，不是我們家保護二姨，而是她保護了我們家——她接受了我和我弟弟，和她擠住在她那間小屋裡，而不是跟著父母到完全沒有教育的鄉下，文盲一樣長大。二姨的離開，成了我們這個「家」瓦解的第一步。她的頭髮，一九六六年離開我們家時還黑油油的，沒過一年，就突然變白，很快成了滿頭銀髮。一九七〇年，國關奉命解散，父母和其他資產階級知識分子，統統被趕去河北五七幹校，我對「家」的記憶，也在一九七〇年戛然而止。可以說，二姨身後，拉開一道裂縫，在這道越來越寬的裂縫中，我們「家」由慢而快、最終急速地滑進了深淵。

文革就這樣來了。我沉湎其中的逍遙日子，除了懵懂少年對外界的好奇，並沒留下什麼深刻印象。我自己的生活，倒是頗為有趣，除了夏天游泳、冬天滑冰這些保留節目，再以後，是學會了騎自行車，追隨想像中的英雄氣概，每天橫穿圓明園廢墟，直驅北京體育學院，到那兒學習文革獨門武功——「毛主席語錄拳」。為了應景，體育學院的武術老師把些花拳繡腿，配上流行的毛語錄，邊念邊打，與其說是武術，不如說演戲。但那對我，已經有了足夠的吸引力。而且，這點三腳貓功夫，在我後來跟著學院裡大孩子們打群架的戰場上，還真發揮過作用，至少，讓我手疾眼快地避開過幾次彈弓襲擊。至今，這套拳最初那節「你們要關心國家大事，要把無產階級文化大革命進行到底」，仍嵌在我記憶裡，時不時拿出比畫一下，逗大家一場哄堂。

武術愛好之後，我還曾被招攬進毛澤東思想宣傳隊，跳過一段「拿起筆，做刀槍」的革命舞蹈。和武術功夫一樣，那些姿勢、動作、表情，誇張到了極點，它們與舞蹈無關，倒是啟蒙了小男孩對自己身體的感覺，以及朦朦朧朧的性意識。

當時中學裡男女生之間不說話，只有在宣傳隊裡，當女孩子們（宣傳隊的當然領導！）給我們化妝，她們的手指，每次輕輕觸碰，都會麻麻酥酥在我臉上「過電」，感覺真好啊。那時，我並不懂，這裡隱隱蘊含著無所不在的「美」的意識，甚至文革那樣的災難時代也不能阻止它。一件綠軍服，一雙挽起的白襯衣袖，一條冬天刻意塞進前胸的白口罩帶子，以及心儀女孩在身邊貌似無關實則多情的一顰一笑，好美啊。

記得很清楚，我有一次「美」的壯舉：受命打破男女界限，在紅衛兵發展會上，給一位女孩戴上紅袖章。偏巧又恐怖的是，那女孩正是我很心儀的對象，這讓發展會成了我的災難，拿著紅袖章，我眼前一片模糊，抓住一條胳膊就往上套，而女孩使勁掙扎，打架似的僵持良久，她終於開口了：「不是這隻，是那隻」。嗨，原來我拚命想套上去的是右臂，而紅衛兵袖章一律得戴在左臂。還美呢，錯啦！

很久以後，我才懂得，文革初我能如此逍遙自在，全拜我父母的先見之明。尤其是我爸爸，出身富家，憑一腔浪漫投奔共產黨抗日，但無論在解放區還是國外使館，他看到的「革命者」，卻都在「渾一色」地向上爬。奮鬥、入黨、當官，眼裡只盯著權力，哪有當初的理想？我爸爸說，為這我何必來當共產黨？父母回國後，很快遇到反右，我叔叔、舅舅雙雙落網。這令我父親更感到政治漩渦與他個性格格不入。六〇年代，西苑機關組建國際關係學院，他和我母親一同主動申請，從駐外人員轉去學院教書，投入了「資產階級知識分子」成堆之處，也由此斷掉了沿權力梯子向上爬的仕途。在國關，外面是一天緊似一天的政治風聲，家裡卻由我父母和二姨保留了人性的溫馨，由此給了我們一個心理上健全成長的環境。有朋友戲稱，我是個快樂少年。真沒錯，環顧四周，沒被災難的大時代碾碎，而能存留自我的完整，該何其慶幸！

但，好景不常，一九七〇年，國關被江青明令取消。原來準備把所有教授們遣送新疆，後來周恩來指示，留在近處，將來可能有用。那些惶惑不安的日子，老爸以他慣有的精細，把所有藏書一一打包。一包包精美的古典文學、西洋詞典、和他自己的業餘愛好——研究古典詩詞的眾多筆記——被仔細編號、記錄，運往幹校，彷彿到那兒還有機會打開它們，供他閱讀。國外帶回的名牌留聲機、唱片，被連夜偷渡到二姨家寄存，一同寄存的還有我和弟弟。讀書出身的父母，只能寄希望於最低要求：無論時代怎麼變，知識最終還是需要的，至少或許可以糊口。我們被留下上學，卻不知道，這也是我們「家」的終結。

一九七〇年之後，漂泊動盪之中，我們有的再不是「家」，而只是「鬼府」。人和家，都成了鬼魂，互相寄居之處，只是一個無處。這也算是一種啟蒙吧：對人生真實處境的啟蒙，帶來一種自覺。多年後，當我漂泊澳大利亞、紐西蘭，以更深的滄桑之感寫成組詩《大海停止之處》，其實是在延續和深化（或甚至可稱「回溯」？）那條少年發端的人生線索：

所有不在的　再消失一點
就是一首詩　領我們返回下臨無地的家
和到處　被徹底拆毀的一生。

六，《山海經》人物

我為什麼帶著一本《山海經》，去見那個一九八六年籍籍無名、現在在中國卻無人不曉的顧彬先生？這還真是個頗為神祕的問題。

一九八六年，距離我的黃土南店寫作起點十年之後，我手上，已完成了組詩〈半坡〉、〈敦煌〉、〈諾日朗〉，它們構成了第一部組詩集《禮魂》。而且，我也已開始寫作更野心勃勃的長詩《[illegible]》，以拆散、重組《易經》卦象，拼裝出一幅我的海圖，來撐起我到那時為止的全部現實文化反思。這些詩，血氣方剛，能量十足，浸染著被叫做「尋根文學」的血色素：從偏遠鄉野汲取的生命力，重新打開歷史、神話、經典文本，漢字構成等等。文革的鐵屋子，剛撬開一條縫，世界和文化，如一道明亮的光，射進黑暗。對我們，它們就像剛剛誕生的。

那時，我甚至還沒意識到，連這「敞開」、「取用」，其實也仰仗於文革「噩夢的能量」。我們這一代的文化特徵，恰恰是「沒文化」。不是受教育太少，而是壓根沒教育。空白，正好能注入靈感，我們因禍得福之處，第一在不迷信，所有「經典」，新穎單純得如同小學課本，完全沒有非讀不可的壓力。第二在自我教育的能力，我一生為數不多的「天才」決定，就是一九七七年不考大學，似乎潛意識已經知道，那所謂當代大學教育，就等於控制。果然，當年插隊時寫得相當不錯的文學朋友，四年大學下來，思想和學術的能力沒見著，只看見被一重重考試榨乾的血肉，和他們無一倖免地停止了創作。我呢？走另一條路：自學——給自己提問，激發閱讀，組建自己的知識結構。

英語有個諺語說得好：「飢餓是最好的鹵汁」，我們八〇年代的閱讀，不叫讀書，叫「吃書」。文革後，出版社一如我們，餓壞了之後，突然面對著滿漢全席，想當饕餮，卻不知從哪兒下嘴！一時間，古今中外的書本大餐，山崩一樣倒塌到我們頭上，從全唐詩到希臘神話，從屈原到艾略特，我們向每家剛開門的書店狂奔，筆記本上抄滿了互相傳遞的外國詩句，在我們眼裡，這些好東西，根本沒有時間性！文革真是一場革命，把它們從時間裡「解放」出來，讓所有人類傑作，一次性向我們全方位敞開。文學、文化、思想、資源，跨時間、跨地域地碰撞到一起，如一場場美妙無比的車禍。而我們的頭腦，就是撞車的地點！

那麼，《山海經》呢？那些魚頭獸爪、人臉狗尾、獨眼四腿的嚇人形象，那些方位恍惚的山名、海名、大荒之名，似真似幻，亦實亦虛，是華夏古人的臆造，還是某個西方超現實主義詩人的狂想？超現實詩歌倒也罷了，可要是遠古華夏的故事，那怪誕，又分明有點熟悉，拉美魔幻現實主義小說不就是這樣寫的麼？當代不可思議的現實，拉開些距離，不都像某種狂想的造物？如果把書中怪物看作詩歌意象，而把那虛擬的地理看成詩的結構，一部《山海經》，像不像一首千年前寫下的立體長詩，重組時空，勾勒出內心版圖和景物？哦，這部書吸引我，因為它真像最神奇的當代作品！

老顧約我在他下榻的北京西苑賓館見面。在當時，那是北京超豪華的賓館。那漂亮的大堂，門口的警衛，離中國詩人多麼遙遠。一個德國人？漢學家？找我幹嘛？管他呢，去吧。

那時，老顧還沒有翻譯過我的詩，他想見我，是因為我應邀馬上要去德國參加「大同」世界華文作家會議。一九八六年，我的英語譯者閔福德（John Minford）翻譯了給我找過不少麻煩的長詩〈諾日朗〉，發表在他主編的《譯叢》雜誌上。他請我去香港中文大學訪問一個月，繼之赴德，參與德國另一位漢學家馬漢茂和旅美台灣作家、學者劉紹銘組織的大會。「大同」，這命名夠古典，因為孔夫子和他的「大同」夢，在一九四九年後的大陸上，早被「共產」一詞取代了。直到一九八六年，政治上，海峽兩岸還在互稱「匪」，倒是作家們嗅出一絲「異味」：無論多堅硬的土壤，文學，靠著一顆心靈裡頂出的絲絲綠意，都能互相溝通和理解。這次大陸、台灣、港澳、海外華文作家大聚會，是第一次求「同」的嘗試。

老顧想見我，也因為好奇。這個寫〈諾日朗〉的傢伙是誰？從很早開始，他已經在翻譯朦朧詩，通過他的手，北島、顧城、舒婷都有了德文版。但〈諾日朗〉不是一般朦朧詩，不止杜撰幾個意象那麼簡單，而是建築起一個更大的結構。意象依託於，結構，而「結構」，展開了敘述的更深層次。〈諾日朗〉發表後，曾作為「精神汙染」源，遭到全國範圍的大批判。罪名很多：宣揚色情（這永遠是第一原罪），現實黑暗，歷史悲觀，人民無奈無力，當然，詩寫得如此複雜，本身就「反人民」——刻意不讓人民讀懂，藉「古怪」掩蔽反動。那位最賣力的批判者，曾經很得意：

「和〈諾日朗〉比，朦朧詩算什麼？」唉，私下裡，我不得不說，這些批判者，至少是夠「認真」的讀者，他們那些罪名，其實都對，那正是我要寫的詩意！只不過，不能當眾向他們承認，呵呵。

在我印象裡，老顧（我們後來換了這個更中國的稱呼）好像從來沒變樣：清瘦，嚴肅，語調低沉，「一雙憂鬱的藍眼睛」（用友友的話說），不由得女士們不同情。那張很日爾曼的臉上，有刀刻一樣的線條，沒人會期望在那兒看到大笑，就是笑也總像一絲苦笑，幾乎是一種施捨，勉強為應付不得不笑而擠出。和老顧說話，再豪放的人，也會不由自主深沉起來，一切話題都像嚴峻之極的問題，必須引出重大的結論。

這也沒錯，老顧曾上過神學院，他的表情，簡直融合了上帝的眼睛和耶穌受難的鮮血。他的嚴肅源頭還不止於此，老顧屬於德國的六八一代，這批人的政治特徵是反叛。因為要反叛曾為納粹拚命的父輩，連同整個資本主義制度，所以他們要「左」，要革命，而革命行動之一，就是要學中文。我最早的英語、義大利語、法語譯者，都是這類西方「二手紅衛兵」。潮流中的老顧，一九七四年來北京上學，中文字正腔圓（很難想像他怎麼喊口號！），可惜文革很快結束，輸出革命、建立「共產大同」之夢也隨即消散。他的中國夢，最後還是落到了文學上。例如對魯迅的情有獨鍾，倒不一定僅因為魯迅曾被稱為「中國的尼采」，而更因為在魯迅身上，他能找回一種理想化的桀驁不馴。這棵「反叛」的野草，不僅被中國溺愛，也被歐洲鮮嫩的青春澆灌著，到處瘋長。

第一次見面，除了聊我的生活和〈諾日朗〉，另一個主題就是華格納。老顧很驚訝於我喜歡他這位同胞，對他那一代，華格納是百分之百的「政治不正確」。不過，我不受那局限，我喜歡華格納的音樂概念：以音樂之力，統合文學、戲劇、美術、表演等等，建立起一種立體和綜合的音樂觀念藝術。這與其說是理解，不如說是想像，在想像中，給我的大組詩《[illegible]》找個支撐和出處。我的觀點是，如果華格納願意，他也能寫出令人心碎的柔情。因此，藝術家的「大」，能包容「小」。但反過來就不成，小作曲家（我想說：詩人）大不了，能寫幾個優美的樂句，絕不意味著能創作《尼伯龍根指環》那樣的藝術整體。我不知道這番談話，給老顧留下什麼印象，反正他後來用我在德國發表詩作的稿費，給我買來了很高級的德國版《唐懷瑟》、《崔斯坦和伊索爾》、《漂泊的荷蘭人》，這些華格納歌劇磁帶，即使世界早已進入了CD時代，仍一直高居在我倫敦的書架上。

初次見面後不久，我們又在歐洲相逢。「宮斯堡」，在德國南方，多瑙河旁邊那座小城，給了我「歐洲」第一印象，那是一股味兒：早晨的小街上，咖啡、牛奶和新出烤爐的麵包香。好靜謐啊，可老顧在「大同」會上，卻朝台灣詩歌開了火。他談到一位著名的台灣詩人，剛看很喜歡，越讀越沒意思。這惹火了參加會議的台灣作家們，老顧成了眾矢之的。我呢，則因為不懂西方的「學術規矩」，穿著一件T恤衫與會，加上發言直率不拘，也被批為一代「狂徒」。其實，我的文章〈詩的自覺〉，恰恰在反省朦朧詩的自發和淺薄。劉紹銘先生還特意拈出我文章裡的句子，要「避開被傳誦一時的厄運」，來諷喻喧囂的大陸文學。可惜，這不足以冷卻地域和歷史的隔閡，老顧和我，從會上的反派人物，延伸進台灣作家們的文章裡。又過了很久，我去台灣時，我的好友、《殺夫》的作者李昂，笑嘻嘻拈出她一篇罵人文章〈一匹狂妄的黑馬〉，哈，那是我啊！

「大同」會議不歡而散後，我做了出生後第一次「返回歐洲」之旅。其中，和老顧以及他女兒安娜的維也納之行很獨特。我們去了維也納的中央墓地。這裡長眠著那些赫赫有名的作曲家，莫札特、貝多芬、布拉姆斯等等，但更有趣的，是當我們在墓地中漫步，九歲的安娜，從一塊墓碑轉到另一塊墓碑，一聲聲叫著「安娜！又一個安娜！」我看著她小小的身影，彷彿不是一個，而是許多。每塊墓碑兩側，至少有兩個，互相看著，互相都像記憶。但誰能記住誰？你頑皮地找到一模一樣的名字，但那後面，「石頭並不懂你熱愛的一切」。回到北京後，這個安娜的鏡頭，始終在我頭腦裡縈繞不去。直到我那年底，寫了〈記憶中的女孩〉一詩，讓詩句去承載死亡裡的歷史——甚至是無歷史：

名字四散各處　像小小的風
來自你　又在你的呼吸之外作著夢
在不遠的地下被忘卻
或很遠　走進這想你而你從未來過的房間

那個房間是「鬼府」，隔著記憶一如隔著死亡，把中國、歐洲、時間、名字，過濾成我自己的詩句，死亡用它的深度和潔癖，把我們變成了同一個。

我住的國際關係學院，屬於保密單位，門衛相當森嚴。一塊「出入下車」的牌子豎在門口，傳達室裡總坐著目光炯炯的老頭，外國人要進門，必須嚴格登記。整個八〇年代，能騎自行車揚長而入這大院的，只有一位英格蘭勳爵家出身的老嬉皮，和老顧。最冷的冬天，他把自己包得密實如一只粽子，趁黑夜到門口不下車，在門衛驚呼中一衝而過。這最中國人的風格，老顧學得極為地道，且為此甚是得意。

在「鬼府」裡，我赫然發現，老顧喝起中國白酒，竟能和中國詩人有一拚！按那時我們的評級，喝酒分酒徒、酒仙、酒聖、酒佛四檔，老顧至少在酒仙、酒聖之間，我不記得他的醉態，或許因為他的特色是喝多少也不改嚴肅。酒桌上有這麼一位世人皆醉我獨醒的酒仙學者，真不知是好事還是壞事。

老顧愛白酒，也用到了詩歌上。多年之後，我在歐洲和他開朗誦會，真貨茅台（這也是等級的標誌）已經常擺在朗誦桌上了。我們且斟且飲且誦，頗有古風。再後來，我發現他對文學的評價，也有了醉意。他說：「中國現代文學是白酒，意即濃而醇。當代文學是啤酒，意即寡而淡。」這說法，就一般比喻而言，也不算錯，但作為嚴謹的學者，要談論一個時代的文學，哪有如此一言以蔽之的？文學僅屬於個人，而且經常是越個性越逆反群體，茅台、汾酒各有風範，混為一「喝」，只能說你沒有品味。再說經典如《金瓶梅》、《紅樓夢》，哪有什麼群體支撐它們的作者？個性文學，永遠是醇香濃厚的白酒，劣質低俗之作，放哪個（時代的）杯子裡都是髒水。不是嗎？

通過老顧的努力，當代中國詩歌與德國讀者有了接觸，詩人們逐漸出沒於德國各地。我曾在老顧的柏林家裡，品嘗他的酸辣湯。在他的波恩家裡，睡在被書山壓彎的地板上。在他維也納的家裡，對酌貝多芬曾散步的那座山上出產的白葡萄酒。同樣通過老顧，德國各種文學機構如柏林DAAD、斯圖加特幽居堡、波恩伯爾基金會開始了解並邀請我們。這在物質上、精神上對當代中國第一批流亡詩人，無比重要。我們離散於自己的家園，卻回歸了人類更廣闊的精神家園。這個更大的家園，給了我們的寫作以境界和意義，體會到它的存在，能讓一個詩人超越母語的狹義限定，讓自己的創作，自覺接受世界語境的判斷。

從一九九一年開始，老顧翻譯的我的詩，接二連三在德國出版，我們的白酒朗誦，也連續不斷。其中，萊茵河畔波恩的文學樓，曾經是我們的根據地，「樓主」詩人卡琳，由詩友而朋友，再成密友，她和老顧一樣，屬於六八反叛一代，且始終是個純正的理想主義者。她送我的東歐中世紀聖像木板畫，現在還擺在我柏林書房裡。二〇一一年卡琳去世，墓地在能俯瞰德國「父親之河」萊茵河的波恩山上，我寫給她的輓詩〈萊茵河——「藍天」之詩〉中有句：「來啊　一座城市窗外飛瀉一匹錦緞／你的愛移動沉在河底的黃金／／還原一個激情女兒　一張臉／濕濕籠進聖像畫夜夜遞增的光輝／／懸掛的門　雲改寫一篇演講／死亡的政治　用更冷的風鍛打辭語／／墓園那條上坡路　繼續向上／你鳥瞰的歷史　從未擺渡到對岸……」

一九九一年，對我的創作極為重要。歷史，如龐大的戲劇舞台倏忽轉換；現實，在物質、精神雙向夾攻下格外鋒利。每一天都像一個逼人的問號：怎麼活？怎麼寫？那提問，簡直就來自命運本身。好像為配套內心對處境的感受，柏林恍若「天然」地布置好一個巨大的意象庫，讓我的《無人稱》任意挑選。我寫〈冬日花園〉，柏林動物園裡，雪夜山羊宛如嬰兒的號哭，就撲面而來。

我寫〈戰爭紀念館〉，「褲襠大道」上的破教堂，就把它那石頭臉頰上的雕花眼球，繼續朝我炸碎。我寫〈鐘聲〉，星期日的柏林，就滿城搖晃著青銅腦袋，讓垂死的神們無辭地祈禱。我寫〈恐怖的地基〉，從希特勒到古羅馬的地下室，就敞開它們的斷壁殘垣，讓我步入人類食肉的貪婪。那個夜晚，當我從我臨時貴族的客廳窗戶，俯視大雪急急落下的毛姆森大街，昏黃的路燈，也像照耀在我的奧克蘭格拉夫頓路上，一個標題〈從我窗戶望出去的街道〉，連接起這世界所有空曠的街道。那個冬日，當我走進布萊希特故居，赫然發現，他的故居與墓地僅一牆之隔，這是他刻意的構思嗎：讓我（我們）都成為歷史的演員，加入到他這最後一部生死劇作中？「你走去的還是你被變老的那一端／草地上的死者俯瞰你　是相同的距離」（〈格拉夫頓橋〉），「世界上最不信任文字的　是詩人」（〈冬日花園〉）……

一九九一年，我在柏林創作的短詩，題材逼近日常，詩句遠比國內之作鋒利、尖銳，這不是選擇，是必須。生存，打磨了詩人，由此打磨了詩歌。同時，「日常」絕不意味著放棄深度和普遍性，恰恰相反，它通過發掘當下的考古學，把每個地點變成處境，讓每個詞加入思想。因此，老顧最初曾把我寫於柏林的詩，「譯回」了柏林——加上了那些柏林「出處」，例如把我的〈冬日花園〉譯成〈冬日柏林動物園〉，把我的〈從我窗口望出去的街道〉譯成〈毛姆森大街〉，把我的〈恐怖的地基〉譯成〈希特勒地堡〉等等，但這不對頭，詩不是旅遊手冊，而要發掘出具體深處的普遍性。經我要求，這些詩作又被改回了原題。

在國外，我無數次被問道，「出國是不是你寫作的轉捩點？」我知道，許多提問者期待著肯定的回答。但，這些作品，「轉折」過什麼嗎？或只有確認——確認我從中國、從中文獲得的那部「思想詞典」，依然有效。我的詩、我們的詩，有個原版，就是中國文化現代轉型那部艱難而輝煌的「史詩」。無論我在哪兒，一切人生經驗都能被兌換成能量，書寫它，深化它。一次又一次，「以死亡的形式誕生才真的誕生」（《䢇》）。唉，沒辦法，對那問題，我只能回答：「對不起，不是。」

我能想像，老顧翻譯我的詩，有時實在勉為其難。我們的個性氣質、詩學觀念、語言風格相當不同，這給翻譯增加了難度。老顧對我最愛說的一個詞是：「你的詩太複雜，翻譯起來太難了。」還有「某某的詩，我可以一天翻譯一首，可翻譯你一首詩得一星期，甚至一個月一首。」哎呦，對此，我只有解嘲：謝謝，萬幸你沒說我的詩「太容易」！我們甚至在朗誦會上當眾爭論過：對詩歌，存在「太複雜」的概念嗎？反問一句，難道有「簡單的」詩歌嗎？唐詩有時平白如話，但它們的詩意，藏在對仗、平仄的形式規則裡，那才是對翻譯的真挑戰。

當代中文詩，難度來自於深度。古典在背後，但文言、白話兩個世界，讓我們沒法因襲。西方在遠處，離開了整個歷史、文化的上下文關係，簡單的移植，常複製著贗品。那，什麼是我們的原創？只能是自己提問，自己選擇，自己解答。一個世紀的體用之爭，到頭來結論如此清晰：獨立思考為體，古今中外為用。詩複雜與否，端看它的形式，對詩意是否必要。空洞，一行也太多。豐富，千行也太少。所以，我的另一句話，頗得西方詩人們青睞：不要裝飾性的超現實，而要詩人發現的「深現實」。深，一定不容易。

我把老顧的抱怨，理解為他的認真。確實如此，《無人稱》之後，他知難而上，繼續革命，又翻譯了我的《大海停止之處》，這個組詩，是我在國外第一次重返大結構、多層次的詩歌空間，去把握漂泊經驗中人類的精神語法。再向前，德國Suhrkamp出版《幸福鬼魂手記》之後，挑戰的高潮來了：德國漢莎出版社主編Michael Krueger約請他翻譯我的長詩《同心圓》，並以一句「這部作品會改變人們對當代中文詩的全部認識」作挑逗。我能想見，老顧的藍眼睛更憂鬱了。他花了將近四年，與這部長詩苦苦搏鬥，不僅面對我「著名的」複雜，還面對我這部詩作追求的複雜：從觀念到形式，從結構到節奏，從古代典故的使用到刻意設計的語言實驗性……真難為了他！

有時，和老顧的交往，也是一場較量。例如一次飯桌上，他借著酒膽兒，公然使用他著名的「垃圾」斷語，批評《同心圓》的英譯很差，以致我必須坦白地告訴他：「對不起，英語不是你的母語，我絕不會在乎你對英譯的評價，因為我有足夠的英語詩人朋友，告訴我那英譯品質怎麼樣。你不滿意它嗎？很好，做你自己的好翻譯吧，那才是你該管的事。」

我不知這話是否刺激了他一下，反正我能感到，老顧翻譯《同心圓》，確實花了大力氣。不過，《同心圓》也沒辜負他的努力，此書出版後，不僅德語詩人們直呼「偉大」，德國語言詩歌學院更把一年一度最重要的翻譯獎頒發給了老顧。《同心圓》，給他二十多年翻譯中文詩的工作，一個最高級的認可。這報償，對他抱怨的「複雜」，難道還不夠嗎？

老顧這次獲獎的提名者，德語著名詩人、最重要的俄羅斯、東歐文學翻譯家和學者Ilma Rakusa，在準備提名時曾問我：「顧彬翻譯這部作品，一定問了你上千個問題吧？」哈，這問題問到了點子上，作為詩人，我們都喜歡譯者的提問，尤其我們不懂的語言的譯者，因為通過問題的水準，我們的詩歌雷達可以探測出譯者思想、美學的品質，比如我的法文譯者尚德蘭，那時傳真機一響，只要看見她的筆跡，我就乾脆扔下機器，先幹別的去，因為我知道，她那寫滿「狂草」提問的傳真紙，至少會有兩米長！可顧彬呢？恰恰相反，呻吟著「太難了」，卻把嘴抿得緊上加緊，一個問題都沒有！弄得我只能猜，他是真沒問題？還是怕提出傻問題招人笑話？反正，當我回答Ilma：「根本沒有，顧彬一個問題都不問。」哈，Ilma的眼睛，差點瞪出了眼鏡片！

老顧寫詩、譯詩，幾十年如一日，其原因，我最近發現：因為他很——浪漫。慢著！老顧？浪漫？開玩笑吧！他踢足球，啃書本，背雙肩挎，說他是運動員、是老夫子、是學者，都能行，但浪漫？他會嗎？那好，先看看這些詩：「如我中有你，如你越過雲天和大海，／用陌生的影像，餵養你的鏡子。／／啊，你的肌膚讓我感到陌生。它在冬天如桃，夏天擁抱我時卻感覺異樣……這樣我才能認出你，認出些粉色，開始我遠方的理解，／關於桃樹和肌膚，關於曾經與不再。／／現在我有個感傷的問題，但你沒有回答，／彷彿我為猜度他人的深度，數點牙齒和頭髮。」（〈遠方的理解或者只是一個感傷的問題〉）；再看：

如果我曾經被愛？是的，我問過自己，
怎樣在黑夜辨識一個愛著的女人？
從她從容的步態或冷靜的舉止，當她
漫不經心舉杯啜飲？或者從她

沒有風敢掀起的彩裙？不，你說，
從她的疲憊和變中之變，去識別她。
……

這首詩的標題是〈你來看花〉。幾天前，我隨意翻開老顧最近（終於）被翻譯成中文的〈汕頭山歌〉，一下子就被詩中細膩的感情、優雅的節奏深深吸引。它們被轉換成一種情詩的樣子，我說「樣子」，因為這些詩又超出情詩，或者說，它們提升了「情」，使它獲得了某種形而上的意味：「我離去，到午間休歇，她已厭倦／飄入夜裡的落葉。如平常，如從不。難道她不也／時而是花，時而是海？時而是藍色？她和玫瑰說話……」（〈你來看花〉）；「……她的幸福如此簡單，只如此簡單，／一條白睡裙不可思議的幸福，／不遜於白雪……」（〈她的睡裙或者關於物中之物〉）；甚至老顧著名的「垃圾」一詞也可以優美地入詩：「讓我們今天去心碎吧／去山裡看廢墟，／它比我們和我們的孩子還年輕……」（〈佛，垃圾和山〉），例子很多。

〈汕頭山歌〉被翻譯得非常優美，譯者德惠捕捉到了老顧的音調，一種帶著德語口音的中文呼吸。這些白話句子，沒有苛刻如古詩的格律設計，但自然有一種形式感，傳達出老顧式的浪漫加沉思。只有詩，如一根探針，能抵達老顧心靈深海中那陣顫動，並形成這些絲帶般純淨的語言。所以，我以為，對老顧，「浪漫」不是煽情，而是一種針對現實的態度，一個生活方式。譯詩寫詩，都是以一種微妙的距離，去保持對生命的輕輕的壓力，不是為拒斥，而是要進入：詢問自己，不滿足於回答，繼續詢問，再次詢問。執拗的觸摸中，僵固的日子裂開，讓我們瞥見了詩。

神學，反叛，浪漫，詩歌，老顧的四大元素，很有代表性。細思之，更有講究：神學教育，讓他銜接了一個深遠而複雜的傳統。但神學難保不出錯，那個超自然的信仰，畢竟離我們太遠了。六八一代的社會反叛，讓他擁有了追問和批判的主動。可反叛經常錯，我們一生中，已經見過多少時髦的理論，它們來來去去，一旦失效，只給追隨者留下無窮悔恨。老顧的浪漫氣質，使他保持個性的鮮活、開放。浪漫經常是對的，因為它刻意有別於實用，讓一個人更關注心靈。只要警惕不淪為濫情，那古老、精神的憂鬱，本身就是美。這美，最終找到了它的落點：詩。詩永遠不會錯。它在每一行裡，教給我們冷靜、自省、激情、創造。老顧用寫詩自我更新，用譯詩介紹文化，現在又被譯，這文化流動更變成雙向的。美，在自覺中日漸豐富。

回到開始，《山海經》就是詩。一部古老、神奇、幻想和幻象五彩繽紛之書。它不依託具體時間，反而包括了一切時間，誰讀，誰就在經歷古往今來的歲月，也被別人經歷著。一九八六年，我手捧《山海經》，和老顧初次相見。或許，那一刻我就像巫師，窺見詩歌薩滿鼓的咚咚聲中，我們本來就是一對通靈之物。

七，母親

一九七二年底，距離我父母打包、下鄉兩年多一點兒，原來下決心遠離北京的「資產階級知識分子」們，突然意識到：在北京保留一個住處多麼重要！同理，原來那麼輕易放棄住處多麼愚蠢。留一個住處，意味著你仍然算是「北京人」，好像占有了一個返回的橋頭堡，而失去它則意味著你將永遠漂流在貧窮、陌生的「外地」——這個詞，簡直就等於流浪漢加要飯的！

我媽媽也加入了返回北京的人潮，但，回哪兒呢？我們原來住的單元，早被覬覦住房已久的其他住戶（多半是原學院裡毋需再被改造的工友）占了。要回來是不可能的，因為這次返城純屬非法，哪能對新住戶開口：那是我們的房子？

但也不要緊，文革的一大成就，是把每個人訓練成了野性十足的動物，叫「流氓」也未嘗不可，因為這「流氓性」簡直是存活的前提。我們丟了原來的宿舍樓，可還有幾棟教學樓啊。我媽媽帶著我，加入了大群堂而皇之撬鎖撬門的行列。我們相中了一號樓，因為它相對僻靜，樓前是一排高大的法國梧桐，樓後面還有一個小蘋果園。我們趕到時，樓上的房子已被迅速占滿，只有底樓靠西門兩間面對面的教室還空著。等什麼？撬！門開了，裡面空空蕩蕩，積滿塵土，但我看見媽媽眼睛閃閃發光，畢竟，我們在北京又有家了！一個立足點，有了它，就能一步步打開新局面！

那是個北京典型的嚴寒冬天，幸虧房子裡有暖氣（否則作為領導階級的工人同志也要受凍），但除了那一縷熱氣，其餘一無所有。怎麼辦？媽媽真是富有靈感。她帶我出去撿磚頭和廢棄的暖氣片，生生「發明」出一個家。那些天，記得我媽媽佝僂著腰，一塊一塊磚頭地找（大家都在拼湊家當啊，連磚頭也緊俏起來了），一塊塊搬回來，堆在牆邊像寶貝。然後就是發明創造：桌子，凳子，碗架，書架，無一不是幾摞磚頭加暖氣片的造物。橫壘豎壘，高壘低壘，居然安頓下隨身不多的東西。之後幾天，連我那被掃地出門、住進大雜院的姥爺姥姥也伸出援手，十七歲的我和表弟當下學會了蹬三輪，把一張吱嘎作響的竹床、一張蒙滿油膩的廚房小桌，和若干鍋碗瓢盆，從城裡運了回來。那些可是我們新家裡最高級的家具！我還記得，當房子裡終於升起炊煙，一鍋熱騰騰的飯做熟了，我們圍坐在僅有的桌子邊，媽媽的表情，何止滿足，簡直是幸福！「家」這個字啊，太有魔力了！

我們的新家，也確實可愛。嚴冬過去，春暖花開，窗外的梧桐樹綻開一朵朵小綠雲似的嫩葉，稍遠處的西府海棠，也很快會吐出粉紅的花苞，不久，就有絲絲縷縷優雅的芬芳飄來。西府海棠的花瓣紅白相間，恰與丁香的紫色和白色相配，讓窗口不停瀰漫著香氣。夏天，時而細雨時而暴雨，卻都能從梧桐葉上滾墜下大顆的雨滴，把泥土砸出一個個小坑。後來，「雨聲淅瀝」這個詞，就成了這新家的專用詞，只用在這座樓，只用於這個房間。對於我，只有從那扇玻璃裂了縫、後來糊上一張怪臉畫像的視窗聽到的雨聲，才配用「雨聲淅瀝」這個詞，才能體會這幾個字的帶來感受，一點一滴，一點一滴，清清楚楚砸進心裡，把世界洗得格外清澈。對於我，那簡直就是情書的同義詞啊。

我們的新家原有兩個房間，朝北是小單間，窗外一片鐵絲網圍著的果園，文革無人打理，長得荒草淒淒。這正合我的小資情調，於是我給它起了個酸兮兮的雅號：松風書屋。唉，殊不知這是被用得最濫俗的名字！

不過，「書屋」倒是不假，有了這房子，我老爸一批包得嚴嚴實實的書，又運了回來，堆在北屋裡，等著他們有朝一日返回時開包閱讀。可惜，那日子不會來了。一九七六年我媽媽猝然離世，我爸爸在北京之外漂流，這些書成了老鼠們的讀物。偶爾，撕爛的紙包裡，會露出內容，不是線裝就是精裝，我為自己的愛好，拆開過幾本，找到五〇年代中華書局版的《佩文韻府》之類，但實在不對我剛剛現代啟蒙的胃口，只有繼續棄之不理。現在想來，好是可惜！

北屋裡還有書桌，幾個抽屜平時緊鎖。它原來在南屋，後來因為南邊已經有了一張大書桌，就挪去了北屋。這書桌可是我的保險櫃！所有絕密信件、資料（叫「罪證」也不妨），都鎖在裡面，本來以為北屋更隱祕，才藏在那裡，誰知出國後，人不在，首先被「反攻倒算」的就是北屋，老爸的書、我的書桌、廚房雜物等等，統統被掃地出門，據說先在外面堆了些時日，然後被收破爛的徹底清除——老天保佑是這樣，否則我的祕密一旦曝光，哇，不得了！

我們朝南的房子，本來是一間大教室，一九七六年唐山大地震，一號樓被發現損壞較嚴重，修理時樓外箍上了鋼筋，裡面又多打了若干隔斷，我們的一大間也就隔成了兩小間。我們的房間號是一一六和一一七，地震年也是文革結束年，之後一一六歸了回城的姊姊，我則把一一七據為己有。

進得屋來，最觸目的就是一張大書桌，極為平坦寬闊的桌面，近兩米長一米多寬，一望而知來歷不凡！果真，那不是什麼書桌，而是原來懸在這教室中的半塊大玻璃黑板，我喜歡用大桌子（感覺像縱馬馳騁），於是找朋友幫忙，要把掛在那兒、原本既沒用又難看的黑板修舊利廢。我記得，那天拆下它時，倆小孩沒想到它那麼重，一失手，第一個半塊摔了個粉碎，空蕩蕩的樓裡，回聲嚇人的巨大。我還沒學會把這理所當然地當家呢，本就心虛，受這一驚，撒腿就跑，直跑到三樓上，向下張望半天，根本人影全無，才又慢慢溜下來，第二個半塊小心多了，成功拆下，後來又做了個木架支撐，蒙上塊塑膠布，就成了八十年代當代中文詩最大的產床，我出國前幾乎所有作品都在這誕生，包括組詩〈半坡〉、〈敦煌〉、〈諾日朗〉，和出國時帶著上路的接近完成的長詩手稿《[illegible]》。

那房間裡另一個顯眼之物是一架留聲機，打開蓋子，一眼就能看到那個唱片史上最有名的商標：「His Master's Voice」（他主人的聲音）。一九五〇年，我父親作為既懂外語又是黨員的佼佼者，被任命為紅色中國首批外交官，派駐當時第一個承認中國的西歐國家瑞士。我媽媽剛在燕京大學英語系畢業，因為和我爸結了婚，又懷了我姊姊，也在一年後與爸爸會合，也在使館任譯員。

當時中國照搬蘇聯系統，外交官待遇優厚，不僅可以帶家屬，而且是孩子、保母全套。於是姊姊出生後，媽媽和二姨帶了她同來。從一九五〇到一九五五年，很享受了一段真正資產的溫馨小家庭生活。

四十年後，我到過他們當時在伯恩住過的房子：Mulinnen Strasse 7，一座白色的大樓，寬大的陽台，可以眺望小馬路對面的公園。樓下孩子們玩耍的沙坑，曾經在我的照相冊裡留下痕跡：二姨高興地看著我姊姊坐在那兒玩耍。我父母的背景頗為相似：都出身富有，羅漫蒂克，為平等之夢，背叛自己的「剝削階級家庭」而投奔革命。現在，「革命」又把他們派回了資本主義世界，於是這一對原版的大少爺大小姐，終於可以名正言順地體驗西方生活方式了。我爸爸愛照相，於是買來從萊卡到「羅萊克斯單反」各種名牌相機。他拍的阿爾卑斯山風景，層次極好，堪稱專業。他想學滑冰，於是買來最高級的英國冰鞋，讓我直到文革中還能在頤和園冰場上顯擺驕傲。而他的真正愛好，非西方古典音樂莫屬。這台「His Master's Voice」，就是那愛好的證明。當時剛從陝北進京的老土們，當然沒聽說過貝里納留聲公司，而這公司的商標更恍若天書，那上面一隻小狗，在歪著頭聽留聲機，純粹是胡扯嘛！但因為他們的「土」，反而給了我父母自由，藉工作之便，他們旅遊遍了度假勝地瑞士。夜色靜美時，他們就坐在家裡，欣賞我父親蒐集的唱片，從貝多芬晚期鋼琴奏鳴曲、蕭邦的夜曲、到卡薩爾斯演奏的巴赫大提琴組曲，成了他們畢生的愛好。

一九五五年，他們帶著二姨、姊姊、剛出生不久的我，還有所有這些資產階級家當回到中國。我甚至還依稀記得，文革前某個夜晚，屋裡關著燈，只有唱機上，一盞綠色小燈在一個美人浮雕後亮著，照出屋裡靜靜聆聽的幾個人影，後來才知道，那是父母悄悄舉行的音樂欣賞會。另一個與這唱機有關的記憶，也頗為有趣：文革中學院紅衛兵抄走了所有這類器材，供毛澤東思想宣傳站播放革命歌曲之用，到父母下鄉前，這台唱機竟被奇蹟般地還了回來，那主持廣播站的小夥子，悄悄告訴我爸：「我們比較了所有抄來的唱機，還是你這台音質最好！」我爸真是哭笑不得，是否該為此感謝他？無論如何，世界唱機史應該為「His Master's Voice」記下這個故事，名牌就是名牌，甚至紅衛兵造反派也不得不承認！

一九七一年，我終於走出了文革的撒野自由，開始了珍貴的兩年高中教育。給我啟蒙的文學課姚建文老師，能把一篇尖酸刻薄的魯迅雜文，講成蘊含古典、力透當代的文學精品。我的「松風書屋」，也越來越文學。雖然所寫的，仍不脫愚蠢宣傳的文革味兒，但當一個個方塊字在白紙上憑空浮現，那書寫本身，卻能帶來一種奇異的樂趣。我仍沒忘記，大約一九七二年吧，當我臭顯擺似地把一篇作文〈掃雪漫筆〉交給父親看，卻沒想到他竟然大發雷霆：「我要去找你那個老師，她在把你往死路上送！」

多年後，我當然一點點學到了在中國「白紙黑字」是什麼意思，那文字罪證，不知斷送了多少人的青春、生命。我爸是不是想到了我右派叔叔的命運？那個公子哥兒，出語不慎，被打成右派送去塘沽鹽場勞改，再次見面竟然是二十二年之後！好在，我爸發火是為我瞎顯擺不小心，其實還是喜歡我學知識，雖然幼稚加文謅謅，到底比文盲強。無論如何，我高中時期的文學愛好，混合著青春期刺激的佐料，和對女孩們剛萌發的興趣（性趣），把各種「酸的饅頭」（我翻譯的英語「感傷」一詞——Sentimental）放大不少。那時的「詩」，無非酸上加酸而已。

磚頭新家，逐步擴張。祕密存放在二姨家的唱機和唱片，也被運回來，極不協調地擺進了我的「書房」。

一天，我正倚在床頭，回京治病的媽媽走進北屋，轉了一圈，突然問我：「你聽過這唱機嗎？」「沒有。」我說。我媽媽頗為驚奇（好像也夾著興奮）：「那我們一起來聽一張唱片吧。」這勾起了我的好奇心：「好啊，聽什麼？」「聽貝多芬第六交響曲吧，這曲子好懂。」媽媽拿出一張唱片，綠色的封套很漂亮（經過和老爸電話查證，才知道是著名的富爾特萬格勒指揮的《田園交響樂》），放進唱機，熟悉的綠色小燈亮起，音流潺潺宛轉而來，輕盈跳躍著，在我心上點染出一種旋律。《田園》像一個提示，讓我彷彿看見了鄉野，那綠色的氣息撲耳盈心。

「好聽嗎？」「嗯，好聽，但它在說什麼？」媽媽翻過封套，直接給我口譯那上面的說明文字：「啊，這裡對這支曲子的每個樂章，都有說明。第一樂章是鄉野景色，第二樂章是牧歌，第三樂章是暴風雨，第四樂章是雨過天晴和歡快的舞蹈。」

我按照這提示聽去，果然，音樂栩栩如生在我心中創造出一個個畫面。它們沒有繪畫的具體，卻又好像比繪畫「畫出」更多。音樂在一個精神的空間裡，用一個看不見的結構，重新組織起我的感覺。媽媽介紹《田園》時，我並不知道，這樣創造空間形式，同樣是詩的特徵。詩因此而使自己有別於所有外在描述，而把語言變成音符，構築成一個既具體又抽象的世界。呈現具體而揭示抽象，抵達抽象又深化具體。每行詩都給出一個公式，讓人們跨時空地不停代入自己。

多年後，當我成為柏林「超前研究中心」學者，面對中心主任、藝術史家盧卡·朱利安尼（Luca Giuliani）的學術追問：「詩究竟是什麼？」我給出的定義正是：「一個基於語言的音樂性創造的形式，以表達多層次的感受。」

我的音樂經驗，自這隻只聽「His Master's Voice」的小狗商標開始。雖然隨著時間過去而推移發展，雖然《田園》的品味，不再屬於我的音樂最愛，雖然後來的音響設備效果，遠勝那台五〇年代的單聲道老唱機，但，只要看到「His Master's Voice」這個商標（或它的縮寫HMV），我最深的記憶會立刻被喚醒：文革的醜陋現實和貝多芬的音樂之美、母親經歷的農村艱辛病痛和她珍藏心中的藝術與愛——那一刻，被她啟蒙的，何止是我的音樂知識？那是我未來整條人生和詩歌之路啊。

我媽媽原名李錦華，後來改名李華。我姥爺李大深是老上海電影界的資深經理，我的親舅老爺（我姥姥的弟弟）史東山在中國老電影界赫赫有名，他是電影名作《八千里路雲和月》的導演，一九四九年後第一任中國電影局藝術委員會主席。多年後，我偶然在網路上發現一張照片，上面五個人：胡風、艾青、史東山、馬思聰、巴金，都是一時風流之選，涵蓋了理論、詩歌、電影、音樂、小說。那是我第一次仔細打量這位舅老爺，他一副眼鏡，從容瀟灑，西裝領帶，身材頎長，比旁邊那些文人更加文質。

後來，艾青的小兒子艾丹告訴我，那照片應該攝於一九四九年首屆文代會時，那個黨和文人的蜜月，也真夠短，沒過幾年，我姥爺一九五五年二月二十三日（我出生後第二天！）服安眠藥自殺，官方對比沒有解釋，他為什麼自殺？一個他作為左派藝術家夢想已久、奮鬥已久的新中國終於建立，他卻自殺了？不可思議吧！

另一個無法證實的說法則是：因為他是把江青從山東帶到上海的人（這個「帶」字大有講究呢）。當年黨還在野時也就罷了，一旦執政，誰知道皇后的根底，就未免太礙眼了。皇上不下令，也有太監惦記著，於是……可我舅老爺也並非孤例，那張照片上，胡風成了「反黨集團」頭子，艾青是右派，馬思聰被逼叛逃，巴金忍氣吞聲，苟活而作品絕跡。我把它散發到微信朋友圈時，加了一句按語：「此照之後，各自踏上絕命之途」。

出生於這樣既資產又文藝的家庭，我媽媽是天生的浪漫派，既理想更熱情。但是，在我家裡，媽媽的上海背景，始終遭到邊緣化，因為我家的「主流」是爸爸和二姨，因此，一股濃濃的老北京味兒，總瀰漫在生活裡。媽媽只有回到她的家人中，見到姥爺姥姥、姨和姨夫們，才會突然開口說起上海話，每次都弄得我一愣，好像忽然不認識了她。也可能因此，我對媽媽上海「那一面」了解甚少，後來查詢了我舅舅，才知道她們家原住上海法租界蒲石路（一九四三年後致名瑞金一路）高福里五十二號。媽媽小時後上過有名的上海音專，學鋼琴。日本人占領期間，曾遭遇車禍，一個日本領事的汽車把她當胸壓過，那日本領事不壞，開車緊急送醫院，經我姥爺死命要求「無論如何要救！」醫院才收下手術，而後竟然恢復得很快。

媽媽的大學，上的是抗日戰爭期間由北平遷到四川成都華西壩的燕京大學英語系，後來回到北京。媽媽曾對我笑語，她和幾個女生曾騎車縱橫校園，自號「四條漢子」。到五〇年代初，我媽媽，我的姨「老虎媽媽」和姨丈、後來加上舅舅李鈞學齊集北京，這親情的吸引力，終於讓我姥爺姥姥在一九四九年做出令他們悔恨不及的決定：不像許多上海電影界同仁先到香港看看再說，而是北上首都，與三個兒女團聚。誰知由此開始，就被資產階級的帽子一路跟蹤驅趕，從文革前住王府井西堂子胡同我奶奶家的四合院，到文革中被趕進另一個大雜院角落裡一間小屋，最後雙雙死在那裡。

我媽媽和一九四九年幾乎所有大學生一樣，輕信得不可救藥，理想得不著邊際。幸虧，她遇到了我爸爸，結婚後又被派駐瑞士使館（好像那時「政審」還沒那麼嚴格），讓她從一九五〇到一九五五年度過了一段最美好的時光。媽媽攝於瑞士汽車中的彩色照片，卷髮，秀雅，鼻梁挺直，單眼皮有種東方美，嘴唇稍厚，牙齒微凸，裹著昂貴的貂皮大衣（至少是衣領），側坐在汽車後座一角，淺笑右視，顯然在擺出姿勢讓坐在前排的爸爸拍照。那表情是滿意的、輕鬆的，完全看不出「戰鬥在敵人心臟裡」的凶猛，倒確實顯出一派大小姐模樣兒，如果在文革中，僅憑這照片，就足以定她「剝削階級」的罪名。

我媽媽這張照片，掛在我柏林家的書房裡。她去世時戴著的金絲腿眼睛，摔在地上時磕掉一小塊，此刻躺在眼鏡盒裡，靜靜擱在我書房窗檯上。每天，當我坐到桌前，總有一個片刻，和她靜靜對視（她的右側，也正好是我寫作的位置）。想起來，真不可思議，據我老爸說，媽媽年輕時，提起孩子，一副充滿鄙夷的表情：「要什麼孩子呀？煩死了！」可誰知，自從我姊姊出生，她對孩子的態度一百八十度大轉彎，從不屑一顧到愛不釋手，親得愛得不得了！唉，說真的，那個討厭孩子的媽媽，簡直和我的記憶太對不上號了，我記得的，是那個年輕、親近、有無限耐心忍受我們「蹂躪」的媽媽，無論我多調皮（有一次竟逼得我老爸從書桌後站起，給我磕了一個頭！嚇了我一大跳），從未動手打過我。不過，親歸親，她卻實在不太知道怎麼帶孩子。從我姊姊到我，都是一出生就被我們的二姨照料長大，以至於我們都和二姨更親。回到中國後，每兩週二姨休假回家，我都哭得死去活來，非纏著她一起去不可。想來那時刻，媽媽心裡一定不是滋味。我的兒子，怎麼和老保母更親呢？

也許那感受太難忍，才促使她決定自己帶大我弟弟。那是一九六〇年，一個最可怕、最不適於生孩子的年頭。五〇年代毛式共產，以狂想代替思想，以暴力剷除私有制，搞垮了中國傳統的經濟結構，更摧毀了人與人交往的社會常識，所謂「三年自然災害」中，幾千萬人餓死，即使城裡人，也只能靠黑市買賣勉強支撐。我姊姊的回憶錄《吃蜘蛛的人》，描述過二姨領著她半夜溜到附近村子買「黑糧」的經歷。我那時白天「日托」在西苑機關幼稚園，倒不記得飢餓的滋味，但晚上回家，卻能感到餐桌上的東西少得可憐。

某一個晚上，我如往常一樣回家，忽然聽到陌生的哭聲，媽媽躺在大床上，旁邊多出一張小床，裡面是個皺巴巴、紅撲撲的小東西。「快來看，這是你的小弟弟！」媽媽說。我的反應可很不禮貌：「他真難看呀！」媽媽沒介意我的無禮，因為這是她最小的小兒子、最愛的小寶貝兒！與姊姊和我不同，我弟弟生下來後那些年，沒和二姨睡過一夜，他睡在我父母房裡，儘管那房間也並不很大。我弟弟小時候的照片，倒是一副胖嘟嘟的模樣，但其實，我媽媽懷他時，營養差得不得了，那先天不足，潛藏在他的體質內，終於在他五十二歲時爆發，年紀輕輕就中風了，且恢復得緩慢無比。

我媽媽看來也受害不淺，據說從前在國際關係學院教書時，其他女士總說「李華是不老的」，但我記憶中，從搭建磚頭新家起，她的腰就沒直起來過，背總是佝僂著，臉色總是枯黃的。我的照片冊上，有張一九七一年和她在河北饒陽縣城的合影，她身姿依舊輕盈，微微含笑，短髮簡潔，曲臂優雅地提著只袋子，彷彿那是只昂貴的手袋。她的笑容是滿意的，或許因為身邊站著我，一個已經稍稍高出她些許的兒子。那年她四十六歲，臨近更年期，就在那照片拍攝後不久，她的身體急遽轉壞，加上後來下鄉的村子，幾乎全無醫療條件，到一九七二年底，已經堅持不下去了，只能回京求醫治病——於是有了創建「磚頭新家」那一幕。

媽媽的病，麻煩在好多互相矛盾的病因堆在一起：心臟病、高血壓、膽固醇、貧血，而更年期婦女病的大量血崩，更掏空了她的抵抗力。這些病，補養也不是（且不說根本無養可補），不補養也不是，治這邊壞那邊的事，修那邊這邊坍塌，以致醫生束手，只能看著她漸漸衰微。有了「磚頭新家」，她回京治病的次數越來越多，其實這是違反她意願的，因為媽媽至死都是個浪漫幻想家，帶著女學生式的輕信，她入了黨，也真誠地認同文革在改造中國（包括她自己）。所以，如果她身體能行，會更願意在農村「向貧下中農學習」。她拖著病體回來，卻沒能休息，而是一點點親手建造我們的棲身之處，這個比貧下中農家簡陋得多的住處，在未來二十多年裡，相繼庇護了我姊姊、我、我弟弟，見證了我踏上文學之途，直到一九九八年我回國徹底放棄那「鬼府」。

生活的苦澀，並未破壞媽媽的樂觀。和我們在一起，她總是笑吟吟的。我一生中唯一一次看見她的眼淚，是一九七四年五月四日，那是我離開家，去昌平縣中越人民友好公社插隊的日子。其實，我一九七三年就高中畢業了，但正逢批林批孔運動，旋即加入「批林批孔小分隊」，先派到另一農村「教育」了貧下中農小半年，現在輪到接受貧下中農再教育了。那是個相當豔麗的春日早晨，沿襲了媽媽樂觀性格的我，並未意識到這一天對我一生的意義，想像著農村田野的浪漫，還傻兮兮興奮呢。媽媽走過來，手中拿著一頂草帽，最普通的那種，黃麥秸編的，寫著幾個紅字。她把草帽遞給我，我扛上行李捲，和她一起走到樓外面。我的注意力，與其說在她身上，不如說更關注那片春色，陽光燦爛，高大的法國梧桐灑下點點綠蔭，操場上空無一人，只有我們母子在告別。我好粗心啊，甚至不記得她叮囑了什麼，只記得她揮手和匆匆轉身的樣子。我也離去，走出幾十米再回頭，心中一驚：媽媽在擦淚！她或許沒想到我會再回頭看，因此沒藏住擦淚的動作，發現被我看到了，才又趕忙掩飾，破涕為笑地再揮手，再說「再見」。那時的我，沒想到媽媽是下過鄉的，她看著我一蹦一跳，去「投入」那只熊熊燃燒的人生大熔爐，或許早知道什麼命運在等待我，莫非她的眼淚為此而流？

我姊姊的回憶錄有個精采的標題：「吃蜘蛛的人」，它不止概括了我們的、也概括了我父母那一代人的經歷。

這標題來自魯迅。我姊姊的書前題記引用到：「……所以我想，第一次吃螃蟹的人是可佩服的，不是勇士誰敢去吃它呢？蜘蛛也一定有人吃過，不過不好吃，所以後人不吃了。像這種人我們當極端感激的。」我不喜歡魯迅，因為他的尖酸惡毒，其言辭激烈，經常不是出於真的思想，倒出乎固執偏見，顯現其人心態不正。不過這位尚醜者，時而不乏精明。他以褒獎之詞，卻引出兩代中國人的苦笑——我父母那輩和我們自己，我們可不都是「吃蜘蛛的人」嗎？可惜，魯迅的英雄氣概，是站在一邊鼓勵別人吃蜘蛛。而我們卻是自己吃了蜘蛛，才告訴別人蜘蛛不可吃的主兒。一邊是輕鬆調侃，一邊是倒楣遭殃，他的機智，正反襯出我們愚蠢的彎路！

說白了，並非所有蜘蛛都值得親口品嘗，二十世紀中國歷史的鬧劇這隻「毒蜘蛛」，稍有頭腦的人，本來可以避開，哪需要成千萬的生命去冒險試吃？更可怕的，這哪裡是吃它？明明是被它狼吞虎嚥！用我的概括，中國這場「革命」，開始像理想主義的正劇，過程是英雄毀滅的悲劇，最後只剩一錢不值的鬧劇。時間、歷史、生命——多少活生生滿懷著夢想的人啊，平白無故落入蛛網，屍骨無存。那不叫彎路，純是浪費。

我姊姊自己也是蜘蛛嘴裡的一小粒渣子（沒準她還以為自己吃到過蜘蛛呢），她的書比其他這類作品好，因為其中除了訴苦，更有反省。她深深反思了自己在文革災難中扮演的角色。對我來說，這是一個標誌，能區別開「文學的」或「政治的」寫作。「文學的」，一定建立在追問自我的激情上；而「政治的」，則充斥著批判別人的情緒（想想魯迅雜文的榜樣吧）。

文革初，我姊姊是北京有名的一〇一中學學生，最早一撥紅衛兵成員，她們夢想著繼承父輩的「革命事業」，可壓根沒想過那是一隻「蜘蛛」，自己得忍著噁心，把它生吞下去。我記得文革開始時，我爸還是「革幹」，尚未淪入資產階級知識分子種姓，姊姊春風得意，頭髮紮成刷子，騎在自行車上飛來飛去，車把前一塊牛皮紙牌，上面毛筆大書「造反有理！」

這本《吃蜘蛛的人》，記載了那群老紅衛兵的心路歷程，開始青春煥發、野心勃勃，隨著大批父母老幹部被打倒，自己也成為權力鬥爭的替罪羊，再以後，畢業年齡已到，城市無業可就，一聲號令「廣闊天地，大有作為」，又呼啦啦被轟到荒山野嶺、邊疆大漠，一條曲線，高竄低落，既是生命的更是心理的。就像在中學爭當首批紅衛兵，我姊姊也首批奔赴黑龍江建設兵團，去了中蘇邊界的虎林縣。從此，她的消息，就隨著每一封打上「鐵字四〇四」（黑龍江建設兵團的單位，按照「建設鋼鐵邊疆」排列，每個字代表一個地區）郵戳的信件傳來。

開始是好消息：遼闊的田野，美好的勞動，鍛鍊，先進，一位抱著豬寶貝拍照的養豬排長。若干時間後情緒降落：辭掉養豬排長，下大田幹活。再以後每況愈下：發牢騷的日記被同伴偷看舉報，當年的先鋒，現在直墜谷底，成了反派人物。「蜘蛛」毒素開始發作了，我姊姊是強脾氣，領導越壓越不服，越不服只能越倒楣，她成了連隊裡的壞典型，人人躲著走的傳染病人。她寫來的信，漸漸充滿恨意——恨不得跳出兵團三界外。她希望爸媽想辦法幫她，可同樣「被再教育」著的父母，一無權二無錢，怎麼幫她？終於有一天，一封發了毒誓的「鐵字四〇四」到了：「再不救我出去，我就嫁人，一輩子待在這裡了！」

爸拿著信，唉聲歎氣，只好又寫回些「正確的」空話，試圖鼓勵她。但第二天早上，我媽媽忽然向他走來：「我感覺情況不妙，瑞（我姊姊的名字）很要強，不到萬不得已不會求救，她處境一定很嚴重，我們得救她！」爸也急了：「可我們能有什麼辦法呢？」「發電報！說我生病了，讓她回來再說。」父親急奔縣城郵政局，一封母親生病的電報到了姊姊手上。沒想到，成心和她作對的領導不批准：「生病就回去看？那人不走光了？」第二天早上，又一封電報抵達：「母病重，速歸！」還是不准。第三天，又一封：「母病逝，速歸！」這回中國人骨子裡的老傳統奏了效，領導實在沒理由再拒絕，於是批給我姊姊兩星期假。當然，那一天，也永遠終結了我姊姊「鐵字四〇四」的歷史。

當我讀到《吃蜘蛛的人》中這段，心中觸動，潸然淚下。我能感到，這裡蘊含著比母愛更多的東西。是什麼？當我給姊姊的回憶錄寫書評，才整理出一個思想頭緒。

那篇題為〈吃人生這隻蜘蛛〉的小文裡，我寫道：「母親出身資產階級，一九四九年燕京大學畢業，把女大學生的狂熱信念幾乎堅持到了最後，但女兒的呼救是一種什麼力量？讓她終於用一封自己死亡的假電報，欺騙了『組織』，為這個舉動，她得怎樣承擔比真死一次更大的內心壓力？」不知我姊姊是否意識到了這一點，但在黨和女兒之間做出的這次抉擇，讓我對媽媽的親情，陡然增加了分量。因為她這個舉動，與其說媽媽背叛了黨，不如說她是與一個悖謬的「自我」決裂，且因此拋棄了自己以前認定的「人生價值」，這是不是艱難得多？但，媽媽成功了——人性和愛成功了，可這成功，也代價不菲，媽媽從此再不敢踏進那小郵局一步，因為她曾無數次從那兒給我姊姊、我、我弟弟寄錢寄包裹，早已認識了每個工作人員，那幾封電報，都是他們滿懷同情地發出的，如果突然「病逝」者走進門來，小郵局裡還不鬼哭狼嚎？

我媽媽一九七六年一月七日去世。前一天，我正準備回黃土南店，她忽然興起：「你那本照相冊，還有幾頁空著，我們把它貼滿吧？」她說的是那本從瑞士帶回來的照相冊，裡面從我出生第一天開始，第十天、二十天、滿月、五十天……循序向前，到回國，到文革前，經媽媽細心挑選、剪輯、黏貼照片，又用娟秀的筆跡，在每張照片下題字，我的成長被編輯成一部有形的履歷。但照片到文革開始戛然而止，那種動盪中，誰有興趣照相留念呢？為數寥寥的幾張照片，也已散落各處了。有媽媽難得的好興致（是不是迴光返照呢？），我們翻箱倒櫃，搜羅出幾張照片，包括我初中的學生證、高中畢業證書、畢業照等等，最寶貴的，是插隊小屋前那幾張，最多的，是不久前幹活受傷回家，養好後到香山拍的「臭美」照，現在看簡直該罵一聲搔首弄姿！媽媽繼續著這本相冊的小傳統：每一頁照片排列都有獨特的構思，照片旁的題詞也各個不同：「爸爸來京養病」，「畢業前夕」，「戰友留念」……直到最後一頁，相冊終於貼滿，她在內封底上揮筆寫下：「一九五五—一九七五，二十年過去了，彈指一揮間」，再向下：「此集主要攝影者：爸爸；題字、黏貼：媽媽」。字裡行間，滲透了對爸爸和我濃濃的愛。

「彈指一揮間」，借用了毛那年新年剛發表的詩句。毛的政治，在我媽媽筆下坍塌、融化成親情和感慨。她能想到這「一揮」，對兒子意味了什麼嗎？她的「一揮」，揮掉了、又揮來了什麼嗎？第二天早上，她去世的消息，輾轉經過幾部手搖電話機傳來，我從農村騎車狂奔而歸，太晚了，醫院太平間冰冷的水泥地上，我只看到她僵硬的手指、黃白色的臉、緊閉的嘴唇。當晚，我抱著照相冊痛哭，也沒忘記藉此發酸，在媽媽最後題詞上方，加上幾行「紅豆採數枝，遊子思母癡，月明凝淚冷，星寒浸袖濕」。我把一九七六年，當作我正式開始寫詩的年頭，並非因為掌握了寫作的能力，只是一連串事件，讓我第一次嘗到「詩」這個字裡，真人生、真命運的滋味。詩和人，就在母親去世的一剎那，掛鉤了，通電了。這電流此後再沒切斷過。媽媽沒讀過任何一行我自認為滿意的「詩」，但我所有的詩，又都潛在地向她流去，尋找著她，呼喚著她，被她的斷手繼續撫摸。直到再過三十五年，當我終於感到個人已深深融入歷史，由此開始寫自傳體長詩《敘事詩》，在第一部〈照相冊：有時間的夢〉中，以下面這幾行抓住了被媽媽「揮來」的感受：

珊瑚燈　襯著血絲編織的傍晚
淡淡照出一首詩分娩的時刻
當所有語言回應一句梗在心裡的遺言

八，一個夢，一首詩

二〇一六年一月七日，我在柏林家裡點燃蠟燭，放到我媽媽照片下面。這天，是她去世四十週年忌日。

一九九一年，我獲得柏林 DAAD 藝術項目邀請，作為 DAAD 學者旅居柏林的一年，被我稱為「出國後第一次喘口氣」，終於能定定神，想想我們的生活裡到底發生了什麼事？那也包括新的提問：未來的路怎麼走？詩怎麼寫？

急遽震盪的一九八九年，是被世界各地的大新聞、大事件塞滿了的一年，不僅中國有天安門大屠殺，看看世界，也幾乎月月、甚至週週發生政治地震：第一大事當然是東歐、蘇聯的政治變化，誰也不曾想到，那個共產帝國的龐然大物，竟然一夜間土崩瓦解、消散於無形。其次，南非白人種族制度的崩潰，曼德拉英雄式地凱旋而歸，又給世界專制制度狠狠一擊。

大事連續不斷的同時，各種小事也不讓我們消停，第一件就是在國外的生存本身。出了國才知道，原來國內每月微薄而保險的工資，其實是老大奢侈。旱澇保收，沒什麼心理壓力。到了國外，生存突然整個坍塌到自己頭上，謀生的刀刃，令每天變得無比鋒利。在奧克蘭，友友當旅館清潔工，這讓她後來能把家裡床上的被褥，疊得有稜有角，像五星級賓館。我呢，因為是奧克蘭大學的訪問學者，原則上不能額外打工，於是只得冒了馬來西亞朋友「江健勇」之名，找到一個只准大學生幹的活：到一個賣車行擦洗汽車。每週兩次，每次兩小時，時間不長，卻把我整週時間打了個七零八落。那時，我還不認識我擦洗的，就是赫赫有名的英國車「路虎」（Land Rover）。也最怕老闆模仿著馬來西亞口音、怪腔怪調地叫「康——剋鹽—榮」，我坐在那兒發呆了半天，全無反應，忽然才發覺那在叫「我」！兩個月後，我已開始嘮叨：「再這樣幹下去，我就自殺！」並在一次歐洲文學之旅後，甩手而去，從此恨上了曾折磨我兩個月的「路虎」，走在全世界的大街上，看見它就想上去踹一腳！

有了這可怕的「洋插隊」墊底，柏林DAAD提供的房子、工資，確實像天上掉餡餅，讓我們成了名正言順的臨時貴族。這有期限的衣食無憂，讓我們一路綳緊的神經稍微緩解。「喘氣，定神」之餘，這一年春夏之交某個夜晚，我作了一個夢，夢見了我的母親。幽暗中，她靜坐在那兒，不說話，只定定看著我，她的臉和去世時一模一樣。我不記得那個夢延續了多久，但它令我記憶深刻，因為我長大的環境裡，直接照料我的不是母親，而是老保母二姨，從記事起，我跟二姨吃，跟二姨睡，以致後來經常夢見她，而很少、或簡直沒有夢見過親生的母親。從這個夢醒來後，另一個念頭又鎮住了我：這是一九九一年，就是說，從她去世的一九七六年算起，十五年過去了。我已變老了十五歲，而她的臉一點兒不變，好像生命和死亡有兩個時間，生命不停變化，死亡卻靜止不動。我一路在生命中奔跑（是流亡的景象嗎？），而她靜坐在死亡裡等待，等著那時三十六歲的我，追上她五十歲去世的年齡。這感覺，既像形而上的玄思，又實在無比。它刺激著我，在柏林毛姆森大街九號我的書桌上，寫下了第一首題贈給我母親的詩〈母親〉。那時我並不知道，我媽媽雖然在現實中早早離去，但又將在精神上不斷返回，啟示我，審視我。自這首詩後，我還將一而再、再而三地回到她，繼續進行那場生死對話。這首〈母親〉，遠不止於母子親情，它穿越生死時空，讓我冥冥中伸出的思念之手，冥冥中被一位精神母親握住。在我們之間，搭建起另一種現實——一縷隱約泛紅的血絲，拉著一個綿延不絕的血緣。

〈母親〉

如果夢見你的臉　你就再次誕生
輪迴　這棵肉質的孱弱的樹
早該墜滿了果實

如果沙灘上你光著腳
雪白的鹽粒　從浮腫的腳踝朝肩頭爬
像你曾爬進一條早晨的隧道
鞋脫在門外

用一對聾耳忽略孤兒們的呼喊

死亡　才是我們新的家庭
每年的燭光下　死者都成為女性的
你在隔壁的房間裡更衣
像童年那樣　不在乎襯褲中的細節
離開我　也離開一個世界的恥辱

而我被誰領進這夢裡　參觀一場病
血液在學校裡笨拙描寫的　只是你的病
你停在你死去的地點　讓我追趕
追上你的年齡

隔著玻璃彷彿隔著一滴乾透了的奶
我從你一瞥中目睹自己在變形
一場雨後　軀體都是別處
你一直站在那裡
我卻越來越遠地死於縮小的距離

在一場夢或一個末日與你會合

這首〈母親〉，在我一九九一年寫於柏林的詩作中，堪稱精品。它把情思的纏綿和人生的鋒利細細纏繞，令詩意的幻象直接兌換成現實的深度。我猜想，那個夢、這首詩，其實是一種融合：把當年喪母的痛惜，用我自己親歷的遊子漂流，加倍凸顯了出來。想到和「母親」一詞經常連用的故土內涵，那夢中不可追溯的母親面容，更獲得了深遠得多的延伸。也許因此，在後來各種詩歌活動中，我屢屢朗誦它，每次朗誦，都像重作一次那個夢，十五年、二十五年、到今天的四十年，我的年齡繼續增長，早已超過了母親五十歲的享年，但，她幽幽的目光還在前面，那生死雙重時間中，「越來越遠地死於縮小的距離」的歷程，仍未完成。我曾暗自驚詫，為什麼那次柏林之夢後，我再沒夢見過母親？她為什麼驚鴻一瞥之後，又一次把我遺棄在這世上，而再不回來看我了？現在，只剩〈母親〉這首詩，像她目光的一道餘波，凝視著困惑的我。

一九八八年我們出國時，從未想像有一天會長住在中國之外，所以把澳大利亞文化委員會的邀請，完全當作了一次好玩的事。中國憋悶夠了，來個一年度假，當然不錯。所以，提起行囊，國關鬼府裡一切明擺浮擱著，收也不收，拉上門就走了。萬沒想到，這一走就是六年，期間變化，不說天翻地覆，也頗令我們體驗了自己人生的小小滄桑。六年之後的一九九四年，紐西蘭政府特許我和友友獲得紐西蘭國籍，拿到那本外國護照，想到中國從此成了「我自己的外國」，真有些百感交集。但話也說回來，這國籍（包括國界）真有那麼重要嗎？我們在國關鬼府寫，在紐西蘭漏雨的小屋裡寫，在柏林毛姆森大街九號臨時貴族的書房裡寫，有什麼區別？「界」在哪裡？最重要的是：我——在寫！而且在用中文寫！離散於中國，不等於離散於中文，甚至相反，越離散於中國，越使我意識到什麼是中文。它那作為語言、思想載體和美學的特性，就是說，離散恰恰意味著我更深的返回，到那個突破「內」、「外」舊界限、重新整合出的更深也更強的自我之內。出國，打開了我生存、寫作的新視野。不是地球變小了，是我自己的精神世界變大了！

就在那次回國前，我收到爸爸一封信。打開一看，我愣住了，簡直不敢相信自己的眼睛。我爸爸在信中告訴我，我旅居國外期間，小偷曾數次光顧鬼府，除了把我多年蒐集的異國情調紀念品一掃而光，誰知為什麼，竟把我媽媽的骨灰盒也偷走了！我爸知道我和母親感情很深，因此始終沒敢提起此事，現在我要回來了，他才不得不告訴我，同時為這隱瞞向我道歉。但，我能說什麼呢？我想到那只骨灰盒，黑漆的，方方正正，正面有仿黃楊木雕的小樹，嵌著幾只廉價的螺鈿。一九七六年一月那個寒冷的日子，媽媽火化後，我和爸爸抱著它，來到八寶山火葬場領取媽媽的骨灰，就那麼一小包，真難想像，一個人最後只剩下這麼點東西。打開紙包，我第一次看到骨灰，一小堆黃白色粉末，夾雜著幾塊能被認出的骸骨形狀。我記得，爸爸用手輕輕把骨灰捧進骨灰盒，骨灰那麼少，甚至沒裝滿一盒。我抱著，簡直沒有重量。這就是我媽媽嗎？她真的活過、存在過嗎？我第一次體驗親人的消失，它竟如此簡單。

從一九七六年到一九八八年，我鬼府小屋的大書櫃頂層，是一個空出來的小小祭壇，裡面並排安放著我的兩位「母親」：媽媽和二姨。兩只骨灰盒，都用黑紗蓋著，前面是她們的照片，媽媽那張，是她燕京大學的畢業照，一頂學士帽，一股青春氣息。二姨的攝於她在北京板橋二條的家裡，背後是北屋的窗戶和一叢丁香花。二姨生前，曾悄悄對我說過，希望有朝一日，她的女兒能從台灣回來，與她重逢。但這願望，直到她去世的一九七八年，仍未實現。現在想來，我捨不得依照古訓「入土為安」把她們的骨灰早早安葬，既幸運又不幸。幸運的是，我完全沒想到，就在一九八八年七月，我出國前不到一個月，二姨的女兒真從台灣回來了！我一見她，嚇了一跳，她和二姨長得一模一樣，簡直像二姨再生！幸虧我把二姨的骨灰保存在身邊，讓我們能一起安葬共同的母親。在北京西郊太子峪公墓，一塊小小、白色的漢白玉石碑上，刻著「慈母田奚貞」。下葬前，我手抄了一卷寫於一九七九年、記錄二姨病中經歷的散文詩〈病房記事〉，把它和骨灰盒一同埋入墓穴，讓「蛾子」的手跡，在地下黑暗中繼續陪伴她。我記得好真切，那天晚上，我回到鬼府家裡，忽然感到一種清清楚楚的空：她骨灰移出小屋那天，二姨才真的走了。她回到女兒手中、大地懷中，她可以安心了，終於毋需再擔憂我們。

不幸的是我媽媽的骨灰，我深悔沒有像二姨的女兒那樣，儘早安葬媽媽的骨灰。也許是自私，還在渴求她無形的溫暖。更多是空虛，保留她在身邊，潛意識裡她就還在這兒，我就還能向她求助。又或許，僅僅是無能，我甚至不知該怎樣安排這個葬禮。唉，說白了簡直就是混帳，整個八〇年代，我的生活太亂了、太滿了，堆滿了「事」，卻沒想到這件大事。可誰又能預料一次出國帶來的變化呢？我以為今後的時間，日日、月月、年年，都要那樣度過，永遠來得及為媽媽舉行一個葬禮。但，來不及了，媽媽不得不死第二次。我想像，當那個小偷，打開骨灰盒，看到一盒黃黃白白的骨灰，他會害怕嗎？他的手，抱起那只骨灰盒，偷偷把骨灰倒在某處，會發抖嗎？媽媽的第一次死，因為下鄉毀了她的健康，是文革惡果的一部分。而她骨灰被偷的第二次死，因為我突然被甩出中國、甩出我的小屋，不再能守護她，而成了另一個歷史之死的一部分。這家人之死，讓那個無邊之死聚焦了、顯形了。

從一九九一年到二〇一六年，多少次，我在柏林，半夜醒來，眼睛盯著虛空時，能感到，母親那把骨灰，還在徐徐落下。它們其實撒在我體內。母親的、我的、更多人的重重滄桑，含在每一個人的軀體中。死亡就這麼重重疊疊！一個夢，有彎彎曲曲的枝杈，輕輕掃過，就劃破一道裂縫，讓我在一剎那間，瞥見自己深處那座廢墟。

更驚人的是，我後來和弟弟核對媽媽骨灰盒被偷走的時間，赫然發現，那幾乎正發生在一九九一年初某時——我在柏林夢見母親之前不久！難道中國古代的託夢之說，真有其事？媽媽的鬼魂，跋涉過半個地球，遠遠來尋找我。她竟然能在陌生的異國，一張陌生的床上，找到親愛的兒子，並用穿越時空的靜靜目光，和一首潛伏在兒子心底的詩，喚醒兒子深藏的記憶。是啊，託夢！一個夢穿過了多少層次：時間、空間、死者、生者、詩人、詩篇，每層都是夢，又都是現實，現實如夢，夢即現實。直到那終極的疑問：她和我，誰是真的？幻象和事實，哪個更虛無？一首詩，一個愛，都摸不到，卻都真實無比。

一個夢、一個末日，一個能無限縮小的距離，讓我相信，一九九三年在澳大利亞雪梨那位自稱「大地守護者」的女人所說或許是真的，宇宙的模式是一種同心圓：最裡圈是我們的自我，外面環繞著一圈我們前生今世所有最親近的人，再外面才是靈魂的汪洋大海。靈魂轉世，從來不零零散散，而是包裹在一起，成群輪迴。這就算個幻覺吧，但也在給我安慰，讓我能繼續書寫一首獻給母親的詩：「夏季的第一隻蟬開始哭泣／死去母親的眼睛　從未離開你／類似被稱為夜的天空……是　死亡那類似母親的眼睛／熏香了樹木／是母親眼中的死亡誕生一首夏天的詩」（〈鬼魂的形式〉）。

媽媽的眼睛，永遠懸在我頭上，穿過靈魂的汪洋大海，俯瞰著我。

九，「柏林式寫作」

一九九一年的柏林，既是我們「喘口氣」的歇腳之處，更是再出發的地點。因為，紐西蘭地處遙遠，一九八九年的世界巨變，隔著遙遠的時空，彷彿發生在另一個宇宙。我們的感受，仍然繫在中國那一條細細的線上，中國發生的一切，好像就是世界發生的一切。但，世界發生了什麼？它和中國有什麼關係？和我們自己未來的生活、寫作有什麼關係？這場巨變，將如何深刻影響、甚至改寫我們的未來？更進一步，它將如何改變整個人類的整個處境和觀念？多少問號，像大海上一望無邊的成排巨濤迎面打來。

我們只是慢慢才懂得，一九九一年一月二日在「褲襠大街」上那場寒夜漫遊，其實在引領一條人生的漫漫長途。

多年後的二〇一二年夏天，我獲得了二〇一二至二〇一三年柏林「超前研究中心」學者獎金，這個獎項的內容，是遴選國際科學、社會科學各領域研究、創作的佼佼者，無論年薪多少，由德國政府出錢，「買」他（她）一年學術自由，專心研究自己最關注的主題。「超前研究」，顧名思義，獎金獲得者的思路，應該蘊含著人類未來的走向。

哦，又要到柏林居住一年了！二〇一二年七月和八月，我和友友不得不強迫自己，重拾已很不習慣的搬家——漂泊經驗，把我們漂亮的倫敦家，硬生生「拆了」。書、音樂、衣服之類軟體，裝箱標號運去柏林，家具等等大件硬體，留在倫敦，租倉庫儲存，等待有朝一日當還鄉團。哦，好累啊，但不止是體力的累，更是心力的累，原來環球漂流時那沉重而又空虛的記憶，一下子被喚醒了。

從一九八九年到一九九七年的整整九年裡，「搬家」像個夢魘揮之不去：澳大利亞、紐西蘭、美國、德國、英國、義大利……二十多個國家從腳下滑過。「家」，除了手中兩個箱子、背上兩個背囊，哪兒都不在。我連作夢，都夢見自己提著行李站在月台上。友友呢，常常邊流淚邊打包。朋友們常常勸：「別漂了，趕快找個地方定點吧。」可哪裡是我們的「地方」呢？只要能放下行囊，有一張桌子，坐下寫詩，哪裡又不是那個「地方」呢？漂流，讓我們學會了一種鋒利：迎著每個日子的刀刃生活，讓詩句血淋淋握住那把刀刃，並在日子的磨石上把詩打磨得更銳利！

這些詩，收集在《無人稱》和《大海停止之處》兩部短詩集，以及《鬼話》散文集中，短詩句句滴血，恰與生存的艱難相配套。散文中，沒有「我」，卻有無窮無盡的「你」，疾病似的蔓延，猶如一場「自我」之內的喃喃自語，借用第二人稱不停進行，無窮無盡周而復始。這些並非刻意設計，而是作品被自己內在能量激發著、推動著，自動生長生成的。說到底，作品結構人生，而人生也恰是一件作品，端看你如何立意、構思、完成？

即將寫完組詩〈大海停止之處〉那個夜晚，我記得好清楚，每隔幾分鐘，從床上跳起來，寫下新躍入腦海的詩句。詩，彷彿自己有生命，潮水般向前推進，一波波湧來，直到拍打出那組詩的最後一行「這是從岸邊眺望自己出海之處」！是的，我人生不正是這個意象？一個人站在海邊峭崖上，眺望自己又在船上，不停出海。那內涵是：所有外在漂泊，都是內心旅程的一部分。

這猶如一個公式，找到了寫作的思維，更抓住了生活的邏輯。有這個公式在，我知道了，自己不僅能活下去、還能寫下去，在陌生的世界上繼續創造性的生活。也因為這個信心，讓我們在一九九七年決定，試試定居倫敦，同時開始寫海外第一首長詩〈同心圓〉，把活法滲透進寫法，把流亡初始時的「從漂泊裡發現靜止」，引申為無處不是流亡的「在靜止內體悟漂泊」。

漂泊，把人生永在路上的感覺，推到眼前，不容你忽視。就是這個不停深化的「動—靜」之變，給我們的思想不停充電，令一部部作品像腳印，留在身後。從一九九七到二〇一二，在倫敦居住的十五年，長詩〈同心圓〉、組詩〈幸福鬼魂手記〉、長篇散文集《月蝕的七個半夜》、短詩集《十六行詩》、《李河谷的詩》、《豔詩》、自傳體長詩《敘事詩》，接踵而至。儘管重複同一個詩歌標籤，容易獲得辨認，頗為討巧，但我不喜歡那種精神惰性。每部作品邁出大不相同的一步，當然會令讀者、評者、譯者感到跟不上，因而寧可保持沉默。但這是一種命，源於自我選擇，他們要沉默就待在沉默裡吧。

友友教書之餘，也出版了《替身藍調》、《她看見了兩個月亮》、《婚戲》小說集，長篇小說《河潮》更突破當代中國習慣性的自傳宣洩，很早（也許太早了）以小說的虛構能力提煉出中國現實的文學意義。它的英譯 Ghost Tide（鬼潮），由英語最大的哈潑．科林斯出版集團出版。友友還根據她十餘年在英國伊頓公學教學的經驗，應對當代中國教育問題，寫出了非小說類作品《伊頓公學》。

嘿，倫敦，沒有像當年我們把全部家當（包括一台恐龍般巨大的第二代 PC 電腦）塞進我的 Opel 小車，準備向倫敦進發時，老多多在斯圖加特「幽居堡」門口向我們告別時，半是玩笑半像詛咒說的「倫敦是好，可你們這一去，怕也是凶多吉少。」哪兒的話？我們待下來了，而且待得不賴！

可是，在一處終於住定、安心，和拆掉安樂窩，重新上路，投入漂泊的漩渦，是太不同的兩回事。在一處住慣了，還是會讓人忘記人生的漂流本質，誤以為已經融入了當地，成了那兒天經地義的一部分。

我從在地球表面的橫向漂流，到發現朝向日日深處的縱深漂流，有個很具體的時刻。那是我在倫敦住了四年之後，某個十一月深秋，站在廚房後窗前，眼睛「自然而然」尋找著什麼，是什麼？我忽然感到一種驚詫：我在搜尋後院那棵蘋果樹某根樹枝上最後一只蘋果！找到了。它就在那兒，小小的紅紅的，襯著落盡樹葉的灰暗天空格外觸目。

這可不是一般的蘋果，而是一個提示：當我能下意識「知道」這只蘋果的存在，我和倫敦這個「本地」的關係已經變了！這個本地，從我暫停過的無數本地間站出，把一個位址拓展成無限的，把我的全部漂泊經驗，包含在它之內。只要向下挖掘，腳下就是隧道，就有無限的深度。更進一步，我們的「根」，只能是這樣的，主動長出、扎進任何土壤，把無論何處變成自己的故土，來滋養思想和寫作。

這個本地與國際之思，催生了我的詩集《李河谷的詩》。它一方面深化了我對每個「本地」的自覺，一方面警醒著「國際」一詞的空泛。那是不是對當下全球商業化語境中「泡沫化人類」的敏感和警告？誰知道，也許拆掉倫敦美麗舒服的家，再次打包上路，本身就暗含著一個潛意識的警覺：從靜到動，打破對世界格局的固定思維，啟動新一輪動盪的、不穩定的、實驗性的生存——重新開始自覺的流放！

那次倫敦拆家的經驗，使我獲益匪淺，它產生了好幾首我自己喜歡的詩，尤其是以「蝴蝶」為貫穿的三首詩：〈蝴蝶——納博科夫〉、〈蝴蝶——柏林〉、〈蝴蝶——老年〉。選擇這樣的題目，原因很簡單：搬家期間，我信手拈起了納博科夫的回憶錄《說吧，記憶》，一開始讀，就被深深吸引了。這位二十世紀最早一代流亡作家，他體會過的現代流亡感，完全不同於後來那些冷戰中的流亡作家。在他逃離俄國的上世紀二〇年代，這世界上還沒一個「共產主義陣營」，由此，冷戰套話還沒流行，以致形成一整套口號工業和商業，令販子們靠口水營利。《說吧，記憶》，該稱為流亡作家的小聖經，因為它不僅沒用非黑即白簡單化歷史，反而不否認人類高尚的理想主義，這尤其表現在對「唯物」價值觀的輕蔑上。在納博科夫看來，誰僅僅以他家的財產被剝奪來解讀他的思想，和那些貪婪的剝奪者其實是同一路貨色。

納博科夫一家離開俄國後，暫居於大群俄國流亡者聚居的柏林，但他父親、前俄國克倫斯基資產階級民主政府司法大臣，竟在這兒被一個俄國民族主義者舉槍刺殺。他的墓地，就在柏林施潘道俄國東正教公墓中。他父親的死，是一個象徵，讓我讀到納氏人生中的「重」，那是種高傲的孤獨感：既和迫害者、也和麇集囂囂的所謂反抗者拉開了距離。他主動拒絕的，不只是口號，而且是不同群體共用的低俗品味。把文學的高尚降低為一種謀利手段，能買賣痛苦、政治、甚至人生觀。在異國他鄉，選擇單獨扛起這份「重」，要一個人內心加倍的強。幸而，納博科夫的書中，還有一抹無所不在的「輕」，那就是他畢生酷愛、精心鑽研的蝴蝶！厚厚的《說吧，記憶》，簡直是一本能飛起來的書，因為幾乎每一頁上，刺繡一樣布滿了納博科夫對蝴蝶的描繪，這本鱗翅目文學教科書，讓我讀得賞心悅目，忘情時，真像騎著納博科夫文字的翅膀翩翩飛舞。說到底，最美的那隻蝴蝶，可不就是納博科夫純美、精巧的文學風格？它平衡了人生之重，提升了人生之重，最終，蝴蝶之輕，成了納博科夫（或就是「文學」本身）俯瞰現實的根本態度：無論現實多髒多醜，它不能貶低人性境界的高貴和美！時代隨風飄去，口號數年一變，唯一沒變的，是人的精神品位，它只有高、低之別。人選擇它，同時把自己歸屬於某一群：高貴文化、或流氓文化——那血液裡的基因密碼，不會隨一個人地位、名聲的改變而改變。

要說神奇，似乎世界上真有神奇之事：二〇一二年盛夏，就在我一邊讀《說吧，記憶》，一邊艱難不捨地親手拆掉珍愛的倫敦家後，空蕩蕩的客廳，大開著窗戶，忽然，一隻我們居住倫敦十五年從未見過的美麗大蝴蝶，翩翩逕直地飛進了我們的房間！牠（他）在屋裡盤旋數周，又落回英國老式拉繩凸形窗上，舊木頭的顏色，襯著那對紫紅色的大翅膀，上面嵌滿眼睛似的金黃斑點，顫動，煽動，就像眨動。牠穩穩等在那兒，在我屏住呼吸，用相機把牠仔細拍下後，才悠悠然飄飄起飛，向晴空飛去。我的眼睛追蹤著牠，目送著牠，彷彿看著一個神示：這是納博科夫派來的蝴蝶嗎？這蝴蝶是從《說吧，記憶》裡直接飛出的嗎？抑或這蝴蝶乾脆就是納博科夫本人？在我悟出流亡真諦、即將向柏林啟程之際，來向我顯靈，宣告一個確認？哦，無論如何，這事太奇妙了，我沒法解釋，只能接受，這個象徵了所有漂泊亡靈的美麗事實。

從納博科夫父親的被害、納博科夫自己的流亡到今天，多少災難發生在柏林？多少代流亡者到過柏林？柏林自身也有一部《說吧，記憶》，那是一整部歐洲近現代歷史，站在柏林任何一個地點，閉上眼，我能感到，我直接鑲嵌在歷史的脈動中：兩次大戰、冷戰、後冷戰、全球化。還有它的地理位置，柏林地處東西歐匯合點，東西歐思想、文化在此潮漲潮落。從十九世紀晚期到二十世紀，俄羅斯文化經歷了勃興、全盛和衰落。柏林像一面鏡子，牽著一串震耳欲聾的人物，目睹他們的「身分」從旅遊者，變成流亡者，又從狼狽的流亡者，轉變為舉世公認的「經典」：杜思妥耶夫斯基，屠格涅夫、納博科夫、康定斯基、夏加爾、曼德爾施塔姆、茲維塔耶娃、帕斯捷爾納克、布羅斯基……

走在柏林的街上，沉吟這些名字，我有時不免心生恍惚，覺得自己正走在成都杜甫草堂，心裡沉甸甸揣著他那些漂泊的詩句，每一步，不像走在土地上，而是走在詩行間，走著，「我」就漸漸融入了「他」、或「他們」。「經典」就這樣加入我、成了我的一部分。更準確地說，柏林，是一隻微微凹陷的手掌，始終張開著，承接一代代隕落下來的流亡者。我們落進其中，就給自己的孤獨找到了一個強大的起源，它衍生為一個血緣，汩汩澆灌了今天。

還有個很有意思的學術問題：誰最先選用屈原大作中的「流亡」一詞，去翻譯英語中的

「Exile」?真堪稱絕譯啊!這不是新詞,卻遠勝新詞,它既形象更文化,不僅譯出了原文中的「出走」之意,更因為漢字歧義,疊加出了原文沒有的多重可能:「流」(流離,流浪)與「亡」(亡命,死亡)的組合,是指「流向死亡」?或「流即死亡」?甚至「從死亡開始流動」?隨你想吧!這位能從〈離騷〉中「寧溘死以流亡兮,余不忍為此態也」(或〈哀郢〉中「去故鄉而就遠兮,遵江夏以流亡」,〈惜往日〉中「寧溘死以流亡兮,恐禍殃之再有」)拈起「流亡」一詞,一舉牽出整個三千年中文詩歌傳統,並打通古今中外詩人之根本命運者,不被讚為大天才,還能是什麼?

柏林DAAD,正是諸多流亡命運和創作能量匯集之處。我住在毛姆森大街九號,和我們一牆之隔那個單元,就曾是俄國偉大的電影導演安德列.塔可夫斯基作為DAAD學者時的住所。他上世紀七〇年代離開俄國時,已經拍攝了《安德列.盧布耶夫》、《鏡》、《潛行者》等偉大作品,尤其是他離開俄國前最後一部傑作《潛行者》,塔可夫斯基自己說:「潛行者需要找到在一個沒有信仰的世界裡,還能夠信仰某些事的人。」這尋找,如我所說,簡直是一種「從不可能開始」。他得面對一種深刻的內在矛盾:一方面並不相信能找到,另一方面又瘋狂地不放棄尋找的努力。絕望和生命,在對抗中互相刺激、共生共存。塔可夫斯基的國際漂流,正是這個思想的絕佳體現。

塔可夫斯基出國後一共拍出兩部電影,卻兩部都是人生和藝術的巔峰之作。一九九一年,我在巴黎第一次看他的《鄉愁》,深為電影最後那個漫長的鏡頭所震撼,音樂反復休止、又一次次重新開始。男主角秉燭穿過乾涸的水池,途中蠟燭一次次熄滅,他也一次次回到出發處,執拗地重啟這，薛西弗斯之旅。哪個流亡者，不是每天醒來，都感到自己是從今天的水池邊開始跋涉的？同年，在柏林藝術影院Asenal，我看了他患癌症後的絕筆之作《犧牲》（我覺得翻譯成《祭品》更好），那可以看作塔可夫斯基留給世界的藝術遺囑。那個結尾，一位對世界備感絕望的老瘋子，一把火燒了那座老房子，倒在泥水中朝著灼燒的死亡哈哈大笑。他笑誰？笑什麼？笑自己是祭品？或笑不值得祭祀的世界？又或許，他也看到了下一步：「以死亡的形式誕生才真的誕生」？這個我離開中國前寫下的句子，在柏林，和塔可夫斯基的心發出了共鳴。

也別忘記德國本身的流亡者們吧：一九三三年希特勒在德國上台，除了迫害猶太人，更焚書毀畫，打壓有獨立思考力的自由知識分子，那造成了一大批德國流亡者，著名的如作家湯瑪斯曼、孚希特萬格、詩人戲劇家布萊希特、鋼琴家施納貝爾等。當年湯瑪斯曼流亡美國，入境時回答海關人員的那句名言：「我在哪兒，德國文化就在哪兒」，多麼盪氣迴腸！言外之意，對一個藝術家，其實不存在「流亡」這個概念。你在每件作品中拋棄舊我，就像拋棄安樂而守舊的家園，又創造新我，就像闖入一片曠野，這精神之旅中，誰不是流亡者？或者說，精神創造者，必須進行自覺而主動的流亡！正是這批專業水準超群、思想原則清晰的知識精英，在二戰後德國重建中，成為新德國文化的中堅分子。

與之相關聯的，還有另一批被時間之潮捲走的人物：前東德知識人，自己國度中的流亡者。著名如女作家克里斯塔・沃爾芙，當年我讀到她的中譯小說《美狄亞》，立刻被其中深深的內心力量所折服，這力量並非來自對他人的喧囂和咆哮，恰恰相反，來自掏心掏肺的內疚和自責。美狄亞取自希臘神話，它最強烈地演繹了「背叛」主題：美狄亞為愛瘋狂，先背叛父王，又殘殺兄弟，最後甚至不惜謀殺親子。而在沃爾芙的小說裡，美狄亞的「背叛」，成了群體迫害、擠壓個體，最終迫使個體毀滅自身的典型。她的美和她的冤屈，形成一種強力，催動著無窮無盡的內心折磨，活生生畫出一幅悔恨與驕傲的內心肖像。

這又被沃爾芙用六大段第一人稱的獨白形式所加強，最終把前東德的社會環境、敏感內心的深刻反省，和偉大的藝術創造力結合在一起，鍛造出一部經典傑作。東德垮台後，沃爾芙被揭發出年輕時曾和祕密員警合作，雖然被她否認，但我想，即便曾如此又怎樣呢？那個制度本來就是為扭曲人性而設立的。為了她揭示的思想深度，我能原諒她在那個恐怖叢林中被脅迫做出的事情，因為她把那下地獄的經驗轉換成了人自我追究的能量：恰恰是人——我們自身，締造了這個非人世界！一種可能被歪曲的人性，已經折射出一切現實罪惡的源頭。

與此相反，電影《他人的聲音》中那個好人遇到好員警的故事，只能發生在好萊塢的想入非非裡。有意思的是，那故事的原版中，最後向官方揭發「好人」的，不是別人，正是他自己的妻子。那和《美狄亞》配套的真正問題是：在這個走投無路的噩夢中，誰是無辜者？有沒有無辜者？若是沒有無辜者，每個人該如何面對自身？「背叛」這個主題之所以深刻，正在於背叛者和被背叛的對象，恰是同一個人！倘若不是沃爾芙暗夜內心的懺悔感，就一定是她高貴的坦誠和思想力量，創造了美狄亞這樣的人物，穿透歷史和現實，抓住了人性悲劇的原版。就為這，我會毫不吝惜地稱克里斯塔・沃爾芙為「詩意的」和「激情的」。

反思冷戰至今的歷史和文學，我常努力區分「詩意激情」與「政治情緒」：前者是真正文學的激情；後者貼附於社會性口號。前者訴諸個人，聚焦於自我追問，經由曲折、艱難地探索內心，形塑出深刻、複雜的作品。後者訴諸運動，愛好簡單化一切，藉各種「政治正確」煽情，指責他人的同時，把自己裝扮成受害者。詩意激情的落點，是有深度的作品。「政治情緒」則憑音量宣傳，因為民族的、政治的、宗教的情緒，很容易被煽動，從二戰希特勒、文革紅海洋，到阿拉伯街頭，口號的最小公分母，總能裹挾大批不思考的頭腦，以為找到了方向，其實完全盲目。更可怕的是，除了獨裁者，連所謂「思想者」也會情不自禁玩這個遊戲，因為公眾情緒可以用利潤計量，口號真正召喚的，是暢銷書和電影上座率的商業利益。於是，個性被自私偷換，深度遭激烈吞沒，膚淺的群體，不僅與詩無關，它本質上徹底反詩歌、反思想。所以，我在柏林「發明」出這句話：「別否認問題，更別用問題去謀利」！

「世界上最不信任文字的　是詩人」，我一九九一年的詩作〈冬日花園〉裡有這樣的句子。這個標題，被我在記憶裡從紐西蘭的奧克蘭帶到了柏林。在奧克蘭中心花園裡，有一座「Winter Garden」，那時我英文如此之差，竟不知這個詞的正確中譯應該是「溫室」，卻被「冬日」和「花園」這兩個字之間的強烈反差所吸引，念念不忘，直到在柏林把它寫成詩作。我還記得，到達柏林後那個冬天，大雪下了一場又一場，黑漆漆的夜空，屋頂、街道都埋在雪中，昏黃的路燈，在壓平的雪上發出淡淡的反光。某些夜晚，當我冒著寒風，穿過柏林動物園，身邊籠子裡山羊咩咩的叫聲，淒慘荒涼，就像被拋棄的孤兒在痛哭。這人生的漫漫冬日，一首首詩萌動著。而柏林，就是那座花園，冰封雪壓著，讓一代代發育不全的孩子，清楚感到自己的無力無奈。

寫作《無人稱》和《鬼話》的日子，太強烈的刺痛剛剛過去，我想用詩句抓住那感受，但言詞粗糙如梗概，如何能寫出血肉裡絲絲縷縷的震顫？我每天坐在毛姆森大街九號的書房桌前，凝視窗外一棵光禿禿的樹，枝幹黝黑，蓋著白雪的一側發亮，不知怎麼，我老覺得，這樹是一只活的鐘錶，白雪的伸縮，就像指標，每天指著一個抽打我們的不可辨認的季節。最懂文字的詩人，最能體會現實和文字雙重的抽打：無法忍受之痛，更因為無力說出而加倍！

由是，〈冬日花園〉不止是悲憤之詩，它是冷靜的存在之詩。它的三節，揭開存在的三個層次：外、內、內外合一，寫出語言之內、每個人的盲目之內的絕境。同時，正因為直抵存在，它不理會人之悲喜。這深思的確殘酷，細思又不乏甜美：「花朵　在底下保存著淡紅色的肉／像孩子死去後　一直鮮嫩的鬼魂」，「孩子比任何人更懂得如何蹂躪花朵」……窗前那棵樹、那架時鐘最尖銳的指標，不扎向別人，只戳中了我自己的要害：無法信任的文字，成為詩人的宿命；就像孩子，從未來反鎖了人類。那麼，冬日，是不是所有花園的根本處境和歸宿？也只有從那兒，能認出、看透一切鮮豔的幻象。〈冬日花園〉啊，我們都是深埋在雪中的花朵。

但，那又何止是我一個人的感受？那個冬天，我有機會去訪問東柏林 Chaussee 街一二五號的布萊希特故居，同樣的冬日暮色，空氣中冷而濕的鹹味兒，這座布萊希特去世前三年居住的大房子，相當簡樸，沒什麼給我留下超常的印象，但是——慢著，我感到這兒有點獨特，不止獨特，堪稱神奇！是什麼？

啊，我發現了，他的故居和他的墓地，僅一牆之隔，冬日黃昏，透過稀疏的空樹枝，讓我站在他墓園裡，幾乎能直接看到他書房的窗戶。那麼，他當年也一定能從視窗看到這塊未來的永久歇息之地。我、人們，在他書房和墓地間走來走去，我忽然感到，我們都是演員，穿行在故居、墓地——生命、死亡間，就像走在他不動聲色留在身後的劇本裡。那麼近的距離，卻囊括了人類歷史的無數輪迴。中國老話的「人生如戲」，突然在柏林落到了實處。嚇！把自己的後事布置成舞台，留給世人一個超時空的劇本。布萊希特這麼想過嗎？或純然是我的臆想？但這二者真有區別嗎？暮色，人群，遠處早早亮起的燈光，一簇簇寒冷中更加濃綠的冬青，都早被寫下，早已布置在這兒，等著，下一個、下一代人走來，陷入這「處境」。

我再想，布萊希特亮晶晶的圓眼鏡片後面，那雙東方式的小眼睛，一定能看穿自己「東德大作家」的荒誕，說白了，他也無非又一個群眾角色，被擺在另一個劇本中，悲劇都談不到，最多是個玩笑。這「冰冷的笑」，也是供自己參觀的。生、死都不真實，於是只得讓「兩個你　互相被想像」。而書寫的手、唯一寫下了贗品，這裡的天空，掠過的醜陋鳥兒，都只是「弔唁的字」——現實越逼真，越印證文字之荒誕、之不可能。一個作家，在人生和文字裡雙重活過，因而不得不雙重提問：「問　夜有什麼　夜死過兩次還奢望什麼」？（本節詩作都引自拙作〈布萊希特的最後提問〉）

今天如流行病一樣無所不在的詞彙「恐怖」，也在我的柏林詩作中早早扎根。當我來到二戰時希特勒的地堡遺址博物館，目睹那殘留地下猶如豁牙的破敗地基，一種感受洶湧而至：這毀滅，何止是二戰的？那也是冷戰的、文革的、所有歷史的、每個文明的……一個毀滅考古學。我向下凝視，而它們向上仰望，不，不是仰望，而是挖掘，那一代一代接踵而至、被仇恨吞噬的孩子們。那時，我還不知將有「九一一」、伊斯蘭國，但我知道的，那厄運並未終止於此，它還在重複、輪迴。我回家寫下〈恐怖的地基〉一詩，語言也在其中輪迴：

我們毀滅　而你出現

你們毀滅　而他出現

他們毀滅　我們蹲在牆根下挖掘
一千個黃昏以鐘錶的準確締造下一個
孩子　從天空的產床上挖出父母時
每個人為紀念自己的消失而誕生了

就這樣，柏林成為一個象徵。它讓我在一種國籍的外面，深入一種命運的裡面。外在者的身分，正加倍印證著熟悉的內在經驗。這個「公式」，還將向前向後擴展，把我所有的人生納入一個「同心圓」。

殘損的地基，延伸在一切時間裡，把「處境」一詞變得無比具象，硌疼活著的每個肉體。死亡，沒有國界，只有縱深，就像詩一樣。

那麼，此刻我俯瞰的，只是希特勒垂死的咆哮嗎？抑或也是西安斷壁殘肢重重疊疊的兵馬俑坑？大地微微掀開一角，赫然顯露出一個巨大的死者世界。好近啊，它在腳掌摩擦的地面下，甚至在我們儲藏著歲月的身體內，卻經常被匆匆走過的人忽略。〈恐怖的地基〉一詩，不得不結束於下面這行：

用我們的肉體　死亡
建造起從下面覆蓋世界的村莊

一九九八年，當我被邀請為DAAD紀念建立二十五週年文集撰稿，我選擇的標題，就是「柏林式寫作」。這個片語的含義，一言以蔽之，就是為自由精神而寫。它禁得起各種考驗：納博科夫式的從共產烏托邦的逃亡，湯瑪斯曼式的帶著輕蔑從納粹鐵蹄下的逃亡，塔可夫斯基式的極端唯美又極端深刻的逃亡，後冷戰中東德、東歐作家們被邊緣化而冷靜反思的逃亡，直至我們在全球商業化和「泡沫人類」圍困下走投無路的逃亡，對我而言，所有逃亡，其實都在返回——在還原「流亡」那個詞的本義。本質上，精神創造者都是主動的流亡者，他（她）毋需等待被迫出走的機會，更不寄生於其反面，把被迫害變成盈利廣告。他每時每刻都在出走，在每一行詩裡脫胎換骨。他必須自我更新，這「一個人的傳統」，讓他能讀懂一切人的傳統。

我為我二〇一三年出版的德譯長詩《同心圓》寫的小序，開始於這句話：「《同心圓》是一部極端的流亡之書……」是的，流亡沒有結束之日。它始終在深化，用每個現實，深化那個從屈原、奧維德、杜甫、但丁、策蘭們貫穿而來的思想，延續千載，卻不容作家片刻懈怠、得意洋洋。柏林，用坍塌到流亡先輩們頭上的一層層廢墟，警醒我們：任何對「流亡」一詞的廉價利用，都不僅虛妄，更是虛偽。詩意激情，締造出「詩意的他者」——在一切語境中，主動、自覺成為一個他者，自我質疑且質疑世界。流亡，詩人永遠的宿命！

附錄：《蝴蝶》三首

蝴蝶——納博科夫

這些最小　最絢麗的洛麗塔
嘴裡含著針一樣的叫聲
大氣顯微鏡　遠眺深藏起閃光的虎牙

你胖了　口音還慢得像雪花
擎著路燈那張古怪的採集網
赴一個標本冊的幽會

顯微的激情撲向總被搓碎的
翅膀的草圖　留在搬空的房間裡

每個詩人身邊翩翩流浪的塔瑪拉＊
　　像白日夢舅舅撣下的粉末
　　一隻蝴蝶有時比劫難更難懂
　　你　幸福的大叫和風格不是無辜的
翻動　鎖在空中的射殺父親的子彈
孵化成彩色課本　一場雪仍在下
死者們繞著青春的蕊
　　而照片上的眼睛盯視最長的一剎那
　　飛到天盡頭一定不夠
　　得學書頁　蛻掉一張人皮
才認出一枚卵精緻的大爆炸
往昔是朵摟緊你的雛菊
塔瑪拉　總帶著樹叢　微黑　輕彈雙翼

你珍愛的變形優雅疊加
叨起世界　用一根針釘住的高
虎嘯　全不理睬記憶的聾啞

---

*塔瑪拉：納博科夫自傳《說吧，記憶》中，給真實的初戀情人杜撰出的名字。她和納博科夫初識於一九一七年革命前，並在俄國南方流亡初期再次相遇。

蝴蝶——柏林

父親的墓地　被更多墓地深深
蓋住　塌下來的石頭像雲
夯實的重量裡一隻薄翼意外析出

一跳一跳找到你　當你還英俊
細長　著迷於花朵搖盪的小扇子
公園中器官燙傷器官的吻

空氣的阻力也得學
牆　死死按住彩繪的肩膀
暮色垂落　反襯小小明豔的一躍

當你的心驚覺這一瞬
一座城市已攥緊你絕命的籍貫
老　沒有詞　只有扼在咽喉下的呻吟

才懂得反叛越纖弱　越極端
一種長出金黃斑點的力
推開水泥波浪　只比世界高一寸

海蝴蝶　不奢望遷徙出恐怖
飛啊　塔瑪拉和父親　粼粼
扛著身體　輕拍下一代流亡者入眠

灰燼的目錄沒有最遠處
你棲在醒來　就脫掉重量的住址上
樹葉暗綠的燈罩挪近

當你　不怕被一縷香攥住

成為那縷香　遺物般遞回一封信
打著海浪的郵戳：柏林

蝴蝶——老年

大海的鱗翅也微微變乾
搧涼旅館的窗框　你倚著
異鄉　肋下展開一片窸窣的枯葉
　　一條冷而藍的絲連著某只繭
　遠去　恰似抽回
滿載的　剛被卸空的又一天

騎在蝴蝶背上像騎著一隻仙鶴
顯微鏡下　精緻的茸毛擦亮
毀滅的風格　萬物後面是一隻船

突兀地升起　港口
不開向四面八方　它的棋盤
讓你看你就在四面八方

等著　自己的體味兒漸漸
還原為煙味　肉像蛹再度嗆人
塔瑪拉　飛之絕對　對應壓下來的幽暗

寫　一種審視所有寫的璀璨
聆聽窗外的振翅聲
拍打每個字　你獨坐的峭崖

星空在上面也在下面
你嬗變至此　厭倦的金色眼圈
厭倦了被風搓碎的威脅

倚著體內一條　一千條

蜷曲　震顫　掙扎分娩的水平線
下一個大海　一首終於返航的純詩

十，「現實哀歌」

一九九一年一月，我們剛剛在柏林住下沒幾天，空蕩蕩的大房子，突然響起敲門聲，哈！給我們裝電視的工人來啦！那台小小的十四英寸彩電，讓這房間頓時活了！可一打開，我們傻了眼，德國所有頻道無一講英語，別管節目哪裡製作，在德國播放都得譯成德文。我們剛剛在紐西蘭培訓出的那點英文，就這樣忽然成了廢物。呵呵，我們真到「德國」了！這台電視，給我們提示了最直接逼人的「現實」，它用德文把我們重新變回了睜眼瞎——睜大了眼睛，卻等於看不見世界，還不如一對文盲呢！

但沒想到，僅僅幾天之後，這狀況又發生了戲劇性的變化：一九九一年一月十七日，第一次波斯灣戰爭爆發了！那天早上，我們被朋友的電話驚醒：「還睡哪？快看電視！」我們衝到電視前，擰亮了那個一直拒絕我們的鐵疙瘩，這次情況不同了，螢幕上，砲聲隆隆，曳光彈拉著道道綠光掠過黑暗，地平線上不停濺開一朵朵爆炸的火焰。哇！這是真打仗啊！說真的，除了以前的電影，和不久前發生在北京廣場上的事變，真正看實打實的打仗，在我們還是第一次。

接下來的幾天，波斯灣戰爭幾乎是一場現實版的好萊塢電影，美國的高科技軍事打擊，很快令海珊的過時軍隊土崩瓦解。令我印象深刻的是，那支命名為「沙漠風暴」的美軍坦克突擊隊，沿著公路橫衝直撞，如入無人之境般穿越巴格達城市，美軍士兵半個身子暴露在外，帶著巴頓將軍式的驕傲，好像天兵天將下凡，敵人的子彈根本傷不了他。或更準確些，所謂「敵人」壓根不存在！他們凱旋而歸時，就像剛度假回家的大孩子那麼興高采烈。我們——和全世界圍在電視機前的人們，也都像好萊塢觀眾，張大嘴巴，瞪著年紀輕輕的「巴頓將軍」們，被吸引得全情投入。美國、西方（還有阿拉伯聯軍嗎？他們簡直被忘了），代表著真理和正義，懲罰獨裁者加侵略者海珊，那勝利理所當然！

但，看電視的人們，恐怕誰也沒想到，從那一束束綠色曳光彈開始，「戰爭」這個詞，好像停不下來了，它撕碎了一九八九年冷戰結束帶給世界的粉紅美夢，很快成了我們生活裡一個可怕的常用意象，每天，不是從這裡就是從那裡跳向我們。

一九九二年到一九九五年的巴爾幹波黑戰爭，首先打破了冷戰後短暫的寂靜，這次發生在前社會主義國家裡的「內戰」，突然令我們的腦筋急轉彎，原來鎖定在「民主／獨裁」這個主題上的思考，忽然被狠狠拉回赤裸裸的「傳統」之爭。南斯拉夫聯邦，這個二次大戰後虛構的存在，彷彿娃娃們搭的積木，被一隻藏在某處的大手一推，稀里嘩啦地倒下，暴露出一道道原本被冷戰話語虛掩住的裂縫：宗教的、民族的、文化的、語言的，最終統統變成了暴力的！而且不是一般的暴力，是大屠殺式的古老、甚至原始的暴力！一九九一年在電視機前，彷彿坐在電影院裡的我們，現在又一次目瞪口呆，那些剛剛一起歡呼自由、解放的人們，彼此仇殺起來，就像從未有過共同的精神經歷！何止於此，透過血淋淋的現實，我盯著「歷史」那個詞，卻全然看不到一點兒「進化」的痕跡，這世界在全速退化，退入一場中世紀的、血淋淋的仇殺。或許，所謂「進化」，壓根就是一句空話，等著我們掉下去的，其實從來是同一個黑洞？

很久以後，經歷過二十一世紀的「阿拉伯之春」、烏克蘭／俄國邊界之戰，一次，我和倫敦帝國理工學院的安東尼教授午餐，期間談起從冷戰結束開始的新經驗，我發出一聲歎息：「就算我們知道曾自哪裡解放出來，但是否知道朝哪裡解放去？」此話一出口，我也忽然怔住了，嚇，這句話不正概括了所有尷尬的現實？今天的我們，甚至沒了冷戰時期的思想品質，只在時間鬧劇中手足無措！

我從小對考古情有獨鍾，甚至說過：「如果不寫詩，我最想學考古。」究其然，大概因為過去和未來一樣，充滿了想像，而又通過若干出土小物件，讓那想像彷彿能被摸到、被抓住，從而變得更具體，更像詩！

那麼多考古記憶中，最令我難忘的，卻是一個當代考古的「意象」：波黑戰爭幾年之後，歐盟和聯合國開始清理戰爭遺跡，不少草草掩埋的大屠殺地點被發現，當著電視鏡頭，清理者用考古學家的專業工具小刷子，輕輕刷出死者們的屍體，幾年埋在泥土中，屍體已經爛成淤泥的顏色，那一堆或一團，黑黝黝髒兮兮的「人」，分不清面孔、肢體、性別，沒有自我，講不出故事。這些過去式的「人」，似乎已全然與我們無關了。

但——突然，一把小刷子刷出了什麼東西：一塊電子夜光錶！很簡單廉價的那種，一只圓形錶盤，恐怖的是：那秒針仍在走動！清理者按了一下按鈕，錶盤上閃出一抹綠光。依稀的數位顯示出一個從死亡裡返回的時間。那個埋在地下、我們看不見的時間，卻被一塊小小的電池記住了。它數著地下的分秒，堅持到了重見天日。我們目睹了與想像徹底逆反的一幕：死亡不是沒有時間的，這只錶顯示出，死亡的時間能夠被計算、被儲存，甚至帶著消失了的手腕、軀體、人格返回，再次質詢這個毀滅他們的世界。那只閃耀熒熒綠光的獨眼，嵌在一張烏黑的泥土臉龐上，直盯著人性深處潛藏的鬼魂。

「就算我們知道曾自哪裡解放出來，但是否知道朝哪裡解放去？」這個句子，猶如咒語，以後無數次在我頭腦裡浮現。每次冒出，冤魂們就睜開那只電子獨眼，又一次和我對視。

二〇〇一年九月十一日，我在中國天津，老爸的家裡。那天深夜，父子之間正如往常在天馬行空地閒談，忽然，電話鈴爆響，一個摯友的聲音：「還聊哪？快看電視，紐約炸啦！」哎呦，又是這報喪的電視！打開，果然，螢幕上世貿中心的雙塔濃煙滾滾，接下來幾小時，更是驚心動魄，一個鏡頭接一個鏡頭，一個比一個更嚇人：飛機一頭扎進大廈；著了火的人影，嘶喊著（雖然沒人能聽見那喊聲）從空中跳下；雙塔轟然（而寂靜地）坍塌，兩座鋼鐵巨人，剎那噴吐出一團滾滾煙塵……從那天起，「恐怖主義」這個詞，就像一根拔不掉的釘子，狠狠釘進了人類。

我對世貿雙塔並不陌生，它們腳下的「二十一世紀」服裝店，經常廉價出售歐洲名牌服裝，我朗誦穿的許多行頭，就從那裡搜來。但我從未想到，雙塔會以這種驚人的方式，加入人類歷史，變成一座里程碑。從那以後，再穿上隱隱沾著雙塔灰塵的衣服，感覺就完全不同了。它們對我提示，要改變冷戰式思維，給歷史提出更多問題。如果說，一九八〇年代的我，還以中國發生過的一切，作為「歷史」這個詞的主要參照，那麼，一九九一年波斯灣戰爭，就給我們不乏撒嬌的潛意識釘進了一個楔子，有些事開始變味了。上世紀九〇年代中期的波黑戰爭，更加強調濃了這股不熟悉的味道。獨裁者倒台了，民主（理論上）實現了，但現實反而更殘酷，且殘酷得幾乎全無理智。柏林牆飛快地被拆除，並不能掩飾那道裂隙，分割貧富差異的兩個歐洲。德國新納粹年輕人，錚亮的光頭上，清清楚楚寫著另一種憤怒。「民主是個大問號」，幾年後，我一篇文章以此為題。冷戰的結束，把這個大問號從對他人提問，轉向了對自己提問。我們真理解當代民主的含義嗎？抑或我們把它想像得太簡單了？

「九一一」燃燒的雙塔，把這提問移到了西方——世界經濟、政治秩序的中心。福山那歡呼味兒還沒散盡的「歷史終結」，轉眼變成了我們頭腦中一片空白，原來歷史從未開始！並非只有文革後的中國人，掉進過這眼既沒有過去、又沒有未來的黑洞，它同樣令「九一一」後的世界暈頭轉向。這個洞，既漆黑，更空白，唯一輻射出的震波是——「為什麼？」因此，當我後來聽聞雙塔的原址被命名為「零地點」（Gound 0），不禁拍手稱絕：這真是再恰當不過了，歷史重新「歸零」。我們不得不面對提問：一切，是否能再從零開始？

二〇一四年夏天，在柏林，我每天打開收音機，聽著廣播裡關於伊斯蘭國武裝向巴格達推進的消息：六十五公里，六十公里，更近……這消息，全世界無數人都在聽。哦，又是巴格達，那個古老、遙遠的城市！這個詞的發音噠噠作響，現在聽起來完全像一串機槍聲。不止是機槍，那也像鍛打刀劍的鐵錘聲，伊斯蘭國武裝喜歡返回冷兵器時代的割頭術，對他們來說，似乎幾百年前那場古老的聖戰，壓根就沒結束！

巴格達、伊拉克，自從一九九一年波斯灣戰爭以來，這兩個詞，就沒停止過敲打我們的耳鼓。緊接著「九一一」的二〇〇三年，由英美兩國牽頭，發動了第二次伊拉克戰爭，薩達姆的軍隊再次不堪一擊，很快崩潰，巴格達廣場上獨裁者雕像支離破碎倒下的照片，登上了全世界報紙的頭條。海珊和他抗拒到底的信誓旦旦相反，東躲西藏，直到被從耗子洞一樣的藏身處揪出來，走完一番審判過場，被送上了不少獨裁者熟悉的歸宿之處——絞刑台。這下場，當然令獨裁的受害者們歡欣鼓舞。但另一方面，歡欣也夾雜著噪音：英美藉以發動戰爭的那些「大規模殺傷性武器」在哪兒呢？海珊的集中營裡，美軍虐待戰俘、甚至虐待狂式地享受那殘暴，又讓「民主」和獨裁變得多麼相似啊。再深一步，如果當年開戰的理由不在，那麼戰爭的合法性何在？僅僅是推翻獨裁者？那麼這世界上除海珊之外，還有大批獨裁者在，尤其那些與美國結盟的獨裁者呢？我的巴勒斯坦詩人朋友莫利．巴庫提有言：「他們不是不喜歡雜種，只是不喜歡別人養的雜種」。唉，誠哉其言！

二〇一六年，第二次伊拉克戰爭整整十三年後，關於那場戰爭的調查正式作出結論：非法。當年的英國首相布雷爾也終於對公眾承認：他個人對英國參與這場不合法的戰爭負全責。但問題是：「負全責」一詞的法律意義何在？幾十萬死者、無數家園的毀滅，布雷爾個人負得了這個全責嗎？如果能負，怎麼負法？事實是，「負責」除了自我心理安慰，並無任何跟進。空話之後，一切歸於沉寂。

我的朋友、被稱為美國唯一「歐洲式知識分子」的蘇珊・桑塔格寫於伊拉克戰爭結束不久的那篇天鵝之歌〈旁觀他人受刑求〉，對美軍藉正義之名施放的人性之惡，做了深及心理諸多層次的挖掘，尤其是，這「施虐」本身，多麼殘酷地抹平了正義和非正義之間的界限，以致我們根本不記得為什麼施虐？向誰施虐？卻只記住、享受了那「施虐」本身！巴格達，就這樣成了一架透鏡，讓我們能迫近觀察這個和冷戰口號越來越不同的世界，以及我們自己的那個疑惑：在這是非混濁的處境中，什麼是善？什麼是惡？誰能代表善與惡？如果善惡如此混淆，我們該怎麼選擇自己的位置？什麼是今天我們判斷事物的準則？當我們自以為曾有過的「價值」，由混亂而真空、由真空而縱容（甚至唆使）人們肆意妄為，去放縱自私和玩世不恭。「受刑」者僅僅是他人嗎？抑或更是我們自己？

所以，第二次伊拉克之戰，不止有一場戰爭，而是有兩場：第一場是可見的軍事戰爭，以英美大勝、薩達姆慘敗而告終。但第二場卻沒那麼簡單，那是一場看不見的精神之戰、困惑之戰、提問之戰：我們在哪兒？這世界向何處去？這場戰爭沒有勝利者，坦克的履帶，只壓垮了我們原來的信念。可以說，「九一一」撕下了冷戰結束的美妙面紗，而伊拉克之戰讓人性的內傷暴露無遺。

二〇一四年夏天，柏林翠綠，寧靜、優美，享受柏林「超前研究中心」學者獎金這一年，讓我們有機會裝修二〇〇九年買的選帝侯大街十八號的房子。這個房子，經過友友精心和有點瘋狂的設計，被魯班似的土耳其工人，憑一張草圖構思，加上慧心巧手，把它裝修得美輪美奐，來過的朋友，都直呼一個詞「宮殿」！這回，可不是一九九一年DAAD學者時代的「臨時貴族」，而是自己貨真價實的家啦。

那個夏天大熱，我們白天寫作畫畫，天色稍晚，就穿上拖鞋，背上背包，騎上自行車到約克街S1高架車站，半個多小時後直達施拉痕湖站，下車出站過馬路，施拉痕湖就在腳下了。看過柏林一九二〇年代生活紀錄片的人們都知道，施拉痕湖從來是柏林人夏季游泳的好去處，這裡碧波蕩漾，沿湖綠樹成蔭。人們來到這兒，找塊小小空地，鋪下毯子，擺出酒瓶，先縱身入水，暢游一圈，再上岸或躺或坐，或讀書或閒聊，看著落日緩緩沒入對岸的樹林，和傍晚時分最美的水面對酌一杯。這一刻，世界靜好，誰不在一幅安寧和平的畫面中？

可惜，安靜並不能掩飾現實：此時此刻，戰爭，就在世界某處進行。巴格達，這個噩夢代名詞，從伊拉克戰爭以來，用自殺炸彈的爆炸聲，和大得嚇人的平民死亡人數，不停錐刺著我們麻木的神經。一邊是靜美的湖水，一邊是炸飛的血肉，它們屬於同一個世界嗎？我們渾身暢快穿越的層層水波，肯定不是「人」淌出的血泊嗎？我反思中國經驗時養成的自問傳統，令我不能忽略那可怕的答案：我們與那慘劇有關！有關在我們面對著那個善惡難題，卻無視、忽略、佯裝不知。

沒錯，從冷戰時代起，似乎一個思維定式已經確立：西方＝民主＝富裕＝東方（或世界其他部分）＝獨裁＝貧困。結論也符合邏輯：災難都在別處，例如中國，例如中東，例如非洲，那潛台詞是：你們的麻煩。可問題在：今天的世界，分得清「你們」、「我們」嗎？那些群體劃分，有真實內涵，或只是空洞言辭？它們被發明、濫用，只為遮掩我們本來不得不正視的現實。躺在美麗的施拉痕湖邊，我沒法忘記那個可怕的意象：不久前在敘利亞，那迄今找不到凶手的化學武器，殺死了大群睡夢中的孩子。照片上，他們成排躺著，保持著安詳、甚至甜美的睡姿，可一張張小臉卻是灰色的。美，直接攪拌著恐怖，顯示出赤裸裸的「人性」，這令我們對兇手的譴責多麼空洞？

其實，我們在譴責中感到正義，可那不深思追究的假正義，不也正是一種被洗腦？施拉痕湖聽不見伊拉克的爆炸聲，卻完全該聽見「利潤」在哈哈大笑。每一滴石油有沉甸甸的壓力，每射出的一顆子彈，都散發著「錢」那個字血淋淋（現在還要加上「油膩膩」）的味道，都在給軍工巨頭的帳戶輸血，「利潤」才不管被殺死的是誰！好一個邏輯啊。但，面對它，我們還能假裝自己站在正義一邊嗎？我們知道哪兒是正義一邊嗎？不知道而假裝知道，是愚蠢，還是虛偽？或二者兼有？哦，施拉痕湖的水波呢喃，多像一首柔軟的刺入心底的哀歌！

我家客廳正面牆上，掛著一幅油畫，題為《阿馬淞之戰》。它是住在柏林的荷蘭當代畫家 Fre Ilgen 的作品。Fre 和我在柏林一家畫廊相遇，一見面就談起當代藝術（和文學）空泛膚淺的困境，以及一個有思想的藝術家，該如何確定自己的位置。這樣的相遇，是柏林的典型事件，柏林像個舞台，或者火車站的月台，來自歐洲或世界各自文化的人們，在月台上，或匆匆相逢，擦肩而過，或幾句交談，一見如故，就看思路是否能對上了。

《阿馬淞之戰》這幅畫，基於古希臘神話，阿馬淞女戰士國的女王希波呂忒，愛上雅典英雄忒修斯，並被他娶回雅典，阿馬淞女戰士們為奪回女王興師復仇，與雅典英雄們在特爾摩河橋頭血戰。這個題材，不僅有戰爭內涵，更有兩性內涵，既殘酷又激情，因此一直吸引著歷代藝術家去描繪它。Fre 的前輩老鄉魯本斯，曾有一幅巴羅克同名名作，以動盪激烈的線條、絢麗衝撞的色彩，把一場殺戮的風暴，轉換成一場藝術的風暴。畫面的颶風，吹動人物、駿馬、戰場、景色，駁雜激盪而一絲不苟，細節繁多卻井井有條，尤其居於畫面中央的那座橋，猶如一個鋼鐵結構，牢固連接起左右、上下兩個世界，令一切崩潰的現實重新組合，建構起藝術的完整。

Fre 把他的藝術，稱為「新巴羅克藝術」。剛開始，我對此頗為疑惑。因為剛看時，除了那座橋清晰可辨，Fre 畫面的其餘部分，全沒有了魯本斯的陰暗具象，卻被一片溫暖、明麗的色彩所覆蓋，色彩飄蕩著，讓一場血肉廝殺變得朦朧、圓潤、恍惚，颶風呢喃成了一支室內樂。咦，這還是「阿馬淞之戰」嗎？且慢，我繼續凝視，漸漸地，這裡那裡，一些局部從色彩深處浮現出來，一匹馬，一隻手，一段肢體，更多……整體出現了，貌似非具象，其實使繪畫本身的難度大大加強，因為它並未落入簡單的抽象，一匹奔馬被生生拉回，重新經受、還得承受得起經典美學的審視！再深入（不，我該說「淺入」吧？），把握住整個畫面後，Fre 藏在畫作表面上的那些線條，忽然開始進入我的視覺。它們明明畫在最表面，卻又像潛伏在最深處，只有眼睛拼貼起一個個局部後，才赫然現身，展示本來就沒失去過的整體。這些線條，或繪出或刮出，堪稱 Fre 繪畫的一種標誌。它們提示著結構，並不簡單顯示它，而是等待觀者憑自己的眼睛（思想！）去發現它。在拒絕培養惰性的同時，它更暗示出「結構」的真正詩意，一種內涵裡的多層次——局部／整體，技巧／觀念，現實／思想，存在／幻象……人生和藝術，莫不如此！

魯本斯的原作，現藏慕尼克博物館，幾年之後，也在柏林，因為曾有湯瑪斯．曼這樣的成員而著名的「慕尼克第一扶輪社」，來此活動，請我朗誦詩作。現在的社員、慕尼克博物館館長，熱情講解此畫，做我朗誦的前奏，典故上再加典故，更為有趣。現在，誰要想看 Fre 的原作，就只好向我們申請啦。

Fre 不僅是藝術家，也是思想家，他的新巴羅克藝術、我的詩，其中都隱含著對人生、對藝術的時間之思。由是，當我把我的好友、中國水墨山水畫家徐龍森的煌煌巨作《道法自然》介紹給他，他的興奮可以想見。龍森這幅二十四米多長、近五米高的巨作，同樣可以一「抽」（象）了之，但他也選擇了更艱難的自我挑戰：把它拉回具象，用重新發明的山水畫觀念，和一整套前所未有的繪畫技巧，讓這幅曠古未有的巨幅山水，仍能禁得起整個傳統山水畫美學的檢驗！這樣的畫，可以說是古典的，因為那個古典美學系統赫然在目；更必須說是現代的，因為它的意識和技巧，在歷史上從未存在過，那純然是「發明」，純然是藝術家個性的創造物！Fre 彷彿遇到了知音，立刻把龍森寫進了他的學術大書《藝術家？》，並在和我的討論中，讓一個我們稱之為「當代經典」的概念日漸成型。

這個看似矛盾的片語，恰恰是「層次」思維的產物：「當代」瞄準當下，從此刻切入存在之思。「經典」深入普遍，抵達人類的根本處境。一個藝術家的自我，並非僅僅依賴所處的時間階段，更要參照、包容全部時間經驗，去建立深刻的自覺。這裡，歷時／共時的關係，不是部分從屬於整體，而是從一個層次深入另一個層次。以此觀之，「當代—經典」互為依存。甚至，稱之為「當代的」，本身就該意味著是「經典的」，因為那指的是作品內涵、並超出了此前所有的思想深度。反之，如果不能抵達這樣的深度，即使作品創作於當下，也不具有「當代性」。那些真「經典」，像七百多年前倪瓚畫出的那一片枯、冷、空、靜，兩千多年前屈原寫出的〈天問〉悲歌，雖然遠隔歲月，也依然直叩「當代」命運。時間，並非外在於我們，而是內在於我們的精神結構，以歷史的深度，全方位審視著任何創新的價值。「當代經典」＝層次、結構、深度。Fre刮擦在他《阿馬淞之戰》那些線條，悠悠飄進了我們的思想。

這番議論，聽起來抽象，其實具體無比。二〇一四年夏天，當我每天關注著伊斯蘭國向巴格達逼近的消息，走過Fre的畫，總感到有什麼在那深處呼喚我，是什麼？我既詢問畫，又詢問自己。同時，每天的生活，依然在寫作和游泳之間寧靜迴圈。直到有一天，一個詞「戰爭」跳進了我的腦海，我怎麼從未想到，這個詞竟有那麼多層次的內涵！男女兩性的，古希臘神話的，歷史—魯本斯的，當代—Fre的，巴格達—柏林的，他者—自我的，等等。再進一步，由「戰爭」引申，另一個詞「哀歌」，帶著人和藝術的處境，進入了一首詩的具體構思。

那就是我二〇一四年完成的最新作之一：〈畫——有橋橫亙的哀歌〉。這組詩，把魯本斯畫中、Fre畫中那座「橋」，演變成了一座命運之橋、思想之橋，橫貫歷史，穿越時空，把古老的傳說和最切近的現實拉在了一起，讓「處境」一詞，成了唯一的位址，聚集起古往今來全部經驗。而「哀歌」一詞，也是唯一一首歌，哼唱出古往今來的疼痛與美。這首詩，是柏林之詩，巴格達之詩，中國之詩，也是毀滅和超越之詩，「六十五公里，六十公里，更近……巴格達沒別的古蹟除了傷害的手藝／塑造一座淚塔／行走　呆立於一剎那熔化鋼鐵的風中／正在　永遠不可能／被畫出」（〈畫——有橋橫亙的哀歌〉），敘利亞被化學武器殺死的灰色孩子們，就在眼前水鳥盤旋、女孩歡叫的施拉痕湖中浮沉。在我們度過的每一秒鐘上空，一座隱身的「橋」，又清晰可見地橫架其上，從這一分鐘，直接透視到時空深處，盯著沒什麼能阻斷的「人」之疼痛。

「當代經典」，也是一個衡量作品的標準：切記，當下一定內涵著經典的深度，因此，抵達不了經典，也其實沒切入當下的現實。這考驗著一個藝術家的能力，也讓我們據此判斷一件作品的思想品質。想通這一點，我突然記起，幾年前，倫敦國際詩歌節曾安排我和好友、阿拉伯大詩人阿多尼斯同場朗誦，我問阿多尼斯，您準備朗誦什麼作品？他的回答，既出乎意料又一擊中的——〈西元前二〇〇一年九一一協奏曲〉！

十一，「倖存者」詩人俱樂部

一九八九年三月二十七日，越洋而來的噩耗，告訴正在紐西蘭奧克蘭大學訪問的我們：「倖存者」詩人俱樂部裡很有才華的年輕成員海子臥軌自殺了。

今天，海子已經像顧城一樣，成了一個神話。他的詩句「面朝大海，春暖花開」，成了房地產廣告商們的最愛；他的故鄉，成了年輕讀者們的朝聖之地；連他某次偶然經過、寫下一首即興詩的青海省德令哈，也建起了「海子紀念館」，那座花俏的寺廟建築，被我直接叫做了「海子廟」。但，且不說海子那豪情萬丈卻遠未發育成熟的詩歌才華，對他的自殺，我的直覺是：基於詩人的敏感，他最先被那只看不見的火藥桶炸中了，因而不自覺地成為六四最早的犧牲者。如果海子再堅持一個月，他肯定是天安門廣場上最活躍的人物，或許也是屠殺中一攤血跡。誰知道呢？如果那樣，中國或許會少一個年輕天才的傳奇，卻多出一個真正成熟的詩人。

「倖存者」詩人俱樂部，發起者是我和芒克、唐曉渡、多多一班老友。一九八八年，距離當初創辦《今天》已經十年，這段時間內，中國思想、文化界雖然極為活躍，但同時，出版、出名、出國，也讓一些當年的「地下」詩人們，感覺自己走到了「地上」，在生存感受上失去了鋒利，在作品中變得平庸重複，短短十年，好像我們已經目睹了自己這一代人的衰亡。

一九八七年，我和友友從北京西郊搬到了東南角的勁松，不期而然地，與當年《今天》的創始人之一和命名者芒克，還有八〇年代初就成為好友的詩歌批評家唐曉渡成了鄰居。芒克住的四一四樓，就在我們的四一三樓旁邊，曉渡的家也三分鐘腳程，詩友酒友侃友三合一，來訪的朋友們也每每一舉造訪三家，很快，「勁松三傑」之名，就在詩歌界傳開了。

芒克文革時一起插隊的朋友多多，也時時泡在這裡。雖然我和多多八〇年代中期曾打過著名一架（以致多年後，我還被某位當時的外國目擊者稱作「那個流氓」），但那時我們並不記仇，哈哈一笑了事。因為在我們心裡，詩歌分量最重。那十年，是我們逐步掙脫幼稚的青春期，走向成熟詩人的十年。

我喜歡這個詞：「成熟」。它意味著不再僅僅依賴外部刺激，而是建立自己的思想、美學，並擁有深化它們的能力。同時，「自覺」這個詞，也常常掛在我們嘴邊了。我和曉渡常為此做深夜之談，和芒克則酒後痛發感慨，所有領悟，都在指向保持詩歌創作的精神質地，不讓我們寫作的初衷，隨著歲月衰亡。由是，創建一個詩人群體，就在我們三人間一拍即合！

從一九八〇年《今天》被查禁，經過長長的沉寂，北京第一次又出現一個正式組織的「詩人團夥」。我們決定，它該是一個保持非關官方傳統的、年輕詩人的俱樂部，由不分親疏、純粹憑詩作品質選擇的詩人組成。它該叫什麼名字？我們反復、激烈地爭執了多日，突然有一天，我靈光乍現：「倖存者」！這名字不正標誌著衰亡的反面？而且其中蘊含的，恰恰不是頹敗哀歎，而是抗爭之力。此詞出口，多多首先支持，然後芒克、曉渡相繼認可。詩歌批評家曉渡，責無旁貸地被公推執筆，寫成了題為〈什麼是倖存者？〉的獻詞（也是首期《倖存者》詩刊的代序）。他開宗明義寫道：「倖存者指那些有能力拒絕和超越死亡的人」，這直擊我們——或當代中文詩——命脈，特別是句子裡「有能力」三字，特別獲得大家激賞，沒錯，「倖存」是一種能力！那包括：能夠認出身邊甚或身內的死亡，且能夠抗拒和超越它。

當時的澳大利亞駐中國大使館文化專員、小說家周思，給我們這些英文文盲找出了「Survivor」這個英譯，我和曉渡又選中前不久去過的蘭州博物館裡一頭獨角鎮墓獸，作為俱樂部會標。它那被我倆半記憶、半虛構「發明」出來的獨角，強勁頂穿了四面八方圍困的邊界，這不顧一切的野性，不正是我們桀驁不馴的精神象徵？

詩人俱樂部當然得有刊物，第一期《倖存者》詩刊，徹底返回了《今天》和當年《民主牆》雜誌最早的油印傳統，黑紙封面上，「倖存者」三個黃色大字，都是曉渡和我冒著酷暑，在我勁松家裡，撅著屁股噴塗上去的，滿屋刺鼻的化學顏料味兒中，友友守在一旁，給大汗淋漓的我們搧扇子、遞西瓜，終於三百冊詩刊印就，正式「出版」。

說來也是神奇，這本一九八八年手工製作的刊物，時隔近三十年，竟然還在我手中「倖存」著一本，雖然紙頁泛黃，墨香不再，但翻開目錄，那些名字就帶著當年青春的氣息，破壁而出：首頁上「倖存者」三個字，下面一個「一」，標明這是起點。再下面署名：「倖存者」詩人俱樂部，和時間：一九八八．七。

第二頁是「倖存者」詩人俱樂部宗旨。到今天看來，這「宗旨」也既明晰穩重，又開闊前瞻，幾十年過去，並未因時過境遷而褪色。它只有三條：一，本俱樂部為純民間性的藝術家群，但不是一個藝術流派。二，本俱樂部致力於維護和發展詩人的獨立探索，並通過詩人間的交流，促進這一探索。三，本俱樂部注重藝術本身的價值、詩人人格的力量、藝術思想的交鋒和立足自身重創傳統的努力。

第三頁開始，是刊物目錄。第一部分開篇，曉渡的〈什麼是「倖存者」〉（代序）。第二部分詩作，由芒克剛完成的長詩〈沒有時間的時間〉（三篇）打頭，接著是多多的〈詩三首〉、雪迪的〈火焰〉三首、黑大春的〈夏天好像是一天〉（外二首）、大仙的〈詩二首〉、張真的〈詩二首〉、林莽的〈詩二首〉、海子的〈飢餓儀式在本世紀〉（長詩〈土地〉節選）、西川的〈暮色〉（外一首）、王家新的〈與蠍子對視〉（二首），而我的〈化身為水〉（三首）與〈戈雅一生的最後房間〉壓軸。第三部分詩論，刊出一平的〈詩的反叛與建造〉。

這些詩，三十年後翻閱時，已大多禁不起重讀。其中的例外，是芒克和多多。

芒克本來是《今天》時代最純粹的抒情詩人，他那些彷彿從血肉裡衝撞而出的詩句，令人過目不忘，例如〈天空〉裡的「太陽升起來／天空——這血淋淋的盾牌」，例如〈路上的月亮〉裡：「生活真是這樣美好。／睡覺！」可是，當他忽然拿出長詩〈沒有時間的時間〉，真的令所有人大吃一驚。什麼時候，芒克竟蛻變成一個充滿形而上哲思的智者了？芒克的這首詩，一反過去意象的絢麗跳躍，而浸沒於一種沉思的語調中：「這裡已不再有感情生長／這裡是一片光禿禿的時間⋯⋯」（「第一篇：序」），語言仍乾淨、直接，而口吻卻徹底脫離了青春期，換成了徹底的成年人。這從開頭已定下調子的整首詩，伴隨著循環往復的層次推進，一點點（一刀刀？）剝開存在的皮肉：「我可以有我／我也可以無我／我活著需要的是有／而不是沒有／沒有比沒有更能夠把我摧毀……」雖然，芒克原版也時時浮出水面：「一條河流的肚皮／在急速地摩擦河床」，但歸根結柢，芒克沉穩下來了，他從一九七二年二十出頭開始寫詩，到一九八八年已有十六、七年「詩齡」，這首長詩讓他一舉脫胎換骨，開始了三十七歲之後的「晚期」寫作。

多多發表在《倖存者》創刊號上的作品，有明確的出生日期：一九八三年。這些詩，相比起他七〇年代白洋淀時期的早期詩，已經大大顯得成熟。這裡依然充滿了他那些「打人」的意象：「母親的棺材／開始為母親穿衣／母親的鞋，獨自向樹上爬去」（〈笨女兒〉），「當我從茅坑高高的童年的廁所往下看……當一個飛翔的足球場經過學校上方」（〈我姨夫〉），「再往我身上澆點兒／蒜汁吧，我的床／就是碟兒……」（〈吃肉〉），總是十足的能量，總是用不完的青春憤怒，總是俄羅斯味兒（蒜汁味兒）濃烈的句式，多多的成熟就是他堅持不成熟——堅持嚼生肉！難能可貴地，他把這能量保持到了白髮蒼蒼，可也讓人覺得他好像始終在寫同一首詩。沒關係，至少，他把抒情詩人當到了底，也由此成了「白洋淀詩派」中瞄準同一個方向跋涉最遠者。一九八三年啊，這位三十出頭的「老詩人」，已經在噴吐生命盡頭那些詞彙的火舌！

海子後來聲名大噪，可他當時還籍籍無名。他交給首期雜誌的詩作〈飢餓儀式在本世紀〉，說實話不能令人滿意：「飢餓是上帝脫落的羊毛／她們銳利而豐滿的肉體被切斷　暗暗滲出血來／上帝脫落的羊毛　因目睹相互的時間而疲倦／／上帝脫落的羊毛／父、王、或物質／飢餓　他向我耳語」……嗯，確實不行，海子太年輕，還不懂得艾略特那句「詩是經驗」深含的睿智。野心、豪情支撐不起長詩這頂帳篷，援引古典經籍，如果沒注入自己的獨特血肉，也會顯得大而空洞。海子的可惜，在於他的歷練之途，本來應該比別人更長久深遠得多，而一旦他穿過自身這座煉獄，不是沒有可能創作出和他理想相符的大作，但這根生命的麥苗，被時代過早刈割了。

有朋友提到，海子的死，和他在某次「倖存者」俱樂部討論他詩作時多多對他的批評有關，我不記得那次討論，或許那是在我們離開中國之後進行的？我記得的海子，是那個有張娃娃臉，卻經常留著一把落腮鬍子的海子——一個「孩子」！他娃娃似的微笑，藏在鬍子底下，有種羞澀、內向、甚至膽怯。可當他談起詩歌，卻會忽然衝動起來，好像終於放出一隻藏在身體裡的猛獸。因此，我能想像，如果「倖存者」的老大哥們，對他滿懷期待的詩作表示不滿，會造成多大的心理打擊。但，這就是「倖存者」，我們預先說定，在這裡沒有情面，只有詩歌！對詩歌的坦誠高於一切。由是，當詩作風格幾乎極端相反的多多，對海子迎頭痛擊，我想像，海子臉上一定掛著尷尬的笑容，卻在堅持為自己的詩歌抗辯。不，真誠的談論詩歌是多麼美好的事情！他不會死於狹隘的虛榮心，因為詩與虛榮絕不相容。只要是批評得真誠到位，我相信他會咀嚼、吞嚥、消化那一塊塊擲來的石頭，並把它們轉化成創造的能量——哪怕吃石頭的過程有點兒艱難。

我堅持認為，海子的死，是一九八八到一九八九年那個特定時間的造物。前面談到八〇年代重重反思醞釀的火藥味兒，刺激著中國，更令敏感的詩人渾身難受。我沒法不把兩個海子放在一起：那個溫柔微笑的，和那個選擇最慘烈死法的，兩者如此決然的不同，又因為這不同而加倍突出了悲劇性！在海子這裡，選擇死亡——而且是如此酷烈的死亡——和熱愛生命是同一個概念。這裡的生與死，毋寧在以最極端的方式互相支撐。他選擇的地點：山海關，一個盡頭；鐵軌，一種無盡，也正在以潛意識裡最大的逆反，形成最強的張力。

這不正預示了一九八九年春天，中國即將以最青春的方式甦醒，去衝撞一堵最古老的石牆？所以，我隱隱感到，或許「倖存者」這個名稱，啟示了海子去「創作」那首終極而炫目的生／死之詩。恰恰以拒絕倖存，去抵達「倖存」的極致！他這首終極之詩的語境，比「倖存者」俱樂部遼闊得多，那個中國歷史上最強烈（最「詩意」）的節點，被他抓住了，寫成了一首絕無僅有的詩，一首照耀今後「倖存」人類的詩。他一定知道，或生或死，他和「倖存者」俱樂部裡的夥伴們，一直分享著同樣的命運。在最後時刻，我猜他會想到「倖存者」詩人們。他和大家都在一首大詩之內。死亡的寒意，不會阻隔真正詩歌的溫暖。

時隔多年，網上朋友不知從何處發來照片：海子的通訊錄。裡面赫然記著：「楊煉，北京海淀區國關一號樓一一七號」和電話：二八，五六三〇（叫），最後那個字，是指位於我住的那座樓二層上的公用電話，必須請接聽者下樓來「叫」我。這地址本也提醒了我，想起那次海子和其他幾位年輕朋友的來訪，別人上前熱情招呼，海子羞怯地尾隨在後，以致我對那次造訪的記憶，也被籠罩在筒子樓道的暗影中，海子的臉，小小圓圓尖尖的，躲在眼鏡和鬍子後面，盯著我看，滿含微笑。

接著，一九八八年夏天，我們在北京西便門附近的都樂書屋舉行了「倖存者」首場朗誦會。

那是間地下室，倒是與我們被稱作的「地下」詩人身分頗為相符。那天到場的詩人不少，可也有重要的缺失，例如芒克，他正在法國，享受浪漫美妙的法蘭西美酒。例如多多，忘了為什麼他也不在？我記得這是因為我替他朗誦了那首〈吃肉〉，似乎這開了「倖存者」有替身朗誦詩作的先河，第二年，又一場著名得多的「倖存者」詩歌朗誦，北京牛鬼蛇神匯聚，我自己卻成了遠在紐西蘭的缺席者，大胖子博士劉東替我朗誦了《諾日朗》，我能想像，他那能吼出義大利美聲唱法的肺活量，催動著《諾日朗》血淋淋的長句，澎湃而來，肯定把觀眾們緊緊擠壓在座椅靠背上。

「倖存者」詩人俱樂部經濟能力有限。首先，那時我們個個囊中慚愧，且不說芒克這等專業「無業遊民」，就連我，雖然領著一份中國廣播文工團創作室旱澇保收的工資，說到絕對值，也只有每月七十餘大洋。相比我，友友算是我們中的女財主，因為她算「啃老」先鋒，吃住都在家裡，工資純粹結餘。於是，她理所當然成了詩歌贊助者，我的油印本詩集、每月買書的超支、時不時「老莫」（北京莫斯科餐廳）小搓一頓的經費，大多來自她的小金庫。

倖存者首次詩歌朗誦會的經濟來源，主要只有兩項：一，俱樂部成員繳納的每人十元會費，湊成小二百元銀子。二，英國記者馬珍特別贊助的一百元外匯券，被我們很有經濟頭腦地舉行了一場「拍賣」，換取出價最高的人民幣。王家新出價一百七十人民幣「鉅款」，成了贏家。這兩筆錢，讓我們能買兩瓶瀘州老窖、許多瓶二鍋頭，和好幾箱啤酒，首場朗誦會，在足夠的酒精烘托下，舉辦得熱烈激情，以致將近三十年後，王曉，我的小詩集《黃》的責任編輯，還在提到他那時在場的激動。相比之下，我和曉渡，反而記住的更是蹬三輪車運酒去「澆灌」詩歌的感覺！

我的紐西蘭和英國護照上，有個奇怪的東西：在我的出生地一欄，赫然寫著「北京」。怎麼回事？我所有的文學履歷上，不是都印著出生於瑞士嗎？原來，這裡也有故事。

一九八八年夏天，我們在勁松的日子，真是堪稱激盪。詩人們在「倖存者」裡嚴肅討論，出了俱樂部，卻立刻變成一個瘋狂的「團夥」，在朋友家、在駐京老外們的「豪宅」，經常舉行從豪飲開始、到打架結束的晚會。其中，澳大利亞駐中國使館文化參贊周思家，就是我們經常聚集之處。周思真正的專業是小說家，他說話溫文爾雅，受到誇讚還時時臉紅，因為祖父曾到中國傳教，他也和中國結下不解之緣，在自己家裡招待這批文學叛逆，能讓他直接感受到中國未來跳動的脈搏。雖然每次晚會，他家不免損失慘重，不僅酒櫃、冰箱肯定被劫掠一空，連沙發腿兒也常被高高躍起又狠狠摔下的藝術家身體砸斷，而周思總是帶著原諒揮揮手，一笑了之。就這樣，隨著時間過去，他自然而然成了我們中的一員。

作為澳大利亞駐華大使館文化參贊，周思手中頗有權力，其中之一，是決定邀請誰參加中澳作家交流專案。嘿，這次，他決定邀請我！問他為什麼？他說：「這項目讓一個中國作家訪問澳大利亞半年，機會太難得了，得讓個有意思的人去呀！」

這對我當然也充滿吸引力。因為有〈諾日朗〉一九八三年被批判作廣告，我的詩引起翻譯家們注意，一批作品被譯成了外文，之後，一九八六年先被香港中文大學翻譯研究中心請去，又從香港轉道歐洲，第一次漫遊了德、英、法、荷、西（班牙）、奧（地利），滿滿的一大圈！沉浸在歐洲濃郁的文化芳香中，反襯得文革後的祖國，實在一片破敗！但這也加強了我反思歷史、在深處打通古今的信念：「文化」沒有錯，錯的只能是篩選文化的「個人」——「人的自覺」，派生「詩的自覺」，我一篇文章、一部小書即以此命名。

澳大利亞在地球另一端，它的文化也和歐洲迥然有別，那更好呀，去看看！可這回我遇到了麻煩。

誰知為什麼，這次對於澳大利亞的正式邀請，我的單位遲遲不發給我護照。沒有理由和解釋，就是不發。我乾著急也沒用。好在，周思不是個輕易放棄的人，他每天給我單位打電話，催問「為什麼？為什麼？」墨爾本的文學節節目已經印好，廣告已經發出，活動一星期後就要舉行，而這位中國詩人，現在還坐在北京家裡！催，催，催！直到那天早上，我突然接到通知，要我去團裡辦公室，進了門，團黨委書記把我的護照往桌上一扔，還有一句話：「快去快回，把嘴管嚴點！」哇，成啦！

打開護照，呦，出生地怎麼寫成了「北京」？管他呢，半年一年之後，回到這兒，這本護照就在垃圾桶裡了。出生在北京或瑞士，有啥關係？

嗨，誰知道，太有關係了。一年以後，在歷史的漩渦中，我決定申請、並得到了紐西蘭永久居留，再過兩年多，紐西蘭政府特別批准了我和友友的紐西蘭國籍，到領取紐西蘭護照時，我傻了眼，原來那紐西蘭護照必須亦步亦趨地跟著我以前的官方檔走，就是說，它得照抄我中國護照上的出生地，而不管那是對是錯！唉，出生於「北京」，就這麼如影隨形地開始跟著我漫遊世界了。這改不了的錯誤，只能一錯再錯，再後來，基於同一理由，它又衍生到我的英國護照上，我就這麼成了個真實存在的「形而上人」——能夠同時出生於兩個地點的人！嘿，詩人啊，什麼古怪的事都能遇上！

不過，話說回來，歸根結柢這問題仍然是：有啥關係？北京或瑞士，與詩人有關嗎？寫詩的人，唯一的出生地只在他（她）的詩裡。有詩，有好詩，被無論哪兒的人讀到，你就存在。反之，詩之外——「詩人」壓根不存在，出生地寫得再清楚也沒用！

友友的邀請信，也有故事。因為那時我們並沒有結婚，所以周思儘管幫忙，卻對友友使不上勁——她和我沒有法律關係。沒辦法，我們只好向另一位澳大利亞朋友老陶（Bruce Doar）求援，請他以個人名義邀請友友訪問澳大利亞。

其實，老陶根本就在北京，是北京某單位聘請的外國「專家」，已經在北京混了好多年。八〇年代北京既頹廢又激情的生活，很對這位澳洲老嬉皮的脾氣，他最著名的故事，是文革中剛到北京，住進友誼賓館，推窗一看，簡直不相信自己的眼睛：窗外花圃裡，滿滿長著大麻！哇！到天堂了嗎？他準備先睡一覺，明早去大豐收。誰知正作著美夢，忽然機聲大作，他驚跳起身，原來窗外來了剪草機！天！怎麼回事？工人回答：「這房子好久沒人住，剛來了外國專家，要把花園剪一剪。」老陶抱著頭，幾乎哭出聲來：「草？這是我的大麻呀！」

老陶對我們的請求欣然允諾，他的邀請信也直接奏效，有周思的「內應」，友友拿簽證輕而易舉。不過，所有住在北京的朋友們都知道，老陶揮霍成性，根本不知道積蓄，他實際上一貧如洗。這樣的人也能發出邀請？大家笑道：「嘿，他是最沒資格邀請人的人！」

「倖存者」這個名字，不期而然地把住了中國時代變化的脈搏。一九八九年四月二日，海子慘烈臥軌六天之後，帶著濃濃嗆人的死亡氣息，「倖存者」詩人俱樂部舉行了「首屆倖存者詩歌藝術節」，並借用北京中央戲劇學院禮堂舉行朗誦會，同時出版了一冊闊氣得多的鉛印詩刊。翻開這本薄薄的冊子，人們發現，除了詩人，發函祝賀者還包括眾多中國著名知識分子和社會活動家，如方勵之、牛漢、陳敬容等等。那時我們已經出國，但幾年以後回來，還能聽朋友們津津樂道：朗誦會現場，簡直像後來天安門廣場盛況的一場彩排，人潮洶湧，座無虛席，站著聽詩的人延伸到了門外。北京各界開明思想精英濟濟一堂，精采的詩句，如一塊塊石頭擲入水池，電波般輻射出陣陣激情。我的詩〈諾日朗〉，由劉東的大號男高音演繹，不僅「高原如猛虎」，更是「劉東如猛虎」，以致多年後，還有朋友提起當場受到的驚嚇！

這場倖存者朗誦會，由於參與者「問題」不少，加上時間上與後來發生的天安門學潮銜接太緊，「自然而然」引起了當局的注意。大屠殺之後，沒商量地被定位為學潮「黑手」，立遭查禁。在那之後，俱樂部成員也各自踏上厄運之途，除了我已經出國，多多恰於血火遍地的開槍當日登機赴英，藉著時差，到達倫敦希斯羅機場竟然還是「六四」那天。他在飛機舷梯上振臂一呼「他們殺人啦！」，立刻被正等在機場的電視攝影機團團圍住。第二天，他的大照片又直接登上各大報頭條，由此在媒體上很風光過一陣。可芒克、唐曉渡們就沒那麼幸運了。作為「倖存者」詩人俱樂部組織者，他們得經歷層層剝皮式的政治審查。當局不相信，這麼大的活動，難道僅僅是為了詩歌？對習慣以詩歌當作宣傳工具的頭腦，那後面沒有政治動機才怪！他們更不信的是，詩怎麼能有如此聚合力，磁石般吸引這麼多人？他們哪兒能理解，詩歌的生命、來自藝術和人的自由天性。因此，一個思維邏輯要顛倒過來：不是專制權力禁止詩歌，而是詩歌先天禁止了他們手中的權力。記得嗎？「倖存者指那些有能力拒絕和超越死亡的人」——「倖存」，已然內蘊了與任何死亡現實的決絕對抗。

又過了很久，在我回顧的視線中，一條隱祕的連線才浮出水面：語言，巫術般引領著現實，用現實證實了自身，終於又還原為更高層次的語言。當我們最初找到「倖存者」這個命名，它還只是一個詞，我們隱隱感到有內涵，但它究竟有多深邃豐厚的內涵？我們並不清楚。其後，現實尾隨而來，以海子的血肉、更多被沖洗掉的血肉，把「死亡」推到眼前，具體無比，實在無比！經過這可怕的確認，誰敢說自己不是倖存者？什麼寫作不是倖存者的寫作？

「倖存者」這個詞，也奇蹟般地倖存了下來，它不絕如縷地貫穿在我們後來的生活裡，幾乎變成了一個「小傳統」，小小回溯，「倖存」之線，就像在掏出過往三十多年的經歷：

和天安門聯結最近最為直接緊密的，是一九八九年十月在奧克蘭，我們和紐西蘭藝術家舉行的「中國：倖存者藝術節」。當電視上屠殺的火光、槍聲、血泊，突破電視螢幕迎面撲來，「倖存者」一詞，一剎那變得無比具體強烈。它抓住、挖出了所有人心底最深的感覺！一個名稱，從中國到世界，擊穿不同國度、語種、文化的內心，把我們合為一體與死亡對抗，並由此領悟了生命的意義。

「中國：倖存者藝術節」，以奧克蘭大學近旁的「天安門大屠殺紀念碑」揭幕開始。一塊五噸多重的暗紅色巨石上，鑲嵌著柬埔寨華人難民捐贈的銅牌，上面是我專為這紀念碑撰寫的一行句子：「你們已無言，而石頭有了呼聲」。迄今為止，這或許仍是世界上唯一一塊為「六四」建立的永久性紀念碑。

「倖存者」啊，我們的呼吸裡，滲透了你的回聲！

一九九一年，留在北京的「倖存者」俱樂部成員，又聚集到一起，出版了《現代漢詩》雜誌，那油印和白報紙的首期上，開篇就是我在海外寫作的四首詩作。「當花朵在地下保存著淡紅色的肉／孩子死去後　有一直鮮嫩的鬼魂」（〈冬日花園〉），「你走去的還是你被變老的那一端／草地上的死者俯瞰你　是相同的距離」（〈格拉夫頓橋〉）。詩說出的，永遠比詩人更多、也更好。雖然，我不無擔憂，但願它們別給朋友們找麻煩。而曉渡對此的回答，令我愈加感動：「我們不能只坐著等待啊……」沒錯，「倖存」與否，全在於一個人主動的抉擇。

二〇一四年十一月在上海「中道」美術館，而後二〇一六年十二月在瀋陽遼寧圖書館，當年文學的「倖存者」們，創造性轉型為視覺藝術家，組織了「詩意的倖存者」美術展覽。芒克、曉渡、友友、嚴力、高暉、李笠……重回大旗下，雖然鬢髮斑白，但活力十足，就像我在那篇〈詩意的倖存者〉小序中所寫：「正因為飽經滄桑，藝術才俊美永存。誰與心靈一併還鄉，誰和歷史一起成長，誰就是倖存者」。換句話說，自覺創造倖存，正是我們的「詩意」。

二〇一六年九月二十九日，在北京好食好色文化空間，時隔二十八年，當年「倖存者」三位發起人再次聚首。「倖存」的俱樂部老成員，和詩歌、藝術界新朋友聚會一堂，再次強調了「民間＋文化」——民間而不粗鄙，文化而不依附——一個我們始終信奉的思想和美學原則。

終於，二〇一七年五月二十二日，當年青春年少、如今白髮蒼蒼的三位「俊傑」芒克、楊煉、唐曉渡，又站到了北京草原文化部落的演講台上，宣布《倖存者》詩刊正式復刊，同時在網上推出復刊第一期的內容。草原文化部落的大蒙古包裡，不同年齡的詩人、藝術家朋友齊聚一堂，看著這些步入老年的「青年詩人」，聽著依然活力十足的詩歌，恍惚間身邊時光從未流逝，因為心裡那份沉甸甸的感動！三十年算什麼？我們身上，那個三千年的中文詩歌傳統倖存了——且倖存得很好！

附錄：一個倖存者的傳統
——《倖存者》詩刊復刊詞

我們都是倖存者，無論從人生或文學角度講，莫不如此。

近三十年前，當我們為一個小小的詩刊尋找命名，「倖存者」這個詞，擊中了我們。那時，太年輕的我們，還不懂那冥冥之力，源自何方？它被植入視野，又如何會活成一個讖語，吸附我們後來的人生，一次次被添加更淵深的含義？

如果說，當時的「倖存者」，還更像一個詞藻、一種口號，那三十年後回頭看，它已不多不少成了命運本身的代名詞。借助這個名字，我們的短短幾十年，已含括了多少生死變幻？我曾有感而發：「……時間空間，如我們一樣成了鬼魂，輪迴在認不出的地方。中國，只剩幾個老地名。『全球』，轉眼扎進這土地每個角落。芒克的詩題『今天是哪一天』？我出國前的詩句『這兒是哪兒？多遠？』美貌不再，滄桑已至，我們自己就是歷史」。

但，親歷歷史，並不自動等於獲得自覺。倖存者的真價值，在以滲透倖存精神之詩，去驗證一個文化艱難曲折的成熟之路。三十年前《倖存者》發刊詞中那句話：「倖存者指那些有能力拒絕和超越死亡的人」，像個潛台詞，貫穿了我們每一天人生、每一行詩作，它日日更新，從未過時。每指認一個「精神死亡」的新處境，都在自問兼追問：什麼是「拒絕和超越」的新定義？

質言之，當代中文詩的思想、美學特徵，一曰民間性，二曰文化性。民間性凸顯個人對官方權力的離棄；文化性在主動重構所有文化資源，激發飽滿的創造能量。民間性鑄塑風骨，文化性拒絕粗疏。民間、文化二元互補，持續轉型，落實為一件件風骨、神采兼備的美學傑作，並建立起一個「獨立思考為體、古今中外為用」的真傳統、活傳統——我們未曾須臾離開過這個傳統。

《倖存者》詩刊，是倖存者精神傳統的存在形式。跨越三十年，它與其被稱為死而復生，不如乾脆被叫做「同心圓」（請原諒我回收自己的詩題），無論現身或隱身，都始終保持在當代中文詩的現場，鉚定詩人自我挑戰那個圓心，讓體味困境和憂患，與汲取思想能量成正比。當年是油印草紙，如今是無遠弗屆的網路，但一首詩與內心之眼的距離不變，我們希望，入選這本雜誌的作品，每一件都證明我們倖存下來了，且倖存得創造力十足。

《倖存者》詩刊的編輯原則，簡單而清晰：既恪守專業評判，也張揚草莽活力。專業評判，來自各欄目輪值編輯，他們都堪稱本行資深高手。第一期的詩作、理論、翻譯、跨界諸欄目，將延續到今後各期刊物中，發表在這裡的作品，無一例外都選自《倖存者》投稿郵箱，但，即使那些耳熟能詳的詩人名字，也只有經過新作品質被再次認證後，才可能列入這本雜誌。其中，有別於傳統詩刊的跨界欄目，標示出當代活法的高光點之一，一位位詩人，變形為畫家、雕塑家、歌手、戲劇家……手法戲法全方位綻開，又萬變不離詩意創造之本色。由雜誌掌控的四大欄目之外，我特別推薦大家關注《倖存者》詩刊為張揚民間活力而創造的詩群大展欄目，這個獨特園地，百分之百交給被選中的詩群獨立編選、自行設計、充分創造。可以說，《倖存者》詩刊要刻意保留一座山林，任其間雲蒸霞蔚，出沒珍禽異獸、妖魅靈怪。詩群大展欄目，信任朋友，就一信到底，編者自行定奪，我們撒手不管。本期《倖存者》詩群大展，由成都九眼橋詩社開球，他們全無對「主流」、「正統」的種種顧忌，而以九位詩人九九八十一首詩歌佳作，一舉把自己扶上了主位。《倖存者》詩刊的格言「只認詩，不認人」，到此證明絕非一句空話。我們特別提請各地朋友注意：詩群大展欄目，將向所有漢語詩歌群體虛席以待！

編選雜誌，就是建立判斷標準。編選《倖存者》詩刊，就在為一個倖存者的傳統立言。我們珍視當代中文詩的繽紛活力、眾聲喧譁，同時堅持不放棄評判，目的仍在激發倖存的品質。歸根結柢，詩人終將逝去，真正對抗、乃至能戰勝時間流逝的，只有詩。

《倖存者》詩刊編輯部（楊煉執筆）

二〇一七年四月二十八日

十二，一九八九年——「這無非是普普通通的一年」

「No Tiananmen in my hand! No Tiananmen in my hand!」這個句子，不啻一聲爆炸，餘波震盪，令我畢生難忘。

應該是二〇〇九年深秋吧，我坐在倫敦寓所的電視機前，看BBC做的一個紀念柏林牆倒塌二十週年的節目。英國紀錄片製作素有大名，這次他們居然找到了一九八九年守衛柏林查理檢查站的那位前東德軍官，採訪他在那個歷史轉捩點上的感受。上面那句話，便出自這位我早已不記得其姓名的軍官之口。

一九八九年十月三日那天下午，東柏林街頭人潮洶湧，大批民眾湧向柏林牆，「民主」呼喊此起彼伏。這位原在家休假的軍官，接到上級電話，說有緊急任務，命令他返回查理檢查站。這位軍官說，四個月前北京天安門大屠殺血淋淋的鏡頭，仍深深刻在他的腦海裡，因此，作為軍人，他太清楚了，所謂「緊急任務」內涵著什麼。但是，當他駕車離家，開往查理檢查站，他忽然發現，滿街的人群，臉上掛滿了他從未見過的、發自心底的歡笑，不認識的人們互相擁抱，甚至朝他這位身穿軍人制服的人熱情揮手。他說：「我頭腦裡一片空白，只有一個句子像鐵錘一樣敲打：No Tiananmen in my hand! No Tiananmen in my hand!」這個短句，抓住了他那一刻最直接的感受，雖然勉強可以譯作「我手上不能出天安門！」卻遠不如英文那麼簡潔，直擊內心！坐在電視機前的我，被深深震撼。那把鐵錘，砸中他的頭腦，更在我心裡發出嗡嗡回聲。

這位東德小軍官不知道，這個句子抓住了世界歷史轉折的關節點！

一九八九年四月，北京學生湧上街頭，抗議共產專制，其根本針對者，並非僅僅是中國官方，更是因為戈巴契夫訪華，他們要向整個世界共產制度表態！學生和市民們占據了整個天安門廣場和長安街，以致戈巴契夫要進入中南海，只能走後門。這在一九四九年建國的中共歷史上（也許包括自有中國皇權專制史以來），是絕無僅有的第一次。而大批尾隨戈巴契夫訪華的世界媒體，特別是各大電視台與它們的大牌主播們，趁此機會，把本該對準共產峰會的鏡頭，轉向了學生和民眾，當然也一路跟蹤這起伏跌宕的現實劇情，直到坦克進城，血火遍地，北京瞬間從激情的天堂，跌入人間地獄。請切記，天安門大屠殺，是全世界第一次盯著電視機，清清楚楚目睹一場鐵幕後的大屠殺。也因此，其振奮、緊張、揪心、期盼、等待、煎熬、震驚、憤怒、哀痛……也首次跨時空地全球同步，令天安門——中國的命運，同時成為整個人類的命運。由是，天安門又開創了另一個歷史：媒體地球村的歷史。那張著名的照片：一個穿白襯衣、手提書包的人，孤零零與整條坦克佇列對峙，就是從我太熟悉的北京飯店（離我奶奶家只有幾百米啊）陽台上拍攝，立刻傳遍全世界的，它成了所有那時代經歷者的共同記憶。

我相信，這抗議、這屠殺，甚至這感受，同樣呈現在克里姆林宮裡的電視機前，給戈巴契夫留下了深刻印象。這解釋了，為什麼那位東德軍官，儘管頭腦裡敲響著那個偉大的句子，現實中卻還得荷槍實彈，守衛在查理檢查站前，阻擋試圖衝破障礙的東德人。東德軍隊在等待昂納克的命令，而昂納克在等待莫斯科的命令，開槍還是不開槍？不開槍怎麼辦？從下午等到傍晚，傍晚等到夜裡，等了又等，但莫斯科沒有命令。長長的沉默中，那位軍官忽然意識到：不會有命令了！現在是自己做決定的時候！於是，他下了令：開門！

歷史，就這樣從天安門一步跨到柏林牆邊，直接成為一把打開巨鎖的鑰匙。

中國年輕人流到天安門廣場上的鮮血，滲入地面上的方磚，被沖進下水道，旋入黑洞，卻並沒有消失，它沿著地下看不見的隧道，汩汩流淌，尋找著自己的方向，終於，在遠隔萬里的東歐找到了出口，冒出匈牙利、東德、捷克、波蘭、羅馬尼亞、保加利亞、南斯拉夫，直到那個共產帝國的核心蘇聯，所到之處，激發出一場場地震，目睹了一座座獨裁者雕像的坍塌，它曾流出活人的身體，現在又在多出無數倍的活人身體中沸騰，使他們再生於新的國度。世界目瞪口呆地看著，沒人曾預測這座共產大廈的倒塌竟然會發生，且發生得如此迅疾徹底。是的，歷史學家或許還沒充分認識到，天安門作為第一個按鈕，對那一長串共產政權系列垮台的啟動作用，但，他們終將承認這一點。

天安門和柏林牆，在中文裡，幾乎是一對完全對仗的古詩意象。古怪的是：一扇「門」，本來為打開而造，卻死死關住，腳下汪著黑紅的血泊。一堵「牆」，原初為隔絕而建，可居然被推開了，解放的人群從裂縫間一湧而出。同一個民主之夢，卻有兩個徹底相反的結局。我寫過，面對一九八九年十月柏林的變化，有誰能比中國人更感慨萬端呢？歷史在我們眼前背道而馳，東歐流亡作家回家之日，正是中國詩人開始流亡之時。這像不像一種命運？讓我此刻正寫的這本書，從那時起就早早動筆。

那個時間節點，像枚鈕扣，把北京——我的發育成長之地、和柏林——我一再目擊歷史演變之地，扣在了一起。這兩個地點，對我又像是同一個：我的北京是柏林的一部分，我帶在身上的「中國思想辭典」，一直在解讀冷戰後的人類精神困境；而我的柏林，也時時刻刻在加入北京，成為冷戰後世界性精神新困境的注腳，目擊那個仍戴著紅帽子的國度，如何不顧反詞義、反邏輯，如何利用人類的自私和玩世不恭，一變而成全球資本奴隸制的天堂。幾十年，在人久久，於史匆匆，北京到柏林，是這本《你不認識雪的顏色》在浮出生命？或生命本身在追逐、寫作這本書？「雪的」顏色，那同樣覆蓋北半球的寒冬，浸染著我的北方鄉愁。同時，「血的」顏色，又不停從深處滲出、湮開，泛起歷史的底蘊。是啊，「你不認識」——我不認識，這一九八九年，是一個事件、抑或無盡的處境？反正，這兩個名字的連線，貫穿了我的思想主題。

一九八九年底，在紐西蘭，當一位回國的紐西蘭留學生，帶給我那個噩耗：我等了好久、剛在北京出版的詩集《黃》和文論《人的自覺》，在中國遭到封禁、銷毀。噩耗宣布了一個我不曾預期的人生階段。我知道：從這天起，流亡開始了。當詩代替詩人被殺害，詩人別無選擇，就該像詩作那樣四海漂泊。

這噩耗使我悲痛，但同時，略有一絲奇怪的是，當全世界在為天安門屠殺震驚、嚎啕，我心裡卻沒有那感覺，相反，我震驚於他們的震驚，也幾乎要為他們那哭泣而哭泣：難道他們第一次得知中國有這樣的屠殺？中國現實裡充滿了這類冤死者嗎？那麼，我們對大饑荒的記憶哪去了？對文革的記憶哪兒去了？我，們，的，記，憶，哪，去，了？如果過去這麼簡單地被忘了，誰又能保證現在傾瀉的眼淚，不是在沖洗「這次」記憶，為下一次震驚做準備？

這個血腥味兒的自問，潛伏在我心底，有種抹不掉的殘酷，它終於用我那年底寫的短詩〈一九八九年〉找到了表達，結尾那句「這無非是普普通通的一年」，用刻意的（惡意的？）「普普通通」四個字，逆反那個震驚的幻覺，凸顯出一九八九超越「事件」、直抵「處境」的意義——天安門和柏林牆，讓這一年，站出了人類歷史的漫長時間，成為我們根本命運的象徵。唯有這樣理解，才能還原天安門的充分內涵，也才與今日柏林牆銜接得天衣無縫。

當我把這首詩，交給在海外剛剛復刊的原中國地下雜誌《今天》，雜誌編輯認為我一定出了筆誤，問也沒問，就替我把這個句子改正為「這非是普普通通的一年」，而且直接發表了出去。我拿到雜誌，只能苦笑，唉，連遺忘之痛也感覺不到的人，還能奢望他記住什麼？

說真的，我既不對共產黨開槍鎮壓震驚，也不對一九八九年學生上街震驚。對前者，這正符合它的血腥本性，和它暴力奪取政權的凶狠「傳統」：除了以剪除生命，抹去不同思想和聲音，它不會用別的方式統治。所以，當有些朋友，對我描述天安門開槍如何出乎他們的意料，我心裡的聲音不得不是「你傻呀？」這也解釋了我不對學生上街驚奇。

對許多人，一九八九年學生運動，是一場突如其來的風暴，但對我們這些從文革開始寫作，有過一九七八、七九年民主牆、一九八三年「清除精神汙染運動」（我的〈諾日朗〉遭到全國批判，卻也令我一夜成名）、八〇年代歷史、文化反思、一九八六年學生運動（導致胡耀邦下台）等等經歷的人，卻是整個八〇年代中國思想奮爭的結果。一條清楚的思想邏輯，一路貫穿而來：文革之痛，刺激麻木的人們發出了呼喊；從追問「誰之罪」？進而追問專制歷史、反省傳統文化；我們意識到，一種「大一統」的傳統思維方式，其實並非統治者專有，而是內在於每個人的潛意識，通過一整套語言和觀念體系，建立起愚民和暴政間完美的文化互補結構。由此看來，文革噩夢只是表象，反思越深化，「噩夢」的層次越深邃，困境幽黑無底時，能量也詭譎地加倍強化！我們青春的活力，和每個月、每幾星期、甚至每天發生的思想事件一起，把八〇年代中國變得無比亢奮。後來，我把這種個人和社會的強烈共振，稱之為「時代的詩意」，它令我們如此懷念，以致成了我們這一代的「精神鄉愁」。當反思帶著積聚的能量，在八〇年代末再次瞄準體制的壓抑，誰都能感到：「要出事了」。一九八八年我們應邀出國時，空氣中已經充滿了火藥味，一根火柴就會把它引燃爆炸。

「倖存者」詩人俱樂部，就在此時應運而生。海子，就在此時應運而死。沒有什麼是偶然的，我在這裡看到了可怕的必然。

天安門——「六四」，成了一個歷史標誌，它刻進了中國和世界的大歷史，也刻進了許多個人的生命史、人格史。

老翻譯家楊憲益，和他的英國妻子戴乃迭，我們在北京時，曾贈他們雅號「著名愛情長征老戰士」。他們北京的家，是文友酒友匯聚之地，上自吳祖光、黃永玉、黃苗子等「二流堂」老一輩，下至我們這些毛頭小夥兒，酒酣耳熱之際，全然沒大沒小，摟著脖子互稱「兄弟」也是有的。一次，乃迭以英國式的優雅問我們：「北京哪裡能找到馬糞？我要種花用。」我竟然回答：「馬糞不好找，我的人糞可不少啊。」惹得乃迭笑罵：「誰要你的人糞！」平日散淡的憲益，六四前後，面對人生大是大非，卻清晰嚴峻之極。戒嚴之後，局勢緊張，他接受美國之音採訪，記者問他怎麼看天安門學運？憲益說：「這就像法國大革命。」記者再問：「學生們究竟想要什麼？」憲益答「我們不想砍他們的腦袋，只要他們交出權力。」此語一出，風靡世界。六四槍聲中，憲益憤然退黨，因此一度頗有風險，我們雖遠在奧克蘭，也參與了全球朋友們發動的給他們打電話支持的活動。電話那頭，憲益仍然笑呵呵的：「這兩天電話打爆了。」當我為不能一起喝酒抱憾，他又回歸瀟灑：「你在那邊喝著，我在這裡喝著，還是一樣！」大風浪見英雄本色，此為一例！

陳敬容，四〇年代《九葉集》中俊美犀利的女詩人，五七年成了右派，之後就像蘇聯的阿赫瑪托娃，發表不了自己的詩作，只能靠翻譯外文度日，在譯詩中略抒壓抑的詩情。八〇年代初，我們對外來靈感如飢似渴之際，忘了是誰，翻出一本文革前破舊的老《譯文》雜誌，裡面刊有陳敬容翻譯的九首波特萊爾《惡之華》，我至今記得〈黃昏的和歌〉等那些詩，陳敬容譯筆沉穩優美，透過中文，傳遞來波特萊爾詩思的和弦。一句「天空又優美又愁慘像個大祭壇」，深深刻進我的腦海，其中「又—優—又」構成旋律，而「愁慘」一詞，對我們這些文革野孩子則像陌生而優雅的狠狠一擊，原來漢字可以這樣豐美地拼合！那些詩中，現代感覺和古典韻律的完美結合，讓我們嘖嘖品味其精采時，全然忘了那是譯文。再後來，我認識了陳敬容本人，到她的寓所訪問，女詩人坐在底樓窗前，窗外是前三門大街的車水馬龍，談起詩，她依然目光炯炯，言辭鋒利，一種自信，迸射出她後來那部詩集標題的光彩：「老去的是時間」！可是，一九八九年底，在雪梨，又一個噩耗，陳敬容去世了。不可能吧？她應該永遠比時間年輕啊！但，我忽然想起，前三門大街正是軍隊坦克長驅入城之路，坦克、火光、槍聲，傷者的血跡，死者的屍體，會把她的視窗變成一幅怎樣「愁慘」的地獄圖景！那一刻，是不是她全部噩夢都被喚醒了？右派災禍、文革羞辱，匯集而來，而且比噩夢殘忍得多的，是再一次撲來的現實。對陳敬容，這是對中國的希望徹底破滅之時。我明白了，她決定死去，這死是語言、是表態，她和骯髒的生之世界劃清了界限。以此感覺，我寫成了短詩〈死詩人的城〉，在太多生不如死以後：「你最後的死已經很熟悉／一間等待移出死亡殘骸的老屋子」。

嚴文井，或許也該加上他第二任妻子康志強，《詩刊》的老編輯，我曾親熱喊她「康阿姨」的。我認識嚴老，也是通過康阿姨，那時我並不知道，嚴老有個頗為複雜的經歷。一九三〇年代，他是活躍的現代派青年作家。抗日開始，民族情緒氾濫，可他還在寫小資味兒十足的《一個人的故事》。追隨理想，他到了延安，成為最早的黨內作家之一，這讓他在一九四九年後，成了中國作家協會的頭兒，「反右」中，不少作家經他手被打成右派，以致有些人終生不原諒他。但精明如嚴老，難道不知政治之險惡？他的應對是，一九四九年後，只寫兒童文學，把自己藏身於孩子們想像尚存的世界，以此遠離（逃開）比兒童弱智殘酷得多的成人權力遊戲。這距離，讓他的清醒，遠勝那些文革後為證明自己不是「右派」而拚命極左的傢伙。例如一次會議上，我就親耳聽到「右派」老詩人綠原指責朦朧詩人：「他們哪裡是朦朧？根本就是清清楚楚地反黨！」我簡直不相信自己的耳朵，難道他不知道，這是在把年輕人送上死路？嚴老早期的距離感，被他自己文革中被批鬥的痛苦經驗變成了思想自覺，與綠原們相反，文革後，當朦朧詩再次返回「用自己的語言表達自己的感覺」，他立刻支持，我們很快成了朋友。他在北京東總布胡同裡的家，總充滿青年人的歡言笑語，和住在他後院的二〇〇〇年首位中文諾貝爾文學獎得主高行健一起，我們把「嚴伯伯」直接尊稱為「最老的青年作家」！一九八三年，我的長詩〈諾日朗〉遭到全國批判，我年輕懵懂，不知其中艱險，但對嚴老看我的眼神，記憶深刻，那是惋惜、哀痛、可憐、甚至自責，複雜交織，我覺得他簡直在盯著一個死者！嚴老晚年，沒寫長篇大作，但他的人生思考、文學意識，轉了一個大圈，返回了年輕時代對「一個人」的肯定，文字風格也日趨爐火純青，幾百字、千把字短文，就能活化出最精闢的想法。關於未來的寫作計畫，他每每腦門晶亮，侃侃而談構思中的回憶錄。多讓人期待啊，這部二十世紀中國作家思想軌跡的經典！可惜，六四後，回憶錄夭折了。原因很可怕：長期政治壓抑，令康阿姨患上了被迫害妄想狂，二老的生活，陷入難堪的黑暗。我最後一次去看他們，康阿姨不在家，大門被整整一塊鐵板封死，只有一個鑰匙小孔，敲門，嚴伯伯應聲：「我把鑰匙扔下來。」鑰匙從三樓廚房落下，嚴伯伯的苦笑，顯露在門後：「康阿姨鎖的，她出去就反鎖大門。」為什麼反鎖？怕嚴伯伯逃走？他為什麼逃走？能向哪兒逃？康阿姨回來後，喋喋不休訴說被跟蹤、被謀殺之種種，明知大多是她的幻覺，可我們如何能療治深埋進她潛意識的恐懼？屋子裡一股貓尿騷味，讓我們窺見嚴伯伯平日生活的尷尬。「女兒每星期來一次，拿報紙，送食品。」這描述絕境最簡潔的語言，被我直接引用到《敘事詩．歷史哀歌》中。囚徒嚴伯伯，二〇〇五年七月二十日去世。回憶錄隨之而去，我以為，六四後十多年，嚴伯伯徹底放棄了，誰知就在不久前，偶然從當年嚴府另一位小朋友肖復興的紀念文章中，看到他引用嚴伯伯最後的短文〈我後悔〉，令我眼前一亮！熟悉的爐火純青，每個字打磨得圓潤，鑲嵌得恰到好處，卻寫出嚴老回眸一瞥中深深的悔恨和刺痛。這篇小文，以「我後悔」貫穿，從他對患病的前妻某次夜裡發火，到列舉若干曾（因嚴伯伯？）患難的文學老友，最終回到那間漂浮在我記憶裡的囚室，他獨自坐在小板凳上，盯著陽光和對自己生命的審視緩緩移動。一個老人，敢對自己一生說「不」，比抓著幻覺價值不放勇敢得多。這篇小小的文章，又是最大的文章，「我後悔」一生的意義和價值，這不正是那部未完成回憶錄最深刻的主題？嚴老沒寫它？或其實寫完了——在他孤獨的思考中，經過了一遍遍修改潤色，結晶成這粒鑽石。一首幾百字的史詩，一個人的中國故事，一種被「六四」血洗而終於回歸的純正的理想主義。

一九八九年底，在奧克蘭，兩位「倖存」的背景詩人：我和顧城，不期而然，成了紐西蘭抗議屠殺活動的組織者。「六四」發生後，我們總覺得空喊口號不夠，作為寫作者，要用文字把它落到實處。六月六日，奧克蘭大學和城市決定舉行六四公祭。五日當晚，顧城和妻子謝燁，帶著兒子小木耳，移住我家，連夜撰寫〈悼詞〉。那是我從未經歷過的寫作經驗：我們一人寫一段，實在累了睏了，就去休息一會兒，下一個人接上，既修改上一段，又加入下面一段，如此迴圈，初稿修改稿同步完成。之後，等在另一個房子裡的翻譯者，立刻把定稿翻譯成英語，並同步傳真給全世界。這條憤怒和激情的流水線，效率品質雙雙驚人。它給天安門大屠殺發生後的全球激憤，一個文字定位，一種歷史蓋棺。文字，使思想顯形、銘刻、穿透時空，那遠勝單薄的情緒宣洩。

我得說，這篇〈悼詞〉，是當代中文詩人一個重要文本，既在現實裡、也在文學上，它沒有一句口號，卻句句直觸心底：「你們死了，好像不久以前，還有那片有藍天的廣場，母親推著車子，大聲地叫你，你已經那麼高了，還在看春天飄舞的風箏，」這鮮美的嗓音，一聽就是顧城的。「他們說現在勝利了，他們以為把你變成煙，把血沖走，你們就永遠沒了，你們就永遠無法開口，永遠無法說出可怕的冤屈。你們死了，他們就可以安享罪惡的生活。他們以為人是這樣的，可以被殺光，殺死，他們以為死能保護他們罪惡的生活。」這牙縫間咬著狠勁，肯定是楊煉的。六四，像個界碑，劃清楚了我們和那個罪惡權力之間的界限。只要專制權力的本性不變，這些文字就依然有效。無論那手裡搖晃著黑黝黝的衝鋒槍，或金光閃閃的信用卡。

第二天早上，在奧克蘭公祭儀式上，我朗誦了〈悼詞〉，我的譯者、奧克蘭大學教授閔福德（John Minford）朗誦英譯，全場肅靜無比，壓住的抽泣聲，反襯著文字的內在力量。朗誦之後大遊行時，每個經過我們的人，眼裡含著淚花，過來親吻我們，那親吻不可能忘記！同樣，親吻也跨越時空而來。這篇〈悼詞〉，吻合了世界那天最急需的表達，它被到處朗讀、張貼、複印、傳遞。澳大利亞總理霍克，在首都坎培拉朗誦〈悼詞〉時泣不成聲。許多外國駐華大使館，把它張貼在北京的接待室裡，無數中國人因此能讀到、抄寫、帶回它。其中，當然不乏為執行特殊任務而抄寫它的人。那又怎樣？寫它就是為了給你們看的！不僅看，還要你們記住，作惡將有報應。你們的手，不能把這文本從地球上抹去。

當我寫這段文字，面前翻開的是《流亡的死者》，我的第一本英語詩文集，Mabel Lee 翻譯，一九九〇年由澳大利亞「天安門文集」叢書出版。據我所知，這套「叢書」只出版過這一本，所以原創就是絕版。但，這不影響它對我、也對整個當代中國文學存在的意義。天安門，是一個不會癒合的傷口。它盯著我們寫下的每個字、做出的每件事，在查問：你是否問心有愧？死者不會散去，他們聚集在空氣裡、白紙上，看著，誰將重蹈那個詞——「我後悔」。

於是，我這些經歷：《民主牆》、《今天》、朦朧詩、一九八三年〈諾日朗〉被批判、一九八九年底《黃》、《人的自覺》被查禁，直到二〇一一年自傳體長詩《敘事詩》，因為其中寫六四的〈現實哀歌〉，三千冊書只存活了一天，就被收回銷毀，都不再奇怪，那源於詩歌對專制統治驕傲而主動的拒絕。這裡，「主動」一詞，再次無比重要。

這就回到「中國：倖存者」藝術節了。一九八九年十月底，在奧克蘭，我、顧城，和一群中國、紐西蘭詩人、藝術家，把「倖存者」之名，擴展到了世界上。天安門之後，這個詞，獲得了全世界的實體意義。藝術節的第一個節目，就是為奧克蘭「六四紀念碑」揭幕。那時，我們沒想到，這不僅是奧克蘭第一座、而且也是全世界第一座、或許至今仍是唯一一座永久性「六四」紀念碑！為銘刻這「普普通通的一年」，我們拒絕了各種投合當時流行政治情緒的設計，乾脆直接上山，到採石場自己去找。採石場的紐西蘭工人，一聽為六四紀念碑找石頭，立刻表示：完全免費，且負責運輸、吊裝。由是，一塊五噸多重、暗紅色、隱隱有中國形狀的巨石被看中了。之後，我的句子——「你們已無言，而石頭有了呼聲」，被選中刻成銅牌，鑲嵌在紀念碑上。刻牌的資金，由流亡紐西蘭的柬埔寨華人捐贈，那些前面人踩地雷，後面人踩著前面被炸碎的屍體逃出來的華人，既控訴柬共，更控訴中共，他們說：「六四也發生在我們身上」，真是一語中的。

「中國：倖存者」藝術節舉行的那天，奧克蘭大學校園，整個是一件裝置藝術作品。學生會入口，是我和中國雕刻家陳維明用鐵絲、報紙連夜糊製的巨大骷髏頭，入場者都必須從骷髏嘴裡穿過。一位觀眾說：「中國政府吃人呀。」裡面，廣場正中，是三層樓高的大「V」字，那兩根天安門前熟悉的手指，現在站在我們面前。會場上，這裡那裡，遍布我們用挨家搜羅來的破衣服紮製的屍體，上面血跡斑斑。周圍的大樹，裹纏著沾血的手紙繃帶，搖晃在風中，宛如互相攙扶著，仍在撤離天安門廣場的學生。中文詩、英文詩，中國和紐西蘭演講者的話音之間，顧城把自己扮演成一個怪幽靈，戴著他著名的褲腿帽，身上披著一塊綠布，背後是一個用上百枚毛澤東像章別成的法西斯「卐」字符，天知道他怎麼有這先知先覺，會帶這麼多毛像章出國？他沉著臉，默不作聲，在人群中轉來轉去，間或，停在某個人面前，直勾勾盯你一會兒，又轉向下一個。那眼神，讓每個人毛骨悚然。聯想到他後來發生的事，那「鬼魂」感更一線貫穿。「倖存者」呀，並非每個逃離中國的人，都能逃離含著中國命運的死亡！

「No Tiananmen in my hand!」——北京、柏林、奧克蘭、世界：誰不是倖存者？什麼文字不是倖存者的寫作？

一九八九年七月，寫完〈悼詞〉之後，我興猶未盡，又完成了四首一組詩作，總題為〈謊言背後〉。這特別是有感於那些天安門的死者，死了，卻又被屠殺者一聲「失蹤」，而推入不生不死的可怕的灰色地帶。死，也被抵賴、被殺死了。在子彈、謊言中，他們已經被殺過兩次，最終，還得被遺忘再殺一次。中國人的命運：「每個人只有一次生，卻有無數次死」，這是我回信給絕望中突然接到的台灣《聯合報》編輯、大詩人瘂弦約稿信時，自然發出的感慨。〈謊言背後〉連同我給瘂弦先生的信，一同在《聯合報》刊出，由此開始了我與台灣詩友們的聯繫，它也再次銜接起了被一九四九年一刀砍斷的現代中文詩血緣，把同一種流亡文學的能量，從五〇年代的台灣文學，一路貫穿至我們六四後的流亡文學，那血緣汩汩流淌至今，只要是我們最鮮活的創作，它就依然歷歷在目。

天安門大屠殺，卻令我重新找到了另一塊「說中文的土地」，和「倖存者寫作」的自覺，不可思議呀，這個叫做「歷史」的東西！

附錄：悼詞（與顧城合作）

你們死了，好像不久以前，還有那片有藍天的廣場，母親推著車子，大聲地叫你，你已經那麼高了，還在看春天飄舞的風箏。

你們死了，不久前我們還說到廣場去，說我們的話，和許多人一起，走向地鐵旁邊的樹林。不久前，我們還分一盆湯，泡速食麵，慢慢地喝；在雨裡邊，舉著傘，舉著燈，從一座座小帳篷間穿過。

然而，你們死了。

突然亮起的光，把你釘在方磚地上。你的腿斷了，你爬，喊，被鋼鐵的履帶壓得稀爛。

我們不能忘記槍響的剎那，你吃驚地看著，那些鼓掌的手，捂住突然噴血的胸口；你們整齊地坐在地上，而他們整齊地對著你們的臉開槍。

裝甲車從你們的身上壓過去，到處是你們的腦漿。

子彈追趕你，運死人的車追趕你，直升飛機，汽油和火焰噴射器追趕你，你的皮膚發黑，焦裂，受傷的人和死者一起被燒掉。

你們死了，我們不能忘記，你只比我們年輕一點，走起路來頭抬得更高些，會像孩子那樣笑。我們不能忘記，他們把你逼近牆腳，只是為了問也不問地殺你。

只是因為你站在路邊，看見冒煙的槍口，你的眼睛就成了「罪惡」。

只是因為你不願沉默，你說不要殺人，你的聲音就成了「罪惡」。

只是因為你從家裡出來，救一個流血的人，你的生命就成了「罪惡」。

槍一陣陣響著，把你們的身體搗成一團團血肉。

你們死了，廣場死了，劊子手的嘴和槍還在響著。他們殺了你，還要殺你所有的同學，兄弟，姊妹，你的父母。他們在路上，向保護你的老人開槍，在學校，在實驗室門口。

他們要殺所有知道你的人，愛你的人。他們要殺所有的記憶，他們把腥臭的謊言潑在你們身上。他們是一群吃死人的蛆蟲。

他們說現在勝利了，他們以為把你變成煙，把血沖走，你們就永遠沒了，你們就永遠無法開口，永遠無法說出可怕的冤屈。你們死了，他們就可以安享罪惡的生活。他們以為人是這樣的，可以被殺光，殺死，他們以為死能保護他們罪惡的生活。

我們活著，站在你們面前，他們也會殺我們。他們不知道，我們已經死過，在槍響的剎那，在廣場上，在我們的中國家裡。我們把心交給你，交給死者，為了使讓你們在我們身上復活，我們要像你們那樣舉起手，完成你們未完成的使命。

給血以血，給火以火。

一九八九年六月五日夜至六日晨

十三，德國——中國「斯塔西」

二〇一三年夏天，荷蘭鹿特丹國際詩歌節由於北京文藝網國際華文詩歌獎的成功，專門舉行「當代中文詩」主題專案。北網詩歌獎評委、詩歌批評家秦曉宇參加完鹿特丹詩歌節，轉道來柏林玩。我們覺得，其他地方或許可以不看，但柏林有個地方非看不可——前東德祕密員警總部：「斯塔西」博物館（The Stasi Museum）。

「祕密員警」是個俗名，「斯塔西」的正式名稱，應該叫前東德國家安全部。這個名字，對來自中國的我們再熟悉不過，因為它有個同名同姓的中國雙胞胎：中國國家安全部，簡稱「國安部」，而在我們這幫八〇年代就和他們結下不解之緣的藝術家中間，還有個頗為親近的暱稱——「雷子」。

為什麼叫「雷子」？沒人知道。是不是因為這些人手裡握有生殺大權，猶如雷公，想打誰就打誰？反正，連雷子們習慣拿在手上的長方形拉鍊黑塑膠包，也被叫做「雷子包」，那意味著，拉開它就沒好事。

我和曉宇查過地圖，找到了去斯塔西的五號地鐵線，下車站 Magdalenen 大街，滿懷好奇啊，走吧。

出了地鐵站，感覺真是到了東德：寬闊筆直的大街，車少人更少，兩邊的灰色住宅樓，一望可知還是社會主義的產物，那種簡單、實用、克制，堪稱沒有風格的風格。這對我們也不陌生，北京前三門一帶八〇年代蓋的「板兒樓」，和這裡就像一個模子扣出來的。不用進去，我們也能想像裡面的樣子：一條長長貫通的走廊，灰白的牆上，嵌著一串暗綠色的單元門，門板薄得能聽見裡面從吵架到做愛的一切。唯一的不同，一定來自德國人極端的潔癖，和中國的髒亂差適成對比，這裡絕不會有我們北京勁松家門外那一大堆空酒瓶，朋友們每每以這為楊煉家的標誌——「酒瓶到啦，就是這！」

東德感是找到了，可現在的新問題：斯塔西在哪兒？這一大片普通住宅，怎麼也和國家安全部應有的威嚴對不上號。

沒辦法，問人吧。找到街上穿著樸素、不像遊客的本地人，問了兩個，一個搖頭不會英語，另一個會英語，可竟然說：「不知道斯塔西！」

怎麼可能！

終於又攔住一位女士，這回聽懂了，她指指住宅樓群：「就在那裡面。」

什麼？國安部總部建在住宅樓裡？太難以置信了吧？我們原來的想像，是一座莫斯科盧比揚卡——前蘇聯內務部那樣令人望而生畏的石頭大廈啊。

再怎麼樣，雷子們的霹靂，也不會從住宅樓裡投射出來啊。

但無論如何，那女士的指點是唯一的路徑，只能走進去。

在樓群裡拐幾個彎，哦，終於越來越像了，最後，好不容易找到了那個小廣場，和它後面那座八層樓——普通得很難用上「大樓」這個詞。一抹土灰色的牆，和灰塗塗的天空挺配套。

環顧四周，那些住宅樓的視窗，近得能看見裡面擺著的瓶花，晾著的衣物，那麼，當年這大樓門口押送和被押送著進出的人們，也逃不過視窗後面的眼睛吧——倘若有人敢偷偷窺視的話。

哦，這才對了，把「斯塔西」直接建在人們中間，比隔絕開更符合它本來的目的：直接對生命發出威懾！

斯塔西裡面，也處處讓我感到「熟悉的」（出生於一九七四年的曉宇太年輕了點兒）：那建築，清一色的呆板、嚴厲；那裝修風格，典型的七〇年代，黃褐色塑膠貼面的桌椅，黃褐色塑膠貼面的櫃子，黃褐色的落地窗簾，讓我恍惚覺得走進了八〇年代初的北京飯店，莫非所有共產黨國家，統一從一家工廠訂製產品？

沿著白油漆的牆，無論怎麼拐彎，眼鏡也逃不開布羅斯基寫到過那條「橫線」，幾乎就在眼睛的高度，像首「標準」一詞的具體詩，更像遠眺大地時的地平線，永遠給人指出邊界在哪裡。布羅斯基到底是詩人，找到它的最佳比喻——一個無所不在的「減號」，無所不在地減去人生，或更準確些：減去人性？

唯一和中國拉開距離的，是那部斯塔西裡面上上下下永遠不停的電梯。它讓我和曉宇很好奇，因為這電梯沒有門，也不停在某一層，它的一側完全向樓面敞開，這只拉開的抽屜，經過你面前時，你得鼓足勇氣縱身一躍，跳進它裡面，讓這條垂直流水線，載著你滾滾「向前」。到了要去的地方，還得重演跳車絕技，從抽屜裡跳到樓層上，至於是不是正好能拿捏住抽屜和樓層平齊的一剎那，就看你的本事和運氣了。

這電梯就像斯塔西內部的一堂課，時時提醒人站穩立場的重要性。

我們一個個房間走過去，參觀那些昨天的噩夢、今天的展品：

偷拍資料或被跟蹤者的小型照相機；藏在鞋跟裡的竊聽器；門上裝置厚厚隔音層的審訊室；整夜不讓犯人合眼的巨型照明燈；老舊而效果特佳的磁帶答錄機；「單位」常見的長方形按鍵電話；每個屋子必有的鐵檔櫃；運載犯人的全封閉麵包車……得感謝德國人收集、整理一切的「好習慣」，就像早已準備好開放博物館這一天，讓這座恐怖地獄歷歷在目。

德國人精密的科學思維和技術性也充分展示：最「精采」的，是幾只玻璃罐，裡面盛著儲存被跟蹤者氣味的海綿，不知它能密封保存多久？哪位東德人想聞聞自己幾十年前什麼味兒，這裡有！

斯塔西檔案世界聞名，也因為德國人保存檔案的癖好。不算東德結束時，斯塔西毀掉大量資料，僅保留下來的塞得滿滿的檔案架，就能擺出一百多公里。口供、紀錄、資料、分析之外，就數東德線民──「告密者」的報告最驚人了。那線民正式登記的人口曾多達近三十萬（全民人口一六一一萬的一．七四%），而且主要檢舉、告密的對象，都是自己身邊的人。

那部美國好萊塢電影《竊聽風暴》（*The Lives of Others*），簡直虛幻浪漫得不可思議，而現實是：那位良心發現的祕密員警，恰恰被他妻子舉報了。東德垮台後，祕密檔案向公眾開放，人性地獄也隨之打開，最黑暗齷齪的祕密，狠狠抽在以為最該信任的人臉上，家庭、親友、社會、國家、文化、甚至傳統，不頃刻坍塌、土崩瓦解，還等什麼？

同樣的噩夢，也發生在文革的中國。對親人好友的揭發批判、劃清界線，不知狠狠傷害了多少人心。老舍扛得住單位惡鬥，卻扛不住回家後家人的惡語，終於跳太平湖自殺。我老爸八〇年代拒絕再回重建的國關，雖然那裡多次招請，也是因為看過文革中醜陋變形的嘴臉，怎麼還能裝不知道似的回去「同事」？

斯塔西啊，這座「眼淚的殿堂」，正與「人性的廢墟」相配套！

在這裡，我又見到熟悉的「雷子包」了，真多耶，堆滿了好多書架，想像它們被夾在人們腋窩裡，不知運送過多少醜惡。但，斯塔西畢竟更專業——這裡的雷子包，都是真皮的。

柏林斯塔西之旅，頗有點異國情調，畢竟，那是發生在另一個國家的事情。而它喚起的，是我記憶裡那個中國「斯塔西」。

早在上世紀七〇年代末，民主牆下，有《今天》雜誌的青年詩人，也不乏「特務」——執行特別任務者——這個詞本身並無褒貶。

那時，我和我的詩同樣年輕幼稚，心裡憋足的文革憤懣，不吐不快。而文學營養呢，除了一本充滿政治抒情詩的《朗誦詩選》、一本從昌平縣圖書館「順」（「偷」的好聽說法）出來的《馬雅可夫斯基詩選》，還有那時怎麼也讀不懂、現在卻覺得太淺淡的《人》（白俄羅斯詩人梅熱拉伊蒂斯著），簡直沒什麼。就憑那股青春之氣，我借用海涅的詩句，寫了政治抒情詩〈我是劍，我是火焰——唱給特權者的葬歌〉，交給民主牆上活躍的西城區文化館小雜誌《蒲公英》發表。

詩現在忘得精光，倒依稀記得第一次登上雜誌首頁的興奮。可惜，沒高興幾個小時，《蒲公英》上午出刊，中午就被宣傳部的吉普車堵門，明令查禁。絕大部分雜誌被毀，可也有幾千份已被報販子取走，在民主牆開賣，買到的人當場大聲朗誦。那天晚上，我到《今天》聚會時，忽然受到英雄凱旋式的歡迎，反而把我嚇了一跳。

再以後，和雷子們打交道，就變成了家常便飯。《今天》在東四十條趙南家的聚會，門口公然停著警車，員警的相機，直對著每個走進來的人臉上拍照。傳記作者們，知道到哪兒去找我們年輕的肖像了吧？

我這給雜誌關門的經歷，不止一次。《今天文學雜誌》，靠一張純文學的外皮，苟延殘喘到一九八〇年，之後氣氛收緊，我們想代之以《今天文學研究資料》，用內部交流方式繼續出版。作為剛被選上的「今天文學研究會」理事，我負責主編第三期，並以我自己的詩〈烏篷船〉墊底，誰知這也是《今天》的最後一息，它還沒寄出，公安局就放下話了：「再發行，全體進監獄」——句號。

還有個我自己「好玩的」經歷：

那次與一位女友相約，在天安門廣場邊見面，一起去今天聚會。但我剛到達，就發現壞了：我被盯上了。兩男一女，就在那邊。怎麼辦？不能連累女友呀。我想起《紅岩》裡地下黨確認盯梢的方法：選窄道一條疾走，突然掉頭，那跟著你掉頭的，就是盯梢者，因為他們非得跟你。我決定抄襲：中山公園門口就在不遠處，我先慢慢踱過那兩男一女身邊，朝那裡走去，餘光看到，他們在瞄著我。像！中山公園門小內暗，我踅進去，半側頭，他們果然跟來了。我隱沒，他們加快腳步，待他們衝到園門口，我突然反身走出，這幾位絕沒想到，嘩地四散，看天看河，臉上陣陣紅白相間。沒錯了。

我回到等女友的地方，心裡盤算著怎樣脫身。這時，一輛一〇路公共汽車剛到站，有了。再等一會兒，遠遠又有一輛一〇路開來，我再次踱過他們，慢慢朝西邊走去。他們剛有教訓，這次不跟我了，只站在原地盯著我。一〇路靠邊到站，我還慢走。一〇路下人、上人，我慢走。一〇路，最後一人在上車，我猛然發力狂奔，緊貼那人擠上車，盯梢者發現上當，也狂奔而來，但稍晚一步，車門正在我倆之間關閉。真感謝北京沒禮貌的公共汽車司機！

但可惜，這一〇路車站特小，下一站電報大樓就在幾百米之外。我還惦記著女友呢，到那兒下車就躲進電報大樓，再過一會兒出來看，糟，那三位又等在門口了。原來他們一男一女乘公共汽車，還有一個騎自行車（八〇年代可憐的雷子呀），這麼短距離，追上我沒問題。

算了，今天只能交代給他們啦。

但我也要好好玩玩：不是騎車嗎？那我就幫你練練。我回家路上，從白石橋起有三二路大站快車，一路不停，直到黃莊。騎車那位，越落越遠，好玩啊。可車上還有兩位呢，他們每人守一個車門，女的離我更近。我靠過去，車上人多，我舉起抓著欄杆的手，臂肘直頂在她臉上，車一顛就頂一下，她又不好發作，只能左右躲，旁邊看書的一位煩了，又撞她一下：「你拱什麼！」哈！來勁！

我當然是故意的，一個人能吃這碗飯，那張臉一定招人恨。

到了中關村，我和我的「同行者」一起下車，不久騎車那人也棉襖敞開、滿頭大汗地趕到。

我知道，今天沒戲了，乖乖回家吧。

又過了些日子，一位「裡面」有認識人的朋友悄悄問我：「你最近幹了啥？」「怎麼了？」「裡面有人問我：楊煉學過『公安』嗎？」——哈！

認識友友，和〈諾日朗〉挨批，差不多同一時間。那次「清除精神汙染運動」，來勢洶洶，文革口號之外，還伴隨著現實處置，我們的朋友都為我捏著一把汗。

也是老天有眼，有天晚上，我和友友夜遊住在城裡，第二天早上坐公共汽車回家，忽見另一位朋友，穿過擁擠的車廂衝到我們面前：

「你們怎麼還敢回家？」

「怎麼啦？」

「昨晚員警帶著銬子，砸你家門來啦！」

哇，聽起來情況嚴重！儘管我吊兒郎當，但誰不知道，在中國員警永遠不會認錯，一旦被抓進去，沒有罪名也會羅織出罪名，關個一年半載是常事。昨晚躲過一劫，誰能保證他們今晚不再來？趕快，下車！

接下來的一星期，就在北京漂流，住過了幾個朋友家，有家不能回的感覺太壞了，終於，我決定：「去他媽的，愛抓不抓，我回家了！」友友儘管提心吊膽，也只好跟著我，當夜等了一夜砸門聲，竟然沒有。怎麼回事？

原來，和其他政治運動一樣，「清汙」也是黨內權力鬥爭的外延。它藉開明派胡耀邦訪問朝鮮之機展開，胡一回來，立刻嗅出其中怪味，胡耀邦的第一個反擊，就是到宣傳重地中央廣播事業局演講，指出「清汙」擴大化，明令停止。巧啊！這廣播事業局正是我的單位！胡的講話，首先把我救出了險境。真該感謝他！

但，中國斯塔西的工作，不會停止。

還是和友友相關，有一天，我們約好在東單某處見面，我興沖沖趕去，遠遠看見友友了，可忽然發現她在給我使眼色：又被雷子跟上啦。

我和她會合後，才知道，這回被跟蹤，是因為她去了一個外國女記者家，那位是我們朋友，但在中國斯塔西那兒掛了號，於是友友從她家出來，就掛上了一條尾巴。

這回，我們有了新玩法。

帶著「尾巴」，我和友友從東單沿著米市大街朝北走。一拐彎，我倆踅進了路邊一家服裝店，「尾巴」很放心，守在門外。過了一會兒，友友先出門，繼續向北走去，「尾巴」慌了神，明明進去兩個人，怎麼只出來一個？他該等我還是先跟蹤友友？我在店裡看他著急，很好笑。

終於，「尾巴」下了決心：到底，去那老外家的是友友，跟蹤友友是他的任務。他拋下我，加快腳步尾隨友友而去。

可當他一離開，我就從小店走出來，跟在他後面。

這下他真有麻煩了，一邊要看著別丟了前面的友友，一邊又知道我跟在他身後，他一會兒一回頭，每次和我目光相接，我就衝他來個點頭微笑：哈哈，我跟著呢，放心吧。

啥叫「以其人之道，還治其人之身」？這就是！

再過一會兒，友友如約在大華電影院門口站住，「尾巴」如釋重負，趕緊橫過街去，裝著在一個報欄前看報，旁邊一人，同站片刻，那時間剛好夠交代：「他媽的，我反而被他們跟蹤啦。」

那人回到馬路這邊後，我和友友迎著他走去，再一次，六目相接，四隻眼睛微笑，一對眼珠呆滯，他知道：又被發現啦！

這回的遊戲，結束於我們在一家餐館泡到半夜，再走出到北京零下十幾度的寒風裡，街上終於空無一人了。

六四後，我的詩集《黃》、論文《人的自覺》被查禁，也讓我們下決心開始了國際流亡生涯。可以說，「流亡」，像一種語法，理清了我和中國、和世界、甚至也和斯塔西的關係。

我不能忘記，剛搬到倫敦那個冬天，我走在 Highgate 街上，冬天灰暗的陽光，還照著那個老問題：我到這兒幹什麼來啦？這潛台詞是：該怎麼理解我們這命運？忽然，一個句子跳入我頭腦：「現實是我性格的一部分」。就是它了，外在發生的一切，其實有一個根源：我自己的內在選擇。不是別人逼著我逃亡，而是我的——詩的天性，不能容忍把人毀滅成「人性的廢墟」。流亡，恰是現實對精神抉擇的證實。

不是專制權力禁止詩歌，而是詩在禁止專制權力。

出生、成長之地不足為家，真正的家只能是詩歌表徵的自由天性。

「現實是我性格的一部分」，成了我的組詩〈十六行詩〉的起始之句。

這現實，至今仍在延伸，因為我的詩歌性格從未改變。

進入二十一世紀，我在二〇〇八、二〇一一兩次最高票當選國際筆會理事。這是自從五〇年代林語堂先生擔任國際筆會副主席以來，中國作家在國際筆會裡的最高職務。作為理事，現實不能迴避，每有中國作家遭到「斯塔西」拘禁迫害，我們必清晰發聲，或抗議或聲援，總之不能讓斯塔西最喜歡的死寂降臨。同時，思想必須深邃，中國文化現代轉型，不是一日之功，這裡的內在複雜性，更隨著地球村時代來到，深化為對全球利益化和自私、玩世人生態度的反抗。

國際筆會發起聲援被雅虎出賣而判刑十年的詩人師濤，我為他的〈六四〉一詩撰寫長篇英文解說，世界幾十個筆會以此進行接力翻譯，幾十個語種的〈六四〉詩篇，合為了一首人生「大詩」。代表中國知識人良心的《冰點》雜誌被查封，同時倫敦的中國大使館竟有人出門毆打法輪功抗議者，我為此發表致胡錦濤和托尼．布雷爾的公開信，幾十位重要英國文化人連署，抗議無視人權的瘋狂的倒行逆施。

維吾爾流亡詩人阿赫邁疆．奧斯曼的詩作〈那無盡流經謝赫拉沙德口中的夜〉，全無一點民族、宗教宣傳，卻滲透了個人對伊斯蘭傳統的反思。我把它翻譯成漢語，並撰寫文章〈詩歌超越衝突〉，他的、我的對歷史的追問，在反思的深處匯合為一，比口號令人感動得多——誰說我們來自對立的種族？

斯塔西當然不會對此視而不見，很多年中，我只要在中國飛機落地，打開手機，前幾名打來電話的，常常有「同志們」。著名的「喝茶」，也是常事。一次，某處長先表示，見面之前還重讀了〈諾日朗〉：「真是好詩啊！」他讚歎。我差點告訴他員警帶銬子砸門的事兒。接著，正題來了：「不過，那種公開信啊，是不是以後就別寫啦？」我裝傻：「有什麼關係？反正沒人看見——都讓你們封住啦。」「哪兒啊，我們發現之前，它就傳開啦！」「哦？有這事！那好啊，寫了就是要人看的嘛」……

二〇一〇年，我寫作近五年的自傳體長詩《敘事詩》殺青。這部作品，被我稱為我思想、詩學的集大成。自傳體，意味著年齡和命運的經驗。就是說，要「老」！老到自我和歷史真正合一。在這部作品中，沒了那個青春期的我，卻有一種滄桑，一股蒼勁，在我身體的地層下，觸摸和把握住歷史，尤其最有分量的第二章，那五首哀歌，處理縱貫我人生的五大主題：現實、愛情、歷史、故鄉、詩歌，更是我全力以赴之作。

北京一位詩人兼出版家朋友，讀到《敘事詩》大為興奮，立刻拍板決定出版。

我也很高興，當然了。

可沒想到，書印出上架的第二天，一個電話打來：「老兄，不行，出事了！書被勒令下架。」

「為什麼？」

「唉，據說因為你那首〈現實哀歌〉，寫了六四。」

哦，斯塔西沒睡著，沒錯，〈現實哀歌〉寫的正是天安門大屠殺，開篇就不含糊：「履帶下血紅的泥濘／是／一月的梅花還是六月的槐花／鋼鐵縫隙間擠出一張臉的茫茫／旋入石頭的漩渦／當你走過不會絆住你的腳步／當你突然記起　甚至有一縷幽香／甜甜絞著喉嚨……」

〈現實哀歌〉曾令我幾易其稿，哪個題材能撐得起這個題目？什麼內容能寫出足夠的分量？我的一生，被天安門大屠殺切割為二，又因為它把中外世界聯結為一，沒有早期、晚期之別，卻在「處境」一詞裡深化又深化，直到這一個日子，囊括了所有日子；這一個死亡，貫穿在一切死亡中。忘記不能被允許，因為忘記它，標誌著我們其實沒有任何記憶：關於我自己、我流亡的夥伴、我們死於種種哀傷的朋友——我們的詩歌，這唯一一首哀歌。

「離開的日子都是清明」

「今夜　我為自己　為你　為離開一哭」

這首詩，只能這樣寫。我不得不這樣寫。

斯塔西決定：三千冊存活了一天的《敘事詩》，下架，收回，銷毀。

同樣的斯塔西癌症，也擴散到出版中途被暗停的《楊煉創作總集一九七八—二〇一五》九卷本上。「暗停」，只用電話通知、不落文字。甚至沒有一點獨裁者的自信，因而顯得更虛弱、更醜陋。「共產黨在中國轉入地下」了，一個笑話嗎？卻又是一個多戕害人心的笑話！

詩歌的命運啊！

那天柏林斯塔西之旅，完成於曉宇和我竟然在斯塔西前總管辦公室旁邊，發現了一個可以買啤酒的小酒吧。我們決定，無論如何要在這裡喝一杯！賣啤酒的是個德國老頭，不說英語，隔開他的小屋和酒吧（保持著前辦公室全套裝修）之間，是那道無所不在的黃褐色窗簾。酒吧裡沒有別人，我和曉宇抓住機會，披髮低頭，裝成犯人，做鬼臉，拍照片，碰杯乾杯。兩個中文詩人，竟然是在斯塔西噩夢的最中心發瘋。歷史畢竟變了！

變了嗎？我們忽然發現，那道窗簾，每隔幾分鐘悄悄撩開一條縫，後面是一隻眼睛，那老頭子盯著我們呢。嘿，沒準他已經在這工作幾十年了——一位堅守崗位的老斯塔西！

十四，選帝侯大街隨想曲

我們在選帝侯大街十八號的家，堪稱美輪美奐。

歐洲建築，自古喜歡用大理石和鏡子，可我們絕沒想到，會有一天，在自己的樓裡和家裡，看見那麼多這類奢華東西。每天早上，沒睜開眼睛，就能感到厚重的窗簾外面，柏林的天空是藍是灰，因為床邊巨大的鏡子，倒映出窗外的光線。它同時映照著臥室天花板上一百多年前的原版石膏雕花。臥室檸檬黃的牆面，雪白的花紋，原裝大方塊拼花地板，鏡子互相折射，把人置於一個恍兮惚兮的世界。

這間臥室，用的是柏林公寓裡著名的「柏林房間」，它其實是一個連接部，用來溝通這套房間前部大客廳、餐廳，和後部的臥室、廚房等等。這房間只有一扇大窗，開向花木茂密的後院。但它卻很大，至少四、五十平米吧，除了開大晚會時，打開三摺門，讓賓客們在大客廳和它組成的舞廳裡翩翩起舞，真想不出原來還能怎麼用？但現在，可能是戰後經濟原因吧，這套房子被一切兩半，它成了房子的盡頭，於是被我們改為一間巨大的臥室，好幾年了，躺在這兒，剛睡醒時也還是恍兮惚兮——這生活是真的嗎？

我穿上絲綢睡衣，從臥室走進寬大的走廊。盡頭，墨綠色大理石對面而立，之間凸起一座小平台，上面一只白色古典浴缸，被背後近四米高的大鏡子襯著熠熠生輝。這塊鏡子還能更大，裝修房子時，友友的設計是一整塊大鏡子，德國工人們真把它搬來了，一級級樓梯抬上來，直到離我家門口還有三、四米遠，忽聽一聲爆裂，鏡子太大，碰上了樓梯的雕花拐角，我們眼睜睜看著它裂開一條縫，又蔓延出另一條，許多條，終於像個崩坍的星系四分五裂，散碎一地。好可惜啊！吸取那教訓，第二次，工人們搬來兩塊大鏡子，上下對接，連線正在墨綠色大理石上緣，也很好看。更美的是，長長的走廊裡，兩盞大理石吊燈連線垂掛，一盞托著三只大理石燈碗，另一盞是個完整的白色圓形，開亮，映出走廊盡頭另一面小長方鏡子。那裡，藏著陌生人找不到的小廁所。這個走廊浴室，既古典又有點過分前衛，客人們常問：「你們真在這洗澡嗎？」「那當然，昨晚還洗呢，要不你哪天來試試？」我們很樂於展示這房子裡的精華。

柏林灰暗陰冷的冬天，暖氣開足，窗簾深垂，大理石燈光柔和，先選好音樂，再斟一杯紅酒，躺進浴缸裡放滿的熱水，枕著浴缸高起的一頭，眼睛剛好看見小廁所的鏡子，在反射整個沐浴圖，且更被大鏡子再加反射，柔和的反光，重重疊疊，時空都如幻象，包括洗浴那人，也在幻象的隧道中，不停遠去。

走廊連接起朝南的三個大房間，上面一色是雕花天花板，映照著下面黃褐色的方形原裝地板。三面凸出的凸形窗，老英格蘭風格，即使是冬天，這些房間裡，陽光也氾濫而入，飛濺在四面漆成淡藍色的牆上。因為這陽光，我們甚至連冬天也很少需要開暖氣，哪怕外面是柏林著名的零下十幾度的嚴寒。

我還記得，二〇〇九年，友友以她那美術編輯（加畫家）的眼睛，一眼相中這又大又空的房子：「就是它！」我小有遲疑：「是不是太大啦？」「不！越大越好！」

果然，短短幾年，東西家什像魔法一樣自己長出來。友友竟然能從柏林塞滿假貨的東方商店裡，淘出僅有的幾件漂亮家具，搬進屋裡，雖然是假古董，但它們優雅的中國風格，竟然和十九世紀末俾斯麥德國的大廳，吻合得宛若天然。

那浴缸也是友友的神來之筆：本來，這套房子的浴室，和廚房擠在一起，既狹窄又憋屈，怎麼改造？頗為犯難。有一天，友友忽然眉飛色舞地走進來：「我有個瘋狂的主意，你可別罵我。」「什麼？」「我想把浴室整個拆了，做一間開放式大廚房」「好啊，可浴盆怎麼辦？」「搬到走廊盡頭，一進門就看見它，又嚇人又現代！」哇！這主意太棒了！我當然雙手贊成，洗一個近乎「超現實」的澡，為什麼不？

友友能把奧克蘭漏雨的「花樓」玩轉，遑論裝飾這豪宅？漸漸地，繪畫書法「長」上了牆壁，花草地毯，蔓延鋪滿了地面。臥室和我書房的淡黃色，配著客廳和友友書房的淡藍色，秀雅中透著簡潔，也好襯托那些藝術傑作。

我家好幾幅作品都可以叫「畫裡有畫」：大客廳正面，是住在柏林的荷蘭畫家朋友 Fre Ilgen 的油畫《阿馬淞之戰》，這幅新巴羅克繪畫，與魯本斯的同題畫遙相呼應，更應和著古希臘神話，把戰爭這一古老主題發揮得淋漓盡致。

它的旁邊，是書法家朋友曾來德以他特有的急智揮毫寫成的對聯，上聯「楊鞭策馬」倒還罷了，以「楊」換「揚」，不過機智。那下聯卻堪稱古怪：「煉達傷人」！來德的文化感，這下藉我名字盡情發揮。他那「煉達」，顯然在影射「練達」——「人生練達皆文章」之練達——可練達為何傷人？細思之，人生滄桑，理解得透徹何其難，由是通透之文字，哪能不令未通透者困惑、招渾水摸魚者嫉恨？「傷人」啊，正是此話！

來德們之外，我們家的畫廊裡，還有徐冰、芒克、徐龍森、蘇新平、何建國、楊佴旻、劉大鴻、闞晶晶、楊黎明、玉成、楊愷亮、劉靖……再加德國藝術家好友 Rebecca Horn 的眾多佳作，義大利藝術家 Oliviero Rainaldi 的《思想面具》雕塑、西班牙油畫家的肖像畫，無數歐洲手繪陶瓷、紐西蘭、澳大利亞、非洲的土著藝術，用琳琅滿目形容，一點兒不過分！

但這畫廊裡，最多、最打眼的，恐怕還要數友友自己的畫。她這次在柏林的「藝術井噴」，從二〇一三年我們結束「超前研究中心」學者獎金起，一路蔓延到現在，短短兩年，已經越過了好幾個藝術階段：「早期」的黑白水墨，後來的彩墨抽象，再後來的丙烯顏料，以及最近混合各種材料的藝術實驗。她二〇一四年剛著手水墨，就在「柏林先鋒」畫廊辦了雙個展。二〇一五年又在 Fre 的思想藝術沙龍「Ilgen 檢查站」系列中，舉辦個展，來賓中包括鼎鼎大名的德國表現派大師馬克斯・貝克曼的孫女、著名收藏家瑪嫣・貝克曼，她並不知道我們一九九一年曾對表現派十分著迷，卻自己帶來其祖父一幅油畫，參與友友的展覽，不期而然又成就一段佳話。

記憶如隧道，它本來就像蛛網，重疊在一面並不清晰的鏡子裡，曲曲折折，又四通八達。記憶假託過去，其實是改編的未來，它比光速快，瞬間就能抵達另一個宇宙。

每一次，躺在熱水浴缸中的我，環顧我的柏林家，就同時在進行一場神遊。

那條大理石和鏡子形成的光影畫廊，帶著我一頁頁翻動記憶的畫冊，回溯——又遠遠不止回溯，這房間裡收藏的我們生命的幾度輪迴。

每有客來，我們有個保留節目，是先帶他們到掛在客廳的一幅畫前，看畫上四處攀爬的孩子們，在樹上、花枝上、沙發上、燈柱上……然後，把他們的視線拉回：「現在，請看你腳下的地毯、視窗的花盆，門後的燈柱」，朋友們經常大奇：啊，它們竟然就在這裡！這時我們才揭開謎底：「這畫畫的是我們倫敦家客廳，這位年輕畫家來過那兒，回國後創作了這些作品」。所以，這「客廳裡的客廳」，是個我們柏林家裡的好創意，一幅畫，連接起了和我們生活深有關聯的兩個房子、兩座城市。

從一九九六到二〇一六，我們在倫敦住過十六年。對我們的漂泊人生來說，這十六年意義非凡，不止因為在我們住過的城市中，它僅短於北京，更因為倫敦是我們近九年環球漂了好幾圈後，第一次決定「換個活法」住下的地點。

為什麼要「換個活法」？從一九八八到一九九六，八年多九年的時間，我們經歷的，一言以蔽之，叫做「流浪人生」。不停從一個地點移到另一個地點，兩只箱子、兩個背囊，扛起從衣服到音樂的一切，無論留在身後的地方多美多熱鬧，前面將去的方向多陌生多荒涼，上路！沒有遲疑。因為原則只有一個：去——能放下行李寫詩的地方。「家」這個詞，就像「根」那個詞，被打包塞進了身體。不是它帶著我們，而是我們帶著它漂泊，哪兒都不是家，於是把處處當「家」，能多留一天是一天。寫完《大海停止之處》，我懂得，這動盪人生內，唯有詩那個層次，貫穿一切，穩住一切。我們極端的「動」，其實一直在指向這個「不動」，一部部作品，都在觸摸、攥緊、呈現這「漂泊中的靜止」。

但，近九年過去了，通過《大海停止之處》，我領略了「眺望自己出海」那道內心風景，之後怎麼辦？特別是，當我們在德國南方斯圖加特附近的「幽居堡」（Schloss Solitude）過完長長的十五個月「暫住」生涯、已經開始長詩〈同心圓〉的寫作之後，如何深化這漂泊經驗？從生存狀態到寫作方式，掙脫常見的「流亡」套話，發掘出我自己更獨特的感受？換句話說：移動中寫漂泊，不算稀奇，安定中寫漂泊，才需要慧眼。在「漂泊中的靜止」之後，我們想嘗試打開另一個層次——「靜止中的漂泊」。

換一種活法，也不得不換一種寫法。

那為什麼是倫敦？原因頗為簡單：我們在中國長大，品嘗過古老歷史包含的深邃和複雜，喜歡也好不喜歡也好，它都是老天的一筆饋贈。因此，雖然我們兜裡揣著紐西蘭護照、美國和澳大利亞綠卡，但沒有辦法，有歷史、有傳統的「老國家」，就像上歲數的人，眼睛、頭腦都不簡單，想問題的方式不一樣！所以，如果不是中國，首選必是歐洲，由於嘴裡只有幾句「Yanglish」，歐洲就幾乎只剩下了英國，順理成章，先試試倫敦吧！

離開幽居堡前老多多「凶多吉少」那句咒語，沒準具有反作用力。我們的倫敦經歷，雖然有過艱難，但總的來說頗為順利。最初的動盪之後，俄國詩人迪米特里・普里戈夫悄悄透露了一個資訊：英國也有專門頒發給所謂「國際知名藝術家」的特別簽證，但必須在境外申請。

哈，我們正好應邀到義大利一個藝術中心駐留兩個月，抱上一大摞各種譯文的我的詩，到英國駐羅馬大使館一試，嘿！成了！我的申請被接受了！我們這兩個「紐西蘭人」的護照上，被蓋上了兩個古典風格、占滿整張簽證頁的大紅印章（事後才知道，那是批准「特殊人才」進入英國的簽證）。這大印竟然在我們下次進英國海關時，令一位海關女士發出一聲驚叫：「哇！我工作這麼多年，第一次親眼見到這簽證！」

有了簽證，還得有住處啊。那隨後的三個月，堪稱找房子的噩夢。那大紅印章有個前提：既然你是「著名作家」，就意味著必須能用專業養活自己，所以我除了靠文學掙錢，不准幹別的。不過，還有一條：作為「詩屬」（詩人家屬），友友倒可以找工作。那開啟了後來她在伊頓公學、倫敦大學教書的後話。但開始，我們沒工作沒收入，倫敦按週付的房租，用不了多久就會把我們攆走。怎麼辦？只有咬咬牙：買！

一九九七年，倫敦房價並不貴，我們傾盡這些年漂泊積蓄之所有，一算竟然可能少借點錢而買個差強人意的公寓。那三個月，我開著掛著德國牌子的小 Obel Kadete 東奔西跑，看了一處又一處，不是太貴買不起，就是不貴看不上，直到幾乎絕望了，才在某個夜幕低垂時，到了北倫敦的斯托克紐因頓（Stoke Newington），看到這座掩映在高大法國梧桐樹葉間的卡爾頓大廈（Carlton Mansions）。典型英國風格，紅磚牆，白石頭窗櫺門框，三面凸形窗，味道古雅而厚重，我們最終「拿下」的房子在二樓（中國的三樓）上，客廳、書房正面朝南，臥室、餐廳等隱後朝北，這座一九〇六年的建築，雖不很豪華卻也韻味十足。我們把客廳刷成傳統的暗紅色，餐廳刷成幾乎超現實的寶藍色（吃一餐藍色的飯吧！），地板是我親手拉鋸釘釘子做的假原裝——在老地板上加了一層！刷上做舊的原木色漆，照片上看頗為唬人，可懂建築的朋友來了就笑：「誰在地板上擰螺絲呀？」哇，露餡啦！

不管怎麼樣，我們在倫敦有了個家——漂泊途中第一個家！

這個家，也喚醒了我們回顧中的「動、靜」之思。

首先是「不動」，我們在中國的三十多年，像個蹲在探方裡的考古學家，鉚定那片黃土地，用每首詩向深處挖掘，從自己挖進別人，從當下挖進歷史，打開每個漢字的小盒子，掏出深藏其內的思維和潛意識，無論發現了寶貝或垃圾，一部部詩作，都在呈交這追問和探尋的考古報告。

而後，從紐西蘭開始，漂泊生涯讓我們體驗了「動中之靜」：從一座城市到另一座城市，一個國家到另一個國家，大地和海浪在腳下滑過，而人生處境無所不在地追逐在身邊。我們真的移動過嗎？抑或其實在詩句之內一動沒動？也可以說，移動愈遠，對不動感受愈深，由此才能發出「大海停止」之歎！這停止如海底，原來深藏於所有「一場風暴不可能停止之處」！

最後，從倫敦開始又深一層：抵達「靜中之動」。重新有一個「家」，可以安居了，但這意味著找到了一種靜止嗎？我每天散步的倫敦李河谷，不是越實在越抽象、越有個具體地址，越是人無家可歸本質的縮影嗎？李河谷是沼澤，而人生更是。每一腳踩下去，感覺不踩在地球平面上，而是向地下更深處跋涉。停在這兒，又是幻象！動，無窮動，萬變如一地動，只能如此。

「客廳裡的客廳」很不錯，而「書房裡的書房」也精采。我的柏林書房，被我稱為「詩歌工廠」，這是公寓裡最小的一間屋子，朝北，窗戶外面爬滿爬山虎，它們就像一座大自然的時鐘，用微妙的變化，告訴我季節在悄悄潛行。

如果不是柏林的房子，我恐怕沒機會這麼細緻地觀察爬山虎，而現在，我每天坐在桌前，抬眼就在和它們無聲對話：早春微露的幼芽，淺綠透著淺紅，嬌嫩如小小的舌尖，它在舔什麼？時間？生命？難怪我把題贈給阿多尼斯的組詩第一節命名為「舔之時刻」：「舔它　你的舌頭存在嗎？／我們的舌頭存在嗎？／藤蔓指爪下　鐵蒺藜抓碎的肉存在嗎？」……

那首詩裡，我寫的是秋天爬山虎，經過暮春、初夏、盛夏，爬山虎從淺綠到濃綠，再到深綠，終於，漸冷的風聲裡，後院北牆上——我窗前的牆上——第一枚爬山虎葉子顯出了紅色，再冷些，紅得更豔些。那些舌尖，在充血、膨脹、又失血，一個意象，變幻著不同的激情。

柏林窗外的紅，始終與寒冷掛鉤。它總是從陽光照射不到的北牆開始。而後西牆，最後才是東牆，依託著一縷秋末的殘陽，那困獸般的綠色，要經過好幾個星期，才依依不捨地凋零，被蔓延的紅豔攻占。一枚枚落下的紅葉，隕落下來後，會像一隻隻小手，扒進我的視窗，它們常常堆積在雙層窗戶之間，像早降的紅雪，在我眼前演繹「霜葉紅於二月花」的詩意。但，柏林沒有杜牧的閒情逸致，這裡的霜葉，有另一重含義：

爬山虎的紅葉　失血
舔著雪意

……

死去的母親懷抱這扇小窗
死後還在躲藏
嗜好叛賣的　塗抹進大屠殺的地點

這簇簇紅葉，會與保羅．策蘭「母親不會再變白的頭髮」的詩句押韻，會在二十一世紀中東的隆隆砲聲中抖動，我寫下的文字，滲透了多少輪迴的冰雪啊，那寒風中，最後一片葉子飄落時，爬山虎終於露出它的本來面目：黑硬如鐵蒺藜似的藤蔓，伸出尖利的小爪子，爪尖，像獸類、也像人類的，都在最後掙扎，死死摳進牆壁，拚命拒絕放開。它們不願放開什麼？它們想留住什麼？我不知道，只有這詩句，從心裡湧出，代替著那聽不見的呼喊：

散開的詞　砸在母親臉上的槍托
灰燼的風景中一道眼神仍貼著鐵軌
滑行　它　鑄造三三　八九　二零零一
得多冷漠　才能忍住一枚紅葉
搖曳　殺戮的美？

一片片搖曳的紅葉，幻化成一頁頁飄動的白紙，讓我想到一九九三年我們在澳大利亞雪梨Cambridge街十四號住過的那間小屋。又是只有一個房間，又是用封起的陽台改成的廚房兼書房。而這次的新意，在於房子地勢頗高，從我視窗望出去，能直接看到雪梨市中心，夜景時的燈火，像只墨水瓶高高站立的電視塔，窪地裡橫過的鐵道。而我屋裡的景色，就是小書桌旁邊的牆上，那些寫滿了字、貼在牆上、隨風飄動的詩作箚記。它們也像爬山虎，會慢慢生長、蔓延，擴張，向上、向兩邊，每天增加，逐漸覆蓋了書桌正面、側面。一陣風吹來，紙頁颯颯飄動，彷彿我的牆長出鱗、長出羽毛，會遊會飛，和我一起分享人生漂泊的詩意。

這間小屋，這些箚記，催生了我的組詩《大海停止之處》，直到今天，如果有人非逼著我選出一件作品，來概括、代表我全部寫作，我還是只能回到它——《大海停止之處》：「從岸邊眺望自己出海之處」。

我已經多次寫道：從一九八八到一九九三年，「海」曾多麼堅決地拒絕我的詩，那塊無邊無際的藍，既浩瀚、又單調，看著它似乎有無數話說，下筆時又發現詞彙多麼貧乏有限，那幾個用爛了的形容詞，還沒落筆已經在心裡勾起了噁心！反復思量，根本的問題，還在大海和我是兩回事，我不能在自己裡面摸到大海，那片藍，是一層不通電的絕緣體！

可同樣是那一年，我承認自己在流亡的第五年，「漂泊」一詞，不再是抽象概念，它用每天清清楚楚的生存難題，變得如此具體而鋒利。每天一個盡頭，跳下這道懸崖，誰知道將粉身碎骨還是展翅翱翔？但生存逼著我們不得不跳，每天、每小時、每分鐘都在跳，那聚焦於一個象徵，

讀者服務卡

您買的書是：____________________

生日：　　年　　月　　日

學歷：□國中　□高中　□大專　□研究所（含以上）

職業：□學生　□軍警公教　□服務業

□工　□商　□大衆傳播

□SOHO族　□學生　□其他 ____________

購書方式：□門市_____書店　□網路書店　□親友贈送　□其他 _____

購書原因：□題材吸引　□價格實在　□力挺作者　□設計新穎

□就愛印刻　□其他 ____________（可複選）

購買日期：______年______月______日

你從哪裡得知本書：□書店　□報紙　□雜誌　□網路　□親友介紹

□DM傳單　□廣播　□電視　□其他

你對本書的評價：（請填代號　1.非常滿意　2.滿意　3.普通　4.不滿意）

書名_____　内容_____封面設計_____版面設計____

讀完本書後您覺得：

1.□非常喜歡　2.□喜歡　3.□普通　4.□不喜歡　5.□非常不喜歡

您對於本書建議：

感謝您的惠顧，為了提供更好的服務，請填妥各欄資料，將讀者服務卡直接寄回或傳真本社，我們將隨時提供最新的出版、活動等相關訊息。

讀者服務專線：（02）2228-1626　讀者傳真專線：（02）2228-1598

舒讀網「碼」上看

廣　告　回　信
板橋郵局登記證
板橋廣字第83號
免　貼　郵　票

235-53

新北市中和區建一路249號8樓

印刻文學生活雜誌出版有限公司　收

讀者服務部

姓名：＿＿＿＿＿＿＿＿＿＿ 性別：□男　□女

郵遞區號：＿＿＿＿＿＿＿＿＿＿

地址：＿＿＿＿＿＿＿＿＿＿

電話：（日）＿＿＿＿＿＿＿＿＿＿（夜）＿＿＿＿＿＿＿＿＿＿

傳真：＿＿＿＿＿＿＿＿＿＿

e-mail：＿＿＿＿＿＿＿＿＿＿

就是一行詩。用完成一行跳下一次，再寫再跳，懸崖愈來愈高、愈來愈陡，但後退無路，因為退路壓根不存在。

所以，南太平洋岸邊，那個給我《大海停止之處》那個句子和那個結構的一刹那，其實早醞釀在我身體裡了。大海的波濤直撲腳下，而每行詩的海平線，拉開、橫穿、劃定在所有浪頭裡，讓我們被衝擊、被撕裂時，又獲得一種古怪的穩定，猶如那個老詞「認命」——認：詩人命定漂泊如詩；由是，我們的停止，就是「停止在一場暴風雨不可能停止之處」。

一九九三年六、七月分，我寫《大海停止之處》那段時間，眼睛穿過陳舊的百葉窗，看到的所有景色，都像懸崖上的景色，而那是一道多麼美好的懸崖！我得說，詩人一生，極難得擁有這種幸運時刻：外部和內心美妙共振。生活裡發生的一切，彷彿天然為詩句準備，等我隨手採擷，詩行如海浪，滾滾而來，且近乎自動地拋開平面，湧向大海總能更幽邃的深處。

「藍總是更高的」，這個一九八四年在青海湖獲得的感覺，先天為《大海停止之處》留著，等待成為它那個哲思味兒十足的開始。

「鋪柏油的海面上一隻飛鳥白得像幽靈」，一百年前從英國遠航而來、卻在離雪梨北頭（North Head）海岸不到百米之遙被風暴打沉的大帆船「鄧巴號」，當我們去北頭遊玩，「自然而然」地沉入這首詩，一舉囊括了死者和生者的共同命運。

「誰和你在各自的死亡中互相瀕臨」，一個「誰」、一個「你」，兩塊活生生的面具，構成關於我們存在的永恆故事，色情嗎？色情到「大海　鋒利得把你毀滅成現在的你」了嗎？

「King Street　一直走」，那條從雪梨大學回「家」的路，我太熟悉了，我們的朋友們太熟悉了，它具體無比，一個此時此地，卻又抽象無比，像個所有時空的共同命名。這首詩寫在南太平洋，還是柏林近旁的波羅的海邊，有關係嗎？這世界只有一個大海，哪條路不是回家之路？哪一剎那海浪聲不震耳欲聾？

大海，在我貼了滿牆的小紙片上，波濤起伏，它們不停湧來，仍在從那條還沒寫下的海平線湧來。

我們柏林房子裡，放著紐西蘭好友陳二幼、陳維明送的禮物：一件毛利木雕，超現實神面，通體鏤花，口吐巨舌，眼睛上鑲嵌的珍珠母，閃閃發光。

在奧克蘭，二幼、維明和我們有共同愛好：每個週日清晨早起，狂奔向跳蚤市場，搜羅可能出現的民間藝術品：薩摩維亞人的草編、新幾內亞人的木雕、毛利人的權杖、歐洲人藏在箱底帶來的老貨……跳蚤市場，是我們這些囊中慚愧、卻又美感貪婪傢伙們的天堂，其中當然不乏贗品，但也時有驚喜斬獲，眼見一件美物，落入他人之手，心中難免妒火中燒，非要挖地三尺，再翻尋出個替代物才好。

一九九三年，我們趁雪梨和奧克蘭較近之便，曾經回去一次，收拾一切，最終了結了「花樓」之緣。那次離開，也不期而然成了和「花樓」的永別，之後我們漫遊歐美亞非，卻極少有機會跨越南北，再回澳洲。直到二〇〇三年，當我終於再次回到奧克蘭大學，擔任短期住校詩人，「花樓」卻已不在了，房地產商看中了那居高臨下、俯瞰大海的位置，拆掉它，代之以一座「全球醜陋」——我的紐西蘭詩人朋友這樣形容——式的賓館，除了我的詩和友友的畫，「花樓」已永遠融化在碧藍的虛無裡了。

那件毛利木雕，堪稱二幼、維明收藏中的精品，當他們帶著包裹得好好的它，來和即將遠行的我們告別，我知道，這心愛之物，承載了好友的深情厚誼。那當然了，我們相識於一九八九年二月，共同經歷了那年改變一生的歷史震盪，在風暴裡，互相認清了最本質的個性，只要回顧人生，目光就不可能不在那個「命運之點」上聚焦。此等經驗，一個人能經歷幾次？

我寫《大海停止之處》那年，也是顧城和謝燁去世之年。一九九三年十月八日半夜，電話鈴驟然爆響，聽筒那頭傳來的噩耗，令我和友友不敢相信，趕忙又追回一個電話，打給和顧城們關係很密切的奧克蘭朋友安．瑪麗，這下證實了：「我剛去過太平間，確實是他們倆。」哇！這怎麼可能？

但仔細想想，又並非不可能。我們這一代，就是在歷史和文化漩渦中暈頭轉向的。顧城殺人自殺，留下一個讓媒體永遠血沫四溢咀嚼的話題，和一個令老朋友們無盡唏噓感歎的刺痛。唉，一個曾最強調「自我」的詩人，卻對別人的自我選擇面前，如此決絕和凶殘。這極端矛盾的個性，屬於顧城，更屬於那條把我們「生產」出來的中國流水線。因此，他們的悲劇，只能說是個人悲劇加歷史悲劇——歷史悲劇內在於個人悲劇。顧城以他固有的偏執，執拗地、狠狠地把這悲劇的殘酷推到了我們眼前！

我把一九九三年稱為漂流途中「最黑暗」的一年，因為回家的路遙遙無望，海外漂泊漫無邊際，怎麼活？怎麼寫？每個提問都足夠逼人。「生存」，這個詞，雖然常被某些作家炒作放大，但在中國時，那點微薄而穩定的工資，也時時讓我們忘記：活法，多麼具體，那落實為按星期催收的房租，或下一頓的飯錢，容不得一點含糊。活已夠難，寫則更具挑戰性：這裡說的不是簡單延續以前的寫法，複製換個標題的同一首詩，而是怎麼繼續向前走，去深化思想、保持真正的創造性？多年後，當我回顧這整個過程，提出一個說法：「自我挑戰」。詩的本義，就在詩人的思想家品質，那就是主動、自覺地向自己提問，無論客觀環境怎樣糟糕，都不容許自己的詩原地踏步。

當我讀顧城最後一部大作品〈鬼進城〉，好像清清楚楚看到了他心裡、頭腦裡一場爆炸，語言的碎片，恰如他被現實壓碎的自我，向四面八方崩散。即使他企圖用一星期為結構，來收攏這碎裂感，但裂變的力度，還是擊穿了這「星期一、星期二……」的單薄外殼，讓顧城（那個「鬼」）的惶惑和無所適從暴露無遺。同時，這組詩詭異、極簡的風格，不僅使它成為顧城自己最重要的作品，更把顧城始終隱隱追求的「漢字玄學」，完成得相當漂亮，就這樣從人和詩兩個方向給了「朦朧詩」一個哀豔的收尾。

好可惜啊，我是晚到他們去世後，才讀到這部作品，否則，我是否能像個巫師，讀出其中的不祥之兆？進而採取行動，阻止悲劇的發生？我想我沒那麼大神通，可話又說回來，誰能把「童話詩人」的形象，和揮斧砍人的顧城連在一起呢？我唯一能做的，是又過了十多年，當我動手編輯英譯當代中文詩選《玉梯》，並發現甚至在美國著名的出版社「新方向」版《顧城詩選》中，也未收入〈鬼進城〉時，專門邀請最棒的翻譯家，把它譯成英文收入書中。這算給亡友一個交代，也讓這部詩選顯得完整。

我一九八四年在國內時寫的文章〈重合的孤獨〉中，半帶臆測地寫到：「人在行為上毫無選擇時，精神上卻可能獲得最徹底的自由」，這種絕處逢生的感覺，在海外不期而然變成了每天的現實，只不過在「每天是一個盡頭」後面，還得加上「而盡頭本身又是無盡的」，才約略配得上國外生存挑戰的超強深度。

〈鬼進城〉的失控、碎裂，對比著《大海停止之處》的整合、建構，顯示出兩種面對生存挑戰的應對方式。這裡，顧城的激流島、我在雪梨的小屋，下面是同一道懸崖，同樣孤立無援，同樣需要決絕地一跳，至於跳下去是粉身碎骨，還是振翅飛翔？端看我們有一副什麼樣的翅膀。

轉眼到了二〇一五年，又是顧城們去世的二十二年後，當上海華東師範大學出版社決定出版我的《楊煉創作總集一九七八—二〇一五》九卷本，我的編輯過程，簡直就是對自己所來之路的一次回溯。一篇篇作品，被編進一部部書稿時，一個詞「手稿」，油然浮出這人生的深海，像條貫穿線，連接起諸多不同文體、不同時間空間。是的，「手稿」！每個人生是歷史的手稿，每首詩是激烈轉型的中文文化的手稿，一切都在路上，在趨近、趨向某個方向——某個被手稿們瞄準著、期待著的「完成」。那「完成」存在嗎？歷史和文化有一種終點嗎？或「完成」根本就是一個想像？它讓我們理解了自己永遠「未完成」的本質。

無論如何，界限有時教給我們更多。明確創作都是手稿，就明確了一種意義：停滯是可怕的，重複是悲哀的。手稿被創造出來，又被新作留在後面。我們的命運，也是永遠眺望一條地平線，不顧一切、勉力向前。「完成」的概念，永遠只存在於下一個日子、下一首詩。

「手稿」的觀念，也和我獨特的工作方式相關，那是種有意思的手藝活。當一首詩進入創作過程，它也同時開始了一種三級跳：

一，箚記：我攤開許多張Ａ４白紙，在上面用最好的鋼筆（經常是德國限量版「萬寶龍」）疾速寫下湧入我腦海的、與詩作主題相關的無數句子，它們彼此無關、四分五裂，有時一段一段，更多時候只是單行，純粹只打開和記錄下熱氣騰騰、四散噴射的想像，這被我叫做「單行詩」的大批句子，多半用不到後來的詩中，但它們已隱隱顯出了一首詩的輪廓和指向。這些Ａ４紙能量四溢，我珍藏起它們，猶如珍藏起一朵朵即將形成星球的、急速旋轉的星雲。

二，初稿：如果說箚記是熱爆炸，那我的初稿就是冷處理。同樣是Ａ４紙，但這回被裁成一半，背後透出複印的中文稿紙橫格。我的工具是鋼筆（現在成了英雄一〇〇，因為它筆尖極細）、剪刀、漿糊（膠棍），工作方式更加手工化：小字，每個占半格，完全依照印刷格式，讓一行行詩句顯現在眼前。如果要修改，就剪下細細的白紙條，貼在錯字（行）上，在上面重寫。有時貼至六、七層，紙面上凸起一座三維潛浮雕。這一道工序的冷、清、靜，恰與箚記的膨脹成反比，卻也構成了超強的張力。

三，定稿：初稿改到不能再改，我就把它們存進抽屜，做別的，忘掉。幾個星期或幾個月後，當它完全淡出了記憶，再拿出來，敲進電腦。說來奇異，原來改不動的，此時手指觸摸感一變，忽然又能修改很多，而且主要是精煉掉語句中的雜質，凸顯詩意的精確。這個定稿，讓一首詩終於完成了向自己金字塔頂端攀登的歷程，它此時站在峰頂，終於可以神清氣爽、一覽眾山小啦。

除了紐西蘭奧克蘭大學購買、收藏的我的「南太平洋手稿」，我出國後所有詩作，都以這種「三級跳」手稿被保存著，它們在我柏林的書房裡，讓我創作的每一步保持著鮮活的生命。

我的詩作，在《總集》中被歸入「早期詩」（我自稱為「我的史前期」，或許也可以稱為「手稿的手稿」）、「中國手稿」、「南太平洋手稿」、「歐洲手稿（上）」、「歐洲手稿（下）」……等等，我也把這「手稿」的觀念，寫進了《總集》的總序：〈一首人生和思想的小長詩〉。令我喜出望外的是，當我極為尊敬的藝術家尚揚先生，聽我談到《總集》、進而談到一部部「手稿」，他立刻說：「我喜歡手稿這概念！」並馬上答應了為我《總集》設計封面的請求，他說：「我已經想到一些炭筆線描的勾勒，和封面文字間的對比效果了」。

尚揚先生說到做到，在《總集》九卷本開印之前，交出一個完整設計的封面系列，由十幅匠心獨運的精美炭筆圖、十個內在關連如尚揚先生油畫板般美麗的色標、和詳細的封面文字說明組成。尚揚先生這些炭筆圖，看似不經意，卻每一幅都蘊含了和特定主題相關的深意。例如第十卷、出版於台灣的詩文集《發出自己的天問》，炭筆勾線，拱起猶如虹橋，橫貫封面直到封底，優雅的淡紫色標題、方正大氣的老楷字體，似乎都在說：在漢語時空中，沒有地理區別，只有共同命運：中國文化傳統的現代轉型，一個漫長的過程，一部讓我們每個人加入其中的手稿，其難度深度並存，其思想能源來自和尚揚先生同為楚人的屈原，其範本仍是那部〈天問〉——但必須是我們自己發出的天問。對此，我們別無選擇。

柏林窗外，爬山虎的飄飄紅葉，也在提示：這兒，仍然只是手稿的一頁。我們的人生詩學，如我在〈一首人生和思想的小長詩〉中所寫：「說來如此簡單：必須把每一首詩作為最後一首詩來寫；必須在每個詩句中全力以赴；必須用每個字絕地反擊」。

十五，柏林的朋友們（一）
——約阿黑姆．薩托留斯（Joachim Sartorius）

「揚州是最好的。」

「也許，最好的之一？」

「不，就是最好的！」

上面這段對話，在德國著名詩人、翻譯家約阿黑姆．薩托留斯（Joachim Sartorius）和我之間反復進行過多次。約阿黑姆．薩托留斯，一個德國詩人，是什麼讓他對揚州如此情有獨鍾？原來，這是他參加二〇一三年揚州瘦西湖國際詩人虹橋修禊之後發出的感慨。

同時要記住，約阿黑姆可不是大驚小怪之人，尤其在國際詩歌這行裡，他是屈指可數的資深人物，因為他一人兼備多重身分：作為著名詩人，他參加過的世界各地詩歌節，怕不以千百計？作為德國最重要的英語詩歌翻譯家，他對國際詩歌交流別提多熟悉了。更讓我驚奇的是，作為德國最重要文化機構 DAAD 和歌德學院前任掌門人，他自己就是許多國際文學活動的組織者。那這

「最好」之歎，豈不連帶把他自己那些活動，一股腦貶低了？

揚州，對所有略微熟悉中國古典詩歌的人當不陌生。李白一句「煙花三月下揚州」，寫下了世界最成功的廣告詞，令春日揚州至今人滿為患。杜牧一首「二十四橋明月夜」，又把這座美城和一輪秋月永遠鎖定在一起，永遠在詩意中微波蕩漾。而「腰纏十萬貫，騎鶴下揚州」，既像歌頌，更像吃醋，它提醒我們：那些「美人兒」、騷客，可不是隨便亂跑的！揚州就像當年的上海，它依偎大運河，緊守運河和長江的會合點，漕運鹽商，造就了此城上千年的繁華。連聲名赫赫的「揚州八怪」，也只能放到這個背景中去理解，若不是這裡有文化的商人，按照自己的品味，成了供養藝術家的收藏家，那群藝術家哪能拋棄官方路子，專心發展自己的風格？並創出一個特立獨行的揚州幫？

但，自從二十世紀初中國興建起鐵路網，大運河和揚州就整個被忘了，以至於揚州第一個火車站，也是十幾年前建造的，之前，「下揚州」只能坐長途汽車。不過，揚州也因禍得福，它的美麗園林，沒有被身後高樓一蓋，像掉進水坑裡，變得靈氣全無。也因此，我二〇一〇年夏天第一次到揚州，不能不驚豔於這座集園林、詩歌、藝術、音樂、美食經典傑作於一身的城市，居然保存完好，因而發出感歎：「如果我在中國做國際詩歌節，非揚州莫屬！」

從二〇一一年起，我和好友唐曉渡、金子、杜海等，與揚州瘦西湖園林管理局合作，創造了瘦西湖國際詩人虹橋修褉。這個國際詩歌節頗為獨特，它一方面和中國經典接軌，延續古代「蘭亭修褉」的雅集傳統，另一方面又不受限於往昔，而是打開這中國文人的小玩意，把它搭建成全球化時代國際詩歌交流的平台，讓「文人切磋」四個字獲得有深度的當代含義。二〇一一年秋天，兩位英國詩人喬治・賽爾特斯和巴斯卡・帕蒂，成了瘦西湖國際詩人虹橋修褉第一批國際參與者。

二〇一三年春，舉行了第二屆瘦西湖國際詩人虹橋修褉。從這一屆起，我們設定了六加六的穩定形式：六位國際詩人和六位中文詩人，不多不少，恰在專業交流和公眾活動之間，構成最佳平衡。

約阿黑姆和其他五位國際詩人應邀而來，從開幕式的修褉儀式，那春風楊柳之間，詩人之船效仿古代曲水流觴，沿河而行，與岸上揚州詩友朗誦唱和，到接下來幾天，在四橋煙雨樓詩人工作坊一對一互譯，在「本土的深度」主題下閉門對話，在揚州大學上千學子面前作閉幕式朗誦，我能體會，這個詩歌節，滿足了詩人一切渴望：要美，揚州春波蕩得你醉；要深，漢語詩歌傳統簡直探測不盡；要嚴肅，每首中文詩在撕開一個現實的入口，逼著你追問；要享受，我們的古運河夜遊、何園夜宴、瘦西湖船娘、個園漫步、平山堂遠眺、富春美食……令約阿黑姆們只有目瞪口呆的分。揚州浮沉數日，這位第一次到中國的詩人，簡直成了一位當代杜牧，似乎頗有「揚州一覺」之感，他的詩歌小船必是滿載而歸，由是才發出了以上讚歎。

二〇一三年以後，約阿黑姆成了揚州瘦西湖國際詩人虹橋修褉的義務鼓吹者。我在南非、在德國、在斯洛文尼亞，幾次與約阿黑姆邂逅，每每聽他全不顧當地詩歌節組織者的尷尬，而重複那個對揚州的讚譽，得意之餘，在我給曉渡的信中，乾脆把他的姓薩托留斯，改成了揚州鄉土味兒十足的「灑脫柳絲兒」，他對揚州的愛，足以使他配列入隋煬帝賜名的揚州楊柳間，去列名排班！

我和約阿黑姆友情的淵源，幾乎就是我和柏林的淵源。一九九一年一月初，當我作為被DAAD柏林藝術項目邀請的詩人，從南半球飛抵冰天雪地的柏林（啊呦，那是我在鍵盤上掇下這些字的二十五年前哪！），約阿黑姆正是DAAD柏林藝術項目負責人。按照慣例，他邀請我和友友到西柏林著名的巴黎酒吧午餐，我可能因為初見DAAD主管，全神貫注在談話上，全不記得那天吃了啥，倒是友友以她小說家對細節的敏感（或許加紐西蘭飢餓情結的激勵），一下子記住了那天的菜餚：細細剝下的蟹肉，盛在螃蟹殼裡端上來，滋味加品味，雙倍的精美！

這感覺，又被約阿黑姆本人所加強，友友最難忘的，是他輕言細語的談吐，外加一雙閃爍不定的綠眼睛，略帶著一點憂鬱——最擊中女人的眼神啊！——友友後來說：這正是我想像的歐洲高級知識分子的形象，一絲兒不差！

現在想起來，約阿黑姆一定寬容得（外交得）嚇人，因為那時我們幾乎一點英語沒有，誰知道能和他瞎說胡侃些什麼？回憶中，我的話早已煙消雲散，唯一記住的，只是他溫文爾雅地頻頻點頭，好像在鼓勵我：「說下去，沒關係，我聽著呢。」哈哈，二十多年後，我已很熟悉約阿黑姆的笑容，那敏感、含蓄、機智裡，頗不缺幽默。那麼，他第一天的微笑，是不是也該讀作「嘿嘿，您這樣英語大字不識一籮筐的主兒，我見多了」？咳，有什麼辦法呢？

雖然我後來屢屢調笑我這段「楊文」（Yanglish）歷史，但約阿黑姆總替我解嘲：「你不算最差的，至少有一百個英文單詞吧，北島比你差多了，說每個詞，都要先翻他那本毛語錄似的小紅字典，好費勁呦！」

這個美妙的見面，開始了我們和約阿黑姆一家長達近三十年的友誼，其後，我們又周遊了世界好幾遭，他家也從毛姆森大街搬到了帶花園的柏林「西頭」（Westend），但我們是他認識的中文詩人中，聯繫從未中斷的僅存一對。

二〇一五年夏天，在他綠蔭茂密的後花園裡，上百位賓客雲集，包括住在柏林的諾貝爾文學獎得主赫塔・米勒（Herta Müller），那天的主題，是慶祝約阿黑姆和他妻子結婚三十週年，在致辭中，他列舉並感謝他們過去三十年最親近的私人朋友，其中我們也赫然在列，而誰知什麼原因，那天我們竟遲到不少，錯過了他的美意，事後他不無遺憾地強調：「我可沒提到太多人的名字啊……」

我們的柏林臨時貴族府，在毛姆森大街九號，真巧，約阿黑姆又是我們鄰居，他家住七號。住得近，走動就勤，那時我們年輕好動，做飯不是難事，家裡常常開宴，一來就是一屋子人。約阿黑姆也常來，他是很受歡迎的客人，因為別人都照歐洲規矩，吃飯帶來一瓶酒，而約阿黑姆上樓，總是手裡拿一瓶，腋下夾一瓶，有一次甚至一下子搬來一箱六瓶！太可愛了！

可能因為到達柏林前的一年多裡，天安門大屠殺陰影深深，剛開始流亡壓力重重，我們在澳大利亞、紐西蘭一帶的生活動盪不寧，沒機會安心寫作，一到柏林，放下行李，創作欲爆發得旺盛無比，一年旅居間，詩啊散文啊噴湧而出，加上我前一段的零散詩作，編成我第一部短詩集《無人稱》，而我稱為「繼續莊子傳統」的散文，也構成了散文集《鬼話》的大部分。

約阿黑姆主持的DAAD約請顧彬，從《無人稱》中挑選作品，翻譯成我一本德文詩集，以標題《面具與鱷魚》列入DAAD文學叢書出版。這本小書，是我第三本德文翻譯作品集。它收入的詩作，都寫於我出國到一九九一年底之間。這批詩，少了些我在中國時對遠古歷史的沉迷，多了海外漂泊中每天、每分鐘鋒利生存的考驗，哪怕坐在臨時貴族的書桌前，那好日子的「大限」，也彷彿能被看見似的在逼近！之後怎麼辦？偌大世界，逃往何處？事實上，就是坐在這桌前，一種下沉感也清晰無比。柏林不是一個地點，而是一條隧道，一個深淵，一種黑洞，我只能陷落進去，卻不知能否返回！

或許也是約阿黑姆的安排，《面具與鱷魚》裡，頗具先見之明地收入了一批照片，拍攝日期是出書時的一九九三年二月，那時我的DAAD訪問期早已結束，而「貴族」好日子，被顧城、謝燁接替。為了參加柏林世界文化宮一個中國文學項目，我被從澳大利亞請回來。那批照片中，有我和約阿黑姆、顧彬、德國詩人朋友烏沃·庫爾伯（Uwe Kolbe）的合影，二十四年前，我們看起來都好嫩好年輕啊！其中一張，我手抓兩支酒瓶，在毛姆森大街九號樓下那家酒店裡作勢搞笑，也許人一故地重遊，都可以放肆一點？

這本書中，最珍貴罕見的照片，應該是我和顧城在世界文化宮舞台上合照的三張。講台上，我在說話，依然是語言加手勢，總是表情太多。而顧城坐在旁邊，顯然在走神。那頂著名的帽子下，一張臉茫然低垂，一張手托著下顎，雙眼視線向前，顯然沒有焦點。仔細看，他的眉眼還是那麼清秀、單純、安靜，看不出僅僅八個月後，這臉將被憤怒炸碎。很久以後，當我讀到他的組詩〈鬼進城〉，頭腦裡才如重播鏡頭般，從這三張照片上尋獲到了碎片——語言的、人性的——仍被那身皮膚包裹著，卻經歷了一種內心巨大的爆炸。我們都忽略了那爆炸聲，只有顧城自己，垂下目光，盯著虛空中碎片在散落。

顧城去世二十週年時，曾掀起過一個紀念他的小小高潮。不少雜誌、網站翻尋出那些認識顧城、謝燁、英兒的老朋友，眾多的採訪，集束轟炸般充斥了媒體。我也無法倖免，被極為主動的鳳凰網考古似地挖出，做了一個題為「顧城的悲劇源於那個流亡的年代」的長篇採訪。針對太多關於顧城和謝燁死因的假浪漫猜測，我試圖搜索記憶，返回那個我在一九七七、七八年認識的、摘掉光環、還原為本來面目的顧城，不那麼單純，像個只住在與世隔絕的童話裡的娃娃，也不那麼複雜，像個突然鑽出洞穴的惡魔。在文革那樣的黑暗歲月長大，我們誰能自稱是清白的、純潔的？而把一顆心中逼出的凶暴，僅僅歸於某人個性，而看不到令人走投無路的時代之惡，是不是恰恰迴避了罪孽的源頭？

不該否認，顧城是凶手，同時是受害者。他那最後一擊，直接無賴如孩子，可投射出的，卻是我們人性被扭曲的程度。想到他寫過美麗的《生命幻想曲》：「闔上眼，世界就與你無關」，我得說：誰能闔上眼啊？闔上又能怎樣啊？這世界並不在你外面，它在你裡面，用一種潛藏的黑暗抓著你，當你以為自己是無辜者，恰恰正在淪入它的汙穢。

八〇年代初，朦朧詩爭論正熱，顧城作為「童話詩人」，以宣揚自我、反抗「齒輪和螺絲釘」著名。他那些敏感、純淨、清脆的語句，打動了不知多少精神上剛剛甦醒的少男少女。真像童話啊，可惜，又只是「像」，對自我的真考驗，來自他那個自我，遭到別人的自我挑戰之時，我是說謝燁（也許包括英兒）的愛情選擇，唉，當顧城被激怒，他的反應如此激烈血腥，全無一點兒自我、自覺的理智，卻表現出太多的自私。想到他那把血淋淋的斧頭，我由不得要想起紐西蘭激流島上那一桶被顧城手起刀落剁下來的雞腦袋，一堆惡狠狠瞪圓的雞眼睛，當顧城把它們嘩地倒到一位紐西蘭女士腳下，她嚇得尖叫一聲，狂奔而逃，從此再不敢見這位中國詩人的面！

可對於我們，這血淋淋的景象，陌生嗎？從反右、文革的災難掙扎出來，誰身上不帶著一股血腥味兒？哪個家庭能遠離死亡的記憶？這嗜血的基因，已經深深植入我們潛意識了。而背後支撐它的，是一種專制思維，貫穿了統治者、被統治者、甚至反抗者，這才是專制統治的真成功、也是我們的真悲劇啊，但最可悲的是，我們竟然沒意識到它！

沒錯，從童話詩人到凶手詩人，有種可怕的戲劇性，它把顧城分裂成既逆反、又連體的雙重性格，一個被我們親歷的醜陋時代緊攥在手裡的嬰兒，一個先天的犧牲品。那句俗話：我們是「喝狼奶長大的」，何止狼奶？我們怕也早已是一條狼了，因而不辨狼性、人性有何區別。這裡還有自相矛盾嗎？沒啦！

我記得很清楚，一九九三年顧城他們在紐西蘭出事時，我們正在澳大利亞雪梨大學作訪問學者，奧克蘭的朋友們在第一時間打電話傳來噩耗，那個晚上，我和友友都在床上翻燒餅，想起和顧城、謝燁交往的種種，怎麼也不能把他們的面孔和血淋淋的殺人連在一起。我只能歎息：「唉，要是我們留在奧克蘭就好了，老顧城來找我說說，我開導一番，就不會出這這樣的事兒了」。

但人生哪有「如果」啊？

顧城恐怖戲劇般的毀滅，在很長時間裡遮蔽了他們自己。我們的談話、思考、記憶，都在不知不覺繞開他們，儘管如此，他們也還是抓住一些機會，忽然「返回」我們之間——

我們廚房裡那根擀麵杖，是顧城手製，撫摸那完美的橢圓形，哪能不想起那位夢想成為安徒生、而且同樣木工手藝高超的詩人？

我送給的友友耳環：一對精美的木頭斧頭，自從出了事，友友再也不敢戴它，說：「它們在我耳邊晃盪著，讓我心裡陣陣發冷。」

「血淋淋的斧頭」，這個意象凝聚著我們的命運，令我既恨又愛，它不知不覺滲入我的句子：「是奧克蘭磨亮了海鷗叫聲中血淋淋的斧頭」（《同心圓》），「鬼魂就布滿舞台　斧劈時腦漿迸湧／懸頸時隨風飄飄　總不乏激情」（《敘事詩》），直到，像一種命定，多年後，我赫然發現，我的英國出版社，正叫做「Bloodaxe」——血斧！

我們這一代，已能列出長長一串逝者之名：蝌蚪、海子、顧城、謝燁、張棗、陳超、臥夫……沉吟它們，竟然多半死於非命，那一聲長歎，其中滲透了多少苦味。

一九九八年，在我的DAAD結束七年、顧城們去世四年之後，友友又獲得半年的DAAD獎金，我們從倫敦搬到柏林，住進「褲襠大街」盡頭的Storkwinkel十二號。這不就是顧城、謝燁住過的房子？多不吉利呀！幸虧，我們住在二樓，他們當年住在頂層四樓，隔著兩層樓，勉強能給自己些安慰，別時時刻刻想到那慘劇。

但感覺也會變，幾個月中，我們每天重複著「他們的」動作：掏出黃銅鑰匙，開大門，開信箱，取郵件，上樓梯，開房門，幾個月後，感覺忽然有點不同了。顧城回來了！不再像個古怪的殺手，而是那個我早就認識的老朋友，一個過著日常生活的普通人，帶著七情六欲，帶著長處缺點，像我們一樣，時而亢奮過度，時而走投無路，連那些小小怪癖，也忽然顯得那麼容易理解。

普通的日子，反而有更深的命運感。

普通，日常，他們，正像我們。掙脫出死亡戲劇的陰影，他們用我熟識的聲音提示著，我們和時代的絞纏，遠比想像的深刻，那並非只存在於「歷史轉折關頭」，而是滲透了我們每次呼吸、每個瞬間，樓梯吱嘎一響，就是歷史——而且多麼不可捉摸！

為顧城、更為我自己解惑，那次柏林旅居末尾，我寫出〈柏林，STORKWINKEL 12〉這首詩，一首應該敲著薩滿鼓、渾身掛滿彩色布條、蹦跳歌唱的還原之詩。不在山野裡、或顧城能遠眺大海的激流島上，而是在柏林，在熙熙攘攘的「褲襠大街」旁邊，在沒有人想到中國，想到詩人殺和被殺命運之處，舉行一場看不見的祭祀——

〈柏林，STORKWINKEL 12 號〉

死亡的戲劇扭歪了你們的五官　已沒人
記得一陣孱弱兒童的笑聲和恐懼
門廊空空蕩蕩　樹是一炷香
九月押送著全世界的金幣
用世俗的怪癖擦亮這個黃銅號碼
樓梯的腳本　誇張房間裡一頂帽子

一個不出眾的時代高高站直
捏碎大海的風箏　血　從沒有童話

只有　死者被恢復的善仍走在回家的路上
落葉乾枯的刃平靜地割下秋天
一封信不出眾的謊言　你們的名字
偷換成我們的　鬼魂是一張舊照片
傑作太熟知怎樣烹調人的缺陷
潤色孩子們掌心裡一幅星圖
誰躲進風聲了　別再掉進腳丫的黑牡蠣
死吧　詩是唯一的地址值得去復活

我和顧城，都是約阿黑姆任 DAAD 總監時，被邀請到柏林來的。這讓約阿黑姆與我在歐洲的文學經歷頗為重合。我們在各種詩歌節、藝術節、書展上經常見面就不說了，當時間過去，我再有機會回到中國，並試著通過我的國際經驗，推動中外詩歌交流，他的詩歌品質、國際視野和跨文化理解力，也使他經常登上我的首選國際詩人名單。

揚州瘦西湖國際詩人虹橋修禊就是一例。不過，我們這次活動，又大大不同於一般。

這麼多年來，我對掩蓋在「國際」一詞背後的危險，頗為警惕。那些泛泛以「國際」之名裝飾的活動中，詩人們來到，朗誦，拿錢，走人，與本地詩人、生活擦肩而過。一只只思想口袋，滿載而來，原裝而去，什麼碰撞也沒發生。

不，這不是我們需要的國際交流。當我們構思瘦西湖國際詩人虹橋修禊，就已經把那類空洞「國際」設定為反面了。一句話，我們要逼著懶散的詩人無法偷懶！好，詩人們，你是來交流的，那麼，別等翻譯家代替你，讓我們直接坐下，開始互相翻譯吧。只有詩，不讓任何人溜掉。翻譯這一行行外語詩，像邁過一道道鐵門檻，它逼著詩人呈現理解力。誰不邁過它，它就繼續對你沉默。

約阿黑姆的詩，簡潔精美，取材既近，延伸又遠。一次讀他詩的好記憶，是我和友友在柏林最昂貴的百貨大樓Ka De We頂層，一家專吃生蠔的豪華餐廳，點一打牡蠣，斟兩杯上好白葡萄酒，同時打開約阿黑姆的中譯詩集《冰記憶》，翻出那首〈關於如何吃牡蠣的建議〉，且吃且誦：「……橫穿海底的漩渦／和肉之中　你嚼／碎愛　受惠和惶恐之後／你在細細探究中／感到的舒暹／不會持續太久／一種悲傷顯露／現在這悲傷將陪伴你一生／無論這生命將持續多久」，哈！吃掉的牡蠣，將化為我們身體裡永遠的悲傷，有那麼嚴重嗎？回家後，我給約阿黑姆寫了封郵件，告訴他依照他建議吃了牡蠣，特別強調沒那麼傷感，只有美美的享受，他呵呵笑著，不以為忤，大約有人讀他的詩，已經夠滿足了。

可以說，我和約阿黑姆做了二十多年朋友，但只有當我翻譯他的詩，我才第一次讀「懂」了他。

當代中文詩人的國際文學生態環境，在過去堪稱惡劣。本質上的問題，因為只能被動等待「被翻譯」，而如果沒人翻譯你，寫得再好也跨不出母語一步。這樣，翻譯成了獨木橋，翻譯家的口味（和能力）成了這座橋的寬度。原作恰好與這寬度一致還好，若是不同，則詩人只能自認倒楣，被翻譯家獨裁式地關在門外。小說的語言基本不構成障礙，可詩人天生是造牆的，我們都喜歡把這牆造得越高、越難逾越，越過癮。好的當代中文詩，一定有這特色：內涵上全新的觀念性，加語言上極端的創造性，不販賣書本裡的現成知識，卻創造活的思想。誰想翻譯我們的詩，他（她）得學好多新東西啊！

我搬到柏林前，在倫敦已經推行了十年左右中英詩人互譯項目，並出版了中英詩人互譯詩選《大海的第三岸》。這個美麗的標題，來自瓦爾特・班雅明對翻譯的絕解：「翻譯是第三種語言」。那天我靈光一現，由此化出這部詩選不可能更好的命名。

詩人互譯，弱項當然在語言能力，我們不是學外語專業的，即使嘴上能侃點英文，也無非憑藉一點堅持去錯的傻大膽。但與此相對，詩人對詩歌的理解力，卻如一道閃電，能穿透幾乎任何語言障礙，直取詩意核心。或許這就是為什麼，我把艾略特對龐德的著名調侃：「他為我們發明了漢語詩」，直接稱為對龐德的最高褒獎！詩人互譯，其實就是通過對接兩個文化的創造性核心，去獲得當代世界必不可少的交流深度。這座橋的寬度，與詩歌相等。詩人多鋌而走險，它就敢多麼開闊。詩人互譯提供的範式，幾乎是無限的。

但中德互譯，又不等於中英互譯。德文比英文冷僻得多，如何間接地、拐著彎翻譯第二外語的詩？我和約阿黑姆為此發明了一個新譯法：先各自獨立工作，借助英譯譯出大意，同時記下所有問題；再到我們都很熟悉的、一九九一年還是柏林DAAD主要文學朗誦場所的愛因斯坦咖啡館，叫一杯德國大麥啤酒，慢慢啜飲，一個一個問題聊，直到微醺中找到所有答案。最後，回去再參照英譯，對照德文，一點點把中文向原文詩意矯正。我翻譯的約阿黑姆兩首詩，都經歷過這個「懷孕」的過程。

約阿黑姆這一代德國人，說來與我這一代中國人，很有點命運相似性。他們的父輩，二戰中追隨希特勒，為第三帝國拚命，直到戰敗。我們的父輩，則追求過一廂情願的理想主義，直到被文革徹底砸醒。一種歷史的陰影，不容我們自欺欺人，而是從宿命深處發出提問。他的詩〈墳〉，簡直就像對歷史的直接答覆。那種滲出死亡的冷峻，帶著他的德國聲調，筆直刺進了我的中國經驗。

詩的開頭四行，就有股扎人的凜冽感：

從這兒往北，道路
枯燥，黃草，
渴在根裡，在心裡。
一切簡單，而假。

形象具體，精確無比。冬天的曠野，從柏林向北直到波羅的海，一種「渴」，如記憶般看不見，卻只有根和心能感到。詩沒說渴望什麼？但歷史埋藏在萬物之下，哪怕荒野、道路，其實也是本敞開的書，逼著我們閱讀自己。我特別欣賞「一切簡單，而假」，克制至極，刀尖直插要害。

我沒把詩的標題「Grave」譯成西化味兒的〈墓地〉，卻譯成略帶中文老味兒的〈墳〉，因為這首詩像考古學，剖開了德國（柏林）地層埋藏的歷史多層次：恐龍、俾斯麥、詩人波恩、希特勒，直到歷史序列最後出現的「我們」——約阿黑姆們的德國六〇學生運動一代，誕生於對法西斯父輩的反抗與反思中。

柏林，猶如這首詩的第一主人公。距離我家散步不到十分鐘，就是約阿黑姆詩中那座「柏林波茲坦廣場／是希特勒最鍾愛的馬蹄鐵」，當年被炸成廢墟的廣場上，六、七〇年代的約阿黑姆們，留長髮，穿喇叭褲，吸大麻，喊口號，呼嘯而來，與員警對峙：「在褲兜裡，我們捏斷／標語」，「滿懷愜意／聽布料的黑暗中／旗的碎片」。約阿黑姆反思父輩，也反思自己。當他寫這首詩時，六〇年代學生運動早已煙消雲散，當年的反抗激情，已是如今主流們飯後茶餘的自嘲笑談。那歷史呢？它輪迴到了何處？當詩人看著自己也無非「贗品的骰子」，等待著「鐵再次主宰」，他只能發出一絲無奈的苦笑：「我們將不得不自欺自慰／用碎石綴飾岩石」，除此又能做什麼？一塊塊小小碎石，綴飾在大塊岩石上，能改變岩石嗎？抑或僅僅加重了它？約阿黑姆沒給出答案，只讓這首歷史之詩，最後著落到一個柔弱的「心」字上。這是詩開頭處那顆乾渴的心嗎？它還將乾渴多久？

我說，只有翻譯了約阿黑姆的詩，我才在認識他二十多年後，第一次知道了他是誰。猶如許多佳作，約阿黑姆「化用」自傳，寫出自己身上的大歷史。〈墳〉這首詩，語言簡潔、清晰，線條猶如刻畫，卻又善用跳躍的空間，去傳達德國思維特有的抽象，由此令一首短詩含量巨大。我能覺得，這是首小小的「史詩」——詩包容著史，史構成詩的深度。哦，好熟悉啊，這不就像一首我自己的詩嗎？其中鋒利的現實感、嚴峻的命運處境、詩學的刺痛和反嘲，都與我內心經歷的一切無比相似。如果說，我寫作三十多年，有什麼始終如一且與眾不同的追求，除了這鉚定命運的追問和剖析，哪有其他？這種嚴峻，來自我生長的中國土壤，更被世界文學中的溫熱血脈所澆灌。一種思想，流淌在詩學深處，畫出了、校正了我的世界文學坐標系。哈，當約阿黑姆說「揚州是最好的」，我覺得，他在讚賞這個價值抉擇。

附錄：楊煉翻譯約阿黑姆·薩托留斯兩首詩作

墳

從這兒往北，道路
枯燥，黃草，
渴在根裡，在心裡。
一切簡單，而假。

這兒我試著想歷史，
殷瓦利丹街上*
紫色山毛櫸遮著恐龍的
巨型脊椎，

*殷瓦利丹街：柏林自然歷史博物館所在地。

大理石俾斯麥，
詩人波恩，一塊波岑涅的名牌，死寂**。

在防空洞深處
柏林波茲坦廣場
是希特勒最鍾愛的馬蹄鐵。
權力的側影：鐵甲和頭盔。
在褲兜裡，我們揑斷
標語。滿懷愜意
聽布料的黑暗中
旗的碎片。

別忘了詩人贗品的骰子
當鐵再次主宰，
我們將不得不自欺自慰，
用碎石綴飾岩石，
水綴飾心。

**柏林波岑涅街：對二十世紀德語詩歌影響最大的詩人之一波恩（Gottfried Benn, 1880-1957）故居所在地。

詩學

詩拒絕了康斯坦丁　卡瓦菲，
作於莫緹亞的青年雕像前，高度一米八，西元前四六〇—四五〇年

這首詩
找一個地點
讓我的欲望移動棋子，
它不能明著做。
恕我解釋。
這城市是個負擔。

語言，偽經，古老的材料
隱匿著大腿，
腹股溝的黃痣
擦出嗡嗡聲，若我往下想，
它就像皮膚上

只活一夜的蜻蜓。

紗布，紡織
自石白色之石
自反復折斷之翼
逆我所願，我再

撕裂古老之物
用語言：詞
我在股票交易所門前聽著，
在咖啡館，焦油色的
房間。抓起
舊歷史書。這首詩
不喜歡裝飾，它已
風格化過了。衣褶
裸出曲線的
強度。

一首詩不寫給誰。
我把它發給朋友們，
懂或不懂
請隨意，
沿途，它採集
虛無的碎片，
在終點
輝煌地站著。

Joachim Sartorius 詩
楊煉 譯

十六，柏林的朋友們（二）
——弗蘭克·貝貝里希（Frank Berberich）

二〇一六年一月二日是個星期六，我們和老朋友弗蘭克約好，在柏林法國風情味最濃的薩維尼廣場邊的 Florian 餐廳吃飯。這是自從我們二〇一二年搬到柏林常住後養成的習慣，每隔一段時間，我們就要互發郵件：「怎麼樣，啥時繼續我們的紅酒聚會傳統？」那意味著，若干精選菜餚，幾瓶上好紅酒，一席暢快盡興的思想對話，來個精神、物質雙份兒滿足！

弗蘭克大高個兒，背微駝，現在鬚髮皆白，而我們剛認識的一九九一年，他還是壯小夥，剛接手主編著名的思想文化雜誌 *Lettre International* 德文版不久，他熱愛文學，對文字和思想，如對美食美酒一樣內行。我們認識不久，他就在雜誌上發表了我的一組極短詩〈瞬間之外〉，雖說那組詩更像我的遊戲之作，但也由此開始了我們長達二十多年的友誼，之後一系列他組織的大型思想、文化專案，都自那一組小詩引出。

那天晚上，Florian 餐廳照舊人滿為患，幸虧弗蘭克訂了座位，我們在靠窗處坐下，隔著玻璃，是零下十一度的柏林黑夜，面前卻是熱氣騰騰的當令烹鹿肉，一瓶義大利托斯卡尼紅酒，柔和醇厚，恰與滿口肉香嫋嫋呼應。我們擁抱，問好，落座，碰杯，談起他即將去的巴黎和我們剛剛返回的中國，從當代中文詩逆商業潮流而上的振奮，到中東的亂局、歐洲難民潮的動盪，剛來到的二〇一六年，給佳餚添加了一絲說不清楚的怪味。

幾口小酒下肚，友友問：「弗蘭克，我想問好久了，你說像尚－保羅．沙特這種學富五車的知識分子，怎麼會迷信文革的毛澤東？」

弗蘭克嚥了口唾沫：「好問題。但你也得記住，歐洲並非一直聰明，我們長大的環境，同樣充滿噩夢。沙特成為左派，他的出發點是法國殖民主義歷史，北非、東南亞的大屠殺，特別是越戰，讓戰後出生的歐洲人一門心思要反叛，對毛的迷信其實是這個心態的倒影。」

弗蘭克說的，其實正是他自己和約阿黑姆們。他們這一代，在德國被簡稱為「六八一代」，因為那一年，這批二十啷當歲的小青年，幾乎與中國的紅衛兵同步，大遊行，喊口號，築街壘，鬧革命，被稱為「莫洛托夫雞尾酒」的燃燒汽油瓶滿天飛。沙特成了年輕造反派的「教父」，「選擇」、「反抗」是他們的口頭語。歐洲有句諺語：「隔岸草更青」，有點像中國那句「遠來的和尚好念經」，隔著歷史、文化之牆，他們遠遠眺望、一心嚮往著那個言辭烏托邦——中國。小紅書裡的許諾多好啊！包括顧彬在內的一批人，都在那時出走到中文裡，去尋求想像中的彼岸。最終，夢幻在紅海洋裡沉沒，卻歪打正著，給八〇年代後的我們準備了一批詩歌譯者。想想頗為可笑，當年到中國的流亡者，翻譯如今到西方的流亡者，左肩挨著右肩，地球是圓的，可不就是這麼回事？

弗蘭克沒有遠走異國，但他比許多投奔異國情調者走得更遠——他在德國堅持自己的理想主義。

Lettre International 是季刊，大八開，密密麻麻的小字母，能刊登如今很少見的哲學性長篇大論。從一九九一年我們認識弗蘭克起，這本雜誌以其獨立思考的角度、歐洲式思維的深度，在德國和世界確立了聲譽。弗蘭克每天要接收四、五百封來自世界各地的投稿，其中不乏著名的思想家和作家。按說，*Lettre International* 的成功，已經積累了足夠的資本，能把自己賣給大出版集團，靠大美人兒廣告活得滋滋潤潤的。可是弗蘭克不，二十五年來，他始終拒絕被任何出版集團收購，不是因為戀權，而是不願放棄思想獨立。

所以，*Lettre International* 始終獨立編輯、自負盈虧，就是說，它純粹靠一本本賣雜誌維持運轉。在極端商業化的時代，這態度如果不被稱為令人「恐怖的」，也至少是夠「詩意」的——那意思就是窮哈哈。也因此，它贏得了思想豐富、囊中慚愧者們的擁戴。在柏林、在德國，當我們喝咖啡、坐地鐵，經常遇到瘦骨嶙峋、穿著簡樸、一望而知屬臭老九之流的人手捧 *Lettre International* 走來，挨桌挨個向人們兜售。他們中許多都是志願者，為幫助這本雜誌出力。同樣，慷慨解囊的也不少，那並非僅僅道義支持，常見的是，人們一買來立刻埋頭閱讀，因為那裡肯定有一道精神大餐！

靠著這種小農經濟式的活法，弗蘭克竟然已經讓 *Lettre International* 堅持了二十六年，到二〇一五年底，剛剛出版了第一〇九期。他為此付出的代價，是一年三百六十五天瘋狂工作，所以我們的「紅酒晚餐」，沒有一次能早於九點半開始。除了體力考驗，弗蘭克更要保持對世界的敏感，不斷發現被主流媒體忽略（或刻意刪除）的主題，因為恰恰是這裡，獨立思考才顯出了質地。

例如，弗蘭克給他的第一百期（二十五週年！）特大專號，精選了一個一針見血的題材：全球化時代普世性的玩世不恭。這主題選擇得如此及時，它一舉突破了冷戰時期簡單的群體分野，卻潛入當下人性的海底，探測「利潤全球化」中無所不在的自私、玩世和冷漠，揭示出我們遠比冷戰深刻得多的精神困境。我應邀撰寫了一篇〈誰玩誰？〉，解剖中國權、錢的糾纏勾結——看起來誰都在玩：玩權力、玩金錢、玩名聲、玩關係，但實際上，玩者又都在「被玩」：被純粹實用的利益思維所玩。到這一步，統治者的真成功，恰在於把「反抗者」也訓練成了和自己有同一基因的動物——偽反抗，其實在商業性地販賣意識形態口號。它謀取的同樣是市場利潤，卻與現實真困境無關。靠「政治生意」牟利，讓魯迅的人血饅頭活生生再現眼前。

再晚兩期，弗蘭克又獨闢蹊徑，發掘出複雜轉型的社會和文化中，對「文雅」概念解讀的變遷。這像一把鑰匙，恰恰配上諸如中國、阿拉伯文化困境那把鎖。我再次應邀，到 *Lettre International* 位於柏林十字山的巨大如書庫卻只有兩個半（一個是半職）編輯的編輯部，做一場關於中國文人傳統之經典概念和現代轉型困境的對談。一杯清茶，幾頁白紙，寫滿的問題和回答提綱，我不得不說，這三四個小時，是我多年來，關於中國文化最過癮的一場討論，因為它不僅涉及醜陋，更同時涉及美，從對傳統美的理解，摸索、把握中國二十世紀思想史的基因。我讀過無數關於中國的說辭，可這是第一次見到一個西方媒體，選擇美學角度，絲絲入扣地探討中國當代價值變遷。這篇文章，在 *Lettre International* 上占了整整八頁。一位自己擁有出版社的朋友驚歎：「我的天！

Lettre International 的八頁，就是一本小書欸！」

所以，友友關於沙特的提問，問到了弗蘭克的「根」上。弗蘭克想說，歐洲並沒有一勞永逸的正確。歐洲的思想，來自於時刻保持思維主動性的人們，以不停的、甚至苛刻的自我反省，不間斷地進行自我啟蒙。是的，自我啟蒙！有這個自覺在，迷路、摔倒都不是問題，相反，摔一身泥正是寶貴的經驗。獨立思考，就是不接受任何群體標籤，卻保持全方位提問的能力。

在弗蘭克這兒，一如在我出身富家、早年投奔延安的老爸身上，我看到的，遠不止是憤青式的短命「左派」，而是原版的理想主義。他們拒絕金錢庸俗，也拒絕政治口號隨大流，因為那其實是同一回事。理想主義，本質上是一種人生態度，它有清高和驕傲，更有對世界無窮盡的同情心。嘿，我在說誰呀？一位詩人嗎？弗蘭克恰恰對詩歌極端敏感，而理想主義，正是照亮他一生的詩意。當我接上他對友友的回答，以此定義一代代思想者，弗蘭克歡呼「Bravo!」——義大利語：「太棒啦！」

時間一跳，又到了二〇一六年十月十四日。還是我們的紅酒聚會，這次開門就有新話題。

「弗蘭克，你怎麼看鮑勃．狄倫獲得諾貝爾文學獎？」

「嗯……可以說，我不反對這個選擇。」

「為什麼？」

「哦，你得知道，鮑勃．狄倫的歌，對整整一代人影響多大，就不難理解我這感覺了。」

「但那樣，是不是諾貝爾文學獎得改名，叫諾貝爾流行音樂獎？也許瑞典文學院的老先生們恐懼自己的衰老，就拿世界玩一把酷？」

「啊呀，可不能那麼說。我覺得，恰恰是這選擇，突破了諾貝爾文學獎已經淪入的學院派套話，也給文學闖出了一條新路……」

從這兒開始，那天晚上，弗蘭克如數家珍，給我們這兩個堅定的「阿多尼斯派」介紹鮑勃・狄倫的生活和音樂。原來，鮑勃・狄倫大紅大紫之前，和德國還有淵源：他少年時，正逢那時還屬於東德的戲劇大師布萊希特訪美，鮑勃・狄倫趕去紐約，給布萊希特戲劇打雜，或許就從那裡，他「偷藝」學得了大師級的戲劇本領，很快，把一個美國鄉村猶太男孩，變形為有一身商標行頭的年輕歌手，從花裡胡哨的小襯衫，到壓得低低的大禮帽，他的穿戴既瀟灑又漂亮，還總透出一股「反叛」味兒。西方六〇年代越戰，恰如中國的文革，造就了一大批反叛英雄，其中，狄倫就是佼佼者。還記得我們一九八八年剛到澳大利亞，就被一位澳洲嬉皮學者兜頭灌滿狄倫之名，把我們這兩個流行音樂盲，聽得一頭霧水。

「狄倫的音樂究竟好在哪？」

「很難一言以蔽之，但最重要的，他始終在創作，始終和歷史語境活生生相關。他拒絕停滯，而是讓每一張CD都有新東西。幾年前他的柏林演唱會，雖然只六七千觀眾，但那音樂依然反叛自己。真棒啊！」

抓住這當口，我問弗蘭克：「要說越戰反叛者，為什麼不是艾倫・金斯堡，而是狄倫？」

這麼問有出處：一九九二年柏林DAAD結束，我們恐懼回到紐西蘭的寂寞，盡可能在世界上慢慢溜達，到紐約後，忘了誰介紹，竟然結識了大名鼎鼎的金斯堡。我們多次到東村他那兩個單元打通合成的家裡作客，包括參加他六十五歲的生日晚會。到底是著名的「老同（性戀）」，滿屋人裡，除了垮掉派名人如數抵達，還有不少英俊男孩兒。所謂晚餐，只是一口大鍋，裡面湯水滾沸，每人自己去撈，撈著什麼算什麼。這股勁兒，真年輕啊！

金斯堡在外面是大名人，可近距離看，卻細膩、溫和得近乎溫柔。他帶我們參觀私密的小修法室，裡面供奉著藏傳佛教的佛像、法器。他拉開布帘，給我看整整一牆他作品的外文版：「記著，翻譯你的詩，不能簡單交給譯者，你得親自和他一行行做！」他爬上鐵梯子，取下一本城市之光出版的詩集《靈息》（我對標題Mind Breaths的翻譯），翻開，寫下「For Yang Lian and YoYo」後，筆下一滑，畫出一幅小畫：雙眼大大的坐佛，念珠，光輪，蓮花，周圍日月星辰環繞（還有個小骷髏叼著一枝花！）。哈，這曾用《嚎叫》離經叛道、震懾世人者，原來如此童心撲面！

金斯堡曾慷慨地寫給我：「在當代中國詩人之間，楊煉以表現『中央帝國』眾多歷史時期間生存的痛苦著稱。……一個世界文學的老問題，由中國文學提供了最新版本：怎樣靠獨立的而非群體的靈感，繼續把新異的經驗帶入自己的創作……我推薦楊煉請你們關注。」

唯一一次金斯堡的「無禮」，是當我們合影時，他對身邊的友友說：「我們可否保持點距離？」友友開始有點發窘，但當她到洗手間，看見滿牆男性「器官」大照片，就全懂啦！

弗蘭克對金斯堡當然再熟悉不過，但事兒就這麼殘酷，狄倫活到了「官方」認可六〇年代的時候，金斯堡卻去世了。弗蘭克說：「誰知道呢，如果金斯堡還在，這個獎也許就頒給《嚎叫》

了。」

我們談起和阿多尼斯二〇〇三年在約旦的相逢，談起阿老對宗教和權力關係的犀利透視，以及這在今天全球亂局中多麼重要。最近，因為阿老對敘利亞阿薩德支持，他在德國頗遭非議，但弗蘭克說：「該挨批的是西方先口號反對、後實用支持的自相矛盾⋯⋯」又是一語破的。

和弗蘭克聚會，我們杯子裡的紅酒，永遠在澆灌當今世界最緊迫的話題，弗蘭克總能傳遞來歐洲知識分子態度的第一手資訊。

英國「脫歐」：要小心英國支持下，歐洲其他國家的右派抬頭，打壓獨立思考，直到滑向法西斯深淵；美國大選：川普雖然舉止可笑，但他對希拉蕊的指責，很多恰是真實的，例如郵件洩密，例如一次演講六十萬美元。他像個小男孩，朝畫上一臉政客微笑的希拉蕊狂吼：「我當總統，你就得下獄！」當我告訴弗蘭克，毛曾有一句語錄：「我寧可喜歡共和黨，因為他們少說點兒謊」，弗蘭克直拍大腿：「太對了，太對了！」

中國和歐洲在柏林碰杯。

我們北京文藝網詩歌獎的新得主，讓弗蘭克興奮。而他剛去度假的希臘伯羅奔尼撒，令我們神往。我們談愛琴海雪亮的陽光、寶藍的海水，對孕育古希臘清晰哲學思維的意義。談他帶著閱讀的古羅馬詩人奧維德的《變形記》：「這也是《易經》啊！」弗蘭克說。「但究竟為什麼他要被流放至死？」「因為詩！詩的自由，令皇帝害怕。」我們談我剛去朗誦的義大利佛羅倫斯，那個但丁驚豔九歲的貝亞德麗彩的橋頭（「哈哈，也許她剛買了一件 Prada ？」）弗蘭克一語貫通古今，這已是一首後現代詩作的胚胎了⋯⋯

弗蘭克和他的理想主義雜誌*Lettre International*，搭建起一個贏得了人們信任的思想文化平台，或更該說一座城堡，從這兒開始，他推動過許多深有意義的文化項目。

一九九九年，是眾所矚目的世紀之交，那一年，德國的威瑪也正好獲得了當年歐洲文化首都的稱號。威瑪文化、文學傳統深遠，十八世紀德國文學兩大巨匠歌德、席勒都曾久居此地，創作了無數傑作，逝世後又並肩躺進這裡的墓地。如何能讓這精神傳統維持不墜？且發揚光大？

弗蘭克產生了一個原創想法：秉承十八、十九世紀歐洲藝術與科學院的論文競賽傳統，以世紀之交為絕佳主題，刺激世界反思歷史，瞻望未來。威瑪歐洲文化首都組委會對此想法讚賞有加。於是，責成*Lettre International*雜誌和歌德學院聯合發起，舉辦「一九九九年威瑪國際論文爭獎賽」。

弗蘭克是威瑪國際論文爭獎賽的靈魂人物，圍繞他，一個由二十多個國家、不同門類精英薈萃而成的「威瑪國際論文競賽組委會」組建起來了，我應邀成為組委會唯一的中文成員。

但，我們迎面撞上了最有挑戰性的問題：什麼將是論文競賽的題目？這次論文競賽，已遠不限於歐洲文化，二十世紀世界歷史劇烈動盪，在此千年紀轉換之交，回顧和前瞻，都不得不基於一個開闊得多的全球新角度、新語境。弗蘭克作為老編輯的廣博知識在此大展身手，組委會成員各自提議，公開辯論，不惜爭得面紅耳赤，終於，空間上的不同現實歸結為貫穿歷史的時間，專業上的不同門類概括成了凝聚思想的哲學，我們在「過去、未來」這個時間軸上取得了共識。

組委會鎖定了「一對兒」問題：從過去解放未來？從未來解放過去？時間這一歷史載體，不再僅僅是線性單向的，它和思想一起，其實在雙向（甚至多向）流動，同時被啟動的過去和未來，都在加入我們的自覺。問題中那兩次「解放」，一股樂觀味兒溢於言表。但那是一九九九年，誰能預知兩年後的「九一一」呢？紐約的飛機炸彈，將把一九八九年後「歷史終結」的粉紅夢境，徹底炸碎，且帶著歷史朝至今見不到底的深淵隕落。那時，我們確實覺得，錯誤連連、災難重重的二十世紀可算過去了！這些陰影不會再來。這個對未來的樂觀，體現在爭獎賽邀請書上：「面對新的千年紀，本次國際競賽應成為二十一世紀全球創新與合作的象徵。」

不管幼稚不幼稚，理想仍是美好的。這次論文競賽，可以說大獲成功。自從論文題目公布，參賽文章便如雪片紛飛而至，至截止日期，共收到二四八一件。作為參賽語言，六種聯合國工作語言加主辦國的德文中，德文不愧最擅長思辨，投稿最多：七一〇件。以下，依次英文六一八件；俄文三〇六件；法文二〇五件；西班牙文二〇五件；阿拉伯文一二二件；中文最少：區區三十七件。然後，一九九九年四至六月，三名中文初評委韓少功、楊煉和于堅，集合於海南島的海口市，初選中文最佳論文，參加終審爭獎。十月，七名不同語種的終審評委聚會魏瑪，最後決定獲獎名單。

一九九九年十二月四日，威瑪老城裡，那座建於二戰的著名「大象旅館」會議廳內，媒體雲集。弗蘭克的大高個像座燈塔，面孔興奮得紅撲撲的，兩眼放光，安排著競賽頒獎典禮。期待中，「一九九九年威瑪歐洲文化城組委會」主席 Bernd Kauffmann 公開祕密：一等獎由俄國二十歲的女作者 Ivetta Gerasimchuk 獲得，論文標題〈風的辭典〉（獎金五萬馬克）；二等獎由美國學者 Louis E.

Wolcher獲得，論文標題〈時間的語言〉（獎金三萬馬克）；三等獎由兩人分享（獎金二萬馬克）：南斯拉夫的Velimir Curgus Kazimir，論文標題〈房間裡的幽獨〉；旅美法國人Christophe Wall-Romana，論文題目「The Year 1999 of the Imprescriptilbe Metadebt」（此標題後兩個辭由作者自創，極難翻譯。總體大意為：拒付債款的一九九九年）。

引起人們注意的是，參賽論文總數最少的中文論文，卻有兩篇進入了前十名（獲獎者將被邀請至德進行學術研究）：北京大學哲學系的王錦民排第六，論文標題〈上帝的棋局〉。他杜撰了一則寓言：上帝給人類設下一盤棋局，只能走和，沒有輸贏。那不就是時間嗎？誰能是時間的贏家？在這個遊戲裡，每個人都淪陷於「現在」，因無力窺透謎底，只能沒完沒了玩下去。這既是一種宿命，卻又歪打正著地把人解脫出了過去與未來的糾葛。文章說「和局的每一個新局面都是人走出來的」，「人的意義不在全域的改變，而在局面的創造。」這篇文章，用博爾赫斯小說加伊索寓言的文體，既討論中國現實困境，又給文化轉型打開了新思路，還讓抽象的題目，變得好看可讀。獨特的見解加形式創造力，讓此文一舉站上了前列。

總排名第七的另一篇中文論文〈通過解放過去而解放未來〉，曾讓我們這些初評委瞎猜了半天誰是作者？沒人想到，這篇思辨力很強的文章，作者竟是位詩人：西川！他對核心命題「記憶」的討論，可謂絲絲入扣。記憶「作為時間過去的血肉和形式」，「通過抵抗暴力而獲得神話的合法性，繼而也轉變為暴力」；它通過各種各樣的「預設未來」，摧毀人的本來面目——「我」之內的自相矛盾。因此，無論臉朝未來要毀滅過去的秦始皇、或盯著過去歎息歷史「退步」的孔子、還有藉西方「進化」之名掃蕩一切的「現代化暴力」，都淪為簡單化思維，在否定人脆弱、複雜的本質時，被導向新的災難。西川引用尼采的話：「重估一切價值的前提是重估我們自己」，找到新時間觀的起點。由此，觸摸到了中國文化傳統現代轉型的關鍵：不迴避複雜性，重建對歷史的自覺，成為當代世界思想的資源。嚇，誰說詩人不能思想？詩，如果不是思想的最高形式，它就什麼也不是！

二〇〇三年，又一個和弗蘭克共同構建理想主義的專案來了：Lettre——尤利西斯國際報導文學獎。這次，他乾脆直接把我拉進組委會。到二〇〇六年這個獎終止，我們一起足足工作了五年。

乍一看，諸多文學體裁中，詩歌和報導文學似乎是距離最遠的。詩訴諸想像力，它的語言天馬行空，和表面現實越拉開距離越好。報導文學呢？卻必須緊貼生存，它甚至要求作者冒著生命危險，去蒐集第一手材料。報導的魅力，恰在讓材料開口說話。一個極遠一個極近，它們有共同點嗎？

有，這就是「現實的詩意」——二〇一五年十一月，我在深圳非虛構創作班上的演講以此為題。我給「詩意」的定義，是人在極端處境中親歷的命運。它體現為人與環境的衝突，更體現為人與自身的衝突。哪個反省，不帶著這種內心撕扯的疼痛呢？所以，最好的詩，一定直探人生、存在的海底。最好的報導文學，也一定在揭示人性黑暗深淵裡那些「事兒」。它們會合於深度：我們每次呼吸、每個剎那、漂洋過海也不可能掙脫的「深度」。

是的，命運感無所不在，一如詩意無所不在。因而，誰懂得：沒有淺薄的現實，只有淺薄的作家，他（她）其實已經在寫詩了！這解釋了，為什麼文革後的中國，一度報導文學（我們叫報告文學——但，向誰「報告」呀？）成了中國文學的正宗，從〈人妖之間〉，到我舅姥爺徐遲的〈哥德巴赫猜想〉等等，每一篇出，都洛陽紙貴，它們用率真的事實，砸開古老國度的曚昧，不僅引領了整個八〇年代中國的思想，而且建立起一個有獨特啟蒙意義的「中國報導文學傳統」！

Lettre——尤利西斯國際報導文學獎，推開了一扇視窗，讓世界看到了這道封存在中國之內的風景。二〇〇三年第一屆，我怯於胡侃出來的「楊文」（Yanglish）水準太差，就推薦詩人兼美國耶魯博士楊小濱擔任中文評委，結果第一年就捧回來一個報導內蒙草原偷獵事件的三等獎。

二〇〇四年，一部更精采的作品擺在面前了：陳桂棣、春桃夫婦撰寫的《中國農民調查》。這部作品，處理的是九億中國農民的大題目。陳桂棣、春桃在安徽農村實地調查，發現中國經濟改革的奇蹟，卻建立在凶狠盤剝農民的地基上：農民種莊稼收入很低，成本漸高，稅收卻高於城市居民好幾倍，不唯如此，各級官方巧取豪奪後，常給農民扔下一紙白條了事。農民苦不堪言，可又投訴無門，稍有怨言，就招來村幹部黑手黨式的鎮壓，有時持刀殺人後，猖狂到連刀上的血跡都懶得擦。

這部書，觸及了「三農」問題的要害，揭示了經濟騰飛背後血淋淋的祕密，也觸動了國人封凍的同情心，它出版後，一個月內就暢銷十萬冊，被禁後更盜版上百萬，農民們互相贈送，視為維權法寶，而書中寫到的官員，則視陳、春為寇仇，一個地方官直接把他們告上法庭，而這官兒他爸，正是法院院長！作家和書一同被告：在中國，任何遭遇都在遭遇權力。

二〇〇四年的「Lettre——尤利西斯國際報導文學獎」，逆風而上，直接把首獎頒給了《中國農民調查》，並邀請陳桂棣、春桃夫婦到柏林參加盛大的頒獎典禮。這個獎，對剛成了被告、可能遭遇更大風險的陳、春二人，來得太及時了。它把書、作者、中國農民的命運連在一起，推到世界眼前。

我記得好清楚，頒獎典禮那天，柏林世界文化宮旁的頒獎典禮會場上，無數媒體蜂擁而至，攝影閃光燈亮成一片，採訪者們爭先恐後，這肯定是世界舞台上第一次，「中國農民」這個詞如此高密度地出現，中國農民的難處如此深地牽動人們的心，陳桂棣、春桃冷靜回答各種問題，既不否認中國的變化，更不迴避殘酷的現實：中國農村成了惡性利益的屠宰場，九億農民遭受著自古以來最赤裸裸的無情盤剝。主持頒獎典禮的著名南非詩人汴庭博（Breyten Breytenbach）深受感動，在舞台上，他吟誦了最喜愛的詩人杜甫那一對名句「朱門酒肉臭，路有凍死骨」，詩的力量穿透了時空。

弗蘭克把《中國農民調查》的獲獎，稱為Lettre——尤利西斯國際報導文學獎最成功的案例之一。確實如此，這個國際大獎，以及隨它而來的國際輿論浪潮，緩解了陳桂棣、春桃被置於死地的危險。書中那些被告，本來想化身為原告，現在不得不適當收斂，無限期推遲判決。陳桂棣、春桃據此又寫出下一部著作《等待判決》——等待法庭的判決？不，等待歷史的判決。

那判決來得好快。《中國農民調查》獲得Lettre——尤利西斯國際報導文學獎之後第三年，中國政府取消了一切農業稅。農民種地零稅收，且公諸於眾，從根上斬斷盤剝農民的可能性。嘿，原來這麼簡單：「幾千年種地繳稅的規矩，一句話就沒了！」農民說。誰知為什麼，令人興奮的消息，Lettre——尤利西斯國際報導文學獎的主持者弗蘭克，竟然遲至二〇一六年和我們的又一次紅酒晚餐，才第一次聽我們說起。這部分原因，該是因為連續舉辦六年之後，該獎的主贊助基金會撤銷了支援，無米下鍋的國際文學項目，再有意義也難以為繼。所以，二〇〇九年中國取消農業稅這個對《中國農民調查》的最佳呼應，對弗蘭克成了晚到七年的「新聞」。

但我們記得，當弗蘭克聽說此事，藍藍的眼睛瞪得老大：「不可能！真的嗎？不可能吧？」那整個晚上，「不可能」這個詞和「九億」那個數目，不停出現在弗蘭克嘴邊，他的激動溢於言表。我們理解，這裡既有對Lettre——尤利西斯國際報導文學獎的驕傲，更是對他理想主義文學信念的證實。

那天晚餐後，弗蘭克立刻發來郵件，請我再告訴他取消農業稅的詳情，這又逼著我上網仔細查找了一番。他為什麼要這麼做？誰等著他報告這個與他一絲兒關係沒有的喜訊？我不知道，但我相信，這個結果，首先對弗蘭克自己的人生追求有意義。小小的*Lettre International*雜誌，幫助九億人改變了命運，這印證還不夠嗎？

Lettre——尤利西斯國際報導文學獎，像個凝聚點，匯集著世界各地的詩意頭腦。

二〇〇六年，我出任Lettre——尤利西斯國際報導文學獎評委，評獎期間，我和汴庭博，這位在南非種族主義統治下蹲過七年半大獄的詩人，在柏林薩沃伊賓館的酒吧一角，進行了一次錄音對話。這是我國際詩人對話專案的一部分，在這個利益、利潤主宰的世界上，什麼比詩歌更配稱為「反對派」？詩的深度，超越國度、語種，從來就是人的深度。這次對話中，汴庭博用沉穩的語音，緩緩吐出了那個令我感到震耳欲聾的句子：「詩歌是我們唯一的母語。」哦，就是這話！太到位了！詩無他，一言以蔽之，人的理想。它的精神價值，超越語種文化，除此我們哪有別的母語？

這句「詩歌是我們唯一的母語」，凝聚起弗蘭克的、陳桂棣和春桃的、汴庭博的、我的——古往今來的理想主義。在種種歷史迷途深處，找到了一個不隨時間褪色的、人性本來的高貴層次：人堅持理想，才能活得有尊嚴和美感。這，給了我們一個共同的名字。

十七，柏林的朋友們（三）
——呂蓓卡·鴻（Rebecca Horn）

在一九九九年弗蘭克組織的威瑪國際論文競賽組委會裡，我遇到當今德國（甚至世界上）最著名、也最棒的藝術家之一——呂蓓卡·鴻（Rebecca Horn）。這樣的國際文化活動，同時也成了當代世界思想精英們的匯聚、交流之所。

呂蓓卡是大藝術家，更是好朋友，其人靈氣十足，又純真如赤子，對朋友竭誠以待，對世界充滿好奇。

我們在威瑪論文競賽組委會上見面時，交流不算多，後來熟悉了，呂蓓卡告訴我：「在那群老朽知識分子中間，突然冒出一個中國詩人，英語不怎麼樣，可說的東西特別有意思，特吸引人！」真是典型的呂蓓卡，她那雙藝術之眼，好不犀利，能一下子叼出閃閃發光的東西。

我們初識之後的發展，也很有意思。威瑪組委會開完會，我接上法蘭克福一場朗誦會，坐上火車，正巧與呂蓓卡同行，那幾個小時，在她的頭等車廂裡，我們的話題，不是藝術，不是詩歌，卻是——氣功！想不到吧？而且談了整整一路！

原來，呂蓓卡早對中國氣功有興趣。她認為，好的藝術品，其中一定「有氣」，而且氣之能量一定要大、要強、要順，這與中國藝術傳統中的氣韻生動不謀而合。這趟火車，變成了我生平第一次流動氣功講堂。

我做氣功，算來也有二十多年歷史了。但其中沒有嚇人（驚人）之處。它的出處，只來自也做過幾十年氣功的老爸。老爸早就傳授給我一套做法，還有做完氣功後幾種按摩。但，我知道怎麼做，卻從來沒試過，海外漂流的生存困境，已夠我窮於應付，哪有時間玩這「無用功」？

可是，奇怪的事發生了：上世紀九〇年代初，大約就是九一年吧，我偶然得到一本道家龍門派當今掌門人王力平寫的《大道行》，這本書裡，王力平從他在文革中被師父、師祖找到講起，一邊談被他們帶著徒步漫遊中國的經歷，一邊絲絲縷縷帶出自己對道家思想的理解。就像其他道家大師，他們所受的教育不多，因此文筆樸素甚至笨拙，可恰恰因此，他們瞎編不了，只能描述自己第一手的親身體驗，這種原始兼原創，洗掉了文學裝飾的嫌疑。

《大道行》令我讀得津津有味。王力平們遍遊名山大川、探訪隱居高人，特別使人神往。他在書最後描述道家修煉到高級段數，必得英勇赴死，只有有能力赴死而又從死亡返回者，方能得真道。這個闖死亡關的說法，和我早年寫下的詩句「以死亡的形式誕生才真的誕生」簡直如出一轍。

我們的不謀而合，還有東方傳統深處滲透的同心圓思維。當人屏息凝神，由定生慧，沉靜融融，會感到我即宇宙、內外合一。這聽起來玄乎，實際做時，卻並不難。唯一需要放鬆再放鬆，蛻掉層層外殼，裸出深埋在內的心神。

說神也真神，我放下《大道行》，立馬開始做氣功，而且一做二十多年，只要有時間，每天早上都要站樁幾十分鐘。關門解衣，兩腿微曲，雙臂環抱，舌抵上膛，氣沉丹田，幾分鐘後，我能清楚感到，頭腦、身體如一只水瓶，裡面原來充塞的壓力，像水位徐徐降落，空出來的地方，清新的感覺如清泉淙淙流入，恍兮惚兮，清淨下來後，那些折磨我的句子、落不到實處的構思，常常「唒」的一聲輕輕到位。無數可能新作的靈感，也在這虛空中冥冥成形！

神奇啊！但並不怪誕。人體本來像只瓶子，現實中問題裝得太滿，就阻塞了新泉輸入之途，而所謂氣功，無非去滿為空，傾倒之後，瓶子依然晶瑩可用。哦，那個雙腿微曲，說說容易，做起來好難，在上意識狀態，五分鐘後腿就索索發抖得站不住了，而進入氣功，幾十分鐘半蹲，竟渾然不覺一晃而過。我對此的領悟是：「氣」、「功」二字，不能簡單合一理解，它們其實是兩個層次。「氣」，充盈宇宙之根本元素。如莊子「通天地一氣耳」，「聚則為生，散則為死」。而「功」，則為人之技巧、技能，以一己軀體為容器，去把握那大象無形的天地之氣，使其具象、顯形。可以說，這裡以自我體大道，容大道於自我，終於，道、我為一，圓融實在。合一之境，本來無分內、外。

我沒去過龍門派祖山青島嶗山，但入靜之中，常冥想青山一座，東臨大海，遙望碧波粼粼，日升月落，朗朗天氣，自頂上灌來，如此雖然遠隔萬里，也不妨在一呼一吸間，汲取精華，吐納「大道」。

氣之周流，恰合詩韻。我默念：「煉精化氣，煉氣化神，煉神還虛，煉虛合道」，這裡，一口氣四個「煉」字，字字著落在我名字上；而「化、化、還、合」，四個動詞，一串頭韻，又把「通天地一氣耳」展現得多麼傳神！

那天火車上，我一邊說，呂蓓卡一邊記。除了寫，還畫畫兒，她的筆記本，很快變成了小人書，站樁什麼樣，按摩怎麼做，寫了畫了，當場就模擬練習，此時的呂蓓卡，不像個著名的藝術家，倒像個好奇心無比的小女孩，興奮得臉紅撲撲的，和她那一頭橙紅色的招牌頭髮相映生輝，幸虧我們坐的是頭等車廂，很空，否則我們倆這一通比畫，非得嚇著其他乘客不可。

呂蓓卡對氣功的興趣，集中在「能量」這個詞上。她在柏林、巴黎、法蘭克福、西班牙馬約爾島上的幾個家，每個地方都布置得敞亮、精美、活力十足。

特別是西班牙馬約爾島上的家，它背靠島上一座最著名的教堂，有一道巨大的台階，從山腳直達教堂門口。呂蓓卡的房子，原本是一座女修道院，出門穿過花園，眼前赫然一道懸崖，下臨巨大的山谷，其間藍靄嫋嫋。我們躍入花園裡的游泳池，就像直接跳進藍天。

最不可思議的是那個地理環境。從海邊回望，它的位置，正坐落在山谷中央一座凸起的小山上。那景色，讓我直接聯想到拉薩的布達拉宮，周圍是十八瓣蓮花山的巨大地能，從四面八方向盆地中央匯聚、湧起，托著中間那座小山，又不衝破它，卻在頂和壓之間形成無與倫比的張力，布達拉宮就穩穩坐落在能量最強的頂端。還有比這更美的修煉之處嗎？當呂蓓卡眺望著大海，陷入沉思，我感到，女修士們的超脫境界從未遠去。她隱隱在加入其間，繼續領悟著藝術的真諦。

和人們的誤解相反，大藝術家絕不怪癖傲慢。甚至可以說，藝術越精采，藝術家的為人越純真質樸，毫無心機。我認識的著名詩人金斯堡、阿什伯利、阿多尼斯，莫不如此。呂蓓卡同樣。這樣的人一旦認你為朋友，你可以放心，那友情將綿綿不絕，和生命同其長遠。

呂蓓卡的作品，種類繁多，從大型裝置，到繪畫，到行為藝術，到詩歌，到電影，到當代歌劇，幾乎無所不包，她的創造力，令人驚歎地層出不窮，卻又自然湧出，全無任何硬擠瞎編的痕跡。我注意到，隱含在所有作品中的真正主題，正是我們初次見面就談起的那個詞：能量——思想的能量，藝術的能量，創造的能量。

舉個例子，倫敦泰特現代美術館收藏的裝置《無政府音樂會》（*Concert for Anarchy*）。展廳屋頂上，一架倒吊大鋼琴，極為觸目。它頭朝下，一片死寂，好奇的觀眾，紛紛站到它下面，仰頭觀察，那究竟能怎麼個「音樂會」法？但，大鋼琴一動不動。寂靜中，人們等煩了，開始分心，突然，「哐啷」一聲巨響，大鋼琴一抖，所有黑白琴鍵，亂舌一般向外吐出。觀眾以為鋼琴要掉下來，嚇得四散亂跑。跑出好遠，才終於定神，發現鋼琴還在原處，這是裝置作品的一部分。於是，他們驚魂未定地回來，盯著鋼琴上那排黑白舌頭，發出鋼絲聲慢慢抽回，直到琴蓋像嘴唇緊緊合上。寂靜重臨。現在，觀眾們知道，這寂靜是假的，下一場「無政府音樂會」在醞釀中，輪迴才是真的。

和約阿黑姆、弗蘭克一樣，呂蓓卡也屬於「六八一代」。她出身富有，家裡原來的工廠，在法蘭克福附近，現在已經被她買回，建立了她自己的「月塔基金會」（又是月亮！）。像我老爸，她也一派富家子女的浪漫，由浪漫而夢想革命。德國六八一代，從抗拒法西斯父輩出發，對自己使命感十足，頗有拯救世界捨我其誰的感覺。呂蓓卡十八歲那年，得過一場重病，被父母送入醫院，強迫隔離救治。整整一年，她悶死了，百無聊賴中只能躺在床上畫畫，不期而然，這成了她藝術的起點，也給了她一套獨特的「疾病意象」：醫院、病房、病床、軀體、疼痛、束縛、監禁、暴力、掙扎、突圍，和與此相伴的敏感、脆弱、反抗、尖叫、意志。

她的作品，有一望而知的女性特徵。例如她早期行為藝術中常用的黑白羽毛，一對雪白如大天鵝的翅膀，護著一個女孩的裸體，既像保護，更像暴露。據她說，那來自童年時一次家裡殺雞的經驗，那隻垂死掙扎的雞，帶著一大團血淋淋的羽毛，撲入她懷裡，把她嚇壞了，至今噩夢揮之不去。另一件作品，一只直立的籠子，四面八方千百根鋼針插入，中心是一個空出來的人體輪廓，一望而知是她自己。這不是關於脫身逃生的藝術，而是肉體之軟與鋼針之硬的尖銳組合。無盡的受傷，產生迎向傷害的美。

你的作品，是疼與美的二重奏，加倍的美，才加倍的疼。我對她說。

呂蓓卡愛用石頭、機械、電、鏡子、灰燼，和植物——有典型二十世紀特徵的生死象徵。柏林勃蘭登堡門旁邊，有一大片空地，柏林市政府決定在此建立猶太大屠殺紀念碑，並向全世界藝術家徵集設計方案。現在建成的紀念碑，可以說差強人意，無數高低不齊的灰黑石棺，把「死亡」這個詞筆直地推到眼前，記憶的凝固波浪，沉重堅實，不容質疑。但，還得追問一下，記憶真那麼確定無疑嗎？二戰猶太人的苦難，真的會像策蘭的詩句「母親不會再變白的頭髮」，僅僅停在他們的災難裡，而不會發生在別處？記憶，如果不能帶來更深的追問和反思，除了撒嬌抱怨有什麼意義？想想巴勒斯坦吧，當阿拉伯人的房子被以色列推土機粗暴推平，一位猶太老婦歎息：「這讓我想起德國人對我奶奶家做的事」，英國電視台主持人，打破他們只報導、不表態的慣例：「我終於聽見從他們自己嘴裡說出了這句話！」

呂蓓卡講了她設計的方案：從勃蘭登堡門望去，是一大片常年長滿紫紅色樹葉的樹林。走進樹林深處，才能看見一口巨大的深井。整個井壁是玻璃鋼做的，後面是一幅畫，初看猶如中國水墨風景，就近仔細看才能認出，組成畫的材料是灰燼（想想奧斯維茨集中營焚屍爐邊的灰燼吧！）。沿著井壁上的扶梯盤旋走下去——像但丁層層深入地獄，或尼采查拉圖斯特拉的「下山」——走在灰燼風景裡，那猶太人的、更是整個歷史重重疊疊的毀滅遺跡。到了最底下，整個「井底」是一整面巨大的鏡子，由機器操作著波浪式晃動。鏡子中央，一根和柏林電視塔同高的金屬杆衝天而起，幾百米的高度上，隨著一陣微風、一朵流雲不停搖晃。站在鏡中的人們，腳下、頭頂、眼中一切都在動盪，一切都不固定，身處歷史間，只有變幻和暈眩。一串無聲的提問：什麼是歷史？什麼是真實？記憶真實嗎？每個人如何在變幻中給自己定位？紀念啊，哪裡只是針對過去的？它的意義全在當下！

呂蓓卡的設計，最終未被採納，而否定了它的，竟然是柏林猶太社群！呂蓓卡說：很可能，是因為「灰燼」那個材料、那個意象，太刺激太可怕了，尤其對焚屍爐刻骨銘心的猶太人自己。

灰燼的性質，細膩、敏感、慘痛，無孔不入，它們組合出黃、褐、灰、黑不同層次，確實像古舊的水墨，能塗抹出一片山水的寂靜之美。它們靜而不止，卻無盡流淌，宛如東方哲人冥思感受的內、外之「易」，不是靜止、而是流變，構成了世界宇宙的本質。如果說，疼痛和美，是呂蓓卡作品中兩大動機，那麼流變的節奏感和音樂的完整性，則是她作品的美學特徵，每件作品裡，種種衝突，刺痛我們的同時，更讓我們獲得藝術創造的最高滿足。

一九九九年我們在威瑪國際論文競賽相識後不久，呂蓓卡就為威瑪歐洲文化城創作了一件傑作：「布痕瓦爾德音樂會」。一把大提琴，在威瑪城裡一座古色古香的巴羅克宮殿中孤獨演奏；一個當年老火車站的倉庫，堆放著眾多砸碎的弦樂器，一輛空車沿著鐵軌反復撞向牆壁，「哐」的一聲，點燃一道幽藍的電火花，劈啪作響著向上攀登，映照著周圍整面牆的灰燼風景（這次我終於看到它了！）。「布痕瓦爾德音樂會」得名於二戰布痕瓦爾德猶太集中營。它就在山上遙遙可見。那個叫「歷史」的東西，其實好近啊！近得像我在〈布痕瓦爾德的落日與冷〉一詩中寫的：「去那兒只要輕輕一跳」，但有多少人願意正視這現實：「一小堆用骨頭收藏的灰／撫摸就在查閱　傷害的薄薄詞典」，暮色四合，當「最後的光移出水銀柱」，「等車的我們」，不得不深思，我們其實「等在無人的未來　末班車早過了」。

呂蓓卡給出一個精采的藝術案例，她證實：現實和詩意絕不矛盾。相反，高級藝術家深刻的現實憂患，每一刻聯結著人的根本命運，那恰在激發最強的創作能量。深化與超越，取決於藝術家的能力。

呂蓓卡為我的好幾本書製作過極為精采的封面，這讓約阿黑姆都頗為吃醋，他說：「嚇，你有詩，還有呂蓓卡！」真的，一本詩集有了呂蓓卡的封面，頓時變成一件藝術品，光彩照人，精神抖擻。

《大海停止之處》英譯本，有呂蓓卡給我製作的第一個封面。它以黑、紅、白為主調色，整個畫面，如一汪水波粼粼蕩漾。黑為底色，白為倒影，橙黃微紅的斜線如筆插下，無盡攪動波蕩的反光。一個組合：幽深的黑夜，白色的書名，磚紅色的作者名，流轉迴圈中，既靜又動，動而愈靜，神祕而穩重。好美！《大海停止之處》，漂泊如大海永不停止，而在那深處，寫作又揭開一個詩歌的沉靜穩定的層次。這個超越境界，不能向外尋找，只能內在創造。呂蓓卡的封面，直接呼應著我的一行詩：「在水上寫字的人只能化身為水」。哦，她靠什麼直覺，一下子「嗅到」了這詩意？

這個封面，採用了呂蓓卡裝置作品《夜之鏡》（*Mirror of the Night*）的照片。《夜之鏡》，就像一首詩：一個展覽空間裡，中央是一座滿滿盛著墨汁的水池，屋頂上斜斜伸下一根金屬杆，由馬達控制著像一支筆，在墨汁上不停寫「字」，筆尖移動，墨波漾開、又返回。一扇小窗外射進來的光，隨著波紋倒映起伏。裝置四周，撒著一圈樹葉，隨展覽時間而由綠變黃。這裡，反光讓「鏡」的意象明顯可辨，但「夜」指向什麼？

原來，這個展覽空間，曾是德國二戰中僅存的幾個猶太教小禮拜堂之一，因為和一個德國家庭共用一堵牆，免掉被拆除的命運，二戰後改建為展覽場地，呂蓓卡的作品即應這展覽空間之邀而創作。這個背景，讓「夜」的含義清晰了。那是對德國歷史的反思，同時也是對時間、記憶、書寫、自我的反思：一切變幻中，何為「歷史」？何為「記憶」？有一個簡單固定的「自我」嗎？抑或「自我」是一個不停創造的過程，只能被我們不停反思完成它？說到底，探索內心之夜，反省外在之夜的前提，世界越變幻不定，越得把自我創造成一件作品。那既是藝術，也是政治，用藝術個性肯定政治的選擇，又絕不讓藝術淪為低級政治工具。哈，這就是詩啊，而且是好詩！《夜之鏡》早已被人收藏，而呂蓓卡給出的收藏條件之一，是它每年必須回到這個猶太小禮拜堂展覽三個星期，由此重申「夜之鏡」的含義。「在水上寫字的人只能化身為水」，歷史之水，在我們內心裡滔滔流淌。

呂蓓卡給我設計的第二個封面，是為英譯本長詩《同心圓》而作。這部長詩，寫於一九九五至一九九八年間。它以「從岸邊眺望自己出海」為基點，整合了我的中國經驗和海外漂泊的經驗。《同心圓》給出一個思維方式，把文革中國、幾十個外國、一葉扁舟、四方漂流，統統被納入「處境」一詞。我們何止有一個人生啊？恍惚之間，已度過幾度滄桑、若干輪迴。一部長詩是一個旅程，人生、詩意，都是從萬變透視不變，以不變把握萬變。這是令呂蓓卡醉心的《易經》的古老啟示嗎？她能感到每個人都在一個圓心上，因此都有一部《同心圓》？

如果說《大海停止之處》的封面，主題是一個黑夜，那《同心圓》封面，則布滿既明媚又神祕的黃昏之光，一圈圈金黃色，交錯瀰漫，重重加深。這件裝置作品，叫做《月鏡》（*Moon Mirror*）。

《月鏡》，是呂蓓卡為馬約爾島上一座古老的小教堂而作。教堂穹頂上，高吊一盞大燈。燈之下，懸掛著一個圓圓如月的金黃色圓錐體。地面上與之相對，是一面巨大的圓形鏡子（又是鏡子！），在機器操控下緩緩旋轉。人們俯瞰鏡中，那裡有無數個鏡像，在重疊、重合、擠壓、碎裂、回歸，再開始……這是世界幻象嗎？或我們的自我心像？每個圓，幾乎都被自身的能量壓碎了，卻又維繫著某種隱祕的同一。

這不就像《同心圓》的啟示？沒有什麼對時間單向線性的理解，我們生活在紛紛坍塌的時空碎片中，唯一的「秩序」，或許只有那無數歷時在一件作品裡「共時的」存在。《易經》智慧，正在於概括這「變化中的統一」。而呂蓓卡和我，則是從生存裡直接領會那智慧。《同心圓》出入古今中外，不滯留於任何個人、國族、文化、語種的區別，而把它們都變成語言，去書寫「存在」那首大詩。時空的每個點，都是切入之點，都指向藝術那個焦點。藝術家能夠直接相通，因為我們從來在做同一件事情。我的《同心圓》英譯本序言，就以這行詩為題——「再被古老的背叛所感動」。

呂蓓卡為我的英譯詩選《騎乘雙魚座》選擇了第三種色調：藍白相間，明豔絕倫。我出生於二月二十二日，在西方屬雙魚座。這部詩選，從寫於一九八六年的〈房間裡的風景〉，到寫於二〇〇五年的〈豔詩〉，跨度二十多年，其間我的生活變遷，真該以光年計！為這本書找個標題，可不容易。因為它不是一本書，而是一個長長的歷程。每首詩是一次躍入、一場泅渡，而我漫遊的世界上，其實只有一個大海。我們破浪前行，它也隨之加深加大。我的蒙古血統起作用了，這不正像在縱馬馳騁？那麼，就叫《騎乘雙魚座》吧，騎兩條莊子式的大魚，縱橫於人生宇宙的海闊天空，比騎馬來勁多了！為什麼不？

呂蓓卡的封面，這次選用她題贈給我的組畫中的一幅。白色底子，微藍、棕黃的飛騰油彩，極富動感和速度，隱隱約約像立體的，圍繞著某個看不見的圓心飛轉。這是幅抽象畫，但其隱喻的精神圖像，又無比具體，我們不就是在這暈眩的世界上，屏息、站穩、看清、倖存的？直到穿透暗夜，動極而靜，抵達那種極致的明徹時，獲得一道從超越高度撒下的目光。哦，這正是詩歌追求的徹悟境界吧。

這三個漂亮、細膩、大氣的封面，以黑、金、藍白三種顏色為主調，並排拿在手上，像能聽見同一首交響樂的三個樂章在演奏，它們組成呂蓓卡作品中一個小小的、精美的部分，更記錄下我們珍貴的友誼。

我的柏林書桌前，放著呂蓓卡二〇一三年送給我的生日禮物：一張她的裝置照片上，我穿行於燈光、暗影、骷髏、泥靴間，宛如一個鬼魂。就像呂蓓卡常做的，她總不止於借用現成之物，而是要用金色即興描繪幾筆，那似鳥非鳥，翩翩翱翔的精靈，或許就是約阿黑姆、弗蘭克、呂蓓卡、我們這些中文詩人的寫照？死亡環繞在周圍，而人生每一天，都在凝聚歷史，把它提煉成思想和藝術。真是一場修煉啊，我們不能懈怠，還得提純精神的能量。

二〇一五年，呂蓓卡在馬約爾島家裡中風的消息傳來，令我震驚無比。是一個讖語嗎？她的藝術之路，從醫院開始，現在，她思維、言語無礙，但行動又需要人全天照護，又一個多殘酷的輪迴！命運之手，給大藝術家施加著新的打擊，它又在錐刺這顆心，要激發她迸湧出更強的力量嗎？人生的無盡磨練啊。

唉！加油——呂蓓卡！

十八，北京的朋友們（一）
——芒克

一九九一年，一本大紅底色上印著「現代漢詩」四個繁體黑字的油印雜誌，被朋友帶到我們旅居的紐西蘭奧克蘭。

翻開雜誌，第一頁的編委名單，都是熟悉的名字。其中，最熟的就算芒克、唐曉渡了，他們也是這創刊號的執行編委。

捧著這本雜誌，我非常感慨，彷彿時光倒流，一下子回到了一九七八年北京西單民主牆時代。好熟悉啊，那軟塌塌的廉價白報紙，那私人謄印社典型的人工打字字體，那油印紙頁上散發出的油墨味兒，帶著印刷者手上的體溫……這種種，都在提示一個看不見的小傳統：中國地下文學刊物的傳統。

「地下」的正確說法，是「非官方」。《現代漢詩》的樣子，一望可知出自一幫窮詩人之手。二十多年之後，當我在柏林再次翻開這本雜誌（現在已是值高價的收藏品啦），我發現，它簡單歸簡單，卻囊括了過去三十年來幾乎所有重要的詩人：西川、翟永明、歐陽江河、于堅、韓東、鐘鳴、肖開愚、王家新、趙野、大仙……包括那時剛打上黑框、如今先知一樣到處被建紀念館的海子。有意思的是，這幾十位詩人，打破了八〇年代各種詩人群體界限，跨越了不同年齡、輩分的劃分，一個標題「現代漢詩」，就讓詩人們找到家、回了家。或更簡單，只一個字：「詩」，已足夠讓我們在周遭的凜冽中感到一種異樣的溫暖，我們能在此互相取暖。我雖然遠在南半球，也一樣能從這本《現代漢詩》上，感到每個詩人像條冰封的魚尋回了再生的希望。

但，既然叫「小傳統」，就絕不止是孤立現象。確實，我們一生的寫作，正是以好幾個《現代漢詩》那樣的里程碑為標誌的：《今天》，《倖存者》，《現代漢詩》，直到跨越二十多年後，二〇一三年在上海、二〇一六年在瀋陽舉辦的詩人畫展「詩意的倖存者」，二〇一六年九月倖存者創始三人再次聚首，在北京好食好色文化空間登台，再做「倖存者」朗誦——都在重申：一個比任何官方文本深厚、結實得多的真正漢語詩歌傳統。

「老芒克」這個名字，閃耀在這幾十年漢詩書寫的每一頁上。提起他，差不多等於提起這個「地下」詩歌傳統本身。

我好幾次回憶過第一次見到芒克的情景。那是一九七八年底或一九七九年初，北京民主牆剛剛興起，我和顧城夾在大群穿著藍、灰、綠色制服的人群之間，身外是嚴寒，體內卻被成千上萬張大字報上的文字燒得熱氣騰騰，原來我們文革中感受的災難，也被這麼多人分擔著！這是第一次，「命運」一詞，變得如此具象，就像身邊那一個個瘦骨嶙峋而目光炯炯的人。

但更震驚我們的，是在那一排排一層層撕了又貼的大字報中，幾張破破爛爛的油印紙：《今天》文學雜誌！這是什麼？是詩嗎？怎麼和我們以前認為的「詩」毫無關係？這裡沒有報紙上的宣傳套話，可一個個普通詞彙、一行行句子分明衝擊力十足。《今天》第一期，已經推出了幾個至今活躍的名字，如果說舒婷的溫柔、北島的批判性還有跡可循，那麼芒克的詩，一開始就特立獨行，整個拋開了那套我們不知不覺依託著的中國社會話語。我和顧城，喃喃著他〈天空〉中的詩句：「太陽升起來，／天空——這血淋淋的盾牌。」哇！那時候，我們沒聽說過意象派，可確確實實被這「血淋淋的盾牌」意象擊中了，打垮了。這可能是文革後首次，把「太陽」和「血淋淋」兩個形象直接對接在一起，其心理效果，以地震海嘯形容毫不過分。還不止於政治犯忌，作為詩，它既慘烈又美麗，有哀傷更輝煌，吟誦它，能看見一道詩意之光，一刹那射穿（刺穿）重重假面，直擊心底。這不是堆砌修辭的詩，而是血性之詩、心靈之詩。寫這詩句的人，必是掏出心來，擲向人生者，也因此，他所感受的「天空」，就在周圍。民主牆大字報上的所有呻吟，都在為這行詩注解。

我和顧城決定去探訪《今天》雜誌末尾印著的那個編輯部地址：北京東四十四條七十六號。我至今記得，我和顧城半是虔誠、半是鬼祟地趁著雨夜摸進那條小胡同，老北京一色的灰磚牆，昏黃的路燈，好不容易找到七十六號，敲門沒人，一推，門乾脆是虛掩著的，進到院裡，堂屋又是空的，中間一架油印機，和滿屋油墨味，證明這就是《今天》的產房了。喊了兩聲，裡屋出來一位，年輕英俊，自我介紹：我是芒克。嚇，他就是芒克！兩個慕名來訪的年輕人，終於見到大師了，顧城趕緊拿出一卷備好的詩，向芒克請教，芒克也煞有介事地評論指點了一番，聊了一陣，我們不約而同地餓了，好像是芒克的女朋友說只有麵條，大家說麵條就麵條吧，一開始呼嚕呼嚕吃麵條，芒克矜持的大師風範頓時放下來了，還原了他純樸靈動的本相。一頓麵吃下來，大家都成了朋友。那是我和《今天》詩人交往的開始，也是我和真正的詩結緣的第一天。

從什麼時候起，我們開始在芒克這個名字前面，加上了一個「老」字？老芒克，我喜歡這麼叫，而不叫老北京那種官稱兒：芒爺。因為老芒克雖然生長在北京，口音裡有點北京味兒，但他的詩、畫、思維方式、人生態度，卻是純正的現代派，不沾一點老北京的陳腐和油滑。一個詩人，即使年齡變老，心靈總是年輕的，他永遠睜大一雙好奇的眼睛看世界，因此吐出的每個句子都清新明亮。咳，「爺」，和芒克太沒關係了！

在當代中文詩人中，老芒克堪稱真正的資深者。他和根子、多多們一幫幸運兒，在文革中最早接觸了有限的西方現代詩歌，又到風景如畫的白洋淀插隊，開始寫詩時，周圍一片相對淳樸的民風，說真的，比我下鄉的兼備農民之狹隘、市民之殘酷的昌平城鄉結合部幸運多了。

《今天》當之無愧，是大陸當代中文詩的起點。但直到最近，一個偶然的機會，我才知道，原來《今天》這個雜誌名稱，是芒克起的（而北島當年堅持要用的，是「並蒂蓮」這麼個酸溜溜的名字）。而且，他還是《今天》的詩歌編輯，從他手中，發射出第一批具有巨大爆破力的詩作。多少年來，老芒克對這段歷史閉口不提，因此《今天》後來在國際上的名聲，基本上與芒克無關。倒是給《今天》招來大麻煩的那些活動，如一九七九年十月一號要求藝術民主的長安街大遊行、《今天》歷次在員警林立中舉行的聚會朗誦會，他從不推讓，該出場就一馬當先。國內詩人，都敬重他是老資格，但這資格，對詩歌史意義何在？卻幾乎無人深究。說起這，老芒克也從來一臉輕鬆，嘿嘿呵呵笑著：「詩歌史？愛誰誰，管我屁事！」

芒克的詩，一如其人，自始就純以其心靈的力量，直擊人心。〈天空〉之後，芒克在非官方的今天文學叢書裡出版了詩集《心事》，現在讀來，那些平白如話的語句，因為純正，直接遠離了任何惡俗；因為簡單，反而顯得豐富無比。在別人要掙扎進化很久才能達到的純粹，芒克先天就完成了，而且一步到位，讓詩歌掙脫任何群體表達，一舉回到最個人的感受裡。

他二十歲出頭就寫：「月亮出來了／月亮靠著一棵搖動的小樹」，「即使你穿上天空的衣裳／我也要解開那些星星的紐扣」，我們至今一高興就會吟誦的名句：「你是貓／貓生下來就騷」，「生活多麼美好／睡覺！」（〈路上的月亮〉）芒克並不欠缺社會性，但他從不藉大眾流俗口號渲染，而是傾注自己的激情：「我用力地向你呼喊／我兩手空空」（〈心事〉）。他的名詩〈陽光中的向日葵〉，那個結尾就像芒克給自己的定位：「它的生命和土地是連在一起的／你走近它你頓時就會覺得／它腳下的那片泥土／你每抓起一把／都一定會攥出血來」。

讀芒克的詩有個訣竅，你要出聲地、用為自己朗誦的方式來讀，因為在那些口語化的語句裡，隱藏著強烈而微妙的、堪稱精雕細刻的音樂感和節奏感。這樂感如此流暢，以致很容易被粗心者忽略，但它其實是老芒克詩歌的內在動力，因而是其真正魅力所在。吟誦這些詩，應享受那詩句的流淌、波動、疊加、輪迴，把一個音樂動機發展至充分。仔細想來，正是這音樂的快感，讓抒情詩人芒克出乎所有人意料地，在八〇年代末甩出一首思辨味兒十足的長詩〈沒有時間的時間〉，其中艾略特式的多層次哲思，藉著芒克內心曲調的推力，潺潺流動：「我們奇怪的也許是／人與人與人最根本的區別是沒有區別……」。如果你朗讀它，這繞口令式的詞句，會突然鬆開，音符和音符會變成互相嬉戲的蝌蚪，在清澈溪流裡閃閃游動，跌宕起伏，像有條絲線牽出那些不好懂的思想。用我的話說，這就是「有音樂的詩」，它一望（一聽），就能區別於沒有音樂的、乾巴巴硬擠出來的東西。

這裡，「有音樂」和「沒有音樂的」詩，區別只在一點：詩之能量的大小。我或者該說：「純詩能量」的大小？純，因為在詩歌形式裡，有一個音樂的建築學。沒讀過幾天書的老芒克，血液裡先天有個作曲家，還捎帶著個不知疲倦的樂隊。他寫，樂隊就在演奏。而語言音樂性的凸顯，正是我對眾說紛紜的「純詩」的觀點：「沒有純詩，但必須把每首詩當作純詩來寫」。難怪，連老芒克酒酣耳熱時大吼一聲也那麼鏗鏘震耳——「幹！不活啦！」

《今天》八〇年代初被正式勒令停刊後，老芒克過了一番艱難日子，做買賣虧本，看大門逍遙，在北京居無定所。詩人，政治壓力大時，還有個反抗的英雄光環可以戴上，可商業化一來，真是死路一條。尤其權力加商業，嘿，這兩塊互相撞擊的岩石，能把別管多麼有尤利西斯能耐的詩人英雄夾扁撞死！

一九八六年，我的國關「鬼府」旁，無端建起一個軍隊的鍋爐房，冬天日夜燒鍋爐的嗡嗡聲，開始沒什麼，不久就變成一把二十四小時不停銼著我神經的鋼銼，簡直要把我逼瘋了。跟軍隊能講什麼理，無奈，趕快搬家吧。

好幸運！友友的哥哥，這時正好舉家搬去美國，留下北京勁松四一三樓四層一個小單元，可以讓我們借住。到那兒一看，樂壞了！原來這樓緊鄰著芒克家住的四一四樓，而與另一位老哥兒們、詩歌批評家唐曉渡也只有兩三分鐘路程。哈，就是沒有鍋爐噪音，這地方也得住過來呀！

那時候，電話還不普及，最方便的聯繫方式，是直接走到樓底下，朝上大喊一嗓子，如果要找的人在家，陽台或視窗很快就會冒出一個腦袋。我們搬到勁松以後，接二連三參加這樣的好漢聚義，哈，「勁松三傑」芒克、唐曉渡、我，誰人不知、哪個不曉？

從一九八六年到一九八八年八月我們離開中國，「勁松時期」可能是我們在北京生活、文學中最為興奮的一段。對此，友友那篇應邀芒克之邀、為呼應他《瞧，這些人》一書而寫的〈芒爺〉，從一個女性感受到角度，把老芒克描繪得頗有神來之筆。

那段瘋狂而美妙的日子，可舉一例，某次，我們在芒克家縱酒至夜深，電梯沒了，我和友友決定比賽從九樓跑下一樓，看誰跑得快，我一路狂奔到二樓，突然來了個腳掌朝天，劇痛啊！疼得動不了了。熬到第二天，一個學中醫的朋友來，像模像樣地發功一會兒，說沒事了。我信以為真，又忍著疼痛在北京跑了幾天，直到疼得受不了了，腳背也一片片漫出了淤血，才到友友他爸任職的體委研究所去看，醫生把手放到我腳上沒一秒鐘，一句「斷了」，我頓時就走不了了。但打上石膏，拄了雙拐，也沒攔住我們照樣出沒於詩會晚會舞會，我的單腿蹦「踢死狗」（迪斯可）頗有特色，經常博得喝彩，以致許多年後，在國外遇到一位朋友，看我健步如飛，還大驚失色：「你不是殘廢嗎？」哈，一位當年的目擊者！

不過，對我來說，那段日子中，最值得回憶的，要算勁松三傑宣導成立的「倖存者詩人俱樂部」

了。對於這經歷，我已經在本書前面第十一章寫過。

但還要加上一點：「倖存者」這個名稱，詭譎如讖語，既先知般預言了一年之後北京、中國的大變故，彷彿從詞語中締造出一個現實，又深刻影響、甚至改變了我們的寫作——那之後，什麼創作不是「倖存者的寫作」呢？這是一個新感受，但細細想來，又得承認，它像一個交匯點，銜接上了古今中外所有真詩人、真詩歌的命運。中國的屈原、杜甫、蘇東坡，外國的奧維德、但丁、策蘭……誰沒經歷過死亡的追逼？誰又不是在九死一生後，以泣血之詩倖存？一部世界文學史，就是「倖存者文學史」。就此而言，我們不期而然地、把自己一舉納入了一個遠遠大於我們想像的世界。

一九八九年，從民主牆、《今天》算起，一個基於文革慘痛經驗的十年反思，畫完了一個圓。那個追問：「誰之罪？」在一步步指向某些個人、專制歷史、傳統文化思維，乃至語言對每個人潛意識的滲透之後，不可避免地返回到這個製造出種種荒誕噩夢的體制身上。一重重積累的思想能量，最終會衝擊現實。這出乎意料嗎？抑或太符合邏輯了？

雖然人們一般覺得芒克從來活得極為本真，似乎有個改不了的天性。但作為詩人，他其實經歷了幾次真正的蛻變：從早期青春活力十足的抒情詩，轉變成充滿哲學甚至形而上意味的長詩如〈群猿〉、〈沒有時間的時間〉是一次，從名揚天下的詩人，華麗轉身變成畫家是另一次。這些轉折，看似自然而輕易，其實充滿藝術家主動追求的艱辛，也因此，老芒克當之無愧堪稱生命的藝術家！

我前面提到過，一九八三年左右，對許多詩人是個坎。因為七〇年代末從文革深淵衝出的群體激情已經減退，那種看似個人、實則社會性的「浪漫批判」詩，漸漸失去了追隨者。即使不是這樣，青春期也禁不起不停地回收，「憤青」的情緒，噴發得太多，連自己都會起膩。我曾形容，這個時候，掛在身體外面的「社會點滴瓶」被摘掉了，可詩怎麼辦？不再用青春期撒嬌，不能藉社會反抗說事，詩的能源該是什麼？

我從〈諾日朗〉挨批開始領悟這個轉折。

與其說〈諾日朗〉的主題，給它招來了麻煩：色情呀，血腥呀，歷史的黑暗呀，人民的無力呀等等，不如說真正的挑戰性，來自它的寫法：兩個不同層次的音樂動機，一由「血祭」代表，一以「黃金樹」揭示，一現實一生命，一沉淪一超越，分開、匯合、再分開、再匯合，直到「煞鼓」結尾，完成了一個交響樂式的複合空間。

這首詩，對我來說，詩學意義遠大於其他，因為建構一個複合的詩歌空間，讓我更感到詩歌獲得了它自己的立足點。它不再僅僅依賴對外界的「反映」，發出一點被動的聲音，而是以自己的自足，去主動包容外部世界，用自己思想重構外部世界，賦予它一個全新的存在形式。

這種詩歌觀念的改變，徹底顛覆了把詩歌貶低為宣傳工具的作法，也因此讓我的詩「比朦朧更朦朧」起來。以致，當〈諾日朗〉遭到批判，有人問批判者：「為什麼不批顧城？那不是朦朧詩代表嗎？」得到的回答：「比起〈諾日朗〉，顧城那點兒小朦朧算什麼！」

挨批歸挨批，大不了不發表作品，就像多年後我遭到另一次類似麻煩後，寫的一首五言舊體打油詩：放馬言無忌，砸鍋意未休，書焚詩猶在，家破星自浮。「書焚詩猶在」！書可毀，而好詩長存——這才是真的！就在〈諾日朗〉遭難之際，我把三個組詩〈半坡〉、〈敦煌〉、〈諾日朗〉合為一書，命名為「禮魂」，自費油印出版。標題引用屈原，也在凸現詩歌超越時間的命運：我的詩，從命運到精神，其實在延續古往今來詩人不變的「傳統」。我們把自己置之死地，而詩則命定「後生」，並傳承血脈。這，才是詩之魂。

《禮魂》的小序〈智力的空間〉，也第一次把我這個自足、主動的詩學觀念，比較清晰地闡述了出來。詩歌不再僅僅祈求他人的解救，而是通過建構語言空間，一次性解放了我們自己。不必再抱怨我們誕生在傳統的廢墟上吧，如果我們沒有能力把自己重建成一個活生生的傳統，抱怨有什麼用？〈諾日朗〉挨批後，整個一九八四年我不能發表作品，卻在沉默中弄懂了：唯一值得面對的挑戰，正是自我挑戰。追問自己就夠了，用追問自己這條隧道，我們能鑿通整個世界。

從一九八四寫到一九八九，本該是寫短詩，求出版、被翻譯的時機，我卻在埋頭寫那部被我叫做「文學自殺」的長詩，標題是個自造字「[illegible]」。它的樹根扎在古老的《易經》裡，枝葉一直伸展進當代感受，這部長詩的初稿，被我塞進行囊，帶到了澳洲修改。從它開始，一個跨越二十五載、寫作時間超過十三年的「同心圓三部曲」（另兩部是《同心圓》、《敘事詩》）出現了。新詩歷史不過百年，而我這「一個人的傳統」，已是它的四分之一。

芒克的長詩，延續了他短詩語言的樸素直接，又添加了短詩沒有的哲思層次。當他拿出〈沒有時間的時間〉，確實令所有朋友大吃一驚！尤其是他的詩歌老「戰友」多多，聽芒克說，看完之後，「傻了」。這兩個夥伴，早年就有「每年交換新作，像交換決鬥的手槍」之美談，不過，多多大約絕沒料到，這次他接過來的不是手槍，而是一門重砲！

老芒克的寫作，永遠那麼率性。他的長詩開始得突然，結束得也俐落，一九八八年他去法國半年多，好像把長詩靈感也灌進法蘭西紅酒的橡木桶了，從他一九八九年返國，再沒見到新「砲」出廠。

詩寫不寫沒關係，可飯還得吃。芒克的浪漫，友友已經在〈芒爺〉裡寫得活靈活現。他一次次戀愛，一次次當上老爸，從滿頭白髮送女兒天天上托兒所，被幼稚園阿姨喊作「爺爺爸爸」起，到六十六歲，還領著個四歲的女兒。芒克的驕傲，在於他幾乎從來沒有工作單位，也沒領過工資，可嗷嗷待哺的娃娃怎麼辦？總不能都喝西北風呀？朋友們的資助肯定有限，到最後連借錢也求告無門時，老芒克只能鋌而走險，他開過公司、倒過古董，但結局可想而知，統統關門虧本了事。唉，這世界對詩人，哪裡能客氣？

不過，什麼叫天無絕人之路？對老芒克又靈驗無比！

就在他幾近絕望、朋友們無比擔憂之際，貴人來了。艾丹，玩玉、玩瓷極為唯美，喝起酒來又頹廢得要命的好朋友艾丹，給他出了個主意：畫畫！艾丹說：「你不能老靠借錢度日，得弄出點東西來換錢！」不僅支招，艾丹還乾脆給芒克買來第一批繪畫工具，這簡直是趕著鴨子上架嘛。老芒克嘴裡說：「我可從沒畫過畫呀」，心裡卻也只得承認，這是最後一條路，不試也得試！

那個老芒克生命轉折之夜，學繪畫出身的妻子早早睡了，留下空間讓芒克試筆。第二天早上她睜眼時，哈，畫架上赫然擺著一幅畫！真正的野路子，大團油畫顏料，堆出表現派味道濃濃的風景（順便一提，大多數非科班出身的畫家，多半走表現派路子，那避開技術考驗，卻凸顯出藝術家自己的感覺），女士大喜：「嘿，看來你還真能畫！」

芒克的畫，一出手就獲得了眾多哥兒們的捧場。阿城、艾未未都在第一批掏錢買畫者之列，更有如詩人麥城者，早早付錢，卻遲遲不拿畫，直到老芒克開始畫畫十多年後，麥城還在開玩笑：「我等你的畫漲價再拿，那時候我就賺了。」大家知道，仗義如這廝，根本就是在給芒克打氣幫忙。

芒克沒學過畫畫，但和友友一樣，屬於天生感覺極好那一類。感覺好，再加上敢想敢幹，比如艾未未收藏的最早作品之一：一對情人，躺在床上，被子半掩。那男的，頗有點像芒克自己；那女的，看不出具體像誰，可更令人浮想聯翩。詩人的瘋狂，畫家的頹廢，我們那一代的混不吝，都在其中。艾未未好眼力，直接收藏了一幅這代人的精神肖像！

芒克繪畫，從最初明顯青澀的表現派，越畫越純熟，幾年之後，已經找到了自己的路子。他畫的風景，常常有一個主調，同時用很多層次、很多細部去烘托、陪襯、甚至反襯那主調，最終整幅畫面像個組曲，越看越聽越有味道。

我們不屬於芒克畫作最早的收藏者，原因很簡單：沒錢。漂泊在國外，得隨時準備出事，從生病到住房，從吃飯到出行，每件事都要錢，也逼著沒有穩定收入的我們左盤右算。我姊姊曾戲言：「出國還治了你大手大腳的毛病。」我大手大腳過嗎？不會吧，面對沉甸甸的現實，誰敢大手大腳啊？

但，到二〇一六年十二月底，我們還真買了芒克一幅畫。那是芒克、唐曉渡、友友、嚴力等等一幫老朋友，在瀋陽舉辦第二屆「詩意的倖存者」畫展之後，帶著瀋陽的「酒傷」，我們移師大連，原以為去「養傷」，誰知在那喝得更凶！連續幾場下來，當年的資深酒仙都不行了。終於，最後一晚，大多數人散去，我們能和芒克、他妻子蓮子安靜聊聊生活小事兒。當聽到老芒克要養三個孩子，而賣畫行情又不好時，由不得生出拔刀相助之心。友友咬牙跺腳：「今晚就打去兩萬！」我雙手贊成，就這樣，咱也加入了老芒克繪畫收藏家的行列。

我們買的那幅畫很漂亮，堪稱芒克的精品之一。那是一幅風景，主調是綠色（因為考慮到我們柏林房間淡藍、淺黃色的牆，掛綠色的畫更為奪目），但如果細看，又不止是綠，那草原上一簇簇、一排排盛開的小白花，那瀰漫在流淌天色間的落日金輝，那從一線暗黑遠山升起、在飄動的綠雲間滲出的暗紅、淺藍、赭黃，讓整幅畫面，像塊會呼吸的大理石，既凝重又輕盈。這是從我血緣裡延伸出來的蒙古草原嗎？老芒克的畫筆，掛在我們柏林房間裡，把駿馬的嘶鳴、地平線的遼闊、長調的悠揚，帶到我們夢中。

芒克的畫，怎麼看都和他的詩有關。有時，畫和詩簡直可以對照著看。比如他早期的〈十月的獻詩〉，寫「莊稼」：秋天悄悄地來到我的臉上／我成熟了。寫「樹林」：沒有你的眼睛／沒有你的聲音／地上落了一塊紅色的頭巾。寫「土地」：我全部的感覺／都被太陽曬過。寫「酒」：那是座寂寞的小墳。寫「太陽」：你又一次地驚醒／你已滿頭花白……語言，在每一首詩裡畫畫，寫得那麼具體清晰；而畫面，在每一行詩句裡構成，畫得如此得心應手。誰說蘇東坡的「詩中有畫，畫中有詩」找不到當代傳人？來讀老芒克的畫與詩吧！

歸根結柢，芒克為人做事，都只應了一句話：性情中人。別小看這個句子，在人性被強行扭曲的時代，要守住自己的「性情」，何其難！而老芒克守住的不是一天一年，而是一生，正是這率性之真和美，給他贏得了朋友們的尊敬和友情，讓他自然而然成為我們的「兄長」。

我不知道，當芒克參加二〇一六年十二月二十三日慶祝《今天》建立三十八週年聚會，有什麼感受？因為那同時也是這雜誌壽終正寢之日：北島決定，《今天》改名《此刻》（一句多可笑的廢話！同時，《今天》的通透大氣，對比《此刻》的逼仄瑣碎，詩之感覺，立分高下——這大約也是當年《今天》兩位創始人的區別，唉，可以理解北島多想解除這苦悶。）在大陸註冊發行。為什麼？有何必要？《今天》自三十八年前誕生起，什麼時候爭取過「官方」認可？那又有什麼理由，現在去尋求這個「追認」？不管怎麼解釋，芒克當年命名的《今天》死了，它只活了短短三十八歲，就被它的創始人親手葬送。還是只有《倖存者》啊。無論年輕年老、無名著名、國內國外，「倖存者指那些有能力拒絕死亡的人」——這能力，需要一生去驗證。嘿，老芒克，就是倖存的表率！

十九，北京的朋友們（二）

——唐曉渡

二〇一五年十二月六日，上海，一個淒風苦雨的寒夜，但華東師範大學出版社的會議廳裡，卻蕩漾著溫暖的友情和親情。我的九卷本《楊煉創作總集一九七八—二〇一五》出版了前四卷，曉渡從北京趕來，作為特邀嘉賓，在發行儀式上和我對話。

其實，所謂當代中文詩，聽起來名頭很大，落到實處就那麼幾個人，看得見摸得著，活生生的具體無比。與老芒克一樣，唐曉渡也始終是一個當代詩的在場者，因而，也是那個「非官方詩歌傳統」的主動推動者。

我曾說，「非官方」是個小傳統，可細一想，那才配稱為我們的大傳統——真傳統，上千年古典文人詩的精華，本質上就在尋找兩個元素的匯合：個人性、文化性。它們交匯於一個個創造個性中，像一個理想，既拒絕任何版本的官方控制，又不淪為沒文化（反文化）的粗鄙草莽。恰恰相反，它是對文化根源的真正自覺，就像對朦朧詩起始意義的精確概括：「用自己的語言表達自己的感覺」，這「自己的」三個字，已一舉匡正了半個多世紀以來的扭曲混亂。我們每個人，都在再造一個當代真傳統，並用每首詩刷新著它。

那天晚上，我和曉渡沉浸在往事中，既懷舊，更感慨，面前排列的四部新書，從我稱為「史前期」的早期創作起，到八〇年代文化反思中產生的「中國手稿」、在海外漂泊中一步步蹚出的「南太平洋手稿」、「歐洲手稿」，每首詩都帶著它們自己的故事，指向那個新觀念「同心圓」。屋外風急雨驟，屋內悠悠閒聊，講出或毋需講出的，都在空氣中漂浮。一種感動，比文字之詩更像詩。

我想到一九九一年，天安門大屠殺凜冽猶在，我卻在紐西蘭接獲了《現代漢詩》第一期的情景，翻開雜誌，開篇就是我的四首詩：〈冬日花園〉、〈格拉夫頓橋〉、〈戰爭紀念館〉、〈謊言遊戲〉，這些寫於國外的短詩，給我創作的總歷程，添加了一批刺疼、鋒利、深邃的作品。

像這樣的句子是新的：「當花朵在地下保存著淡紅色的肉／孩子死去後　有一直鮮嫩的鬼魂」（〈冬日花園〉）。它們裡面，瀰漫著不久前歷史傷口的血腥味，黏連著剛開始漂泊的惶惑和茫然。緊張的語感，透出深深的焦慮：歷史急遽轉折後，什麼是我的現實？如何抓住它？短小的形式、急促的節奏，像我伸出的手指，在竭力觸摸那個「現實」。此時此地，它形同碎片，飄忽不定，迫使我凝聚全副精力，用每一字、每一行張開敏感的網，去捕捉人生。中國還在那兒，但我埋在歷史沉思深處的中國式過分確定的現實態度不在了，隨之拋開的還有滲透進我頭腦的超穩定詩歌結構——到一九九三年為止，我沒寫過大型組詩，因為基於全新經驗的新觀念還沒有形成。要蛻變出一個全新語境中的詩人，是一個艱難的過程。

在中國找到的「倖存者」那個詞，轉瞬變成了讖語，預言了一個可怕的事實，並一舉把我們後來的寫作，統統變成了名副其實的「倖存者之詩」。

曉渡在〈什麼是倖存者？〉中開宗明義說：「倖存者指那些有能力拒絕死亡的人」，但當死亡以如此壓頂之勢突如其來，我們真有能力拒絕它嗎？

詞—現實—詞—現實，輪迴竟如此迫近，就發生在眼前。

這讓我更擔心遠方朋友們的安全，我給曉渡寫信：「要小心啊，我在這很安全，可發表這些詩，別給你們惹麻煩。」渡兄回信，簡單而清晰：「我們總不能沒完沒了坐等，還得做點什麼。」「還得做點什麼」，短短一句，涵括了我們三十多年的風雨和友情。

我人生的兩大階段，以一九八九年天安門為界，劃分成國內、國外兩個階段。而這也正劃分開當代中文詩的兩個時期。概括之：一九八九年前，可以稱為我們的成長期，之後則是我們的成熟期。曉渡和我，從一九八二年結識，深交三十多年，既相知相親猶如家人，更詩思同道恰似諍友，我們的人生與文學，有種共同成長的節奏，頗像一種小小的「天人合一」。

一九八二年，《今天》雜誌已被勒令停刊，朦朧詩之爭方興未艾，我兩次西北、四川之行，帶回來大批靈感，藉著一九八〇年成都杜甫草堂的啟示，一舉炮製出早期〈梔子花開放的時候〉、〈大雁塔〉、〈烏篷船〉等幾首幼稚的長詩，跑馬圈地式地圈出一塊現實和歷史互相滲透的文學版圖。那批詩作，包括從未正式發表的散文詩集《海邊的孩子》，儘管因為詩歌語言的「幼稚」，被我打入了「早期詩及編外詩」的另冊，但只有從二〇一五年回顧時，才能認清它們對我思想、寫作成長過程的意義。那就像用考古學家的小刷子，輕輕拂去時間的塵土，一個沉埋地下卻貫穿血肉的基因，才能凸顯在眼前。我寫《海邊的孩子》，其實自己就是那個孩子，幼稚，正是後來長大的起點。

西北之行，在我筆記本上密密麻麻留下一百多個詩題，可是不行啊，我直覺到，無數複製之詩，無非是一首詩，沒有真正的詩歌意義，更沒有我想要的人生深度。要寫出夠格的詩，這些靈感必須經過熬煉。

為什麼要這麼做？那次西安半坡遺址給我的震驚，可做注解：

我在北京北郊昌平插隊時，在村裡幹過一種「好活」：抬棺材。在那個飢腸轆轆的時代，這是能吃頓飽飯的機會。抬棺材次數多了，我發現，附近的村子，墓地都在村莊北面，死者放下墓穴時頭都朝西，為什麼？問村裡老人，回答只一個詞：「老規矩」。這疑問，埋在我心裡，直到一九八〇年，我第一次到西安半坡村，手捧導遊小冊子，沿著新石器時代的遺址慢慢走，石斧、穹廬、陶罐、尖底瓶、骨灰甕……墓地到了，突然，小冊子上一行字跳入眼簾：「墓地在村北，死者的頭都向西」——彷彿耳邊一聲爆炸！我一陣恍惚：這是在哪兒？半坡？還是我插隊的黃土南店？七千年前的新石器時代？或一九七六年文革中？空間、時間，都倒錯了，消失了。我佇立之處，一片空白，只剩一個抽象的、穿透我直抵人類之根的「存在」。

到現在為止，我仍不敢肯定，那次經驗真的發生過？抑或乾脆是我的臆想？一個為我自己需要的時空觀，而杜撰出來的錯覺？半坡實實在在，是真是幻很容易驗證。但更重要的，是它冥冥中給出一種啟示：我們的詩，遠超眼前所見。「表面」不止一個，而是層出不窮。每個人內部，都有個考古學，你有多強眼力，就能從一個題目裡看出多少內容。

多年後，巧得很，一次大醉之後，我和曉渡決定到他剛分到房子的育新社區去看看，原因很簡單：那社區就在我插隊的黃土南店地頭上。真不是嚇唬，我告訴他：文革開始，十九個地富遠親被亂棍「鎮壓」，好幾個還哼哼著，就被埋在那一帶了。到我插隊時，這塊地夜裡「看青」的好活，還沒村裡人敢幹，於是知青才撈到幾個輕鬆的工分……

那天，當曉渡陪著我，一起踏著殘雪，回到黃土南店，卻赫然發現，村子沒了！它剛被夷為平地，連房基地都賣給了房地產開發商。黃土南店啊，帶著它數千年的生活記憶（也包括我在那的三年記憶），將重複我的命運：被抹平、被埋葬，死死封存在水泥板和高樓大廈下，無盡品味被消失的孤獨。

曉渡後來告訴我，他看著我，站在白雪上，眺望那一大片斷壁殘垣，是多麼「如醉如癡」。唉，我該怎麼告訴他，我眼前有一張活生生的地圖。藉著殘磚亂瓦，我能立刻分辨出那村中土路，那王家大院，那三角坑，那知青宿舍……那藏在我內心裡的一切，就在面前！

而站在我身邊一尺遠的曉渡，卻看不見我記憶之眼眺望的一切。我們的視力多麼有限，竟忽略了世界藏起過多少面目！因此，我記錄這次傷痛之旅的散文〈骨灰甕〉，結尾於這一句：「事物終於從內部翻出的表面」。

曉渡對我們的初次見面記憶猶新，在我的《總集》出版活動中，他回憶：「一九八二年初夏我倆第一次見面，在謝冕家，一大幫人。因為聊得太晚，我趕不上回住處的公共汽車了，楊煉就說，住到我那兒去吧。他那時住國際關係學院宿舍，我記得當晚月亮很好，一張小床，二人抵足而眠。

其實哪裡有眠，更多是坐著，徹夜談，實在坐累了才躺一會兒……」

那確實是第一次，然後接上了不知多少次，我們在我家「抵足而眠」，或在他家一個沙發上，一個地鋪，曉渡一根接一根抽菸，熏得我第二天從裡到外黃裡透黑。最理想的，當然是有一瓶白酒，曉渡的酒量不亞於芒克，年輕時八兩不在話下。他又是烹調好手，我後來才知道，那是得揚州一帶文人菜的先天滋養，再加後天自修深造而成，我在烹調上，卻只能和他對調：他創作「作品」之後，我當搖頭咂嘴的批評家。

我們的友誼，像一條線索，貫穿起許多散落的珍珠，那些曾經和我們過從如此親密的名字，一串串閃爍，又一顆顆滑落，以致不知到哪兒去尋回：老江河、顧城、謝燁、蝌蚪、海子、臥夫……文學，是我們沒完沒了的話題，也是最耐嚼的下酒菜，寫了佳作（哪怕只興奮一天）要碰杯祝賀，卡殼的沮喪更逼人借酒澆愁，甭管什麼理由，反正我們的酒量越練越大，好像白乾在澆灌著詩歌成熟。

一九八二年，我「毅然」砍掉了西行所得的一百多個詩題，只留下「半坡」、「敦煌」兩個題目，且明確賦予它們深層含義：〈半坡〉，生存的處境；〈敦煌〉，精神的處境。兩大組詩，各含六首長詩，盤旋輪迴，升騰向上，模仿但丁《神曲》三界結尾於「群星」的筆法，以〈半坡〉的「東方啊，我要求你無邊的寧靜」和〈敦煌〉的「歲月之上，讚美不朽的寧靜」，配合〈諾日朗〉的結尾「天地開創了，鳥兒啼叫著。一切，僅僅是啟示」，搭建起我「智力的空間」詩歌意識的第一組建築。

這個智力的空間裡，現實的「送葬行列」，已經不僅行走在黃土之上，更蹚過黃土之下，當時間旋入夜夜松濤，那送葬者，難道不也是被送葬者？歷史這具棺木內外，有一個「我」嗎？抑或誰都是「我」？「千年之下，千年之上」，無非「燒焦的飛蛾從未活過／而幽靈永遠輕盈列隊」。那首不期而然給我帶來麻煩、也讓我暴得大名的〈諾日朗〉，是我人生、詩學發育史的自然產物，它蒐集現實的苦難、傳統的沉重，又把它們傾倒進活生生的生命，要那血肉搏動得更有品質。無論如何得「活下去」！因為每個生命都是一首最長的史詩，死亡的限定，讓生命像濃縮鈾一樣當量巨大。至今，手撫這部我第一次認可的作品《禮魂》，仍能感到封面下隆隆滾動著一場核爆炸。

曉渡和當代中文詩同步生長，這讓他有了個極為獨特的位置：作為朋友，他用不著去「了解」詩人，他直接就是詩人。我住到勁松後，我們喝酒的日子更多了，輝煌的一次，是在老芒克家，我們倒空了所有能找到的瓶子底，在我們胃裡，拼湊出不可能更古怪的雞尾酒：二鍋頭、金獎白蘭地、五加皮、蓮花白……酒味，藥味，白酒的辣，藥酒的甜，混為一談（灘！），這堪稱恐怖主義的產品下肚，誰能不醉？曉渡和我，相對而飲，比賽看誰堅持得久，幾乎同一剎那，他歪了下去，嘴邊開始哇哇嘔吐，「你吐啦！」我話音未落，自己也倒在一邊，開始狂噴不止，那相對而吐、猶如寫詩唱和的場景，至今記憶猶新，同時，還記住了芒克的女友小球和友友端著臉盆毛巾，在廁所和我們之間狂奔擦洗，為這兩個比賽同敗者抱怨不止。

每次吐得天翻地覆之後，第二天就像大病一場，但歪在床上，如果有人問：「以後還喝嗎？」回答肯定是：「還喝！」我恰恰最喜歡喝醉後那種從時空切下的「空白感」。

一九八四年，我寫完《禮魂》後，就開始了持續五年寫作長詩《[illegible]》。這部作品，既野心勃勃，也腳踏實地。它匯集了我三十多年的中國經驗和思考。我的願望，是在此凸顯對當代中文詩最重要的觀念性和實驗性。

早在一九八二年，我已經開始關注《易經》這部古老文獻。對許多人，它簡直是一部天書，那些卜辭、爻卦之間神祕莫測、若隱若現的聯繫，陰陽符號自古如謎的含義，六十四卦既動還靜的系統……在在誘惑人，也拒絕人。千百年來，為參透那斷簡殘篇式的謎語，不知多少人耗盡了心血！但同時，它的魅力，並未因為難懂而稍減，從孔夫子到魯迅，都感到了，那牽一髮動全身的象徵系統背後，隱含著一個大有深意的思維方式，它從古到今深刻影響了中國文化，進而畫出一張理解中國文化處境的藍圖。哲學上說，那「變化中的統一」，不正勾勒出我們不停輪迴的存在？現實地說，每個人都是內、外世界的銜接點，全方位結構著整個歷史。一個日子、一首詩，能契入內心，就能從那條隧道溝通宇宙，因此一切深切的關注，必然宏大！這無關詩的題材，只關乎詩的深度。

我插隊時抬棺材走過的黃土路，幻化成〈半坡〉描述的「我—無我—一切我」之境，其實無所不在。每個點都盯視著人生，都能看到古往今來人類的一切。面對生死大限，唯有大悲，由悲而憫，只能大慈。於是，《易傳》中那句「作《易》者，其有憂患乎」，可不就在給我的詩指路嗎？

動筆寫《[illegible]》之前好久，大約一九八二年吧，我先寫了一首短詩〈易經、你及其他〉。記得剛寫完，就把它拿給才認識不久的曉渡看，曉渡眼前一亮，立刻說：「好詩！」時隔三十三年，在我的《總集》發行活動上，當觀眾邀請曉渡朗誦一首我的作品，沒想到他選的還是這首詩。從目光炯炯的小年輕兒，讀到那晚因為找不到老花鏡、念到倒數第二節只得停止，其間相隔三十三年！這更有意思，因為恍惚讀一首詩的工夫，我們大半生就滑過了！這首詩寫《易經》的詩，本身也幾乎變成了《易經》，把我們的生命納入那悠悠時空：「千年的末卜之辭／早已磨斷成片片竹簡　那黑鴉／俯瞰世界萬變而始終如一」！

《[illegible]》像一棵大樹，號稱中國文化史的開山之書的《易經》是它的樹根，而大樹的繁枝茂葉，則從幾千年前語言、文化的開端，一直伸展進當代中國、乃至世界。所以，由是，無論它看起來多麼「古老」，它必須是一首當代詩，甚至必須是極端意義的當代詩！就是說，它是站在今天，給「今天」（別忘了老芒克那個精采靈感！）命名的，我們對整個歷史和傳統的反思，都在給「今天」添加深厚的內涵和分量。

在我的《總集》發布會上，我對曉渡回憶當時寫《[illegible]》的感覺：「離開中國之前，我花五年多時間寫長詩《[illegible]》。那時，大家剛剛從朦朧詩冒頭，寫短詩見效最快，容易寫，容易流傳，容易翻譯，是出名的捷徑。在那個當口上，選古老而古怪的《易經》，又要寫一首從觀念到語言形式都極具挑戰性的長詩，不僅要勇氣，更像有朋友說的，簡直就是文學自殺。我同意這確『自殺』的說法，因為我給自己的限定，是這首詩一年只寫一部，十六首，絕不能超過。其餘時間，全部用作思考和積累。四部四年，加一年修改，共閉關五年，五年從公眾視野消失，不很像自殺嗎？但同時，我還有個更深的感覺，就是不管文革體認的痛苦，還是在黃土深處摸到的歷史和文化深度，有一個大東西、沉甸甸地存在在那兒，用一種即興、短小的抒情不夠表達它。因為清清楚楚感到了那個東西，花這個時間去尋找它、捕捉它，哪怕活埋一陣兒，值得，甚至必要……」

而曉渡的記憶更好玩更具體，他說：

作為老友，我見證過楊煉寫《⊙ㄦ》的某些困難時刻，特別是八八年他去國前夕，長詩《⊙ㄦ》已經寫到了最後一部的最後兩首，眼看就要大功告成，但結尾試了無數次，卻怎麼都不滿意，就這麼卡在那裡，收不了湯。那些日子他像瘋了，每次見面都要大罵這「他媽的」結尾，罵完又去啃哧啃哧地琢磨。終於有一天他像孩子一樣滿臉開花，得意地宣稱「他媽的總算解決了」。真是滿臉開花啊，以致多少年過去了，我仍能隨時回憶起他誦讀完那幾行最終拯救了他的詩句後，一仰頭將面前的滿杯酒「嗞溜」幹掉，再長出一口氣的情形，而那幾行詩也就此嵌在了我的腦海裡。「所有無人，回不去時回到故鄉」，還有，「每一隻鳥逃到哪兒　死亡的峽谷／就延伸到哪兒此時此地／無所不在……」幾天後，一九八八年八月八號，我們就在勁松四一三樓下揮別，他去紐西蘭，我去西藏，而沒人想到，再見面已是數年之後。那幾行詩簡直是讖語，預言和開啟他其後滿世界的漂泊寫作。

他說的真沒錯！《⊙ㄦ》歸結了我三十三年中國經驗的各個層次。我自己都不知道，寫它，其實就是在編撰後來我一再提到的那部《中國思想辭典》，這辭典在我後來的世界漂泊中，曾讓我受用無窮。

誰如果手捧汗牛充棟的注《易》之書，想找到進入《⊙ㄦ》的門徑，那他絕對大失所望。我這首長詩，從對《易經》的基本理解，到發掘隱含在那個卦象符號系統內的「自然象徵體系」，再到據此構思詩中四大部分的結構，一言以蔽之：前無古人！這不是狂妄，而是時代語境太不同了。

古人到哪兒去獲得現代科學、哲學那麼多資源呢？他們僅憑敏感到外部自然和內部世界的微妙互動，就已經給我們太天才的啟示了，如果仍然一味依賴祖先，要我們做什麼？

為此，我把長詩《[illegible]》，稱為（當時）最大的漢語觀念藝術，其四部「自在者說」、「與死亡對稱」、「幽居」、「降臨節」，分別處理我們人生經驗中四個層次：自然；歷史（廣義的現實）；自我；超越。其內在的貫穿思路，可以歸納為：外在超越，外在困境，內在困境，內在超越。與之相配，其形式也夠實驗性：七種不同風格的詩、三種不同風格的散文，包括那個足以讓圖書館員和出版社發瘋的自造字標題（《[illegible]》），既然我想用一部書攥住中國和中文幾千年的歷史，那就乾脆從人和語言最初相遇的一剎那開始吧！

細心的朋友，可以在這讀出我的半吊子哲學想法：形而下下——形而上。就是說，要抵達形而上超越，除了向下再向下，鑽透、打通自我內部那條黑暗隧道，別無他途。我得承認，這想法，直接和我的插隊經驗相關，甚至那個猶如天意的村名「黃土南店」，好像都在提示這條向下之路——內心考古之路。後來，許多資料，都不停與之配套：那個站在臨潼兵馬俑坑邊的暈眩，黃土揭開一角，地下一個斷壁殘肢的死亡世界，那麼巨大，離我們近在咫尺，卻被所有人徹底忽略。那個《神曲》中維吉爾引領但丁，從地獄「向下」爬入的淨界。那個尼采書寫的查拉圖斯特拉，悟道之後，第一個舉動，不是升天而是「下山」……是啊，艾略特引用古希臘名言：向下的路和向上的路其實只有一條。嘿，向下就是向上。讓我們走吧，走到底，走通它！

曉渡的回憶精確到了日子。真的，就在那個美好的「收湯」幾天後，我們在勁松揮手告別，沒想一年半載的預期，再重逢竟是六年後的一九九四！「所有無人，回不去時回到故鄉」，誰知道誰鬼使神差，讓我寫下這首〈還鄉〉？還意猶未盡地加上一首〈遠遊〉：「每一隻鳥逃到哪兒死亡的峽谷／就延伸到哪兒　此時此地／無所不在……」好一個「無所不在」！詩人不知道自己的命運，但詩知道得清清楚楚。我想像，冥冥中有個造物，笑瞇瞇地、冷酷地盯著我寫下那些句子，無聲說道：嘿，年輕人，別急，走著瞧吧。

整整二十年後，二〇〇八年八月八日，北京奧運會開幕的日子，我們和曉渡們坐在大連凱賓斯基酒店看電視轉播，忽然記起，媽的，這不是我們出國二十週年紀念日嗎？老朋友還是這些，我們兜裡揣著的護照，卻變成了紐西蘭、英國兩本「老外」護照，一轉眼，中國成了「我自己的外國」，而我的詩，成了用「我的外國母語」寫下的——荒誕啊，卻又嚇人的真實！

「倖存者詩人俱樂部」，在我去澳大利亞之後，又存在了半年多，期間芒克、曉渡最輝煌的事情，是一九八九年四月二日在北京中央戲劇學院組織了又一場倖存者詩歌朗誦會。那是一場真正的盛會，參加者的名單，今天看來真是群星璀璨。不僅詩人，北京、乃至全國思想、文化、社會活動界活躍人士濟濟一堂，把戲劇學院大禮堂擠得水泄不通。詩句，帶著它的光輻射和衝擊波，直穿無數心靈的導體。大廳內朗誦的詩聲，和大廳外現實的詩意，形成巨大的共振場，讓所有在場者熱血沸騰。何須解釋：人生和詩，哪有區別！

那年稍晚，我在紐西蘭，拿到那本鉛印的倖存者朗誦會雜誌，翻開，看著我們嫩出水兒來的照片，和封面上曉渡與我當年從蘭州博物館複製的鎮墓獨角獸徽標，真是感慨萬端。尤其那鎮墓獸一前一後頂穿藩籬的遒勁獸角，不正是我們相信詩擁有的能量麼？而徽標上那個詞「Survivor」

（倖存者），此時此刻，被滄桑賦予了多麼陰森卻又明確的涵義！

一九九四年，我再次回國後，和曉渡、芒克們酒酣耳熱之後，每過午夜，便只剩下一個話題：「那天」晚上，你在哪兒？做什麼？我感到，「六四」那個心結，牢牢扣鎖在每個人潛意識裡，硌疼、刺痛，等待著被酒精點燃釋放。老友相聚，千言萬語，苦澀辛酸，一粒火星就引爆了心靈的核爆。

不加入這些語境，人們就不會懂得《現代漢詩》創立之不易，和曉渡那句「還得做點什麼」的分量。詩活著，卻沉甸甸滿載了死亡！

我寫《[illegible]》，不是要販賣「東方」，恰恰要消解「東方」，那個地攤式的異國情調小商品。通過這首詩，我想說，所謂「中國」，和「人生」是同義詞——通過獨特的中國經驗，去深化人生的普遍內涵。這首詩裡，也第一次明確出現了「同心圓」這個詞：「橫貫水　波光蕩開　詩句蕩開／橫貫世界　這石頭層層構成同心圓……」，「同一片黃昏降臨節，籠罩你們茫茫人流中茫茫無人風景，籠罩我使我走出我。在同心圓中心，瓦解成每陣風、每塊土、每滴水和明亮的火，到處活著，靜靜呼吸」。

以「同心圓」為模式理解我們的生存和創作，也與曉渡和我的交往相交織。二〇一四年那次活動中，曉渡回憶說：「我剛剛進門，拿到《總集》第四卷《同心圓》，看到這書名，心中不免又是一個浪頭滾過。因為三十三年前的那晚，我們海侃過來，說著說著就說到了黑格爾，說到他的哲學體系如果用一個圖像來表達的話，就是『同心圓』。當時那個興奮！」我沒他記得清楚，但那時我們正是這樣交換思想的，沒有什麼「你的」、「我的」，所有思想都是種子，撒進土裡，哪裡能生長就在那生長。我的回憶簡直在對接他：「當年我們對『同心圓』的涉及，不期而然遇到了後來我對自己、對中國現實和歷史、對中文（漢字）語言學性質的思考，進而引申為對《易經》思維裡時空觀念的思考，直至最後逾越國界、語種，納人類根本處境於一詩，乾脆以長詩《同心圓》收湯。『同心圓』何止是一首詩的標題，那簡直就概括了我們一生最逼人的經歷啊！」

曉渡的《倖存者》代序（後來改叫「獻辭」，都一樣），是我們這一代詩人一個重要文獻。可以說，它第一次提出了文革後我們全方位的文學自覺。那自覺不止是政治的、思想的，更是詩的，甚至詩學的（那時，這個太過燦爛的詞，還有點令我們不敢正視呵呵）。它全面拒絕意識形態控制，同時拒絕藉反抗為名把文學簡單化。一九八九動盪剛過，這是偉大的先見之明！因為後來以巧立說辭，在中外各種市場上販賣假文學，謀取真利潤的，還不知有多少人呢。「倖存者」，已經早早把他們驅逐在外了！

我曾粗略把我們這一代概括成四個階段：一，創始期：基於文革的痛苦經驗開始寫作。二，成長期：八〇年代對歷史和文化的深入反思。三，成熟期：九〇年代後，把人生、文化和文學思考結合為一。帶著創作內涵的中國思想辭典，進行世界性流亡，以此印證它全球意義的有效性。四，深化期：二十一世紀以來，我們變被動為主動，遊走於中、外之間，借助全球化語境的新處境，激發新能量，使詩歌不僅深化對華語的自覺，更深化世界文化的自覺。

整個九〇年代，一大批中文詩人流亡在外，更大的一批「流亡」在內，倖存者，不是以平面距離、而是用深化的深度為標誌。一九九三年，被我稱為流亡中最黑暗的時刻，還鄉之夢遙遙無期，漂流之途漫漫無盡，活法、寫法雙重挑戰，內心之空直是無底。十月三日，我和友友躺在澳大利亞雪梨小房子的地鋪上，電話響起，奧克蘭的朋友在那頭哭泣：「顧城、謝燁死了！」「你胡說八道什麼？」「真的，顧城殺了謝燁，自己上吊死啦！」我的天！這怎麼可能？但再細想，一九八九之後，還有什麼不可能發生在我們身上？顧城、謝燁只是個可見的案例，而看不見的默默死亡，又有多少，在周圍空氣中瀰漫！

顧城的悲劇，又伴隨著某種詩歌「喜劇」，他的天鵝之歌、也是他的扛鼎之作〈鬼進城〉，把他詩人的直覺，詩歌語言的精粹，直至詩學的禪悟，推到了極致，但也引爆了炸藥。〈鬼進城〉裡，你能感到字詞橫飛，每個字沾著血肉，崩散如碎片。顧城用這首詩，預演了他自己的肉身之死，我是不是該說，這顆文字炸彈，展示了一個驚人的「爆炸詩學」？唉，詩人，被自己炸了個粉身碎骨。

相比而言，我是另一個極端相反的版本。顧城被歷史悲劇混合個人悲劇炸碎時，我恰恰剛剛完成在海外寫的第一個大型組詩《大海停止之處》。這也是對我們共同困境的應對，但結論似乎完全不同。

那些提問：在海外怎麼活？怎麼寫？如何不重複自己，而在一個全然陌生的環境中，不走捷徑而繼續文學的創造？一九九三年，我們在海外已經漂泊了五年，從黃土地到幾乎日日面對碧藍的大海，這不是場景的轉換，更是思維的轉換：從鎖定在一個文化環境內，變成在多文化參照中，全方位敞開自己，更深更苛刻地檢驗以前的思想。具體地說，就是從我能「把手伸進土摸死亡」

（《中ㄦ》），深入到把手伸進海水，去摸那世界上同一個大海，且通過這導體，接通古今中外的詩意電流。

我寫過多次，如何以組詩《大海停止之處》，向大海復了仇。這個「仇」，就是終於突破了那阻隔我和它的藍色絕緣層，終於打通了我的中國經驗和世界經驗，最終把它們歸結進人的根本處境。這個組詩的結構，以四個層次的「大海停止之處」，構成四次輪迴，層層遞進到同一「處」深處，那是「我」嗎？或者「你」？或者「我們」？一場跋涉，把我們漂流的世界平面，垂直轉入思想的縱深，每一步都走在盡頭上，再深化那盡頭，讓盡頭本身成為無盡的。這是對存在的理解？抑或對詩的理解？或二者本來就不可分開？

有了同心圓的意識，外在的漂泊就不在拆散自我，反而在凝聚自我，令它日益強大堅固。孤獨、貧困、壓抑、異鄉的寂寞、時間的流逝，都不再是負面的，而成為一首詩誕生的前提。《大海停止之處》，讓我回到了同心圓的原點上。

曉渡清楚感到一九八九年對我們成長的意義：它既歸納了之前積累的能量，又開啟了之後新的可能。雖然紐西蘭、中國海天萬里，但並未隔斷我們的書信往還，每每看到他那總是寫滿信紙的浸透書法功底的娟秀小字，我心裡都會湧起一股暖流。這不同於家書，但某種意義上，比家書還寶貴，因為我們誰也沒想到，本來「抵足而眠」的徹夜對話，竟然會突然變成這種隔海傳音！好在，古話「心有靈犀」，同時具有當下的意義。我在地球某個陌生地點漂流，他沒動地方，卻同樣在內心裡漂流。我們的共同點，是這漂流的方向：朝深處、再深處、更深處，一種無窮盡。我猜想，正因為這，我詩中那句「終於被大海摸到了內部」，才令他怦然心動，並用它給一篇極有分量的詩學論文作標題。

他這篇精采的〈終於被大海摸到了內部〉，最早、也最清晰地指出了《大海停止之處》的「個體詩學」意義。他把「個體詩學」視為詩人深化自身的標誌：一種最終建立的哲學和美學思想體系，包括生命認識、現實定位、詩歌理念、為自己篩選重寫的「傳統」，直至落實為每件作品的形式和語言。這比我們成長期時對自己的要求高多了，但它又切實無比，因為，對我們而言，「詩學」這個詞，從來不可能只停留在學究式的的空話層次上，它必須緊扣詩歌的內在合法性——表達人性深度的必要性。

這種人生詩學，要像一個磁場，牢牢吸附著詩作的語言和形式。新的表達不得不被發明出來，否則無法探測那人性深藏的幽微。深，是新的前提。

《[illegible]》的寫作，奠基於我說過的：「當行為上毫無選擇，精神上卻可能獲得最徹底的自由」，可這種置之死地而後生的詩歌態度（毋寧說思想態度），只有在海外漂泊中，才被印證得確切無比。這是極端的否定，又內含極端肯定的一面，並在詩中，幻化出這樣極端的句式：「沒有不殘忍的詩」，「沒有不殘忍的美」——雙重否定所抵達的肯定，直到那個「不可能的」句子：「這是從岸邊眺望自己出海之處」，沒錯，就是它了！我站在岸邊，眺望自己乘船出海。有了這個精神公式：一切外在漂泊，就成為內心之旅的一部分。沒有什麼是被動的，有的只是主動的追尋。

那個夜晚，在雪梨，我一次次從床上跳起來，記下《大海停止之處》的結尾部分，一個思想豁然開朗：因為奧德賽，海才開始漂流；而活下去、寫下去的唯一選擇，只能成為永遠的奧德賽。

一九八四年我在中國時，連懵帶猜地提出過「智力的空間」詩學觀念，但它究竟是什麼？卻還需要等待九年，向永遠波蕩的大海學習、發現、把握它深處的靜止。人生流逝，而詩歌常駐。這個空間形式，還有待更多人生、時間輪迴注入，一點點遞增它的品質。

錘煉詩等於錘煉人。詩學的終極目標，一定是人學。我們的創作原型，正是中國文化現代轉型這首難度巨大的史詩。對我來說，難度和深度成正比。而除了深度，所謂當代中文文學，什麼也不是。

所以，曉渡選的那個句子，以感慨萬端的「終於」一詞開頭，再恰當不過了。

我不得不說，曉渡這篇集我們共同人生、文學經驗於一身的論文大作，即使放在他的眾多文章中，也是一篇不可多得的力作精品。當我後來向他提起這點，他頷首微笑：「真的，寫此文那些天，我也進入了一種近乎失重的狀態，只有我和海浪般動盪的思想在對峙，除此之外一片空白。」

所以，曉渡用這篇長文，創造了他自己的大海和自己的漂流。讀這篇文章，真有點驚心動魄，時時被思想的巨浪拋上巔峰，又被質詢的漩渦拉進谷底。我得說，不僅寫作、甚至閱讀這篇文章，也像一種冒險，我得捏著把汗，不知在渡兄鋒利的解讀下，我的詩會碰到何種命運？

我很難想像，並沒有很多海外經驗的渡兄，如何能切入我的大海之詩，抓住我出國後詩作中洶湧而來的大海意象，從這既遼闊又狹窄的入口，打開我詩歌那個近乎無邊的宇宙？渡兄開宗明義，抓住布羅斯基一個精采的說法：流亡經驗，以「極大的加速度，將我們推入孤獨，推進一個絕對的視角」，而他比布羅斯基走得更遠，不止注意到「被推入」，更瞄準我創作中早已主動「進入」的流亡或漂泊狀態，那文革廢墟已經揭示的「只有我們自身和我們的語言」的孤絕，以及自始成為我們音色主調的詩人和語言間的緊張關係。

渡兄早早感受到我後來無數次使用過的那個反問：「精神創造之人，誰不是流亡者？」所以他說：「如果說楊煉是當代中國最早達成了詩的自覺、嘗試建立自洽的個體詩學，並用以指導自身寫作的詩人之一的話，那首先是因為他最早深切體驗並透徹反思了這種走投無路感，由此拓開一條決絕的向詩之路。」沒錯，中國人生，鋪就了這條路的路基，但渡兄追問：「如此的感悟同樣適用於漂泊中寫作的西方語境嗎？回答是肯定的。在楊煉看來，變化了的語境甚至加深了上述『重合的孤獨』，或者說，成了他運用『最徹底的自由』主動創造出來的更深的困境」。無論國內或海外，「一個詞足以令你走投無路」恰是根本的絕境。於是，掙脫的另一種方式，就是放棄追求簡單的「自由」，卻反向深入困境，「先行到死亡中去，成為來自其深處的反觀和想像」，以此「強化他個體詩學的自洽性」，「它不但成了楊煉寫作的臨界點和靈感的源頭，而且決定了他的身分（『一個活著的鬼魂』）」。

我的詩歌大海，也久久期待著渡兄這樣的觸摸：「……真切地體驗到它們的灼熱和冰涼，疼痛和麻木；也才能理解，為什麼楊煉會在《大海停止之處》中，一方面驚呼『大海　鋒利得把你毀滅成現在的你』，一方面又如釋重負地慨歎：『這忘記如何去疼痛的肉體敞開皮膚／終於被大海摸到了內部』」；「他基於『現在是最遙遠的』這一根本感悟，領受、挖掘、收集死亡詩意的最重要的契機和途徑。」因此，沒有別的途徑，除了詩「一雙俯瞰相對世界的絕對的眼睛要求一種絕對的詩歌本體／主體觀。這種本體／主體觀把詩理解成生生不息或生死無定的世間萬象最後的安身立命之所，一個不斷生成、同時自足的語言實體；其構成方式是多層次、多側面、不同因素依靠內部的動態平衡相維繫的智力空間，不是『讓局部說話』（布羅斯基語），而是用整體（包括不同作品之間、同一作品內部的互文性）說話。一個自身生長著的整體使得具體作品不再是個體經驗的投射，相反是對後者的持續汲納和吸收。在此過程中寫作本質上成為一場漫長的語言獻祭，讓所有的瞬間匯入同一個瞬間」，「在楊煉看來，一個詩人，現實、歷史、語言、文化、大自然、迥異的國度、變幻的時代……一切，都構成一個自我的內在層次，和一首詩的內在深度。誰創作，世界就環繞誰構成一個同心圓。」

當我們自命為「活著的鬼魂」，並以那絕對視角寫下詩歌，也就解脫了國界和語種的限制，因為詩歌不依賴讀者數量，某種意義上，恰恰以拋棄那數量為保證自身品質的前提。因而，斯蒂芬・歐文在他〈何謂世界詩歌——對具有全球影響的詩歌之期望〉一文裡，半譏諷著談論的中文詩人因為無法「超出語言學邊界被賞識……（因而）必須接受十分痛苦的束縛，一種區域界限性」，也就顯得文不對題了。屈原、陶淵明，即使在自己母語中，也是孤獨至死的，同時，這厄運又讓他們繼續活在我們之中。以此觀之，自以為使用「當代主導語言」的美國詩人並不得天獨厚，因為他們最深的貧困，正來自這可憐的沾沾自喜。「主導」的幻覺，首先背棄了詩歌的本義，其次放棄了對全球化時代人類精神深刻危機的自覺，後果是直接傷害了作品的深度。大批被「主導語言」生產出來的膚淺、平庸、油滑之作，充斥世界，這就是原因。

《大海停止之處》，開啟了我從未預料、卻充滿驚喜的海外創作階段。一部部作品接踵而來：長詩《同心圓》、詩集《十六行詩》、組詩《幸福鬼魂手記》、詩集《李河谷的詩》、《豔詩》、長詩《敘事詩》、詩集《饕餮之問》、組詩集《空間七殤》……我出版十卷本《總集》時，把它們又還原回「手稿」概念：中國手稿、南太平洋手稿、歐洲手稿（上、下），「手稿」意味著未完成，而我們的思想、藝術歷程能完成嗎？大海茫茫，提示著一種美學：「茫茫就是一個人和宇宙並肩上路」（《敘事詩》），我們的人生，是一個個拒絕重複的「思想——藝術專案」，它只有航速、航向、里程，卻不會有終點。

進入二十一世紀，我和曉渡一起，又「同心圓」式地推進了許多思想、藝術內涵豐富的項目：中英詩人互譯；英國灣園（Cove Park）、山東萬松浦交流；中興詩人互譯詩選《大海的第三岸》；揚州瘦西湖國際詩人虹橋修禊，就是被德國詩人約阿黑姆．薩托留斯讚為「最好的」那個詩歌節；北京文藝網國際華文詩歌獎，從全球化的深海裡，撈出了世界久違的無聲者的呼號——中國工人們用血肉鑄造的「人生詩學」珍品！甚至「倖存者俱樂部」，也在二十八年之後，再次在北京重建，滿頭華髮的芒克、曉渡、我，坐在一大群年輕朋友之間，像三塊壓艙石，「鎮」著這個我們自己的小傳統。

曉渡——「渡兄」，如我們習慣稱呼的，總帶著讓人信賴的微笑，既會傾聽又不乏主見地穩穩坐在那兒。只要看見他在，就像攥住了一張最大的底牌，讓闖天下的我們，心裡有了深深的底氣。

二十，北京的朋友們（三）——楊佴旻

「聽一隻翡翠樹上的紅烏鴉」，這個句子，顏色豔麗得令人睜不開眼睛。誰能這樣肆無忌憚地揮霍色彩？什麼東西能承載這樣的色彩，而不被它壓垮？有如此炫目視覺的鳥兒，能發出怎樣的叫聲？我們受得了那個聽覺嗎？

這一大堆問號，當我二〇一一年剛看到楊佴旻的詩時，一下子湧上心頭。

和芒克、曉渡比，楊佴旻算是新朋友。說真的，去國多年，保持聯繫的老朋友，猶如家人越來越珍貴，結識新朋友的機會卻不多，原因也簡單，老朋友共同分擔的艱險、分享的振奮，到新朋友這兒，都只是故事。而新朋友生活的環境，對我們來說，差不多就是個外國。見面寒暄，互道久仰，面子酒肉，掉頭即忘。偌大世界，見的人太多了，僅此而已。

但佴旻不在此類「新朋友」之列。首先，把他介紹給我的，就是個「異人」：李小山，八〇年代，他因一句「中國水墨畫死了」，震得藝壇文壇搖晃不止。小山和我相識於倫敦，他那股無視權威的獨行俠勁兒，從生活到思想一以貫之，令我一見就感覺似曾相識。嘿，這不就像我自己嘛！再後來，我讀到他那幾部卡夫卡似地往生活裡死鑿深掘的小說，更確立了對他的信任。這算厄運嗎——在中國沒人認，但是不是比浮在水面上的假名家們精采得多？關鍵是：誰稀罕和那些他媽的名字做比較！

所以，當小山山（友友這麼叫他）對我說：「佴旻可交」，這張名片已經夠漂亮了。

楊佴旻是畫家，但也寫詩，我們結識的緣起，是小山想請我給他的詩集《詩77首》寫個序。寫序不是難事，尤其佴旻那些「畫家之詩」，其鮮明的特色，簡直撲面而來，我的文字只須立起一面鏡子，把那七彩光譜收入囊中，便自然成了。而有意思的是，當我提筆寫這篇序時，還未和佴旻見過面，寫到的「那人」，純然是我從他字裡行間讀出來的，此人是對是錯？出現在眼前時，是否真的「可交」？全是懸念。

序言寫成，佴旻的評語，竟然是「把我寫得太好了」，這讓我稍有意外。今日中國，吹捧成風，哪有自謙之人？「可交」的內涵，又多了一層確認。

二〇一一年稍晚，我到北京，佴旻專程到車站來接，接下來，我們泡在一起好幾天，暢談人生文學藝術。這時，我才發現，我們人雖是初識，經歷、思考卻頗多重疊，這才是我們一見如故的基礎。

楊佴旻是河北曲陽人，曲陽在哪兒，我毫無概念，可我卻對河北感情深厚，因為文革中我父母的五七幹校，就在河北，先是饒陽，後到冀縣，都在滹沱河畔，瀰漫著衡水老白乾六十五度的醇香。一九七六年一月七日，我母親在北京猝然病逝，其病因也在她下鄉的河北農村極端缺醫少藥。唉，河北，燕趙悲歌之地，對我正是一首悲歌啊！

那大概是一九七三年初中暑假，我去饒陽看父母。一天，我出饒陽縣城，獨自走八里路去滹沱河游泳。到了岸邊，只見蒼天下一條大河，茫茫蕩蕩，波濤拍天而來，四野空曠死寂，只有水聲灌滿耳鼓。一剎那，我心裡陡然冒出一股恐懼。或許我生平第一次，感到天人之間巨大的反差？下了水，我的身體，被水流猛沖著，四面八方，無端端好像神鬼俱在。哇，這條河真該叫通天河，誰知道它從哪兒來，又要把我帶到哪兒去？記得我沁了一下，就趕緊爬上岸，拔腳回家。但那短短一沁，卻像行了個洗禮，讓我從此感到了與河北結下了天地緣分，以致二十多年後，當我住在倫敦的另一條河邊，創作詩集《李河谷的詩》，用對我生命意義重大的若干河流，來標誌我的一生的足跡時，還曾赫然把滹沱河與我瑞士出生地的阿爾河、近鄰北京的易水、紐約窗外的哈德遜河、澳大利亞雪梨的帕拉瑪塔河並列在一起。儘管我清楚，沒幾個讀者，能猜出我和它那段掌故。

我和佴旻這故鄉之緣，又因為異鄉大大加深。我從一九八八年起四海漂流，那時嘴巴裡一個英文詞沒有，橫趟世界後，侃出了滿口「楊文」（Yanglish），能和各種老外探討無論多麼深奧的哲學、文學問題，這其間「強把異鄉作故鄉」的酸甜苦辣，只有自己知道。佴旻走過的，幾乎是同一條路，不過他方向朝東：日本。他在日本求學、畫畫二十多年，娶了日本太太，生了雜交兒子，又以日本文化現代轉型的經驗對比中國，完成了博士論文《二十世紀中日繪畫革新比較與批判》。博士帽並不重要，倒是一個中國人，能一步步完成這深化遞進頗為罕見：由畫畫而寫詩，由業餘寫變成專業寫，甚至選擇這個匯合中日文化焦點的「大題目」，脫胎換骨成為理論家，我的天，我家這位老弟的「楊文」，遠超出我那點難度啦！

我對佴旻這篇論文的興趣，由此帶來對他繪畫中思想性的認識，首先在他對這題目的選擇，就像一幅畫，要有個視角，才能下筆，他這番思考的視角，直接跳出了許多「玩深沉」者的局限。

不僅中國人，老外也在內，提起外國文化，常把目光投向遠處。中國人想到歐洲、美國，西方人想中國、阿拉伯、印度（那個籠而統之的「東方」）。但，那種大塊面塗抹的文化比較，常常其實沒有比較。就像一幅畫上，看不出筆觸、肌理、層次，不需要細膩的過渡和構圖，只要堆上色彩就行。這類「表現派」，在繪畫中，方便了無數業餘者，可放在文化思考上，就給半吊子們大開了方便之門，因為他們不需要深入比較各方，比較真區別，找出真共識，只要盲人摸象，自說自話，把想像當理解，一篇自欺欺人的「研究」就能做成。當然，這裡的前提是接受者什麼也不懂。二十世紀的中國，差不多就是追著這類瞎猜狂奔，把自己摔了個鼻青臉腫。

佴旻這篇論文，拋開了好辨認的「遠」，卻選中了地理、人種、語言、歷史看起來「近」的日本。又深究進這表面的「近」，探索了語言和思維方式上實質的「遠」，以及某種「更遠」——我們的誤解之遠。

近代以來，中日歷史的深刻絞纏，讓很多中國人早早帶上心理偏見，因此阻礙了對日本文化做精微深入的觀察和思考。結果是加倍的悲劇性，地理愈「近」，心理愈「遠」，很多互相學習的好機會白白失去了，留下的只是誤解和傷痕。

佴旻論文的關鍵字之一「傳統與現代」，讓我眼前一亮。這個詞，正是我到日本時，和詩人高橋睦郎長篇對話的主題，這個充滿時間性的切入點，正可以跨越文化邊界，喚起我們的共同思索，獲得共同的啟示。佴旻和我心有靈犀啊！也應該說，誰關注中日文化轉型案例，怎麼可能忽略這個焦點？不深究此中奧妙，一種文化自覺何以形成？

這篇論文，把佴旻自己也直接放進了中國思想困境的風暴中心，他逼著自己作一塊反骨——巧極了，他的頭頂上，長著個古怪的小包，簡直像腦袋上又多出個小腦袋，這大約就是古人的「異象」！佴旻乾脆不掩飾它，他的頭永遠刮得精光，讓那個小腦袋暴露無遺，更有甚者，他的藝術標誌，竟然也直接設計成這葫蘆似的大小腦袋形狀，一個先天加後天的雙重異象，才真有意思了！不知怎麼，我總覺得佴旻那古怪的腦袋，就像一塊反骨！

但也不奇怪。佴旻的「反骨」，就是他對中國文化的批判性。不遭遇反骨的挑戰，檢驗不出真價值，也甭提自覺。

佴旻激賞日本現代藝術家清晰區分開古典、現代，既尊重經典的價值，更全力追求現代創造。反觀二十世紀中國，卻常常古典、現代糾纏不清，以致常常名為現代，骨子裡卻一派古典惰性。沒有更深的提問，再複製過去傑作也是死水一潭。佴旻悟到的現代真諦是：讓那塊反骨，首先反抗一下自身吧。不要怕倒空自己，倒空了，才能再注入清泉，一個活的傳統才能形成。

佴旻現在是中國新水墨繪畫的領軍人物，但他首先得過自己批判的中國思維弊病這一關。轉了一大圈，他能否不重演一次縮回傳統的自我繳械？他的彩墨體系，能否不停留於玩技巧，更成為一種現代觀念的載體？嘿，這些文化大話題，對一個畫家是不是太大了？不，這些必要的「大」，正是注入他藝術的能量，讓他筆下那些花卉山水人物，突破早被前輩大師畫盡了的「題材」，讓每一筆都飽含著新觀念，讓每個技法又成為思想本身，讓他追求的「新水墨」，兼有工筆畫的細，寫意畫的韻，文人畫的雅，日本畫的精，印象派的靈……它們又不是中國畫，不是日本畫，不是歐洲畫，它們的思想之美，豐富而單純得簡直讓你忘了——那只是楊佴旻的畫。

佴旻的新水墨畫，貌似平穩靜美，實則暗含極端。這是一種藝術上的陰柔功夫，練得到家，又遠超表面的生猛。和中國幾種流行的「潮流」相比，佴旻不賣土特產式的「中國政治符號」，也不亦步亦趨「緊跟西方」，抄各種「後、後後」的捷徑。他更反對「因襲古典」，儘管他使用最傳統的繪畫材料，宣紙、毛筆、水墨、顏料，「師法古人」似乎理所當然。但，佴旻很警惕：古人的意義屬於古人，不等於今天藝術家的意義。沒有觀念、技巧全方位的突破，貼再多標籤，也無非淪為低級的商業炒作。

佴旻給自己和新水墨提出的要求是：要創造一種「思想與技法高度統一」的新中國畫形式」。這句子聽起來並不刺激，但內行知道，這裡蘊含的，是對中國水墨傳統的整體更新。不是要思想或者要技法，而是思想、技法都要，以思想檢驗技法，用技法證實思想，以真正創新的作品，建構藝術自覺。在亂哄哄的當代中國藝術噪音中，我聽到了一縷難得的清晰樂音——「成熟」的樂音！二〇一三年中國美術館楊佴旻新水墨畫展開幕式上，我專談「成熟」，且把它定義為「獨創性和各種思想資源間的最佳組合關係」。這與其說是祝賀，毋寧說是對期待太久終於獲得的深深感慨！

佴旻的論文和他的畫，把中國、海外組合在一起，他的畫，從那朵標誌轉折的白菊花開始，也像「用一只蘋果壓垮了歐洲」的塞尚，靜美之極、又陌生之極，卻輕輕（重重）壓垮了我們頭腦裡既定的中國畫傳統，令我們不得不從零反省人生、哲學和美學。可以說，佴旻創造出一抹寧謐、溫文、優雅的幻象，本質上卻是激烈、衝撞、挑戰——一次當代中國藝術的自我挑戰。

真極端，恰在表面看不出極端時！

是滹沱河結下的緣分嗎？當我沿著佴旻畫展那麼多作品看過去，最吸引我的，仍是他畫故鄉太行山那批近作。好像一個異鄉遊子，終於帶著沉甸甸的思念，回到故鄉。那山、那水、那樹、那雲，是真的嗎？抑或比夢中所見更像幻覺？沒出走過的人，怎懂得返回的滋味？也正因為太遠的出走，我們才加倍懂得：簡單的返回是不可能的。我們回不到自小生長的鎮子旁，那兩條曾水聲嘩嘩的河流中，眼前的它們，是乾涸的河床。因此，他用記憶的眼睛看，用藝術的眼睛看，用內心之眼看，並為自己再次創造它。這批佴旻自己的太行山，是一種山之靈——完成了一首詩，就像佴旻自己那首〈太行　靈山〉：「帶著復原的命脈」，浸透「你的流水逝去了三千個秋季的藍色」，真兮幻兮，命運在此——「那是金色命定／從起始到死去／在同一段時光」。

佴旻的性格，頗有河北人的淳樸厚道，像太行山窩裡冬天的棗樹枝子，有點倔，有點軸，紫紅樹皮疙疙瘩瘩，木質卻硬實可靠。認識了他後那幾年，讓我們回北京的日子，變得又有點像回家了，因為知道他在那兒，有要求、有麻煩隨時可以求助，接風洗塵，離別送行，小酒一喝，透著「家」味兒。北京，再次溫暖起來了。

北京東四華僑大廈，是我從小比較熟悉的地方。那裡離我奶奶家舊居的西堂子胡同僅數百米之遙，甚至零下十幾度的冬夜，要是想去懷舊一番，也可以拔腳就走。

我奶奶家的房子，在北京大拆遷的潮水中，因為被發現曾為左宗棠的北京舊居，而被保護下來，現在還被不知名的某單位占著，只能隔牆憑弔一番。倒是北京文藝網國際華文詩歌獎開創之後，一次評審期間，我和老友曉渡、新友曉宇一同漫步至此，見大門洞開，便趄將進去，與門房攀談之後，得以拍照留念。從門口遙望奶奶當年住過、我小時候玩過的後排正房，那棵大樹似曾相識，樹蔭下卻物是人非，不勝感慨。

華僑大廈的另一個記憶，與我媽媽相關。時間應該在一九六四、一九六五年左右，我媽媽和她單位同事在華僑大廈裡有名的翠亨邨餐廳聚餐，讓我自己坐公共汽車，從頤和園到動物園，轉一一三路無軌電車到東四找她們。那大概是我生平第一次一個人「上路」，孤零零坐在公共汽車上，雖然記得車外的站名，但心卻越走越虛，害怕，加上冬天黑得早，換上一一三路電車後，我已經覺得這旅程無邊無際，再走一段，竟然哭了起來。售票員阿姨使足力氣安慰我，還在東四站，專門停車把我送進翠亨邨餐廳，我一見母親，滿腔委屈頓時發洩，好一陣嚎啕！現在想來，那點路程就哭，太沒出息了！換了我後來漂泊的千山萬水，還不得哭死多少回！不過誰知道呢，千山萬水都拋在了腦後，倒是那小小的第一次，刻在記憶裡揮之不去。唉，一切初次都像初戀，打下的印記格外深刻呀。現在，三三二路公共汽車變成了三三二路，一一三路無軌電車變成了一一三路，但它們的路線基本未改，每當我看到一輛一一三從華僑大廈前搖晃著駛過，那第一次痛苦的「試飛」就油然目前。好可笑的懷舊啊！

從二〇一二年認識佴旻開始，華僑大廈幾乎成了北京文藝網國際華文詩歌獎的基地。這個二〇一二年創辦、現在頗為著名的詩歌獎，緣起於我和佴旻初次見面，他邀請我作他擁有的北京文藝網藝術總監時。我說：「藝術總監總得做點什麼呀？」佴旻回答：「那當然，你想做什麼就做什麼！」聊天之際，一個念頭冒出腦海：「那我們做一個真正向所有華文詩歌開放的詩歌獎吧！」

「太好了！說做就做！」佴旻支持。

這個獎被我們正式命名為「北京文藝網國際華文詩歌獎」，這名稱裡已經包含了兩層意思：一，華文：只要是用華文寫下的詩歌，無論詩人居住何處，統統有資格投稿參賽。二，國際：詩作雖然鎖定華文，但評審標準卻不能局限於中文界限之內，而必須參與詩歌對整個全球化語境——和處境——的普遍思考。在時間軸上更新傳統，在空間軸上聯結世界，自覺建立判斷當代華文詩的坐標系。

佴旻認可我給詩歌獎的觀念定位，因為那呼應了他對「傳統和現代」的思索，也一舉打通了他的中國和國際生活經驗。對我一樣，詩歌觀念的深化，直接植根於人生。一個詩歌項目，印證了我們自己的命運。

中國繪畫市場，一幅畫能拍出上千萬元的畫家，多半已去世，或是垂垂老矣的畫壇老前輩，而佴旻只四十來歲，他的畫居然也進入了千萬行列。錢，當然有用，但我們能成為好友的原因，不在錢，恰恰因為他在商業味太濃的中國，掏自己的錢，辦起一個純粹公益性質的詩歌獎，這不是「理想主義」是什麼？而藝術離開理想主義，什麼都不是！從這件事，我還看到佴旻性格裡的俠義精神。河北古來就出豪俠之士，「風蕭蕭兮易水寒」，正是荊軻慷慨赴死的悲壯之歌。中國文化裡一個「義」字，包含著正義、道義、俠義、仗義。「君子寓於義」，那就是一種古老版本的理想主義啊。

「理想主義」一詞，讓我想到我的柏林朋友，我的北京朋友，和當年老爸們那一代，為平等中國之夢，背叛富有家庭，奮力毀滅自己出身的階級。沒錯，他們幼稚，但這不能遮掩精神的美好。「理想」，任何時候都閃耀著人性的光輝。它不理睬馬後炮的喋喋不休，卻傳承著人生的意義和美。

北京文藝網國際華文詩歌獎，在全球汗牛充棟的詩歌獎中獨一無二，因為它是中國艱難文化轉型的特殊案例，也只能發生在互聯網時代。

說它是特殊案例，因為環顧中外詩歌獎，你不會找出另一張組委會名單，能含括如此豐富的國際國內第一流詩人，能建立這個最具有國際公信力的組委會，除了有中文詩人跨出國界，以作品品質獲得國際詩人的信任，進而以個人友誼邀請他們躍入中文這個陌生的大海，別無他途。

說它只能發生在互聯網時代，因為它必須建立在網路平台上，通過互聯網向所有人、所有詩敞開。互聯網，一個我們三十年前想也不敢想的東西，徹底改變了人類感受、思維、表達、交流的方式。一首詩，無論在世界哪個角落被哪隻手寫成，撒上「網」去，都可能有回聲在等待它。

互聯網無遠弗屆，也無所不收，我們的詩歌獎不認人、只認詩。

孔夫子的「有教無類」，被我們改編成「有詩無類」！

在北網支援下，一個國際最高級的組委會，中國最有信用的評委會建立起來了，這個獎目標明確：向一切以中文寫成的詩歌開放。

第一屆評委會裡，最先的碰頭彩，來自傑出的詩歌批評家秦曉宇。之後，赫赫有名的唐曉渡、西川、翟永明，晚近實力派詩人姜濤、楊小濱，也個個舉手贊成。組委會裡，向國內、國際著名詩人撒出英雄帖，也百分之百被接受：華文詩歌前輩謝冕、牛漢、邵燕祥、鄭愁予、張默、管管、芒克、李小山、陳黎……，國際大牌 Adonis、Sean O' Brien、George Szirtes、Breyten Breytenbach、John Kinsella、Arthur Sze、Forrest Gander、Joachim Sartorius、Rebecca Horn、Ilma Rakusa、Bas Kwakman、Bernd Scherer……，再加國際總監 W. N. Herbert ——我編輯《玉梯》英譯當代中文詩選和《大海的第三岸》中英詩人互譯詩選的老搭檔。這個組織架構，就像一張藍圖，搭起了詩歌獎建築的結實框架。

二〇一二年七月十五日，「北京文藝網國國際華文詩歌獎」，隆重開幕登場了。

在開幕式上，北京文藝網國際華文詩歌獎的理念很明確：

動機：設立當代華文詩歌獎，意即主動深入當代華文創作，把握其語言的、形式的、追問和反思人生經驗的所有層次，在全球化複雜語境中，參照古今中外詩歌資源，尋找和確立有效的判斷標準。

歷史：三千餘年持續創造性轉型的華文詩歌傳統，是世界上獨一無二的文化現象。自《詩經》之風、屈原之辭以降，華夏文化以漢字為基，以時間為軸，用璀璨如星空的詩人個性和無數傑作，驗證了自身的生命力。艱難曲折的二十世紀，不僅沒摧折這生命，反而激發出它超強的自我更新能量。由此，詩人自信，立足於華文詩歌的深閎內美，去維繫和溝通普世人性之大美，是值得的。

目的：基於此一信念，北京文藝網將主辦「北京文藝網國際華文詩歌獎」，面向一切用華文寫成的詩歌作品，渴望評選出遙祭祖先而無愧、環視世界而欣然的佳作。

標準：我們的評選標準，一言以蔽之，就是強調專業性和思想性。專業性，必須內蘊千古詩歌傳統、百年超國界華文現代詩探索和三十餘年來大陸詩歌寫作的自覺；思想性，必須直抵當代人精神處境的深度。

方式：為達此目標，北京文藝網將緊密與各協辦者合作，特別是通過引進不列顛文學翻譯中心、紐卡斯爾文學藝術中心，直接與覆蓋地域最廣、擁有文化背景最繁多的英語詩構成對話。華文之根系、全球之視野，將交匯成「北京文藝網國際華文詩歌獎」的價值坐標系。

精神：「叩寂寞以求音」，一千七百多年前，陸機在他的〈文賦〉中寫道。相對於尚未寫下的詩作，世界永遠是寂寞的。我們設立此獎，虛席以待一顆顆將使世界豐盈的詩人內心。

除了一、二、三等三個詩作獎項，我們還為沒出版過詩集的詩人設立了第一部詩集獎，這獎其實含金量最高，因為它要求最少四十首詩作，也就是說，不能靠碰巧，它的得主，必須保持穩定的創作水準。

說真的，在極為商業化的中國，設計一個詩歌獎，究竟有什麼含義？我和朋友們，其實心裡都沒數。因此，當詩歌獎在北京文藝網上登台第一天，突然面對著潮水般澎湃而來的詩作，大家都驚呆了。

第一天，五百多封投稿。第二天，更多。這其中，很多還是組詩，甚至詩集。二〇一二年——二〇一三年度，北京文藝網國際華文詩歌獎的總投稿竟達八萬多首詩。它們的作者，超過兩千詩人！

比數量更震撼我們的，是這些詩作的品質，八萬多詩作中，竟然至少有百分之十以上水準很高，一望可知詩人早已不是生手。更讓我們這些「詩壇老朽」大吃一驚的是，這數千首精品的作者，我們幾乎從未聽說過！就是說，他們從未混跡任何官方詩歌界，卻是長期、默默自我寫作，至多只在網上與好友知己切磋而已。

商業化的中國表面之下，竟然有一個看不見的洶湧的詩歌大海！

那段時間，我們剛搬到柏林，白天，我做我的「超前研究」，晚上則埋頭電腦，與誰知道棲身於哪個中國（或世界）角落的陌生詩人交流，那些五光十色的網名，把我這個網盲晃得眼花繚亂：衝動的鑽石、沒壓制住、血色湘詩、山東十一傻、獨竟天涯……評委們也激動起來了，我們為陌生人爭得面紅耳赤，為一首詩作該不該加精快要打架，而在這深處，是一種深深的感動：詩歌活著！它不曾屈服政治的打壓，也沒有被金錢征服，它的生命，比我們最好的預期還頑強得多。

北京文藝網國際華文詩歌獎，雖然不能說是「最民主的」詩歌獎，因為評委們最終還要投票決定獲獎者，但一定是「最公開的」詩歌獎。一件作品，從投上北網論壇，已經有目共睹，評委加精正確與否，每每引發大吵大鬧，直到決定了獲獎者，也不是爭論的終點，相反，評委的評判，又被不停再評判。從大陸、從港台、從海外、每天、每小時、每分鐘，創作和意見紛紜而至，只有網路時代，我們能生存在這樣的詩歌世界中。

網路空間，虛擬又真實，無縫銜接起我們，一齊納入詩歌的想像空間。

只到接近第一屆詩歌獎終評之際，那個藏在神祕網名「衝動的鑽石」背後的詩人郭金牛，才終於現身，讓他那些描寫農民工的詩作精品，落入一個活人的軀體。「金牛——鑽石」，可不都在生命裡閃閃發光！

郭金牛，上接先前的鄭小瓊等農民工詩人引人注目的作品，下啟一大批新的工人詩作，通過屢屢獲獎的《我的詩篇》工人詩紀錄片，形成了當代中文詩一個搶眼奪目的現象。

網路，拉近了默默寫作的「無名」者，和那些他們本來只能遠遠眺望的名字，近到我們完全平起平坐地切磋、探討、爭論，一時興起，也不妨罵人。詩人嘛，個性最重要。

每天互動中，他們說很感動，其實更感動的該是我，感受著詩裡中國大地的震波，我覺得跨越了時空障礙，一舉回到上世紀八〇年代，生命和詩又在直接共振。我的軀體，像根插入大地的探針，闊別之後再次插進那片土地、那個國度、那個文化，聽到脈動傳來的岩漿、錯位、斷層，和一次次迸發。每首詩，八萬多首詩，像大地在心跳，那心聲震耳欲聾。

什麼是中國的肖像？什麼是世界的肖像？什麼是——「現實」？那幅冷戰黑、白畫，早不適用了，就像富士康：中國勞工、台灣老闆、美國蘋果手機，全球化利潤背後的權與利，不深入這個現實，哪有其他的「現實」？

褲兜裡那支手機叮咚作響，在提醒整個人類，比經濟危機可怕得多的精神危機，從不在遠處，它就在每個人身邊腳下。

而且，它帶著病毒，在到處傳染令人性麻痺的自私、冷漠、玩世不恭。

與此針鋒相對，郭金牛告訴我們：中國三億多農民工中，有兩千萬人在寫——在表達被壓迫的感受。這大海只是看似無聲，其實它呼號不停！

北京文藝網國際華文詩歌獎傳達出的當代中國資訊，波動到了世界上。《南德意志報》、《紐約時報》、《法蘭克福彙報》都專文介紹這個獎，特別是它的農民工詩人得主和作品。世界最大的國際詩歌節荷蘭鹿特丹國際詩歌節，為此特地把二〇一二年的詩歌節主題，定為當代中文詩，並邀請評委秦曉宇、我和香港詩人廖偉棠共赴鹿特丹參加詩歌節。

這是當代中文詩從未獲得的機遇：在國際詩歌舞台上，不僅讓某個中文詩人、而且讓整個當代中文詩，成為世界詩歌矚目的焦點，被關注、被閱讀、被討論。

內涵獨特，要求形式也創新。

北網為此專門做出一個更大膽的創造性決定，在鹿特丹國際詩歌節期間，舉行一個跨語種、跨時空、前所未有的詩歌節：「鹿特丹—北京文藝網國際同步詩歌節」，從二〇一三年六月十四日鹿特丹時間下午三點、北京時間晚上九點開始，中外詩人一齊上網互動，朗誦、對話、問答，以三小時「共時的詩歌時空」，連接世界上一顆顆詩心。

二十多位中文詩人的作品，被提前篩選出來，翻譯成英文，展示在網上，供來到鹿特丹的國際詩人閱讀。

十幾位外語詩人的作品，被譯成中文，上網讓中文詩人閱讀。

一批提問，早在詩歌互動開始之前，已經湧入北網。若干精選問題，也譯成英語交給了國際詩人。

能夠感到看不見的空間裡，有燙手的溫度，且不停升高。

終於，時間到了。二〇一三年六月十四日，鹿特丹下午三點，我們在詩歌節大廳，五、六台電腦打開上網，北京晚上九點，唐曉渡等主持者坐在騰訊演播室，無數電腦星群般遍布中國各個角落，由阿拉伯大詩人阿多尼斯開場，向中國詩友問好，朗誦自己的詩作，回答中國觀眾的問題。中國、阿拉伯文化轉型的複雜、現實處境的艱難，思想超越語言，被直接遞到對方手中，我們互相理解得毫無障礙。

阿多尼斯之後，更多中文、外語詩人一一朗誦：楊煉、Bas Kwakman、西川、唐曉渡、翟永明、姜濤、秦曉宇、Ester Naomi Perquin、Jan Glas、Naomi、Gulias……每位中文詩人朗誦後，都有在鹿特丹的外語詩人即興點評，談感受，論詩藝，說到好處，妙語如珠，網上的感覺，真有點像面對面。「同步詩歌節」啊，完全沒覺得千山萬水阻隔其間！

三個小時全程錄音錄影，為全球詩歌交流史上這個突破性創意，留下了最珍貴的紀錄。當然，無論作為詩人、還是策畫者，我都好奇究竟有多少人參與了這個活動，可別是我們自己一廂情願地瞎折騰吧？

三小時後，北京已過了午夜，終於告別觀眾後，我問北京方面的主持者唐曉渡，今天多少點擊率？

我準備聽到幾千、幾萬那樣的數字，而曉渡報告的騰訊統計，竟然是——「六百多萬」！哇！而且，大多數都參與了三小時的全過程。騰訊本來是準備給詩歌做一次慈善事業的，沒想到竟有如此「商業化」的成果！

還不止如此呢，我睡了一夜，第二天早上醒來，秦曉宇第一句話就是：「現在點擊率已超過一千四百萬了」！這個數字持續上升，十天後：兩千二百萬；兩星期後：三千二百萬。再後來，不必問也不必看了，我知道，詩歌觸動了人心。有人生真問題在，就有詩歌的激情在。因此，詩歌永不會淪入政經新聞那種昨日頭條、今天垃圾的厄運。

這樣的天文數字，對西方詩人來說，簡直是天方夜譚。詩歌啊！幾千萬點擊率，怎麼可能？這裡的不同，在於一邊是非寫不可、不吐不快的人生必須，另一邊是可有可無、玩技術性的「詩歌遊戲」。中國農民工的詩歌，並非只有社會學意義。它重新賦予接通了詩和真生命、真靈魂的血緣，匡正了詩歌的浮泛空洞，因而更具有詩學意義。

哦，所以，當馬丁．莫澤巴赫問郭金牛：「詩和你有什麼關係？」郭金牛回答：「在生活裡，只有詩不嫌棄我，我也不嫌棄它。」詩的強大，因為它能觸及人心裡「最軟的地方」（郭金牛語）。

這是從人們腳下發出的回答，它的深度帶著大地的溫度。

「當下的一百年」鎖定的中國，不是它成為世界第二大經濟體的金錢力量，而是郭金牛們詩歌中的人性力量。這人類困境的「當下」陰影，在反襯每個人應對挑戰的光輝。

二〇一三年十月，北京文藝網國際華文詩歌獎頒獎儀式，在北京大學舉行，荷蘭鹿特丹國際詩歌節藝術總監 Bas Kwakman、英格蘭藝術委員會主席 Antonia Byatt，和中國詩歌批評先驅謝冕先生、當代中文詩創始詩人之一芒克，一同把獎頒發給郭金牛和其他獲獎者。國際文學的最高層次，和當代中國最原創的聲音直接相遇，肯定是世界詩歌史上的第一次。那鮮花和笑容，也綻放在「當下的一百年」裡啊——一行詩一個「當下」，「一百年」中文新詩的艱難跋涉，中文深度終於和世界廣度匯聚了。

我相信這是第一次，可絕對不是最後一次。

二〇一三年十一月中旬一個早上，我和友友登上佴旻的車，開往他的故鄉河北曲陽。吸引我的，是砌進北京無數殿堂的著名曲陽漢白玉，和北宋名瓷定窯遺址，一句話：太行山。

那幾天，北京霧霾重重，鼻子、嘴巴裡甜絲絲的一股化學味兒，肺像被沉甸甸的巨石壓著，唉，真冤枉了本來描繪自然的「霧霾」一詞，它該叫做「汙霾」，因為是清清楚楚的汙染呀。

我們原以為到了太行山邊的曲陽，應該回到青山綠水的懷抱了，嗨，誰知這裡汙染更可怕，從山西來的運煤車，一輛接一輛，超載的引擎震抖嚎叫，滿路煤灰飛揚，遍地灰黑一片。破舊的村子萎縮在路邊，也像被嗆死的風景的一部分。入冬的山野，荒涼乾枯。幾道乾河床，亂石間沒一絲水意，只有黃褐色的雜草，像死動物身上的毛，一簇簇在風中抖動。「這就是曲陽？」我驚問。「變啦。當年可不是這樣，我小時候，那河水好清，鎮子裡的龍潭，四季不乾，據說直通東海……」佴旻沉浸在舊夢裡。

中國文人文化登峰造極時的北宋定窯瓷器，燒造於曲陽。定窯白瓷單色刻花，文雅至極。在宋徽宗改用淡青色汝窯之前，定窯曾是北宋宮廷一百餘年的御用瓷器。可以想像，昔日汴梁大都，宮外是熙攘喧鬧的生活清明上河圖，宮內龍庭卻披雪鋪玉，一片素雅。精美的台案上，一只只碗、碟、盤、盞，潔白晶瑩，細如凝脂，畫花刻花，玲瓏剔透。定窯精品，造型常瘦長或扁平，略呈病態美，其簡潔富麗，掃盡俗氣的實用感，直逼現代藝術的抽象性。若一碗在手，看它內側線刻一朵大花，沿口雕成蓮瓣，外壁勾勒花蒂花瓣，那文人雅趣，又不遑讓歐洲巴羅克風的甜柔。一只定窯白瓷孩兒枕，讓我想到，佴旻老弟也是生長於這文化搖籃中的孩兒，沁透了深遠溫潤的古風，難怪他一出手就有那麼高的藝術品味。

我們的車，沿著煤屑烏黑、塵土飛揚的公路進山，本以為以定窯之中外聞名，還不被當地當作寶貝供著，遠遠就打出大招牌？不！路牌？根本沒有。七問八問，當地人聽見「定窯遺址」，竟大多一臉茫然，更不知道路怎麼走。好不容易，我們拐上一條從未整修過的鄉村土路，上坡下坡，兩邊荒草下，出現連綿不絕的瓷片堆，再向前，一個院子，鎖著大門，空寂無人，隔牆望進去，院子裡又是成堆碎瓷片，一塊斷碑刻著「定窯遺址」，躺著地上。喝，終於到了！

佴旻打電話叫來了遺址管理人員，打開鎖，讓我們進入遺址博物館參觀了一下。說是博物館，其實只是那一道圍牆，一間大房子，把當年考古發掘的遺址圍起來。沒有暖氣，沒有清潔工，沒有對定瓷藝術的詳細解說。旁邊幾個木頭架子上，扔著稀稀拉拉的千年寶物，就算出土展品了。它們塵土蒙面的樣子，恰與荒廢的太行山相配套。佴旻是對的：古老的價值，和這根本不在乎文化的當代有啥關係呢？

我們在定瓷遺址——定瓷的墓地裡轉了幾圈，懷著滿腔感慨出門，才發現這「博物館」只是整個定窯遺跡之一隅。旁邊的碎瓷片堆，竟然連綿十幾里！站上碎片堆最高處，看碎片在草叢黃土間時隱時現，起伏蔓延，想見當年大宋燒瓷的盛況，和今天文化凋零之慘狀，該感慨？還是乾脆悔恨？

回車子的路上，友友一低頭，撿起腳邊一塊小瓷片，抹去浮土，一抹潤白顯露了出來，白裡泛出微微的象牙黃，正是人們談論的定瓷特色。定睛細看，其釉色含蓄精雅，被歲月淘洗得沒一絲賊光。微凹的曲面上，赫然勾勒出幾道花紋，修長如蔓草，正是定瓷最著名的刻花藝術！側光審視，那刻法圓熟之極，下刀如下筆，沒半分遲疑猶豫。如果是詩，這詩句該有真正清水出芙蓉之感。小小一塊瓷片，突然拉近了我們和大宋之間的距離。千年在哪兒？只在它輕輕一吮中。它留在這裡，像一棵文化巨樹上一片落葉，像某個天外星空一塊隕石，等著，被拾起，重新感受活人手心裡的溫度。一個文化血緣，還能再被滋潤、復甦、萌芽嗎？在我柏林的書桌上，小瓷片每天發問。

從太行山回來，我寫出了題贈給佴旻的組詩〈第五個季節：太行山〉，那也是我迄今最後一部詩集《空間七殤——七組詩》的壓軸之作。

這組詩結構單純，三個部分題為：「一，石頭是一瓶黑色的溶液」，「二，一隻瓷枕夢見那些頭顱」，「三，第五個季節——毛筆的冰川擦痕」。

太行山之行，給我們這一代畫了一幅肖像：我們的詩意，從來不是簡單的。它是一瓶黑色的溶液，裡面有文化的濃汁，更有現實的憂鬱。我們的記憶，也是碎瓷片堆，看著好像一動不動，其實在不停向深處隕落，更深、更深。宋徽宗、倪瓚、徐渭……都不在別處，只在腳下，用每朵暗花握緊時間的瘀傷。而我們的藝術呢，哪怕使用最輕柔的毛筆，也只能像一塊冰川漂礫，在命運的亙古冰川上劃下道道擦痕！

但這絕境，是歷史的、也是我們自己的主動選擇。佴旻眼中的太行山，像屏障我童年的北京西山：「孩子眼中那條山脊線一天天長大」，當「詩的蒼涼　比山更蒼涼」，佴旻的畫、我的詩、芒克的豪爽、曉渡的儒雅、北京文藝網國際華文詩歌獎湧來的成千上萬詩作，都在挑戰、尋找著那個新的東西：獨立思考＋文化底蘊＝一個活的新文人傳統。

這才是我們的「第五個季節」。它，現實中不存在、而藝術中必須存在，一種被創造出來的深度真實。一座精神的太行山，不在別處，只在我們體內，日日增高。由是，我在為自己《總集》、更為我們這一代經歷寫下的小序（或小結）〈一首人生和思想的小長詩〉裡說：「我的全部詩學，說來如此簡單：必須把每首詩作為最後一首來寫；必須在每個詩句中全力以赴；必須用每個字絕地反擊」——

第五個季節　近得能摸到　茫茫
是香的　舊的容顏鋪在山坡上
花蕊　雲影一動一個前世
不動　春天的刺每剎那更尖
釘進鬼魂心裡　回家如狂想
太多被浪費的愛學會眺望
冷之愛　耐心畫一塊石頭是香的

二十一，命運的色彩（上）

二〇一六年一月，我寫完了即將在中國出版的友友小說集序言〈風兮雨兮，其中有詩〉，這標題，呼應了友友第一篇小說的題目〈恍兮惚兮〉。我的感慨也深：「從一九八九年的〈恍兮惚兮〉，轉眼二十六個春秋過去。當一個人六十歲，回顧中一切都帶上了一層命運的色彩。」

沒錯，是這個詞：「命運的色彩」！它渾厚而清新，一把抓住了友友闖蕩過來的人生、文學、藝術。

一九八三年初的北京，到處都是「地下」：地下文學、地下畫展、地下樂隊、地下晚會……凡非官方的一概「地下」，也不論那究竟有什麼含義。那時，我們都年輕，好像忘記了自己有變老那一天，聽說什麼詩人六十歲還寫作，肯定不屑一顧：「六十歲了還寫呢，真噁心！」

諸多「地下」中，地下晚會最合我們心意，被文革耽誤了青春期的藝術男女，接到朋友們輾轉邀請，不管認不認識，二話不說就來，反正有的是讓我們一見如故的主題：文革、藝術、外國詩、搖滾樂、蹋死狗（迪斯可）、貼面舞（又叫「一步舞」！）、哲學辯論、打情罵俏……從滄桑歷盡的老一輩如吳祖光，到十七八歲的小夥少女，全是自來熟，我還記得吳祖光的名言：「最怕的就是電話響，可別叫我去晚會，我可是個意志薄弱者！」哈，但舞會上總少不了他的身影！

友友和我也在這片叢林裡出沒，因此，我們也堪稱是地下相逢。那天我到得晚，一進門已經人頭濟濟，有剛冒頭的影星，在口吐白沫地侃哲學，有小報記者談政治，有外地草莽藝術家忙著展示作品，有外交官的女兒張羅吃喝，我落座門口，不久，注意到身邊一位女孩，大眼珠子骨碌轉，東張西望，卻很少開口，別人搭話，也只應付一兩句，嘿，挺神祕呀！於是，我開始和她攀談，記不得說了什麼，反正天南海北，聊得挺對路。

從談話裡，知道她在中國戲劇出版社工作，是美術編輯，正對「四月影會」的一撥年輕攝影家感興趣，想用他們的現代派作品出掛曆。這和我直接對上了路，因為「四月影會」正是《今天》文學雜誌的表兄弟，同時出現在民主牆上，甚至很多成員乾脆彼此穿插。他們的名字「四月」，就直接來自一九七六年四月五日天安門運動——由紀念周恩來之死而起，演變成給文革的最後一擊——好多「四月影會」成員的佳作，直接拍攝於那座小白花鋪天蓋地的廣場，且成了珍貴的歷史鏡頭。我們唯一沒想到的是，十三年後的一九八九年，同一個地點上，歷史會像鬼魂還家似地回來，重演同一齣但更慘痛的戲劇。只不過這一次，我們不再只聽過去的故事，而是直接參與創造了現實。

友友生在西安，長大於甘肅蘭州，她爸算老牌共產黨，出生於江蘇揚州一個大戶人家，本姓劉。一九三〇年代劉家因祖父輩抽大煙，敗了，大院賣給了開銀行的汪家，改稱汪氏小苑，現在還是揚州一景，全國重點文物保護單位，進門參觀得買門票。友友的爸在南京中央大學學法律，同時參加地下（也是「地下」）學運，後來到成都當中學教師，拐跑了十六歲的校花，一九三八年投奔延安。所以，友友的爸媽都是高幹，不過是「知識分子」高幹，因此始終不得重用。雖如此，她爸也當到了甘肅副省長，她長大的甘肅省省委大院，地名很好玩：「一隻船」。那裡出了不少後來重要的政界人物：宋任窮、汪峰、胡錦濤（最後這位還曾在文革貶職的友友她爸手下當過技術員）。

友友長大的省委大院，高幹子弟聚居，文革前無論甘肅窮得多慘，省委生活沒的說，她爸出門有專車司機，在家有保母警衛員，最喜歡開車去野外打獵，還有枝嶄新的比利時造雙筒獵槍。可政治風頭一轉，她爸又常常是首席替罪羊，總被扔出去墊背，就這樣友友成為文革開始後第一撥「狗崽子」，家門被大字報封得直到地面兩尺高，出入必須學狗爬。昔日權力在手、趾高氣揚，今天忽然任人踐踏，這是不公平？或另一種老天的公平？唉，誰說得清！

這批文革中父母關了牛棚，自己野生長大的幹部子弟，也第一批看透了政治的汙濁。當全國籠罩著一片血紅、一抹死灰，友友已追著她的姊姊們，整天騎車撒野，跑到郊外，大唱俄羅斯民歌，偷偷穿上花裙子，搔首弄姿地拍照片——多年後，看到她們穿花裙子列隊拍的照片，我戲稱為「花裙子革命」——美，寧靜而倔強地，在人性深處對抗著專制思維。

一九七六年九月九日，大消息從北京傳出，舉國震驚，神也會死嗎？當我在插隊村裡紮小白花時，友友正和另一位狗崽子約會，她們交換著眼神：「可死了！」「走，照相去！」倆人竄出郊外，剛換好裙子，掏出相機，卻被提高警惕的工人民兵逮個正著：「什麼日子，還敢照相！」倆女孩一番詭辯，終於脫身，快跑呀！

我和友友從八〇年代初的「地下」生長起來的愛情，除了時不時和「雷子」們碰撞的危險，更多還是無窮無盡的興奮刺激！友友的雙手，有極好的生活才華，能把任何地方，布置得舒適無比。鬼府不大的房間，被她掛上幾幅畫，擺上幾只瓶子，挪動一下沙發，頓時顯得豪華起來。特別該感謝她在美食故鄉揚州長大的父親，從小把友友培養成了個無師自通的美食家，一手烹調，令眾位朋友嘖嘖稱讚。由是，談笑吃喝、爛醉嘔吐的中外鴻儒，不分晝夜一幫幫湧來時，也就不知是奔詩人還是奔酒肉，或從來就沒有區別，直接混為一談！

從鬼府搬到勁松之後，我們有了自己的「單元」，友友這理家才能，進一步發揮。一間客廳，招待過山南海北無數藝術流浪漢，也逗引得泡在北京的外國記者、翻譯家流連忘返。辦《倖存者》時，來我家的朋友，只須找到一個標誌：門口擺放的一大片花雕酒瓶：「到啦！」伴著一聲大喝，敲門（砸門）聲立馬響起。那時，我們剛剛「發現」了花雕酒，那溫熱後的柔和醇厚，有其他酒代替不了的芳香，很久之後，當我體驗了揚州，正式把揚州菜命名為「文人菜」以後，才順便也把黃酒叫做了「文人酒」。不過，我們熱酒的辦法，可不怎麼文人，那是整瓶扔進大鐵鍋，直接開水煮起，滾燙之後，就瓶而飲，哪是文人，直是酒徒。一次，酒在火上，我們在屋裡，侃得忘了時間，忽然廚房中「砰」的一聲爆響，炸啦！黃褐色的酒漿，濺滿四壁。哎呀，唯一的遺憾，是一瓶酒白白餵了空氣！

那時的興奮人生，還有一大亮點，就是旅行。近的到北京郊區：三家店，十渡，十三陵，懷柔水庫，密雲水庫……都是我們嘯聚之處。最理想的，是一撥朋友，找一輛車，小麵包或北京吉普之類，傍晚從北京出發，路過朱辛莊電影學院，捎上幾個美麗的準明星女郎，開去密雲水庫（比如）的路上，趁暮色停下，竄進玉米地掰下一堆棒子，到水庫邊舉火燒烤。篝火，星群，詩興，酒意，青春，激情，一同迸發，時時不免擦槍走火，演變成一場鬥毆。文弱如我，竟然也和多多打過一場架，細節就不提了，反正相當精采，我文革剛開始學的幾招「語錄拳」、民兵捕俘拳還真管用，惹得顧城事後心有餘悸：「楊煉要殺人吶。」另一位正巧在場的澳大利亞漢學家，多年之後聽說她一位同學在翻譯我的詩，反應頗為相似：「你怎麼翻譯那個流氓的詩？」哈哈！

我和友友一九八六年的陝北之行，非常精采。那次我們在西安聚齊，一路北上：銅川，黃陵，延安，米脂，佳縣，榆林，鎮北關。坐著大破長途汽車，沿途從綠到黃，越來越黃土高原味兒，友友一路哼唱小曲，嗓子雖左，倒是愉快。她指給我看，只要山下有個村子，那光禿禿的荒山頂上，必有一棵綠油油的樹。「那叫風水樹，全村人端水也得讓它活著，如果它死掉，這村子的脈就斷了。」喔，是真的嗎？還是友友後來的小說虛構才華，那時已見出端倪？管他呢，反正這感覺很棒，足以入詩！我的長詩《YI》第二部「與死亡對稱」中，有一首〈地．第五〉，人物借用霍去病，詩句卻是：「只有　無垠黃土上一棵孤零零的風水樹／把稀疏的綠汲取到高處／山羊舔著乾裂的嘴唇／走向一塊塊石頭　曬黑的苦行僧／用額角搬運太陽的影子　黃昏消瘦的神……」

那次陝北之行，猶如我們下意識與中國文化的源頭告別。在西安，重登大雁塔、漫遊杜陵原。

在銅川，用單位空白介紹信，假裝夫妻住旅館，對著半夜砸門的檢查者扔鞋子。在黃帝陵，四顧無人時，乾脆藏到大石碑後面露天做一通愛（也許就此沾了點仙氣兒？呵呵）。在米脂：尋訪古代美人而不獲，倒從老鄉學了點規矩：「水靈婆姨哪能隨便上街呀？」言外之意，頗帶點歧視。在延安，坐在那座寶塔下，懷想當年友友父母和我老爸留在延河邊的足跡。在榆林，步行走出鎮北關，遠眺鄂爾多斯，一逞大漠野性。佳縣的經歷最豐富：車上的老鄉，剛才還像一座座土地爺似的死寂無聲，一看到家鄉，卻突然齊聲亮開嗓子唱起〈信天遊〉，滿車豪情，激盪衝天；我們餓壞時，路邊買的「驢板腸」火燒美味無比，珍藏到第二天，卻變得黑乎乎一團腥臭，難以下嚥了；從道家叢林白雲山，俯瞰黃河，直如加入那個金黃色的結構：水面、河岸、天空，三條平行線，簡單至極，渾如天啟——「依次無情／與神諭同在」。

一些獨特的「現代」經驗也滲入我們的生活了，比如同性戀，比如大麻。

一次，我們在友誼賓館一個老外家開晚會。酒酣之際，「踢死狗」音樂響起，大家開始群魔亂舞。我跳著跳著，忽然感覺有點不對，一個歐洲壯漢，像條大蟒緊貼著我狂扭，就差纏到我身上啦。趁上廁所的機會，我偷偷問主人：「那哥兒們怎麼回事？」主人大樂：「你不知道西方有『老同』嗎？他就是一個老同。」原來如此啊！我再回去，那廝又貼了過來，我一拍他肩膀，指指他腳下：「給我打住！」轉身就走。

還有個真故事：一位澳大利亞嬉皮漢學家，七〇年代末到北京當專家，住進友誼賓館，推窗一看，簡直不敢相信自己的眼睛：花壇裡滿滿長著大麻呀！他衝下去，一看一聞，真是大麻！再摸摸腦袋：我這是在哪兒？天堂嗎？他想：我累壞了，先回去睡，養精蓄銳，明天來個大麻大豐收！

沒想到，他大麻味兒的美美睡夢，忽然被轟鳴的割草機聲驚醒，他跳起來衝到窗前一看，啊！工人正在他的天堂裡收割呢！他衝出去問：怎麼回事？工人說，這房子好久沒人住，花壇都是野草，昨晚外賓住進來了，所以要剪草了。「嗷！草？那是我的大麻寶貝啊！」這兒弟心疼如絞，又不敢說，只好為昨晚貪睡後悔得砸康子。當然，自那之後，這「花壇」就成了他的寶地，我們也就和他一起，多次漫遊進了雲裡霧裡、飄飄欲仙的神遊境界。

順便一提，就是這位大麻專家，一九八八年以個人名義，給友友寫了封邀請信，請她和我一起出訪澳大利亞。在北京的老外朋友笑道：「誰請也輪不到他請呀，他是我們中最窮的一個！」哈哈，他可不窮，他守著「花壇天堂」哪！

友友已經把我們出國前的勁松日子，寫進了她的〈芒爺〉一文。事實上，從一九八三年起，她的命運，就不期而然地和這批詩人、藝術家捲在了一起，直到近朱者赤、近墨者黑、近藝術家者也只能當藝術家，友友自己最終別無選擇，也跳上了這條賊船。

但那是一九八九年我們出國後的事。造成友友跳上藝術賊船的原因，說來有趣，竟然因為一個離藝術最遠（那時候）的東西：錢。

在中國時，友友堪稱窮詩人堆裡一個「富婆」，因為她住在高幹父母家，吃住免費，每月工資扔進抽屜，日積月累，竟然有了一大筆。認識我後，除了時不時下趟館子，還多了個更有意義的開銷：贊助我出版油印詩集。

那時，出版是件「神聖」的事。要出書，得先過編輯、出版社那一關。這就連《今天》文學叢書也不能免俗，那雖然是地下出版物，可也名正言順是正式出版的，就是說，有編輯把關的。但，有必要那麼看重那些編輯嗎？他們是誰？有什麼權利決定我的詩的價值？我決定不等，自己出自己的書！

其實出書並不難，準備好稿子，找家謄印社，打字油印裝訂，二百本要價也就二百元。一旦想通了，我「敢」自己出書，就只剩一個問題：二百之數也不小，別忘了我一九八三年的月工資才三十來塊錢。

好在有友友，一口氣贊助我出版了三本自費油印詩集：《土地》、《太陽，每天都是新的》、《海邊的孩子》。拿著它們送給當時的好友老江河，他曾對此大為讚賞：「自費出書，你在中國是頭一個！」

但到了一九八九年的紐西蘭，情況又全然不同：友友父母家那棵大樹沒了。我原來是奧克蘭大學訪問學者，大學給我們租的房子頗為漂亮，可是六月之後，訪問學者經費結束，大學只能補助每月五百紐幣，這是我們全部進項。屈指一算：房租、飯錢、交通、寫作……原來那個房子住不起了，只好再找，一位朋友告訴我們，離奧克蘭大學不遠的格拉夫頓路上，有座老房子，裡面是分隔的房間，公用廁所和洗澡間，價格便宜，才六十紐幣一週（紐西蘭繼承英國傳統，按週收租），是嗎？這價錢還能承受，走，看看去！

可一看，有點傻眼：這老房子估計有百十來歲，在紐西蘭算古董級了，它外面原來刷成粉色（所以我們老開玩笑，說它原來是妓院），現在剝落得一塊一塊，像得了白斑症。走進去更慘，黑黢黢的樓道，腳下的老木板，一踩吱扭扭響，像小動物叫。地毯似乎從房子蓋好就沒換過，一股黴味，直衝鼻孔。上樓時，遇到另一位住戶，黑暗中看不清臉，反正夠老，關鍵是他身上那臭，又一舉蓋過了地毯。更駭人的是，他經過我們身邊，彷彿什麼也沒看見，目光直視著走過去。後來熟了，這位吃救濟的老人告訴我們，他已二十年沒收過信，也沒寄過信，真正和世界物我兩忘了。

幸好，「我們的」房間在樓上，一間屋，但兩面曾經的陽台，被安上玻璃封起，改裝成廚房和臥室，仔細看，地板明顯向街的方向傾斜。仍是幽暗的木板牆、骯髒的老地毯、孤零零一條線掛著電燈泡。最可怕的還沒看見呢，這房子外面大雨，裡面能漏二十多處，所有鍋碗瓢盆都得用上接水。一次，一股水柱順著開著的電燈線直灌而下，哇，要是著了火，這木頭老妓院，肯定瞬間變一團火球，腿腳不靈的老人，都得變成烤肉！送我們來看房子的新加坡攝影師曾煥照跟在我們身後，不知在勸告還是自語：「這房子不能住啊。」

但不能住也得住。這是我們的錢包唯一能對付的地方。剛開始，「流亡」一詞，沒落到實處，它更像標舉一種英雄氣概，因此讓人喜歡掛在嘴上。但紐西蘭這老房子，讓我們學到什麼叫「生存」？今晚的飯錢、下週的房租，壓在自己肩上，生存才清晰無比。它這麼鋒利，容不得一絲含糊。相比在中國時，領著一份旱澇保收的工資，心無掛礙地談論「自由」，曾何等奢侈，又何等空泛！只有當生存的壓力，給「流亡」注入真內容，它才成為思想的壓艙石。所以，改一下詹姆斯・喬伊絲的說法：養活自己的滋味，等於「流亡」的滋味，不讀懂它，就讀不懂他的——和我們的——作品。（詹姆斯．喬伊絲原話：誰沒品嘗過流亡的滋味，誰就讀不懂我的作品）。

但也別只抱怨老房子的缺點，我們租下它，還因為它獨具一格的美。

從我們的視窗望出去，一條長長的下坡路，左拐，是著名的格拉夫頓橋，因橋下一條高速公路，跳下去犧牲無疑，所以又名「自殺橋」。右拐，是奧克蘭醫院，和奧克蘭博物館所在的領地公園。直走，谷底就到了奧克蘭大學，不僅去教課剩了交通費，而且一路近處的花樹、遠處的大海，透明的空氣，頭上無窮無盡疾馳而過的白雲（所以紐西蘭在毛利語中，叫做「長白雲島」），讓人瞬間只享受著詩意，哪管世間那些煩惱。

每天早上，在老房子裡被鳥鳴（傾斜著）吵醒，眺望大海，或銀白耀眼，或雲影紛紛。隔海，是休眠火山 Rangitoto 巨大完美的圓錐形山體，它八百年前最後一次噴發，至今仍滿山覆蓋著漆黑的岩漿岩。再遠處，天氣好時，幾乎能望見顧城住過的「激流島」，我們曾在那裡一起蹚海水、砸牡蠣，構思一九八九年十月在奧克蘭大學舉行的「中國：倖存者」詩歌藝術節。這個位址：紐西蘭奧克蘭格拉夫頓路一三七號，嵌進我們的人生，是一塊真正的命運里程碑。

友友在北京已顯露的生存藝術家才華，在老房子裡，更盡情施展。破牆沒關係，跳蚤市場兩塊紐幣買來的薩摩維亞手工草編掛毯，正好遮醜揚美。舊地毯不算什麼，吸乾淨，擺上花，擺上書，依然無愧來訪的「鴻儒」們。封住的陽台臥室，又是我的書房，一張大鐵書桌，壓得地板更加傾斜，可坐在桌前眺望白雲疾馳，也像個最佳瞭望台。窗口、書桌、我的詩，一動不動，就整天朝與白雲相反的方向狂奔，天空移動抑或詩移動？誰知道？就讓它動吧！

這房子的靈魂是音樂。我們唯一的奢侈品，是一架那時剛出現的Sony隨身聽，和兩只小喇叭，最經常演奏的是卡薩阿斯的巴赫大提琴組曲，和蕭邦的夜曲，它們一深沉遒勁，飽含人生蒼涼，一優美超越，漫溢精神靈性，都緊緊抓住了我們最深的感受。晚上，朋友們聚集於此，口琴聲、唱歌聲，此起彼伏。空酒瓶插著蠟燭，桌邊一對撿來的教堂銅燭台，蠟燭熊熊燃燒，真有窮歡樂的味道。

我生平唯一一次自釀啤酒，堪稱飽受煎熬，得苦等三星期，才首次開瓶。隆重的儀式上，一口下肚，鴉雀無聲，「說點什麼呀！」我要求。「喔，這是個什麼玩藝，可不是啤酒」，一位老外回答。原來我在酒麴裡加了太多糖，酒精度比一般啤酒高出好幾倍。但，我們要的不就是酒精嗎？這一晚喝得大家醉眼朦朧，異鄉故鄉都是酒鄉！

我們也有「牙祭」，北京好友徐長華來到奧克蘭後，擠住在我們小屋裡。饞壞了時，就奔超市，買一包三個雞骨頭架子，熬一大鍋湯，三個人一人一隻雞架，啃得津津有味，嘿，以前哪想到吃這？如今才真叫做「棄之可惜」！

還有紐西蘭漫山遍野的野茴香呢，洋插隊先驅顧城介紹的，把肉買來，麵和好，一邊擀餃子皮，一邊拿把剪刀下樓，只剪最嫩的茴香尖兒，回來一剁一拌，那叫香啊！更香的是：茴香——不就是「回鄉」嗎？它的香味，不久就飄進了友友的短篇小說〈茴香餃子〉。

我們搬進老房子一星期後，曾煥照再次來訪，他全然不認識這地方了：「這還是那間屋子嗎？哎呀，房東要給你們漲房租啦！」

格拉夫頓路一三七號一單元，一九八九年十月九日，友友和我在這裡結婚了。

那可能是世界上最慘的婚禮。上午，友友去小旅館，做完她的清潔工。中午，我們把破屋子收拾好。下午，三位朋友：奧克蘭大學亞語系教授閔福德（John Minford）、講師鄧肯、我的學生斯圖爾特來到，既是證婚人也算嘉賓。閔福德我在中國已經認識，他和他岳父大衛·霍克斯合譯的《紅樓夢》，堪稱譯作經典，閔福德彼時正翻譯我的詩集《禮魂》。鄧肯也中、英文俱佳。斯圖爾特業餘學中文，專業卻是一位牧師，他給這非宗教的婚禮，平添了些許宗教氣氛。

閔福德帶來一瓶香檳，斯圖爾特帶來一束馬蹄蓮，婚禮手續別提多簡單了：一張表格，證婚人很負責地給我們宣讀一番，我們似懂非懂地簽了字，他們仨也在證婚人欄目裡簽了字，開香檳，擁抱，祝賀，大功告成。

這婚禮，也和歷史一樣，帶著急轉彎的失重感，沒顯出應有的歡樂，倒增添了更多酸甜苦辣。

二〇〇七年至二〇一一年，五十五歲的我，漂泊近二十年後，在倫敦終於動筆寫自傳體長詩《敘事詩》，其中第二部分是五首哀歌，處理五個貫穿我們人生的主題，用第二首題贈給友友的〈愛情哀歌〉，我回顧了那場婚禮：「十月詭異的春色／點燃　街對面一棵蘑菇形的小樹／這是奧克蘭　草地上鑲嵌著生命／證婚人的欄目裡一筆一畫寫下／一片世界上最湛藍的海……」那個日子，那些日子，什麼沒加入那個事件？「我們的暈眩也發育成一個事件／恰如愛漫過每一夜的懸崖／一場回頭張望　推我們沒完沒了／縱身一跳　這個日期裡／鬼魂的羊齒草鮮嫩肥綠／非得藉兩滴小小的幸福灌溉不可／十八年一次　決定去死或決定忘記……」仍是大海，只有大海，像真正的證婚人，看著歷史和一個人漸漸滲透，終於匯聚，本質合一。一個在自己體內摸到的大海，一個能讓自己無盡出海的大海，在我和友友認識十八年之後，掀起另一種濤聲：

……歲月
像件贈給我們自己的禮物
珍藏得夠深　老房子拆除時咳出一口塵土
紅色獨木舟瞪著珍珠母眼珠出海
被雕刻成的正是被毀滅成的樣子

〈愛情哀歌〉一共五段，其第二段題為「水薄荷傳」。我在這裡，給我和友友找到一個命運兼詩歌的最佳參照：蘇聯詩人曼德爾施塔姆和他的妻子娜傑日達。曼德爾施塔姆和娜傑日達，已是詩歌史上一個神話。特別是曼氏死後，娜傑日達如何從心裡「嘔」出她背誦的全部曼氏詩作，由此人類方知曾經存在過這麼一位偉大詩人。曼氏死於一九三八年，但他最後的精品傑作，大多寫於一九三七年流放沃羅涅什期間。娜傑日達「用大海的韻腳嘔出的」，是俄羅斯？是中國？是紐西蘭？是倫敦？——是到處。詩囊括每一處。我們和曼氏夫婦互為參照，因為「有多少黑夜就有多少一九三七年」，我們空間相隔如此遙遠，而命運如此雷同：「曼德爾施塔姆　只有妻子／能迷上我們精緻發作的癲癇」。

這座老房子，雖然早已被拆毀，但又真像一座「鬼府」，如影隨形地鑲嵌在我們以後的生活中。

例如，在家裡，我總被友友親昵地叫做「大老貓」，因為那時，我擦洗汽車回來，晚上看電視，我總坐在一張破沙發上打盹，不知不覺就打起了呼嚕，據說活像一隻大老貓。這頭銜一直戴到了現在。

友友呢？在家排位第二，於是順理成章成了「二小貓」。而她一定更喜歡另一種解釋：把「二小貓」，轉為「愛小貓」。我們這一對貓，喵喵叫著一路狂奔。

奧克蘭成為我們環球漂泊的真正起點，許多年後，當奧克蘭大學圖書館表示，願意收藏我一批手稿，我毫不猶豫地同意把詩集《面具與鱷魚》、《無人稱》、《大海停止之處》和散文集《鬼話》大部分原稿，保存在那裡。那是我總集中一批被命名為「大海停止之處——南太平洋手稿」的重要作品。奧克蘭大學圖書館，為它們建立了專門檔案，任何想研究我寫作的人，都必須重走我的漂泊長途，回到我們國際流浪的起點上。一次次，詩歌和死亡聚光燈照耀著，距離歸零。

二十二，命運的色彩（下）

友友真正跳上藝術這條賊船，從寫小說開始。她最早的小說，是在奧克蘭老房子裡寫的〈恍兮惚兮〉。那個開頭，不可能更實在了，正是我們睡在那張斜坡床上，每天早晨發現滾著擠著到了牆邊的感覺：「早上迷迷糊糊還在床上，聽見樓下有人說中文，似乎你聽懂了所有內容，可落實到每一個字，似乎又不像了。成串地組合起來，肯定是中文……」。

我們的出國，用被「甩」出去，一點都不過分。本來準備一年海外逍遙，之後回北京，該幹什麼幹什麼。突然的變故，把我們一下子變成了陌生世界裡的陌生人，眼睛、耳朵照樣張開，可嘴裡空空，一個外語詞也沒有，睜眼瞎！又沒全瞎，心裡那個世界清清楚楚，手卻摸不著，它只為記憶而存在。身邊、街上，那個詞的世界，與我們無關，和我們相關的是幻聽的世界。

納博科夫描寫過這感覺：異鄉人常顯得可笑，他們自作聰明地玩諧音遊戲，只不過由於耳朵不能分辨詞音的些微區別。他們潛意識裡在固守一個自我，為此把外界「聽成」自己的世界。幻聽，其實是創作的開始。

友友就這樣從幻聽起步，一點一點把自己從比真實世界更可怕的幻覺世界「挖」出來，在這個不期而至的菜市場上，東尋西找，左挑右選，最終炒出一盤盤色香味俱全的小說菜。從〈恍兮惚兮〉開始，她一發不可收拾地出版了好幾本中短篇小說集，外加一部長篇小說《河潮》，被列入台灣著名的聯經叢書出版。從異國的幻聽幻覺裡，忽然長出個中文小說家，這該稱之為驚喜還是悲喜交加？誰知道？反正友友寫小說，真個像全無出處。

但沒有出處怎麼可能？仔細讀友友這些一邊打工、一邊抽空寫下的小說，能認出她過去生活中許多痕跡。

〈小夢涅槃〉：那裡兩個人物，性格截然相反，新潮的小夢狂放無忌，老舊的「我」囁嚅膽怯，終篇才發現，二者竟是同一人！對啊，八〇年代我們誰不在分分鐘自我辯駁中度日？〈無人知曉〉：傻大姊桃桃，給那個被「屁股流血」嚇壞了的女孩，上了青春初潮的一課，而桃桃後來因癡情發瘋，她的老幹部爸爸由此卻生生逼出了一個中國特色的「有情人終成眷屬」結局。那笑，是不是比哭更苦？〈手的厄運〉：那個我們棲居過的倫敦友人家的閣樓，孤獨如此逼人，逼著我們一再問自己：「我上這兒幹什麼來了？」〈孤懸的風〉：故事朦朧，文字唯美，像極了寫作此篇時，窗外義大利盛夏陽光中大片向日葵印象派畫般的閃閃爍爍。

中篇〈決定做一棵樹〉，猶如友友小說美學的小詞典。友友罕見地摸索進一個男人的內心。莫深，一個孤獨者、逃離城市、人群，逃進動物、植物，在植物都不能容忍他的最後，卻幡然悔悟：為什麼我不乾脆變成一棵樹？就此徹底解脫孤獨感。友友以女性的敏感，推開莫深心理上一扇扇門，也推開今日人類無力無能溝通的窘境，直至那個荒誕至極卻又合情合理的超現實（深現實）結局——一個假出路，一個加倍的走投無路。

我給友友小說寫過一篇評論，加上了一個欲蓋彌彰的筆名「黃鶴」。其中一段，專門探討友友小說中「孤獨」的層次和能量：層次一，孤獨的奢侈：政治喧囂中，我們曾渴求而不可得的孤獨。層次二，孤獨的痛苦：生活和漂泊中四顧茫然的無助的孤獨。層次三，孤獨的自覺：面對權錢世界的擠壓，自覺承擔自己命運的孤獨。友友顯然也明白孤獨之必然，因此把它變成了一種追求：「當內心的孤獨和外在的孤獨一起向你湧來，就不得不採取一種自我保護的姿勢，把它建築於筆和紙的關係之上，就是一種姿勢。寫作是對自己生活方式的一種闡釋，一種對生活性格的隱喻……我想通過寫作，用我們的傳統、文化、歷史和現在、中國和外國再加上女性的特殊位置，這樣一個坐標系來表達自我，最終的核心是『自己』——『一個人的世界』……寫作本質上就是與自己內心的沉默者的一次漫長的對話。」她在一九九〇年發表於瑞典斯德哥爾摩的演講〈開向內心沉默的門〉中這樣說。

友友最下工夫的作品，該算《河潮》。它是長篇，卻又有個刻意紐結如短篇的結構：楔子憎恨自己的女兒身，男孩蛋蛋卻陶醉於從小被當作女孩養，命運變幻捉弄，幾經波折反復，結尾卻是一個瘋女孩，和死不放棄女兒狀的同性戀男孩，舉行了一場幻覺中的婚禮。荒誕嗎？荒誕啊。但，這不又正是每個中國人心裡，傳統、現代糾纏的現實？友友用小說，潛回自己的經驗，挖出——提煉出了現實的荒誕本質。

長篇《河潮》，堪稱友友小說觀念實驗之集大成。她逆反國內曾流行一時的拉美二手貨「魔幻現實主義」，卻基於中國的原版人生，發明出一種原創的「現實魔幻主義」——現實比一切狂想更荒誕。極端的現實，就是超現實！

國外的一些詩人，很喜歡我使用的一個詞：深現實。一種深層隱含的現實，非經詩人之眼去獨特發現不可。「深現實」不同於能被回收使用的「超現實主義」技巧，它的美學追求，與思想深度一而二、二而一。正像友友小說，貌似日常性很強，實則都在關注諸如傳統和現代複雜糾結等大主題。這裡，「大」等於「深」。要抵達中國「深現實」，非拋開一切因襲，全力聚焦於觀念創新不可。友友的小說五彩繽紛，其爆破能源處的原子核，就是這創新的觀念性、實驗性。

友友變成小說家，無論她的蘭州發小，還是她媽媽高梅阿姨都沒想到，但讀完她的小說，又一致認為，嘿，寫得太活了，太真了。高梅阿姨一次對我說：「唉，桃桃，我們省委大院裡那個姑娘，我太熟悉了。」

友友的幸運，是直接跳上賊船，找到了自己的表達方式，讓國外生涯不僅沒停滯，反而大有突破。同樣，她的不幸，也在有點太超前。她的小說，在上世紀九〇年代到本世紀初的國際文學市場上，沒趕上商業潮流。二〇〇五年，《河潮》（英譯名 Ghost Tide——《鬼潮》）由英語世界最大的哈潑柯林斯出版集團（HarperCollins）出版，在當時，正流行中國主題的回憶錄、自傳體、非虛構——招搖冷戰意識形態話語，商業化炒賣「政治」，卻迴避了作家的個人自省。這類「紀實」，貌似抬高文學，實則貶低了創作的思想內涵。友友側身其間，狠狠體驗了一把文學的孤獨。

除了小說，友友還寫過一些專欄式散文，後來結成《人景，鬼話》一書在中國出版。時至今日，當我們在中國朗誦，仍有人拿著它來請求簽名，常聽到的說法是：「這是我們了解中國作家在國外真實生活的第一本書」。

這話沒錯。這些文章，都基於我們在海外漂流的直接經驗，有疼有苦，也有笑有樂。低級訴苦，無聊且商業，懵老外也許行，自己人一看就假。闖蕩世界，哪像喊口號那麼簡單。

《人景，鬼話》裡有一篇連載三次的文章〈菜吃人〉，寫了個真事：一九九三年，澳大利亞雪梨大學邀請我到那兒當一年訪問學者。不顧紐約朋友們的挽留，我們立馬打包上路，準備先在紐西蘭小停，處理老房子裡的家當，同時辦澳大利亞簽證。盤算挺美，可誰想到那時澳大利亞右翼政府，正實行白澳政策，對亞洲人能拒簽就拒簽，我們慘遭拒絕，一下子被擱在了奧克蘭黑洞裡。

那時我年輕氣盛，忍不下這口氣，提筆寫了封致澳大利亞外交部長的信，請朋友翻譯成英語，信上說：「我們有雪梨大學正式邀請，卻被拒簽，別管你用什麼藉口，拒絕正當文化交流，只能被看作野蠻人行為……請你看看我們的護照，我們去過幾乎所有歐洲國家和美國等，如果你擔心我們要『黑』在哪兒，我們可以清楚告訴你，那將不是貴國……你可以拒簽，但我們今後將在世界各地，盡我們所能地宣傳你們的愚蠢！……」信寄走了，但這一整年怎麼活？

和我們住在一起的朋友徐長華拿出個主意：我們仨合夥開個菜店。友友開頭就反對，我卻覺得可行：三個人，每人看店幾小時，其他時間寫作讀書，應該挺悠哉呀。少數服從多數，就這麼定了。房子很快看好，地點在毛利人聚居區，原來是家服裝店。我們親自動手，釘貨架，安招牌。還買了一輛買菜的麵包車。開張那天，早晨參加生平第一場拍賣，糊裡糊塗只見牌子舉起落下，一車蔬菜就是我們的了。開回菜店，擺好開價，綠油油一片。左右商家都來祝賀，也買些菜發個利市。一天沒得閒，轉眼天色已晚，鎖門回家時，回眸看著嶄新的生意，好興奮啊，喝酒慶賀吧，只待第二天大展拳腳。

誰知，第二天一開門，我們全傻了：菜，發黃了！菜會變黃，我們怎麼忘了這茬？搶救吧，劈菜葉，降菜價，又一天瘋狂，一共沒賣出二十紐幣，友友已在哭，我們倆也慌了，開始議論是否能把這「買賣」賣掉？試試吧，回家撥電話，還真有人有興趣，但問題也讓我們心虛：「請問你們有執照嗎？」

開菜店還要執照？從來沒聽說過！我們一邊色厲內荏地回答買主，一邊撥通了奧克蘭商務管理處的電話，話還沒問完，對方已猜出是誰了：「你們是郵局旁邊那菜店吧？告訴你，你們沒有執照，是黑店。趕快關掉！這兒正給你們開罰款單哪！」

沒說的，拆吧！我們以最快速度開了個店，現在又在以更快的速度關一個店。毀真比建順手太多了。鄰居們勸阻：「年輕人，沒那麼快賺錢呀，都要有點耐心」。他們哪知道我們的難言之隱？一上午，我們三天的老闆經歷，結束了。

從菜店運回家的菜，讓我們吃了三個星期，臉都綠了。真是「菜吃人」啊，我們如此自我揶揄。

不過，事情就這麼神，正是決定拆菜店那天，一封信寄到了老房子，澳大利亞領事館讓「楊先生」回去辦簽證！我走進領事館那一刻，裡面湧出一堆男女，來看「楊先生」這個怪物，是因為那封罵官的信嗎？我對那位挨罵的部長，不禁升起幾分尊敬。

柏林和友友有「畫緣」。誰知為什麼，我們住在任何其他地方，如倫敦的十五年，友友從未動過畫畫的念頭，而每到柏林，她手就癢，要畫畫。

第一次是我們一九九一年在DAAD當臨時貴族時，毛姆森大街九號的大房子，四壁空蕩蕩，正巧我們到捷克布拉格，友友發現那裡繪畫材料特便宜，買了一堆油畫棒之類，回來塗抹，很快掛了滿牆。那風格，明顯和柏林接地氣，深受德國表現派影響，構圖狂放不羈，用色豔麗大膽。畫畫的她，那表達方式，又和文學大為不同，她不字斟句酌、苦思冥想，卻追隨感覺，一揮而就。畫〈瘋狂的詩人〉，那瘦長臉詩人（是我嗎？）腦袋上，公然一個大黑洞——像時下網路流行詞：腦洞。畫〈夢系列〉，草黃包裝紙，揉得皺巴巴，再用墨橫掃豎描，黑漆漆的底色上，沒來由的幾筆白，輕輕掠過，如奇思怪想正在湧出。畫〈鳥〉，橙黃的樹枝，白色的花苞，淺黑變幻的背景上，一隻怪鳥，停在那兒沉思。這張曾被友友扔進了垃圾，卻被我看見，大加讚揚，說得友友也信了，竟裝進鏡框，堂而皇之地掛進我們倫敦的客廳，一掛掛了十五年。

這批友友海盜版的「表現派」，最精采的一張，還是一九九三年我們「菜吃人」期間，她在奧克蘭畫的格拉夫頓路老房子。那時，我們並不知道，隨著全球化來到，老房子的末日也到了。那是我們最後一次住進它，因此那張畫也是告別。

記得那天，我在房間裡寫作，友友消失了幾小時，再出現時，手裡捧著這幅畫。我很震撼，不僅因為她抓住了老房子的感覺，更因為她抓住了住在老房子裡的我們的感覺。

如果找個命名，那就是：命運的感覺——命運的色彩！

畫面上，粉色的老房子歪歪斜斜。橙紅色的框架透出傾圮。玻璃反著光，我們住的那兩扇窗戶多熟悉啊，它雖破舊，卻為我們遮擋過多少風雨。屋頂的鐵鏽色，既寫實又魔幻，它在洩露淅淅瀝瀝的漏雨聲嗎？那道防火梯，木板早朽了，只有野貓們爬上爬下，在夜裡拉長嗓子嚎叫。門廊，被畫成暗藍色，保留著它日夜不變的幽暗。兩扇凸形窗，不屬於我們房間，可它是否就像個誘惑，讓我們後來在倫敦、在柏林，無一例外選擇了有漂亮凸形窗的客廳？這張畫的構圖，不經意間充滿動感。房子傾斜著在動，屋角安妮和詹姆斯音樂室牆外那棵綠樹在動，占畫面三分之一以上、擠壓孤立煙囪的天空，更在急速地大動特動，一片藍，一塊紅，一抹黃，一簇綠，一道紫，讓人眼花繚亂，又只能屈從，這不正是命運的色彩嗎？我的詩〈天空移動〉，遙相呼應著畫面：「那就是過去　天空移動的破敗門廊裡／你不看也已過去　又明亮又空曠／壓迫一棵樹突起漆黑的前景」。

命運的色彩啊，在隨後的二十年裡，從未減弱它的壓力，而我們這「漆黑的前景」，從一處到另一處，不停突入一個永不過去的「現在」。

二〇一二年，作為柏林「超前研究中心」的學者，我們又到了柏林。這次不止是來訪，更是「回家」。我們在柏林有家了。轉了一大圈回到這，真像一個奇蹟。

奇蹟來自二〇〇九年倫敦一個早上，友友捧著張巴掌大的紙片，是一篇中文報的小文章：「他們說柏林房子好便宜！」「不可能吧？」我說。但和倫敦比，哪兒不便宜？上網一看，驚呆了！

柏林又老又大的古典建築，趕不上倫敦一個小鴿子籠的價格。哦，等什麼？買吧！

友友在倫敦十五年奔波路上的教書匠生涯，就這樣戛然而止。當經濟危機臨頭，別的老師都在丟掉工作，而她卻主動辭職，倫敦大學的教師主管瞪大了鏡片後面的眼珠：「這時候辭職！可就回不來了呀，你真想清楚啦？」

想得很清楚。創造生涯，才真值得享受。就這樣我們回到柏林安了家，就這樣又來了一個空蕩蕩的大房子，激發出友友畫畫的欲望，她跟著感覺走，甩掉油畫棒，拿起水墨宣紙，再加上彩墨丙烯，一年多裡從禪意十足的黑白寫意，畫到中外不分、盡興揮灑的彩色抽象。

她的〈波特萊爾之花〉系列，大張的宣紙上，大朵或黑或綠綻開的花團，瘋狂恣肆，是菊？是荷？是玫瑰？是牡丹？都像是又都不是，它們是「花」的抽象，但又為什麼不能是樹？是鳥？是人？是心？波特萊爾之花，就是惡之花，因而那招搖的瓣、吐出的蕊、看不見的香，都來自人性，尤其來自人性之惡！那連接花朵和根（我猜）的黑色藤蔓，多像長長的血脈，埋在人類深處，卻被畫筆挖出來示眾。一如波特萊爾的詩成為歐洲現代詩的起點，友友這批畫，也標誌出她自己的轉折，從與傳統直線對接，轉為對傳統的再創造。

她的另一組畫〈裂變歲月〉，畫面一如標題，大幅彩色構圖，筆觸布滿裂痕。凝視這些畫，好像看到的遠遠超出視覺，那是這麼多年來的內心里程，經由線條、色塊、穿插、陰影、衝撞，傳遞出重重時間的開片、空間的震盪。這「裂變」，發生在生命裡？還是發生在藝術裡？是巨大的毀壞？抑或奔放的建構？無論怎樣，那裡的力，奪目而璀璨，沒人能迴避它的衝擊。「歲月」二字，傳達出裂變的含義。那條堪稱滄桑的道路，何時停止過震動？它把友友的內心變成一個激盪的震央，輻射出一重重震波，誰看畫，生命的地震就在那眼睛裡延續。

友友這些肆無忌憚的畫，獲得了出乎意料的共鳴。她第一個大規模展覽，就是偶然經過「柏林先鋒」畫廊，偶然拿出相機給主人看畫，直接被接受，三個星期後辦畫展，她狂奔回家，進門就大叫：「老天！我中彩啦！」

真正的「彩」，來自大畫家尚揚、徐龍森、袁武、楊佴旻們和批評家楊衛的讚揚：「這就對了，拋開傳統套路，創造自己的傳統。不用擔心技術，技術畫著畫著就來了，最重要的是有真個性！」

二〇一四年十一月，上海中道藝術館，舉行了「詩意的倖存者」畫展，一幫文學老朋友如芒克、唐曉渡、嚴力等，和「最年輕的」畫家友友，聚集在一起，用「民間性、文化性」，重新詮釋古典「文人畫」概念，同時也啟動了當年「倖存者」詩人俱樂部那個新傳統，這些老朋友雖然青春不再，但相聚的親情，反而更加溫暖，因為一個自覺，禁住了幾乎一生的考察，說句狂話就是：「獨立思考為體，古今中外為用」。

二〇一五年十一月，螃蟹肥美之際，「雅野為豔——旅歐畫家友友揚州故園展」，在友友老爸出生的揚州老宅子、現在的全國重點文物保護單位「汪氏小苑」開幕。被友友現代畫色彩一激，老宅子像突然醒來了。那深色木板牆、磚雕花窗、古舊的天花板、甚至廚房裡的灶台、簸籮，都顯出長久被忽略的形式美，變得如此唯美難忘。從一個個房間穿過去，一回頭就是一景，再回頭，一進進廳堂都成了組畫。尤其當天色漸暗，木板牆像是活了，一點點朝幽深裡退去，同時燈光聚焦的畫面向前推出，舊、新之間，那個能量場，活生生互動著，活生生都在當下。哪有人們盲人摸象式喋喋的古今之別？

揚州第一才女金子，特為這個畫展撰寫了一副對聯，上聯為：異邦常笑傲，野逸八荒稱大器；下聯是：故里每徘徊，雅承千載賦濃情。此聯延伸我的說法：雅野為豔（請注意「雅」、「野」、「豔」之間的「Y，Y，Y」的頭韻呼應）。深蘊心中的文化底蘊，海外漂泊的野性力度，合為友友創造佳作的能源。

那篇我給友友小說集寫的序〈風兮雨兮，其中有詩〉中，一個片語「命運的色彩」，值得注意。說真的，當我們八〇年代相遇，我還太稚嫩，並不真懂愛情的真實含義是什麼？只有經歷過八〇年代的中國激盪、九〇年代後的世界漂泊，和二十一世紀從全球化語境，在重新審視自己一生時，才懂了那句能直接命中女孩子們直覺的話：「和一個人共同度過時間」，究竟是什麼含義？這個詞裡，包含著每一天共度的細膩、並肩的擔當、分享的歡喜。它不可能一次性完成，卻必須一點一滴地被充實起來，在日日夜夜，積累起真實的品質。某種意義上，就像友友和我經常調侃的：「咱們真是一路跌跌撞撞走到了現在。」唉，這好像還真給「愛」下了個準確的定義，沒有「艱難」來充電，愛就不夠分量。中國老話說同甘共苦、相依為命，都指向同一個意思：在共同命運中歷練，一個日子一個日子證實。

那麼，什麼樣的「色彩」，才配稱為「命運的色彩」？細查友友的藝術經歷，三個部分：人生、文學、繪畫，實際上是三個遞進的層次，從生活的樸素感受，到在文學裡痛苦反思，再到訴諸畫筆直覺表達，特別是最後這表現形式，把友友心裡滿滿積蓄的色彩，變成視覺的音樂，一舉演奏出人生的豐富、文學的思索、和泉湧的靈感。用友友自己的話說，這是最符合她個性的表達方式。

因為，以前當她看到別人的繪畫，總聽到心裡一個聲音說「我也能做，我也能做」，而現在她真的做到了。她一張張畫上汪洋恣肆的色彩，像一次次人生的灌頂，從高處一再貫通我們不簡單的生命，把它還原為一個最單純的東西：美！這美無拘無束、自由噴薄，與學究知識無關，誰睜開過人生大悲大喜那雙天眼，誰就能看到它！

這種美，非同尋常之處在於：作為第一代真正闖世界的中文詩人，我們其實承擔著巨大的心理壓力。尤其照管現實的友友，不得不憂慮啊，誰讓詩和這商業世界完全背道而馳呢？要寫第一流的詩，又不願靠訴苦抱怨，博取人們的廉價憐憫。因此可以說，沒領過正常工資的我們，純然是憑一本本書「硬闖」世界，而把重量都扛在自己肩膀上。

這麼多年來，艱難、窘困的日子，磨練出了友友的節約，每花出一塊錢都要想一想。不理解的人會把這當吝嗇。他們難以想像我們潛意識裡對現實的深深憂懼。但同時，友友又有名言：「有人拿三千塊當三百塊花，有人拿三百塊當三千塊花」。就像她能把奧克蘭的破屋子，布置成一個小天堂。我們在詩歌節、領獎台上，永遠看上去光鮮、漂亮，甚至豪華，可事實上，她買服裝花的錢便宜得驚人。這就是詩人的老婆，得比詩人還詩人！我能不管不顧，友友卻必須得精打細算。要是沒有她在後面默默支撐，我那些書寫在哪兒呢？總不能寫在正被擦洗的「路虎」車窗上吧。

和勤儉持家相配套且更重要的，是友友對我心理上、精神上的支持：「我家大老貓是最棒的！」成百次朗誦會上，只要我看到觀眾中有她亮閃閃的眼睛，心裡就踏實，發揮得也特好。嘿嘿，這踏實感，在友友這兒換到了床上，我不在她就翻燒餅睡不著，我一回來她就睡不醒。真是絕配！

友友當然不是我人生中唯一的愛情經歷，但若論人生的深度和濃度，這肯定是我經歷過的最深刻的愛情，因此，當我創作自傳體長詩《敘事詩》第二部分時，以五首哀歌處理人生五大主題，其中〈愛情哀歌〉，只能題獻給友友。因為我們的經歷，已經把真正的滄桑感，從望遠鏡眺望的風景，拉回到了每個實實在在的日夜。「命運的色彩」，就是我們生命的色彩啊。

於是，我想像，下面這些詩句的最佳讀者，仍然只能是曼德爾施塔姆和娜傑日達，他們雙雙阻隔在生死地平線那邊的目光，仍在透視我們，因為，我們是同一場「精緻發作的癲癇」的親歷者——

我們已駛過了多少海洋啊　多少光
保持著年幼　磨快摺刀似的翅膀
一張床拖著航跡　航行到我們的
成熟裡　家　從這個詞望去海水最蒼茫
潮汐的桌子上擺滿疑問　再推遲
一行詩句就是一塊浮石　遠方
好近啊　我們能感到它在懷抱裡孵化
愛　從這個詞想像濤聲拍打的形象

不同的是，他們結束了旅程，而我們仍在繼續。

二十三，「老莊老貝老不老」（上）

這簡直像一個荒誕電影腳本：

和我老爸一樣，我叔叔出身富家，從小公子哥兒吃喝玩樂，學過拳腳（據說是京城有名的大刀王五的再傳弟子）、背過外語詞，卻從未跨出過奶奶家的安樂窩，就那麼晃晃悠悠地長大，直到一九四九年參加工作。

這個年輕人，理想談不到，熱情還不缺，五七年黨號召提意見，頭腦一熱，就忘了自己先天不足的壞出身，誰知道在單位說了什麼，總之最後被扣上一頂右派帽子，解送塘沽鹽場勞動改造。

鹽場那苦活兒，不是人幹的。鹽田裡，赤腳蹚著海水，頭上太陽曝曬，得不停耙鹽，等到海水被一點點蒸發，析出白花花的鹽粒。一天，一月，一年，和海水一起被熬乾的，還有叔叔的生命。

一轉眼九年過去，一九六六年文革開始，叔叔興奮地聽到，當年打他右派的傢伙，一個個都是走資派。原來如此哇！他一激動，上書黨中央，申訴當年自己被打成右派是個錯誤。哇哈，階級鬥爭新動向呀：右派想翻案！叔叔得到的回答很簡單：加刑！

這一加，就加到了一九八〇年，叔叔五十五年的生命，被裝進了塘沽鹽場的鹽口袋。這期間，我爸爸是「老革命」，必須和右派親戚劃清界線，只有我爸的姊姊，我大姑，心疼這個幼稚的小弟弟，時不時帶上省下的口糧去探望他，直到一九八〇年叔叔終於回到了北京。

故事到此為止，只能算悲劇，還夠不上荒誕。真正的荒誕劇情，得等到右派開始被平反，叔叔也回到原單位，要求平反和補發工資，可單位裡的人一查：「右派名單上沒有你，你不是右派呀。」「什麼？我當然是右派！在鹽場苦熬二十多年，怎麼可能不是右派？」「但右派名單上確實沒有你，也許當年搞錯了。」

沒人知道，當年什麼搞錯了，也許叔叔的名字交晚了，單位裡右派名額已滿，卻沒人費心通知下邊這回事？

一個小小的「錯」字，令叔叔不僅遭罪半輩子，而且連遭罪的名義都沒有，到頭來，還得努力申請，去爭取獲得那罪名。

什麼叫「白」遭罪？這就是了。

但罪白遭了，後果卻實實在在。政治災難的結果有兩類，一類烈火真金，確實鍛鍊出幾條英雄好漢。但反面的「類，數量大得多，境遇之惡，印證了人性之惡，且徹底釋放了它：自私、貪婪、猥瑣、殘忍。世界既然虧待了我，我就以眼還眼，加倍去報復所有人，包括曾經善待自己的人。

可惜，叔叔屬於後一類。

文革後，北京開始退賠文革抄沒的房產。我奶奶家原住的西堂子胡同十五號，地處王府井八面槽，正是商業黃金地段。那所宅子，南門在西堂子胡同，北牆臨甘雨胡同，一路三四進院子，裡面假山、迴廊、老樹、大屋。原為我曾祖父從前清宮廷畫家溥雪齋後人手中購得，再往前，還查出是晚清名臣左宗棠的北京故居。雖經文革，但房子保存基本完好，也正因此，令各種人眼紅。

叔叔專程來我大姑、我父親居住的天津，要求他們簽署授權書，由他全權代理奶奶房產事宜。我爸和大姑，哪有異想，親弟弟嘛，當然簽字。授權書拿到，叔叔滿意而歸。

之後不久，北京某個有來頭的單位，與叔叔接洽，欲以王府井附近七套單元房，換取我奶奶這座宅院。老爸們聽說，都表示贊成，而且特別表示，雖然作為我奶奶四個後輩，有權平分遺產，但叔叔一生坎坷，理應多加照顧，所以大姑、我爸每家只要一套單元即可，其餘都分給叔叔和在北京的四姑。

叔叔隱沒許久，某天突然打來電話，告訴我父親：房產交易完成。然後，在電話中輕描淡寫地加上一句：「人家的房子，只給有北京戶口的，你們沒分兒。」

我爸還沒省過味兒來，那邊已經掛斷了電話。

後來我們知道，那「北京戶口」等等說辭，純然是謊話。不僅換房產的單位，壓根不知此事，法律上也絕對站不住腳，叔叔騙老爸們簽署授權書時，已經打定了獨吞房產的主意。老爸們被親情蒙住眼睛，把白花花的銀子送到了這位堪稱「宰熟先行者」的手中。

七套房產，就這樣都成了我叔叔、我四姑的囊中物。別人打抱不平，而我老爸對此付之一笑：「這讓我看清一個人，有什麼不好？」不屑於爭利，但不等於不明義。老爸從此拒絕回復叔叔任何來信。沉默的滋味，夠你嚼的。

這故事的結局，頗為悲慘：四姑坐擁三套房產，卻早早癌症逝世。四姑父拚命健身，卻在爬樓梯時心肌梗塞發作猝死。

叔叔房產更多，可心不安理不得，據說他最後的日子，滿屋見鬼，時時高喊：「快出去！你們都快出去！」他臨終叫著的名字，不是別人，正是被他騙了的哥哥——我老爸。為什麼？他還想要什麼？原諒嗎？早知如此……唉，叔叔的心，畢竟不曾黑透。

叔叔的扭曲，反襯出我父親心地的純正，二〇一七年，老爸九十五歲，身體健康，思緒清晰，他豁達愉悅的一生，可以概括成一個字：美。

老爸年輕時，堪稱美男子。他得自母親的一半蒙古血統，既帶來白皙的皮膚，更帶來地平線般開闊坦蕩的心境。「老高興」，這是句老爸的口頭語。

我得承認，小時候，父親之於我，除了一家之主的印象，並未意味更多。我和他開始像朋友一樣交流「思想」，要等到文革後，我們各自從農村回城之後。

一些片段的鏡頭，串聯起小時候爸爸的形象：

一束水仙花：在西苑機關，每個冬天，家裡開滿水仙。那抹獨特的甜香，柔柔浸入我的鄉情，幾乎成了「家」的標誌，再後來，又潛入我漂泊的鄉愁。至今，如果趕上水仙季節回國看望老爸，睡在他家裡，被瀰漫的花香包圍著，就像被童年的記憶抱著，我總能睡得格外深沉。

一把鐵尺：從西苑機關去國關的路邊，六〇年代是一帶稻田，其中一塊，水下埋著一柄「中華牌」鐵尺。我記得清楚，鐵尺凸起的一面上，有個華表商標。這把「凶器」，是老爸看我實在太淘氣時，拿來打手心懲罰的。說懲罰，無非作勢而已，除了啪啪聲響，手心的疼，足以忽略不計，但這並不能阻止我對鐵尺恨之入骨。所以，一九六四年，當我們搬家去國關，老爸讓我帶些小東西過去，我一見鐵尺赫然在內，不禁心頭暗喜，走到稻田旁，把它拈將出來，在手裡掂一掂，喝聲：「去你的！」嗖一道黑影，稻田中央水花飛濺，鐵尺自此杳然無跡。這算我的反叛嗎？但不是還有話「哪裡有壓迫哪裡就有反抗」？無論如何，鐵尺消失了，它也許至今還在那兒，等著未來的考古發掘呢。搬家後某天，老爸忽然記起，問我：「欸，那把鐵尺哪去啦？」我當然答：「不知道。」哈，現在想起，老爸真厚道，明知是我做了手腳，卻沒揭穿這小把戲。

一個老爸騎跨上自行車的形象：從西苑機關到國關，大約三四里路，一九五五年我父母從瑞士回國後，不知是否受到叔叔、舅舅雙雙淪為右派的教訓，反正他們堅持從外交「前線」退下來，變成了國關第一批外語教授。這種撤退，阻斷了官場的向上爬，但對老爸，絕對合適。因為他睡覺的習慣，簡直就是顛倒黑白，別人沉入夢鄉時，他整夜醒著，別人起床，他剛睡下。可麻煩是，國關學生整整齊齊在教室坐等楊老師呢！經常，學生們最終不得不打來電話，問：「楊老師起床了嗎？」我爸才匆匆跳起，抹把臉跨上自行車就走，那兩條長腿，雙側著地，不像騎車倒像在跑，我們看著他的背影，不感到丟臉，只覺得好玩。

一條從頤和園到香山的路：我們家喜歡野餐，甚至文革也沒打斷這傳統，而我最喜歡的，是讓媽媽帶著姊姊弟弟擠汽車，我跟著老爸，走那十幾里路。後來才知道，我爸從大學起就愛遠足，北郊十三陵，西郊八大處，日本人占領的山西大同，投奔共產黨後的北嶽恆山，都有他的足跡。而我記得是，過青龍橋，經廂紅旗，左手玉泉山，右邊娘娘廟，到香山和臥佛寺十字路口向右拐，野餐就擺在植物園草坪上，背後是飯後必去的櫻桃溝喝泉水……我的相冊裡，好像還留著一張文革初期野餐時我端著小紅書的留影，那傻氣，真是撲面而來！

一盞檯燈，和燈光照亮的半張臉：文革前，不知多少個半夜，我起來撒尿，朦朧摸回床時，總透過門縫看見這景象。我爸喜歡熬夜，誰也不知道，他在那漫漫長夜裡幹什麼，只聽窸窸窣窣的紙筆聲，沒有停下的時候。如果問他，回答總是一個字：「玩」。長大了，我才知道，那時他玩的是唐詩、宋詞。他不寫詩卻極愛詩，自己決定整理宋詞詞牌發展的源流，用無數筆記本，分門別類，詳細抄錄每一詞牌下的佳作，那手鋼筆字，精細到一個蠅頭小楷能劈成四份用，真正是蝌蚪文啊，紅衛兵絕對會認定是密碼！就因為愛詩，老爸文革前就被戴上「革命意志衰退」的帽子，文革開始，還差點為此挨批。「中國人愛唐詩，竟然是壞事！」多年後他還憤憤不平。而我倒對他這詩歌嗜好，和我自己寫詩的隱祕聯繫感興趣，連帶也覬覦著他那堆神祕的小本子，希望有朝一日，能把那密碼破譯一番，沒準順帶理出一個我自己的「傳統」。但，到現在為止，不得不說，我寫詩這麼多年，還遠遠沒修煉到老爸那個一語破的境界：「玩」！

老爸這一玩，玩出了我最早的詩歌經驗——一個徹底負面、討厭、可怕的經驗！七八歲時，每天晚飯後，最怕老爸說：「怎麼樣，背點詩？」我就知道噩夢又來了。什麼「車轔轔，馬蕭蕭，行人弓箭各在腰，爺娘妻子走相送，塵埃不見咸陽橋……」哦！誰爺娘妻子走相送，和我有什麼關係？那破咸陽橋，在什麼鬼地方？詩這把鐵尺，也是一種懲罰。但比鐵尺更糟，它不能忍忍就過去，卻幾乎每天晚飯後都會回來，像個惡魔咬住我不放！好煩人啊！可我沒想到的是，那些我覺得渾若天書的句子，卻把漢字音樂性的種子，祕密播種進了我的下意識。它潛藏在我的血液裡，只有當我開始寫自己的詩，才悄悄醒來，嚴厲地裁判我的手，不准我隨便丟出鬆懈的、缺少音樂能量的句子。

「車轔轔，馬蕭蕭」，我至今不認為那是老杜的好詩，可卻是我學習中文音樂性的啟蒙課本。這也連帶啟發了我對古典漢語教學的認識：小孩子被強迫「搖頭晃腦、死記硬背」，不是為了讀懂內容，而是要感受漢字的音樂能量，正是漢字的音樂性，祕密建構起漢語文學的形式，操控著文本空間的結構。

聽啊，「風急／天高／猿嘯哀，渚清／沙白／鳥飛回」，仔細想想，這句子中哪有西方式的語法結構？每一句中三個並列意象，形成一個全方位的空間，讓我們讀它，就彷彿置身風景中，仰觀、俯瞰、耳聽、心想，自然無比、自由無比。可問題來了，如若不是所謂「語法」，那這些互不關連的意象，靠什麼黏合在一起？再思之，除了用漢字的平仄系統作曲般譜寫下的音樂結構，還能是什麼？在漢字視覺性可見的表面下，正是漢字看不見的音樂性在操控一切。因此，音樂性正是漢語詩歌更深刻的能量——我直接稱之為「祕密的能量」！

更細緻一點，還舉〈登高〉為例，最著名的對仗：「無邊落木蕭蕭下，不盡長江滾滾來」，「蕭蕭」，無邊枯葉之聲，而一個「下」字，字面含義是落下，而第四聲的下降音調，更令「落下」之勢直入耳中！同理，一個「滾滾來」，連用波濤狀的第三聲之「滾」，加一個上升狀的第二聲「來」，把「不盡長江」浩浩蕩蕩由遠而近、由渺茫而清晰，直漫觀者頭頂而過的氣勢，描述得不可能更真切了，說它是用音響之繪畫，絕不為過！

漢語古詩的形式美學系統，發展了三千年，祕密原來全藏在這裡！因為這極端的音樂性，我才敢對當代中文詩人喋喋爭論的「純詩」問題發表己見：「完全的純詩是沒有的，但必須把每首詩當作純詩來寫」。沒有音樂能量的詩，很簡單，就不配被叫做「詩」！

甚至不止詩，漢語思維和觀念，也有音樂性蘊含其中。那些古怪的外來說法，憑藉著前輩翻譯大師的音樂能力，讓人們弄懂含義之前，先「美學地」接受了它：「色即是空，空即是色，色不異空，空不異色，受想行識，亦復如是……」音樂引領語義，節奏陪伴思想，一路踏歌而來。

哈，我後來詩作的音樂之樹，原來都扎根在老爸這把（詩歌）軟鐵尺的折磨中！後來對老爸感慨這一點，他笑得好甜啊。

文革記憶，浩如煙海，回顧中，幾件事浮出，頗值得一提。

一件來自我姊姊的回憶錄《吃蜘蛛的人》，極可見出我爸爸的為人。

文革開始，所有保母都必須回家，因為她們算傭人，而革命不能容忍剝削。我家老保母「二姨」，當年經她的姨、曾把我爸帶大的上一輩老老保母介紹而來，那時已經在我家十六年，不僅成了我家當然成員，更因為她隨我父母在瑞士工作期間，自己兒子病逝，早已把我們姊弟三人視同己出。但突然，從小睡在一屋的人，變成了兩個「階級」，她不得不孤零零離開。可誰膽敢抗拒那紅色大潮呢？成千上萬保母不在那一刻都被趕出家門了嗎？但我家有所不同：二姨離開前一晚，老爸把全家召集到一起「開會」，既感謝這麼多年二姨的幫助，更向她保證：雖然她現在暫時離開，但她永遠是我家一部分，她活一天，我們就贍養她一天，她不必為老來無靠擔憂……

現在想來，那種環境中，老爸如果不是唯一、也是極少敢依照人的天性思維、行事的人。這激起了二姨善良心靈的回應。誰也沒想到，三年後，國關解散，我父母也被趕去河北五七幹校，臨行不得不把我和我弟弟託付給二姨照管，理由很簡單：小孩子該上學，去連學校都沒有的鄉下幹什麼？我和弟弟「違規」留在北京（算最早的「北漂」吧？），住進了二姨在北京板橋二條小小的家，由此開始了我們在二姨家兩年多的棲居。唉，命運弄人，老爸那番仗義的話，不期而然結出善果：不是我們照料二姨，而是她出手救了我們。

我姊姊在書裡寫到：「至今我仍為三十年前那個炎熱夏夜父親說出的這番話叫好……二姨雖然什麼也沒說，但她很感動。此後她便一心一意把我們家當成了她自己家。她不是負擔，而是支柱，在我家風雨飄搖的十餘年中，為我們苦苦撐著它，直到耗盡全部精力」。

還有兩件和我的「寫作」直接相關：

文革中的一九七一年，北京首次恢復了高中。我很幸運，在北京六七中的高中班上，遇到教授語文課的姚建文老師，她全無文革充斥的匪氣、野氣，卻能溫文爾雅地把無聊課文的縫隙，變成一扇扇視窗，給我們送來真正文學的空氣。在她引導下，我的文學細胞開始發酵，先是愚蠢地用詩體重寫了一遍高爾基的〈海燕〉，結果當然是一場災難。又交出一篇散文〈掃雪漫筆〉，看題目就知道酸氣撲鼻、幼稚可笑。老師顯然為了鼓勵，在課堂上朗讀了這篇酸文。沒想到像給我打了雞血，令我一發不可收拾，一頭扎進「文學」，模仿報紙上的宣傳垃圾，製造了一大堆廢話。我那喜歡唐詩的老爸，一定看在眼裡，擔憂在心裡。有一天，突然爆發了：「你那個姚老師，知不知道在把你送上死路？什麼文學？這白紙黑字都是罪證！我得找她去！」哇，老爸臉色鐵青，嚇我一跳，為什麼發那麼大火？後來細想，與其說在發火，不如說那是發自心底的恐懼。「白紙黑字」，這個片語的危險，我還得等好幾年才懂，而對他，這是到處砸得人頭破血流的現實。

我的幼稚浪漫，並沒被老爸一通發火止住。「文學垃圾」繼續濫造，而兩年多的高中一晃而過。一九七三年畢業後，我先到北京郊區六郎莊，鸚鵡學舌地「批林批孔」一番，之後一九七四年，該正式插隊了，去哪兒？是隨大流到北京近郊的昌平？還是像那幾位革命更徹底的同學，主動申請去延安？對我塞滿了賀敬之〈回延安〉韻律的頭腦，延安絕對更誘惑，那黃土高原、延河寶塔、信天遊……誰知剛把這念頭透露給老爸，卻聽劈頭蓋腦一聲怒喝：「胡說什麼？不准去！」第二次，我又見到老爸那張鐵青的臉，有這張臉，我就知道浪漫之夢肯定沒戲了，乖乖到騎自行車距離的黃土南店待著吧。嘿，我哪知道，老爸第一次沒把我從文學裡拉回來，可這第二次確實救了我，以我之傻，那條黃土路前面，不知有多少苦頭等著我！

一九七〇年，我父母被發去幹校走「五七道路」，我的「家」從此宣告結束。從那時到一九七六年母親去世，除了寒暑假去看望他們，或他們時而回北京治病，幾乎沒有像樣的直接交流。

現在，我柏林的書房裡，還珍藏著十幾本老爸當年的藏書：《詩人玉屑》、《南唐二主詞校訂》、《杜甫詩選》、《詩比興箋》……比書更令我感動的，是它們那清一色包好的書皮，別提多嚴謹仔細了：一律半透明的薄紙，淺紅色或淡黃色，細緻得吹彈得破。包書皮的手法專業無比，緊壓著原書的書脊，和封面絲毫不差，邊沿摺得猶如刀切，讓書皮和書渾然一體。透過書皮表面，我能隱約看到書的標題、封面的裝飾，可我絕對不敢試試拆開這書皮，因為絕不可能再包回去。我甚至認為，連這包書皮的手藝，都是失傳的藝術，拆開就會毀掉這最後幾個樣本！撫摸這些書皮兒，我像能摸到老爸四十年前的體溫，那充滿了對書之愛和對它們的憂慮。

老爸下鄉前，把所有藏書精心打包，編號，註冊，在小本子上記錄每包裡的內容，為了有朝一日要用時方便查找。老爸哪知道，等著那些書的將是多少漂泊：運到河北，運到鄉下，運回北京，再入「鬼府」，然後在我出國後的十年裡，被鼠咬人偷，棄置走廊，最終剩下的幾本，還要漂洋過海，赴倫敦，轉柏林，這些「白紙黑字」啊，正與古往今來的詩人們同命運。

我在自傳體長詩《敘事詩》中，為我照相冊裡母親那些題記，寫了〈母親的手跡〉一詩：「冷如精選的字　給兒子寫第一封家書……兒子的回信只能逆著時間投遞」，老爸也在這一張張精美無比的書皮上，留下他的手跡，四十多年前就已寫下，留給我品讀，細細回味。

一九七六年一月七日，我母親猝然離世那天，我爸也恰在京。當我騎車從村裡狂奔回家，我爸爸、弟弟已經從醫院回來了，他們的臉色，告訴了我一切。二姨也同樣，一看他們的臉，立刻哇地哭出了聲：「你怎麼能走啊？丟下這麼小的孩子，怎麼辦哪？」二姨最先直覺到，母親不在了，一個家就散了。

那天晚上，我和爸爸並排躺在國關一號樓一一七號的床上，看著我媽媽親手建起來的家，談著她，直到天快亮才朦朧睡去。

突然，一陣巨響驚醒了我們，什麼聲音？哀樂！文革中無所不在的高音喇叭，都在播放哀樂。為誰？我媽媽？不可能啊！再過一會兒，才聽見一個低沉的嗓音：「周恩來總理……」，原來周恩來在我媽媽後一天逝世了。

我們躺在床上，靜靜聽著哀樂。不管它為誰而放，反正符合我那時的心境。我在想媽媽，也認為爸爸在想她，一會兒之後，聽見他說：「你知道嗎？周總理去世，中國會出大事呢」，哦，原來他還在想別的。

那天之前，我不記得和爸爸談論過「政治」，大概因為我那蠢到頭的浪漫，加嘴上沒毛的幼稚，不談，是對我最好的保護。只有那個清晨，家難國難重重砸在一起，老爸才唯一一次撬開嘴唇，洩露出深藏心底的隱祕，他其實深深憂慮著這國家呢。杜甫充滿憂患的詩，原來就躺在我身邊。

事實上，老爸最大的特點，正是寬容，甚至散漫。他對我那「白紙黑字」和奔向黃土高原的愚蠢發火，是因為這事關我一生的命運，非管不可。

他的寬容，可舉一例：八〇年代，當我已經忝列青年詩人，正在無數晚會間暈頭轉向，他唯一的告誡是：「在中國別進監獄，在外國別得愛滋病，除了這兩條，你什麼都能做！」這要求可夠低的！

許多事情，只能事後釐清。我爸爸的「覺醒」，說來與政治並無直接干係，反而更與他貪「玩」相關。具體地說，與「老貝」——貝多芬相關。

我爸爸出生的家裡，是北京有名的富戶。我曾祖父劉燮之，現在上網去查，至少能找到五十萬條目，幾乎百分之百與吉祥戲院有關。對京劇戲迷而言，「吉祥戲院」，就像共產黨的延安，是聖地。京劇鼎盛期的前後三鼎甲、前後四大鬚生、四大名旦、四小名旦，都在吉祥唱戲。老爸從小就被楊小樓的〈鐵龍山〉、梅蘭芳的〈貴妃醉酒〉唱腔繚繞著長大，十二三歲，每晚吉祥壓軸鑼鼓一響，少東家漫步從西堂子胡同溜達過去，樓上雅座早已備好，就等他落座啦。

我爸從京戲到崑曲，口味越聽越雅致，再向前聽什麼？這位年輕人的藝術胃口遠未滿足。高中最後一年，一位音樂老師偶然提到西洋音樂，引起了他的好奇：「西洋音樂，那是什麼？該聽誰？」老師答：「最有名要數貝多芬，去找找他的第九交響樂吧」。

我爸去了一家日本人開的唱片店，真有「貝九」！七十八轉的快轉唱片，整個曲子一共十七面。當即買回家，用曾祖父的手搖唱機一聽，這是什麼呀？亂七八糟！刺耳嘈雜！完全不懂。但他為什麼有名？好奇心特強的老爸不服輸，再聽！就這樣他一口氣聽了十幾遍，啊，聽出點兒意思了，這音樂裡真有東西！再聽再聽，貝九被一連聽了一百多遍，唱片都劃爛了，老爸也對老貝真服了！那音樂裡的峰迴路轉，蜿蜒曲折，細緻悠遠，深邃宏大，把他從人性到品味，提升到了一個全新的境界。

老爸一發不可收拾，從貝九最高峰下來，堪稱所向披靡，他橫掃所有能找到的西洋音樂，沉迷其中。高中下半年，根本沒去上學。

沒想到，大學高考來了，這怎麼辦？也算他「命好」（老爸又一個口頭語），臨陣磨槍，竟然在蹺課半年後，一舉考上了輔仁大學英語系。據說報到那一天，老爸曾穿了條檸檬黃的褲子，在校園揚長而過，招來全校師生側目。哈，他也許沒聽說過「現代派」，但自己直接成了個現代派！

我父母在瑞士的五年多，應該算他們共度的美好時光。年輕，浪漫，雖然是「紅色」外交官，但他們家庭的背景、生長的環境，與歐洲（特別是瑞士）風景風韻一拍即合。當然，白天要工作，一九五四年著名的日內瓦會議，就在我爸安排中舉行，他的工作也傳染了他的美學品味，例如他曾安排周恩來住進法國名詩人夏多布里昂的故居，今天想來，那真有點玩世不恭，莫非他想讓周恩來在談判桌上念法文詩？

因為周恩來在許多中國知識分子中享有極高聲譽，簡直成了共產中國殘酷血腥現實中一個例外。這可能嗎？多年後，我直接問老爸：「您和周恩來接觸，覺得這個人怎麼樣？」老爸的回答，再次直接而清晰：「不怎麼樣，他就是個官兒」。

在瑞士的許多晚上，我父母的時間都給了音樂。老爸的大少爺脾性，讓他什麼都要買最好的（那原則就是：最貴的！）：唱機，「他主人的聲音」（His Master's Voice），還有大批五〇年代剛出現的密紋唱片，富爾特萬格勒、卡斯阿斯、魯賓斯坦、奧伊斯特拉赫……相機，萊卡、羅萊法萊克斯、蔡司；冰鞋，英國造，等等等等。看他們在瑞士拍的照片，哪像來自貧窮的共產黨國家？儼然是一對亞洲富二代，正在歐洲度蜜月！

老爸的浪漫，到一九五五年回國為止，特別是到一九五七年我叔叔、舅舅被打成右派後，他更加小心了。畢竟，雖然為了平等中國之夢，他四〇年代初就奔向了共產黨，可身後拖著的那條剝削階級出身的尾巴，卻是切不掉的。

我爸自己說，他一生順暢，原因有二。一，運氣好，不害人也少被人害。二，謹慎，從不喜歡出頭露面，因此沒給槍打出頭鳥機會。但，這麼說，本身已洩露了「天機」：他嘴上不說，並不等於心裡沒主意。相反，他心裡對周圍的一切，都有相當清晰的判斷。

這判斷終於在文革中變成了決斷。

大約一九六七年吧，高音喇叭裡忽然開始批判「資產階級無標題音樂」，首當其衝就是貝多芬。按照文革邏輯，沒有抽象的人性，一切都帶著階級性，音樂也不例外。貝多芬沒明確表示為勞動人民創作，那他就只能是為貴族而創作，因此就是反動的。

老爸好苦惱啊。作為共產黨員，他必須服膺這個階級邏輯。但作為人，他又明明能感到，貝多芬的音樂裡充滿愛、充滿美、充滿最好的創造力，這不是完美的人性是什麼？但更大的問題是：在組織和自己的感受之間，應該聽從誰？

這個今天簡直不是問題的問題，當年卻沉重無比。倘若服從組織決定，自己就明知在說謊。倘若肯定自己的感覺，那又該如何評價自己一生的道路？包括背叛自己的家庭、半輩子投身其中的奮鬥、和那個被美妙許諾過的未來？難道都錯了？

萬幸，老爸畢竟是我老爸，雖經內心折磨，他最終的選擇，還是服從內心之「美」——那從人性中提煉、提純出的精華。他認定：美沒錯。那麼，錯的就只能是美的批判者。貝多芬沒有錯，他音樂裡洋溢的自由也沒錯，堆到他頭上的種種罪名，只能給他的偉大提出一串反證。

文革後，我帶著自己的插隊感受，開始了寫作，和老爸交流中，聽到他這個故事。一瞬間，我明白了許多東西，包括我長大的環境，為什麼窗外狂風暴雨，而我家裡卻能保持人性化的小氣候，讓我們在其中心智健全地長大。我老爸認定了貝多芬，而我則認定，他那次「認定」本身，至少和貝多芬一樣偉大！

這件事，舉重若輕、似小實大：它指明，心存「美感」，人能少犯很多錯誤。當年，老爸面對周遭許多醜陋，那對「美」的暗自肯定，要付出多大心力。

這世界上，理論昨是今非，更換如時裝，追隨時髦觀念，常會被歷史嘲笑，更令自己悔恨。一切非人的制度，都全力以赴奔向一個目標：毀滅人的美感。從日常生活到精神境界，以齷齪、醜陋、鄙俗取代純淨、高尚、優雅，令千載積澱的教養，讓位給貪欲橫行。

人性放棄向善、向美的追求，便只能投入墮落的競賽。

因為心中有美，我爸爸背叛家庭，投奔延安，又在目睹那裡與別處同出一轍的爭權奪利、向上爬之後，再次「背叛」自己謬誤之夢，「衰退」回自己的小家，與我的老保母二姨、我媽媽，合力建起一座小小的城堡，保護了我們少年時稚嫩的美感。美，自他們內心發源，向我們傳遞著一生受用不盡的「正能量」，在我的詩中，發出回聲，我寫給母親的是：「當所有語言回應一句梗在心裡的遺言」；寫給二姨的是：「善良如此簡單如此難」；而心甘情願寫給老爸的是：「繞過星空　朝父親漫步／還原為寓意本身」。

二十四，「老莊老貝老不老」（下）

相對我老爸對人生之「美」的敏感和執著，我叔叔的遭遇適成反比：我叔叔是雙重醜陋的受害者，首先在生命經歷上，而後更在精神上；前者被迫害，後者卻加害別人，但病根是同一個：醜陋、陰暗，最終，難堪。直到，甚至不配有受害者的位置：以加入迫害者的行列，蒙受了加倍的恥辱。

文革剛結束，人們噩夢初醒，恍惚中，還來不及回味發生的一切。我母親去世後，父親移居天津，在天津外語學院教書。我在開始寫作之後，和老爸文學上的交流多了起來，才知道，他不僅不憎恨「白紙黑字」，相反，是幾乎狂熱地熱愛它。

老爸自稱，天生是「美的享受者」，那意思微帶譏諷，他不會如我般把自己置入「創作」的艱難境地。

「創作，就得和別人比，我最不喜歡比。」老爸說。但我知道，他其實非常為有個詩人兒子而驕傲。這從他一篇篇、一本本精心剪貼、收藏我送給他的作品，就看得清清楚楚。

老爸在詩歌趣味上，是個堅定的中國古詩崇尚者。除了年輕時對我的「灌輸」，到他九十多歲，仍能張口就背出一大堆古詩。

「我最喜歡的詩人是陶淵明，」老爸回答我的提問，也沒忘立刻補上一句：「不過，他可是窮死的」。

與中文古典詩平行，老爸的美學品味，還兼顧西方現代文學。天津外語學院有位美國教授，帶著一本詹姆斯．喬伊絲的原文《尤利西斯》，走遍大半個中國，沒有一個中國人哪怕試試讀這本書，我老爸出於好奇借去，竟然從頭到尾讀完了，讓那美國教授著實吃了一大驚。

我唯一的遺憾，是老爸拿起我的詩，永遠微笑著吐出兩個字：「不懂」。

再後來，我慢慢理解了，他對當代中國文學敬而遠之的態度，可以說出於一種美學潔癖。想想啊，唐詩、宋詞都是千百年篩選出的經典，《尤利西斯》也是西方現代主義反復淘洗出的傑作，美學上，它們都抵達了最高的完成度。可我們呢？白話文本身就夠粗糙、單薄，再加八〇年代初我們自己的幼稚，作品之單薄，肯定扎眼得邪行。這群醜小鴨，誰知道將來是不是天鵝？說「不懂」，已經夠客氣的啦。

但一九八〇年代之後，我們父子倆帶著各自的文革感受重逢，卻一步跨越了簡單的家人親情，更像相知的老友，從社會、文學、生活、直至性無所不談。這樣「沒大沒小」地把老爸當老友，也只有在我們這個自由散漫的家裡能行得通。

記得一個很有共鳴的主題，是關於自私。這麼多年以來，我們聽夠了關於「無私」的宣傳，但空話是一回事，事實完全不同。真有「無私」那回事嗎？人的物質貪婪不用說了，就說精神，所謂的「聖人」，為他人奉獻生命，難道不在追求一種心理滿足？這難道不是自私——以拋棄物質甚至生命為代價，換取更大的自我滿足？自私，不僅不可恥，甚至是一種必須。因為它正是推動世界變化的動力。否認它，倒反而是悖謬事實，服膺謊言。

經過今天全球化的物欲洗禮，這不僅不算大道理，連小兒科都談不到。但文革剛過時，敢這樣想、這麼說，還真有點振聾發聵呢。

這個題目，對老爸的一生，更別具含義。

老爸的祖父很富有，吉祥戲院只是他的小玩藝兒，其他眾多產業中，有金店、綢緞莊、一度還想讓我爸學法律，將來開自家的銀行。通過放高利貸巧取豪奪，他還擁有過兩家王府，因為房子太多，修葺昂貴，兵荒馬亂之際，王府最容易被軍閥相中，大兵一湧而入，破壞之外，請神開路實屬不易，最後，乾脆把它們捐出了事。那兩個王府，其一現在是東單米市大街附近一所中學，其二是慈禧太后乾女兒的大公主府，即現在北京寬街中醫醫院。

資本家當然不會是善人，我爸的反叛心態，就由他那祖父而生。老爸最看不慣他待下人的苛刻。老爸總記得，有家人因為晚了兩天來贖典押的聘禮，被他祖父回絕，而逼得那位小姐上了吊。還有藉娶進我奶奶，一點點侵吞她們的家產，直到我奶奶的蒙古貴族老爸，淪落到給我家看大門。

作為長孫，我爸倒是自一出生，就享受了家裡的最高待遇。有兩所房子，直接被轉到他的名下，後來上中學、大學，門口汽車永遠聽用。可惜，那不合老爸口味，我爸這現代新青年，每每撩開長腿步行。

老爸成為革命老幹部的經歷，也頗傳奇：一九四二年，在把他弟弟、妹妹送往重慶之後，老爸和地下黨聯絡，想到共產黨那裡去，話也說得清楚：「我去看看你們是真抗日還是假抗日？真抗日我就留下，假抗日立刻就走。」

黨倒開明，同意這小青年自己去完成審查。

老爸要去抗日，曾祖父大悅，連問也沒問去哪兒抗日，很豪爽地批給他兩千塊大洋（要知道，那時一塊大洋就買一袋白麵呀）。我爸帶著他女友，和另一對朋友，上路直奔保定。

沒想到，地下黨派來接頭的人沒出現，四個年輕人面面相覷：「怎麼辦？」有人提議：「去天津吧，到那裡再想辦法」，天津有外國租界，安全，可是很貴，「沒事，我這有錢」，老爸說。

在天津，四個年輕人住旅館，下飯館，地下黨沒見到，可兩個星期後，錢花光了，回家吧。

回到北京，曾祖父見去「抗日」的長孫剛去即返：「怎麼這麼快回來啦？」「沒接上頭」，「哦，那錢呢？」「錢？花完啦！」「啊？」

我相信，那一刻，曾祖父對他事業繼承人的期待，徹底粉碎啦。

再後來，老爸們還是成功到達了晉察冀，但沒過多久，又一樁麻煩發生了。在男多女少的解放區，老爸的女友，被一位黨領導看上了。

老爸接到命令，因為他是外語人才，調他到延安去工作。年輕的羅曼史怎麼辦？再痛苦也得服從組織呀，你們不是來「抗日」的嗎？

路上幾個月（正好讓他躲過了「整風」擴大化），到延安又幾個月，老爸給女友的信，發出一封又一封，卻都石沉大海，女友杳無音訊。

痛苦啊，可抗日國難當頭，個人的痛苦只能忍著。

我爸當年的「戰友」章展叔叔，後來告訴我，老爸有兩項偉績，令人記憶深刻：一是用手榴彈砸大蒜，嚇得別人遠遠躲開；二是背煤時，他一個人能背八十斤，還翻山越嶺走七十里路。他大學時愛遠足的功力，現在用上了。

女友失蹤，直到有一天為止。老爸在延安的領導找到他：「別再給某某寫信啦，她已經嫁人了」。老爸震驚：「不可能啊！」「怎麼不可能，嫁人是事實」。

那時的共產黨還算人道，同時還回了老爸的一捆信。原來，這些必須走組織系統的郵件，從來沒有寄出去。

以後才知道，故事那一側一模一樣，女友的信也都被截停，直到她徹底無望，嫁給了死追不捨的新情人。

老爸羅漫蒂克的大蒜，被手榴彈砸了個稀巴爛。

這段不成功的愛情，倒沒浪費，幾十年後，給我家親戚、小說家武歆一個靈感，先寫小說、又拍成了電視劇《延安愛情》，在電視上大放特放。延安主旋律，加上複雜的人性佐料，四面八方都歡迎呀！

我問老爸：「你看《延安愛情》了嗎？」「沒看。瞎編的東西，看它幹嘛？延安——哪有愛情？」

哈！

和我爸盤點他的一生，我常稱為「雙重背叛」。第一重，為追求平等中國之夢，背叛自己富有的家庭，甚至殺回來，全力以赴去消滅自己那個階級。第二重：一旦發現現實逆反夢想，又要勇敢地再背叛自己的夢。這第二步反省更困難，因為一句「走錯了路」，意味著半輩子白白奮鬥了。大半個生命的意義和價值，就此淪為虛無。

但我對老爸說：倘若你沒做這雙重背叛，我不會如現在這樣尊敬你。

因為我看到，這雙重背叛深處，又有一個更本質的精神貫穿著，因為那精神，使背叛不是簡單掉頭，卻成為一個人的自我更新，那精神有個名字：理想主義。

二十世紀中國，數百萬如老爸一樣的熱血青年，懷著夢想，真誠而決絕地和自己富有的家庭決裂——和自己的財產決裂——雖然，並沒弄懂被追求的「主義」是啥意思，卻在想像中，把它們和未來畫上了等號，為之奮鬥甚至犧牲。

傻嗎？也許吧，但我得承認：我由衷欽佩那種「傻」！因為，最終「主義」能廢棄，會過時，而「理想」不會過時，它照耀著生命，無論生命陷入哪一種幽暗。

環球漂泊中，我遇到過很多西方左派，聽他們侃談「理想」，不知怎麼，總讓我覺得言辭空洞。親愛的，你們的「理想」裡，包括捐出自己所有的財產嗎？包括義無反顧地親手砸碎自己出身和階級嗎？而且，不僅「要」這樣做，更身體力行、全力以赴親自去做？

我能責備老爸們的幼稚輕信，卻絕不會貶低他們理想的價值，正因為有這份理想，他們的生命才耀眼奪目，雖然照耀進眼睛的，或許是一時的、幻覺般的、甚至毀滅性的光彩。

我問過老爸：「對走過的路，你後悔嗎？」回答簡單明確：「不」。

這答案，印證在老爸的生活中。

以他出走晉察冀、轉赴延安的資歷算，老爸是老革命。按照離休幹部待遇，他可以享受至少二百平方米的住房。但從一九八四年起，天津外院分給他的住房就沒變過，仍然是天津體院北一社區裡的「偏單」：五十多平米，一個半房間加一個小廳。前幾年沒經裝修時，那和他文革五七幹校的住處真沒多大區別。後來在劉阿姨主持下，小屋裝修得煥然一新。可新，也改變不了那小。於是，房子的主題，只能交給書。到處是書。每個可能的旮旯空間，都設計了獨特的書架、書櫃，而老爸仍然繼續他「晝伏夜出」的習性，整夜鑽在書堆裡，讀書、整書、編目、抄錄，不亦樂乎。就是這間書巢，被我稱為世界上最舒服的房間——坐在、躺在、睡在這兒，心裡踏實，渾身放鬆。嗅著老爸的體香書香花香，我的夢最香。

「山不在高，有仙則名……」劉禹錫差矣，我老爸最不在乎的，正是那個「名」。

老爸告訴我：最早警醒他、令他省悟現實和理想之差異的，就是到了「主義」那邊，發現人們還在爭名奪利、向上爬。「要是圖名圖利，我到這兒幹什麼？錢，我生下來就用不完。名，我可以去掙。可我們不是到這『革命』來了嗎？怎麼還是這一套？」

一次，我姊姊對老爸提起，她朋友的父親，九十歲還在寫回憶錄，言下之意，老爸也該努力點兒，寫點什麼回憶錄之類。老爸默然聆聽，過了一會，終於不耐煩了：「停下。你想說，他比我高？可我明白告訴你：我比他高得多！九十歲人了，還看不透，回憶錄？你敢寫真話嗎？不敢寫還偏要寫，不是名利之徒是什麼？」嘿，很少見老爸疾言厲色，我姊姊頓時語塞。

老爸的人生美學，是種潔癖。他鄙視牟利，卻喜歡白送。

上世紀八〇年代初，現已是經典之作的霍克思（David Hockx）、閔福德（John Minford）《紅樓夢》英譯尚未完成，高鶚的後四十回，在英國譯者閔福德手裡，他正在天津外院與老爸同事。他抽空就與老爸探討，而老爸的古典文學知識，加英語能力，總能幫閔福德解套。

小舉一例，老閔不解：「唉，不懂呀，小說裡那『轉過臉去』，臉怎麼轉呀？」老爸一樂，告訴他，那意思就是「回頭」。後四十回，這例子比比皆是。

據閔福德說，老爸英文水準頗高。他不僅英譯中沒問題，更能中譯英——把文學譯成自己學來的外語，那難度大多了。老爸中譯英作品，得到過佳評的，有台灣詩人余光中先生的散文〈中國山水詩的感性〉，余光中文筆典雅優美，且他本人英文精熟，而老爸的譯文，首先就博得了余先生首肯，又被閔福德大讚，能得此二先生青眼，老爸英語水準，相當過關！

嘿，悄悄一說，應閔福德之請，他還把我的散文詩〈逝者〉三章，生生翻譯成了英文。我說「生生」，是真得要勁，因為那篇東西語言之蕪雜，我如今看著都臉紅，所以從未收入我的詩選。可老爸那譯文，又得到閔福德的誇讚，唉，我猜他一定偷偷當了回龐德，把我的劣作「發明」成了傑作！

最極端的，是另一位美國翻譯家，應美國一出版社之邀，翻譯馮驥才的小說《三寸金蓮》。

但他實在弄不懂原文，幾乎想放棄了，卻碰巧聯繫上了老爸。他請老爸合作，老爸覺得這題目有意思，就同意了參與。誰知「合作」成了獨作：那位完全插不上手，老爸只能獨自工作，直到全部完成。譯文發出，對方歡呼雀躍：「太棒了！我想用它參加一個評獎！」可接著，實際的來了：「這是美國翻譯競賽，所以可否只署我一個人的名字？」他真開得了口啊！但這就是老爸，回答當然是「沒問題」。後來，《三寸金蓮》英譯果然獲得了那個大獎，獎金數萬美元，書上的譯者只有那幾乎沒碰翻譯的老美「翻譯家」一人。不公平啊！

但老爸一笑置之：「這有什麼，我享受的是翻譯本身」。

一九八九年到一九九四年，我們因天安門屠殺滯留國外，老爸信裡寫得明白無誤：「這時不必回來。」一九九四年，我們成了紐西蘭公民，經過香港去美國，忽發奇想，何不試試申請中國簽證，訪問一把「我自己的外國」？（以後，我又給這句子配上了一個下聯：「我的外國母語」——用來稱呼我寫作的中文）。

一切順利，在香港，嗅到廣東炸臭豆腐干的芳香，我大叫：「中國，近啦！」到廣州，火車轉飛機，北京落地，老爸率領全家，在北京機場迎候。那天晚上，友友和家人團聚，我和老爸睡進勁松四一三樓我們出國前的房子，並排躺在床上，說了又說，直到天色發亮，老爸伸手輕輕拍拍我：「睡吧，明天再說。」那一拍，好親切好難忘啊。至今，閉上眼，我就能感到那手印還在我身上發燙。它穿越時間，變成了我寫給老爸的一句詩：「你的手還伸過黑暗輕拍兒子的睡眠」……

九〇年代之後，我穿梭於中國和世界之間，既汲取中國急速變化提出的新問題、激發的新能量，又將其代入全球化世界的新語境。後冷戰時代，不是一個粉紅色的幻夢，它蘊含著更有挑戰性的精神深度。

瑞士一位拍紀錄片的朋友問我：德國電視一台要去中國拍一個紀錄片，主題是「氣功」，你認識做氣功的人嗎？「太認識了！我老爸做了四十多年氣功，你們為什麼不去拍他？」

我的回答半開玩笑。因為老爸做氣功是實，現在他九十多歲了，身體健旺，精神矍鑠，全拜氣功之賜。但，他對外國電視台能說什麼？他最鄙視那些靠傳功賺錢的假「大師」，自己怎麼可能變成他們中的一員？

我幾乎忘了那個建議，又過了幾年，再次見到那瑞士朋友，她先提起：「我們真拍了你爸爸！他太棒了！」「啊？真的？他說了啥？」「哈，我給你複製一盤錄影，你自己看吧。」

錄影裡，少林寺、武當山、高僧、老道，公園晨練的人群……意料中的一切一一滑過。忽然，老僧老道之間，老爸出現了，一位知識分子，一點不賣東方土特產，卻操著一口流利的英語，和採訪者對談。當被問：「您以為氣功的核心是什麼？」他的回答令我一震：「自由」，他接著說：「氣功讓你體會內在的自由。」老爸對「自由」侃侃而談。

瑞士朋友告訴我，片子剪輯後送到台裡，德國電視台的領導很驚異：「這是政治嗎？」驚異歸驚異，片子就那麼播出了。

一轉眼，我從老爸那兒學的氣功招式，也已經做了二十多年。「得道」了嗎？我不清楚，「發功」怪模樣，肯定沒有。但我和老爸都同意，氣功帶來「舒服」，是第一要義。舒服，靜定融通，頭腦、身體裡壓力下降，這只倒空的瓶子，舊水傾出，新泉注入，我的不知多少靈感，都在站樁時候獲得。寫作的日子，起床後站上四十分鐘，再照老爸傳授，自我按摩一通，最後遠眺一陣，那叫清爽。今年本人「高壽」六十二，而眼睛至今不花，朗誦詩時手持一卷，多小的字都應付裕如。這是否和氣功有關？誰知道？有必要知道嗎？

我書桌上，有一只玉琮，是老爸贈品。某個我住在他天津家裡的晚上，老爸忽然拿出一包東西，層層打開報紙，裡面玉琮露出。「留給你吧，」老爸說。「為什麼？您留著玩吧。」我記得這東西，它是老爸當年喜歡的若干古董之一。「我留著沒用，你拿著吧，它很美啊」。

這玉琮確實是件美物。它沒有我的詩〈一條良渚玉琮上的線〉寫到的良渚玉琮那麼老，瞎猜可能來自戰國、先秦吧？但細細把玩，確實手感細膩美好。一個簡單的造形，單層，中央圓環突起，周邊四方平整，不十分規則的對等邊角，反而令手工打磨的痕跡更清晰。最漂亮的是它的沁——古代叫「血沁」——絲絲縷縷的暗紅赭黃，散布玉琮遍身，透光去看，那半透明的原石恍若晴空，血色幽暗處飄起薄暮，手心沁涼，又如夏夜徐徐降臨。

這美，來自石頭？來自歷史？來自時間？都是也都不是。它來自想像，一種從老爸手中遞過來的想像。這個握在手中的形式，帶給我們不同的思維。一塊石頭，把「宇宙」那個詞，變得如此具象，像凝聚了的時空。擎起它，像擎起被饋贈的思想，我能感到一瞬間穿越了古往今來，比光速還快。

最重要的是，饋贈之人是老爸。他把玉琮遞給我的手，代表了此前觸摸過這玉琮的無數雙手。他是時間——甚至超時間的象徵，交給我這塊石頭。

血沁，像石頭在冥思，也吮吸我的冥思，把我納入人生的考古學。

我的長篇散文〈月蝕的七個半夜〉，堪稱一種極端之作。那不是「隨筆」（被我斥為「隨地大小便之筆」），而是「散文」——一種中文獨有的純文學創作文體。玉琮給了它靈感，其一、三、五、七章抽象，直接以「玉琮」為題，從含括古今的共時處境，審視一塊石頭，或藉石頭審視人。其二、四、六章具體，歷時地回溯我生命中三個房間，倒敘出一個個被毀滅的地點。但，倒敘難道不是重建？倒退，審視著地點，哪個地點沒經歷毀滅？由是，我在倫敦的家、老爸在天津的家、我煙消雲散的「鬼府」之家，都在列隊加入玉琮。我唯一不變的住址，已安置在了玉琮裡。我撫摸它，就在讀它。讀，一塊血沁的玉琮，是一枚月蝕的暗紅色月亮，正靜靜地、無盡地隕落。

哦，話說回來，宇宙有所謂「隕落」嗎？人生考古學，唯一考證著人的超越。這篇散文，刻意的詰屈聱牙，它爬向終點：「許多一生，無限逼近地去弄懂，一行詩預先寫下了什麼？鬼魂們指點著……一次死於無數末日——當滿月碩大暗紅，懸在肉砌成的窗檯上，仍，無所謂隕落」。

哈，老爸又該斥之為「難懂」了吧？但人生這首詩，哪裡好懂呢？

老爸不善掉書袋，但他又常常一語破的。

說真的，我最佩服老爸的，是他這條小船，穿過中國歷史上最風波險惡的世紀，而竟然沒翻掉，不僅沒翻，還保持了自己的航向和航速——一個人健全的精神和判斷力。他是怎麼做到的？

一次，我問：「爸，能最簡單概括一下嗎，什麼是您的思想資源？」老爸略一思索：「中國的老莊，西方的貝多芬」。

啊，還有比這更簡潔的、愛因斯坦量子物理學一樣的公式嗎？

對老爸來說，老莊崇尚自然，已蘊含了自由和美。貝多芬的音樂，更以無窮無盡的創造性，把「自由和美」這精神主題推到了極致。

在老爸這兒，東方西方、中國外國，從來沒被一條邊界隔開過。人的精神，在深處互通，只要我們開掘進去，高尚到處都高尚，低俗永遠是低俗。精神鯤鵬翱翔著，俯瞰的是整個星空。

又有一次，老爸八十四歲生日，倫敦朋友趙翼舟為老爸寫一書法：靜者壽。我帶回去，老爸一看，笑道：「靜者壽？應該是樂者壽啊！」

沒錯，不管老爸經歷過多少坎坷，他心態永遠開敞愉悅，據說那得自他蒙古母親的性格。想來確實如此，我最後一次見到奶奶，是文革中她作為「地主婆」，被棄置於一間無窗無火的小黑屋裡，連兒子女兒都避之猶恐不及，只有一個昔日老傭人夜裡偷偷給她送飯。但奶奶坐在冷冰冰的床上，仍然微笑著，操著柔和溫軟的老旗人口音，細細靜靜關心我的身體學業。她隻字不提自己的困境，以致過了好多年，那最後的見面，在我記憶中全然沒有「訣別」的淒慘，卻充滿了溫暖和親情。

我相信，老爸長壽，是他從愉悅的內心到健壯的體格，建立起了一個周轉暢達的小宇宙。一個人這樣心身貫通，才打通了最美好的「周天」！

他的回答刻進我心底，幻化出文字遊戲式的一副對聯：

老莊老貝老不老
樂壽樂道樂永樂

每句七字，四字重疊，層層遞進，模仿「道可道非常道」的痕跡清晰，而那不正是老爸之所愛嗎？

我拿那上聯作小標題，可以想見老爸滿意的微笑。

二〇〇三年夏天吧，我忽然覺得，出國以來，失去和老爸一起的時間太久了，守著這麼一座精神、思想、親情寶藏，再不好好開掘，以後會遺憾無窮。於是，我在天津環湖中路上，離老爸家走路三分鐘的地方，租下一個單元，住了近兩個月。

那真是一個正確的決定！

這兩個月，我拋卻世事，沉浸在親情海洋裡。

平日的奔忙忽然遠去，大把時間，可以和老爸悠然相對，聊往事，敘親情，天南海北，漫無邊際。這樣的「有聲」，固然可愛，但哪怕「無聲」，依然珍貴。我們都有這感覺，只要老爸、兒子同在屋裡，一種重逢的欣喜，就洋溢在心頭。那古詩一樣的遊子意啊，何止「近鄉情更怯」？就是坐進家裡了，還有點不敢相信這個奇蹟！

有時，聊到夜深，外面暴雨傾盆，我只能挽起褲腿，蹚著滿街沒膝的「黃河」回家。或乾脆泡在老爸家，躺在離他近在咫尺的床上，聽雨聲淅瀝，心境格外沉穩，恍惚童年時光從未逝去。

有時，和老爸攜手散步，當年那個甩開步子、健步如飛的老爸不在了，但人生漫漫，歷盡滄桑，論品格悟性，老爸仍遠遠走在我前面。

老爸生性唯美，欣賞一切美人、美物，所以他貫通中西音樂、文學、藝術、文化，自稱雜家，而對「美」的主題，卻堪稱專業。

文革後，京劇逐漸開始復甦，電視台因應要求，製作了一批「音配像」節目，以原版名家老錄音，配上各派最近傳人的表演，雖不能達原版之真，至少傳承了這個傳統。老爸有吉祥戲院的淵源，加上他收集精品的愛好，遂有多達七百餘盤「音配像」錄影帶的收藏。

於是，我提議：「給我補補京劇課吧，您選劇碼，我們一起看，您隨意評點各家各派的妙處」。老爸欣然同意。那兩個月裡，我們大約看了四十多齣京劇經典。

聽他漫談京劇，如數家珍，真是一大享受。

楊小樓的武功，余叔岩的髫子，梅蘭芳甩動的尾音……經老爸指點，我咂摸品味，真學了不少。有時，從「本科」上升為「研究」，我們也發人所未發。例如，京劇男扮女裝，不是什麼傳統文化歧視女子，不准她們上台（越劇就都是女子出演，難道歧視男人不成？）。那該被看作一種獨特的音樂美學追求：創造男、女之外「第三種聲樂美」。男扮女裝唱出的聲音，是女性嗓音和男子肺活量的結合，因此嗓音亮、底氣足，一旦改回女角唱，這美學特徵頓時喪失殆盡，由是一種美學傳統也隨之消亡。二十世紀，中國文化瘋牛似地狂追「現代」，卻全未理清自己起跑線在哪兒，因此演出的無一不是拆真古董、造假古董的鬧劇，省過味來時，悔之晚矣。

京劇，現在連博物館藏品都不配。因為舊精品沒保存，新精品不存在。思想、美學的探討，更談不上。老爸說的沒錯，「京劇氣數盡了」。

這兩個月與老爸相濡以沫的經歷，讓我創作了組詩〈故鄉哀歌〉。這是寫給老爸的詩，也是寫給廣義文化故鄉的詩。故鄉——卻不得不是一首「哀歌」，其美而痛，對屈原、杜甫當再熟悉不過。而對我們這一代詩人，又該多無數層感受。因為故鄉啊，只有真正出走過的人知道，是回不去的。

遠在倫敦時，我已有〈雁對我說〉一文：「那排成一個中文『人』字飛遠的雁行，總是『回家』的。而一束眺望牠們隱沒的目光，總是回不了家的。」回不了家，是因為家已不在。即使坐在老爸家裡，我們也一同坐在一個文化廢墟裡，體驗著遠去的文化之根，在同一種背井離鄉的心態中並肩上路。

所以，那環湖中路上每天往返三分鐘的路程，就是一個濃縮了的人生之旅、文化之旅，眼界再開闊些，它為什麼不能是時空和生死之旅？老爸的透徹，賜給我這悟性——

茫茫就是一個人和宇宙並肩上路

仙人之美／就是孤絕到極點

無處來也無處去　除了
有個和舌頭雕刻在一起的硬度
泥土中探出的舌頭　搗毀呼號
逕直　歌唱突入死亡內部的現實

〈故鄉哀歌〉——老爸之歌，他永遠溫暖的微笑，只要想到，就在我眼前晃動。「老莊老貝」，關鍵在「老不老」，老也不老，那就是年輕嘛！老爸用人生楷模，給我的寫作一條捷徑。

我的詩，依循著他一切讓「美感」引領的邏輯，不疾不徐，循序漸進：〈故鄉哀歌〉是長詩《敘事詩》的一部分，《敘事詩》又是「同心圓三部曲」的一部分，跨越二十五年歲月的「同心圓三部曲」，還只是《楊煉創作總集一九七八—二〇一五》九卷本（加台灣一大卷，實為十卷）的一部分，這個歷程遠未完成……永遠，老爸的句子，總能安頓我的任何焦慮：「自得其樂，慢慢來！」

二十五，「超前研究」

二〇一二年八月，我們倫敦的家搬得空空蕩蕩，那隻豔麗無比的大蝴蝶（後來我才知道她的學名叫「孔雀蛺蝶」，多美的名字！），繼完成我的三首「蝴蝶詩」後，翩翩飄進我的窗口，搧動著紅黑兩色的大翅膀，待我拍下她的倩影，又翩翩飛走。這蝴蝶，像個鮮豔的標點，帶著我們的視線、心思，飛向另一章即將動筆的人生文本。

那是柏林。一九九一年DAAD當過「臨時貴族」的柏林，二十年來，跟蹤著歷史變化、作為德國首都處在動盪世界中心的柏林，現在，我獲得「超前研究中心」學者獎金、即將居住一年的柏林。

關於「超前研究中心」的資訊，得自兩個好朋友：一個是阿拉伯大詩人阿多尼斯（Adonis），另一個是德語詩人兼德國頭號俄羅斯和東歐文學權威伊爾瑪·拉庫薩（Ilma Rakusa）。他們既給我介紹這個中心，更把我推薦給中心，所以這次柏林生涯，直接披上了國際思想和文學的色彩。「超前研究」這個名字，像有種宿命感，直接定位了我和阿多尼斯思考的焦點。

我和阿多尼斯，相識於十年前，我應邀參加二〇〇三年首屆約旦國際詩歌節時。中東，一個引人遐思又不寒而慄的地方。

兩年前紐約「九一一」的硝煙還沒散盡，福山「歷史終結」的幻夢已遠遠逝去，阿拉伯─伊斯蘭，這個對冷戰對立的世界相當陌生的名字，猛地被放大，置於所有人眼前，成為一個躲不開、更回答不了的疑問，它是什麼？它從何而來？又對我們每個人意味了什麼？我的神經，因為好奇和緊張而繃緊。

到達約旦首都安曼，我們突然發現，自己落進了一個阿拉伯詩歌（和詩人）的汪洋大海。堂皇的安曼瑪麗安賓館裡，來自幾十個阿拉伯國家的數百位阿拉伯詩人，濟濟一堂。別提詩人自己的名字，光那麼多國家名稱，已足夠讓我眼花繚亂了。

阿拉伯語，帶著它獨特的「H」（呵）音，在我周圍幻化成一片嗡嗡波盪的海浪，其間浮動的詩人面孔，很有點像熟悉的中國詩人，總籠罩在一層激動、震顫和不安裡。他們的交談，專注而熱切，似乎和我這個「老外」一樣，也為這不尋常的聚會深深激動。大家都期待著，詩歌節開幕式上詩人阿多尼斯的朗誦。

那天晚上，數千觀眾湧入安曼侯賽因國王中心，老詩人端坐在一張阿拉伯地毯上（我後來在為他寫的中譯詩集序言中，猜測那是一張飛毯），幾乎沒有開場白，直接開始朗誦一首長詩，我當然聽不懂詩句的內容，但聽得懂詩人的聲音，這是我的獨門訣竅，我堅持認為：詩人朗誦和寫作的方式，本質上一定共通。如果你聽出朗誦裡的問題，再去驗證於作品，基本不會錯。為什麼？

原因很簡單。因為朗誦就像創作，沒人知道什麼是「對」，因此也無法假裝去「對」，只能跟著感覺讀，於是或真或假、或優或劣，一「耳」了然！

阿多尼斯就這樣直接打動了我，他的吟誦（沒有比這個經典中文詞更適當的形容了）低昂蒼涼，緩緩流出，不濺浪花，卻如暗湧，一波一波推進周圍的數千心靈，形成某種巨大的力量。聽眾們屏息凝神，也都乘上了這條音樂飛毯，我們一同上升，平移，逾越黃沙碧海，俯瞰了星球星空。

那一刻，我知道，阿拉伯詩歌的靈魂，正是它的音樂。那明月大漠間數千年淘洗的激情迸濺的音樂傳統，依然活在當代文學裡，給無論什麼題材注入生命。後來，我了解到，阿多尼斯那一晚朗誦的是一首關於紐約的長詩。

開幕式後，我和阿多尼斯相約，做了第一次錄音對話。這開始了我們其後一系列對話和筆談，主要的三篇，成為我與國際詩人對話集《唯一的母語》的開篇之作。

如果要找一個詞，來形容我和阿多尼斯對話的感覺，我會用「感動」。這裡，應該去掉任何浮泛情緒，剝去花花綠綠的枝葉，只留下思想的結實內核。

中國—阿拉伯，地理上太遙遠了，文化和歷史上，我們只依稀記得絲綢之路的駝鈴。中國的文革、阿拉伯和以色列的衝突，都是報紙上的故事，經過媒體過濾，我們讀到的差不多只剩下口號。那麼，真正的當代阿拉伯文化是什麼？「九一一」之後，死海邊那個火藥庫一樣的地區，人們在想什麼、尋找什麼？他們找得到嗎？找不到怎麼辦？這些提問，恰如我對當代中國的提問，遠遠深於文化觀光的層次。

我和阿多尼斯二〇〇三年的對話〈詩歌將拯救我們〉，堪稱當代阿拉伯和當代中國詩人首次思想相遇。我的感動，來自一種完全不曾預期、卻吻合得近乎完美的互相理解，一絲兒阻隔和障礙都沒有！

我們單刀直入，從阿拉伯和漢字的語言學特性談起，切入文化思維的特點。我們語言的獨特、文化的深度、個體和傳統的緊張關係，決定了我們必須面對內部現代文化轉型的難度。可惜的是，這層困難，又被外部世界的簡單化變得更糟糕，我指把中國文化轉型單調地意識形態化，和把阿拉伯文化轉型簡單歸結為阿、以政治衝突，以及中世紀式的宗教衝突。所有簡單化，共同特徵是非黑即白，共同口號是「萬歲」或「打倒」，共同蠱惑方式是群體煽情，最終，飛快傳染的狂熱病毒，將徹底掐死獨立思考的微弱聲音。

阿多尼斯比我面對的處境更困難。如果說我面對的是一個充滿歷史誤解的政治概念，隨著語境變化，那定義早已失效，阿多尼斯卻面對著一個宗教神本世界，那神本統治無邊無際，且不容質疑和挑戰，因此獨立思想者的兩難更極端：如何對外拒絕被簡單化，對內堅持創新的自覺？且既保持精神獨立，又維護藝術的豐富？老詩人這艘小船，怎樣駛過這重重巨浪？

有意思的是：阿多尼斯選擇的思想立場，和我們自文革痛苦覺醒而反思自身歷史和文化的一代不謀而合：警惕任何流行的（因而其實是商業性的）宣傳，堅持自己獨立思考、獨立判斷的現實立場，以詩歌為軸建立新的文化坐標系，推動（無論手上是一塊多重的薛西弗斯之石！）一個新文化的產生。

廣義地說，阿多尼斯和我這一代阿拉伯、中國詩人，所感受到的文化使命，遠遠超出狹義的

「詩歌」，也超出我們出身的國度和文化，我們的「思想辭典」，很快會被證明，是適用於全球化世界的。因為，這小小地球，已經被經濟利潤如此狂暴地拉到了一起，某個處境就是到處的處境，一些人的處境就是每個人的處境，想迴避也迴避不了！

「中國思想辭典」這個概念，正因為和阿多尼斯超地域的理解，而漸漸成形。以前，文革傷痕、歷史「尋根」、八〇年代文化反思、八九之後全球漂泊、乃至近年跨中外詩歌專案，主要基於中國經驗，也更對中國意義有意義。但電光石火，和阿多尼斯的碰撞，讓我突然發現，我們的思想語法何其相似！略去一些異國情調的標籤，我們談論的完全是同一個內容。不是要把權力從這個團夥轉給另一個團夥，不是在同一個遊戲裡，試圖當個贏家，而是徹底拋棄那權力遊戲本身。

我用「中國思想辭典」讀懂阿多尼斯，他用「阿拉伯思想辭典」讀懂我，歸根結柢，我們並非讀別人，真正讀出的還是自己——那個敢於自我追問，自我挑戰，最終自我超越的自己：一種建立創造性自我的能力。

這能力，使我們在中文詩人、阿拉伯詩人前面，加上「全球意義的」那個定語，我們的思想，不僅要對自身有效，也必須對全球思想提問有效。

中國和阿拉伯知識人，都曾繞道西方，試圖去接觸、了解對方，誰知那閱讀形同猜謎，越猜越遠，越想像越誤會，直到地理距離變成心理距離，一切理解錯誤，乾脆推到「他者」那個詞上了事。

而現在，我們發現，人類是一棵大樹，活生生的樹根，就在自己身上。摸到它，摸下去，從自己文化的生長脈絡，去把握其他文化的生長脈絡，能清晰感悟別處枝葉的青翠或枯黃。

所以，當阿多尼斯邀請我，給他的中譯詩集《我的孤獨是一座花園》寫序，我欣然應允，且在序言中明言：「誰要做一個當代中國藝術家，她／他必須是一個大思想家，小一點都不行！」這句話，竟然令我另一位好友、大畫家徐龍森聞之潸然淚下。

詩人相知，水晶透明，毫無文化障礙，一個多美好可愛的經驗！

二〇〇三年之後，阿多尼斯和我成了好朋友，我們的相知和友情，也成了當代世界詩歌界一個佳話。確實，連我自己也很難想到，會和一個在如此不同語言、文化中的詩人結下深刻的友誼，這除了證明詩歌的強大穿透力，還能證明什麼？

二〇〇九年，《我的孤獨是一座花園》出版，在北京外語大學舉行發行儀式，我給這活動的構思頗有創意：一，阿多尼斯的阿拉伯文朗誦，不讀譯文，純粹享受阿拉伯文的音樂能量。二，十位中國詩人、學者，每人從書中自選最喜愛的幾首詩，只朗誦中文，並給出選擇的理由。這樣，《我的孤獨是一座花園》不再是一本書，而演化為十個「不同的」中文版本。三，阿老和中文詩人、學者台上對話，回答公眾提問。那場活動後，阿老一股腦簽售了幾百本書，他嗓音微顫、兩眼放光：「完全沒想到中國讀者這麼熱情！」

之後，《我的孤獨是一座花園》銷量直線上升，幾年之後達到三萬本！

二〇一〇年，倫敦國際詩歌節上，組織者特意安排我和阿老專場同台朗誦。活動前，我問他：

「您準備朗誦什麼詩？」他答：「〈西元前二〇〇一年九一一協奏曲〉！」哇，這個標題醍醐灌頂，令我久久難忘，阿老用一個「西元前」，把舉世認為的突發事件「九一一」，深化成含括整個人類歷史的根本處境，這處境其實從未離開我們。

這直接銜接上了我對「共時」與「歷時」關係的思考。我的長詩〈同心圓〉，換成阿老的話就是：「不是沒有時間，而是包括所有時間。」中國和阿拉伯詩人的人生體會，不謀而合，相逢於深度！

還有二〇一二年我獲得義大利最重要的諾尼諾國際文學獎，阿老執筆為我寫下精采的授獎詞；還有那年「鹿特丹—北京文藝網國際同步詩歌節」上，由阿老領銜，國際詩人與中文詩人大規模互動；還有阿老為我二〇一四年在黎巴嫩出版的阿拉伯文詩選寫序……我知道，那感動，在我們心裡是互相的。

那麼，當阿老問我：你為什麼不申請柏林「超前研究中心」？我立刻反應：「超前研究？這名字有意思！」在柏林，這歷史地層最豐厚的地方，沒有歷史的深度，「超前」是不可能的。我給「超前研究中心」提出的工作計畫有個標題，叫「詩意的他者」。自從薩依德提出「他者」概念，「他者」一詞已滿天飛了。政治的、文化的、宗教的等等，有人把別人他者化，有人被別人他者化，種種闡釋，離不開權力這個潛台詞。權力的蹺蹺板兩端，居高臨下和怨天尤人，其實玩著同一個遊戲。

我希望逆轉這種思維，把「他者」從負面意義，轉換為正面意義。就是說，秉持獨立思想的人，誰不是「他者」？不僅要做別人的他者，甚至該做自己的他者，思想的每一次更新，都在把舊我變成新我。

因此，他者，不該是被動的，而應該是全然主動的。「詩意」，即主動性和創造性。一個「主動的他者」，是全方位的提問者、質疑者、反思者。一部經由反思自身獲得的「思想詞典」，是全球化時代人類理解新語境、新困境的共同語法。

我重申了幾年前在柏林獲得的靈感：「詩歌是我們唯一的母語」，這給詩提出的新要求，給當下存在點明了深詩意。

憑藉「詩意的他者」設想，我獲得了「超前研究中心」一年的學者獎金。這是自該中心建立以來，首位當代中國詩人獲得這獎金。

柏林「超前研究中心」提供給學者們最佳的工作環境，它的理念，就是篩選世界上的學術精英，無論你工資多高，它付給你三個月、半年、甚至一年薪水，把你從日常工作中「買」出來，專注於自己的研究。它的選擇，不考慮成果的實用性，只關注研究的思想價值，「超前」與否，端看思想本身。

在這中心裡，我第一次和經濟學家、數學家、生理化學專家、物理學家、生物學家、美術史家、哲學家、語言學家、翻譯家、市長泡在一起，每週二上午的學者講座，都打開一個全新領域，刺激出新的思考。

走在路上，遇到研究宇宙「絕對零度」（負二七三度C）的物理學家 Atac Imamoglu，我們打招呼的方式，總是「哦，今天好熱呀！」「是啊，還不夠涼快吶。」這裡的潛台詞：人類科技目前只合成到最冷負二七〇度C，離絕對零度還差區區三度。

阿根廷美術史家Jose Emilio Burucua的研究專題頗為「可怕」：大屠殺。和他閒聊時，我稍賣弄地提及中國歷史上最有名的大屠殺之一，戰國時秦國坑殺趙卒四十萬，誰知被他直接反駁：「不可能。」「為什麼？所有正史清楚記載的，從來沒人懷疑過。」「因為技術上做不到。想想四十萬人是什麼概念？就算乖乖引頸就戮，得多少人才能把他們看住殺完？」呦，可不是？冷兵器時代，四十萬精壯兵卒，就算手無寸鐵，但潮水般向你湧來，會是什麼勢頭？要殺四十萬，至少得二百萬屠殺者，戰國時代，哪怕強秦也沒這麼多軍隊。可為什麼「坑殺趙卒四十萬」，竟約定俗成，從未引起中國歷史學家質疑？而我們也將錯就錯，把故事當作了事實？而這古遠的宣傳，卻被一個來自遙遠南美洲的學者，僅憑常識就一舉顛覆了。我對Jose Emilio Burucua敬佩有加，特意邀請他作了我講座的主持嘉賓。

比較中國和東歐冷戰以來的歷史發展，是我感興趣的主題之一。烏克蘭歷史學家Andrii Portnov，研究方式非常獨特。他像醫生和考古學家，不追隨線性時間，卻層層剝開一座烏克蘭小城的歷史空間，縱深解讀進方言、歷史、本地文化、政治變遷、宗教沿革等等，讓我們看時間如何積累在空間之內。這個剖面，建構起一種完全不同的「歷史」概念。二〇一三年，烏克蘭政治動盪，成了後冷戰東歐國家一個典型案例，我和Andrii Portnov特意為此做了個錄音對話。

「超前研究中心」每年的名額中，只有一個作家、一位藝術家、一位作曲家，我們三個人，就代表了（象徵了）那個巨大的藝術世界。

當藝術家代表、巴勒斯坦畫家卡瑪爾・博拉塔（Kamal Boullata）一見我，劈頭就問：「你就是阿多尼斯認識的那個中文詩人嗎？」「沒錯，就是我，」「哈！終於見到你了！阿多尼斯到處談起你呢。」

嚇，那一刻，我突然覺得寫中文詩特有意義！

「超前研究中心」在柏林 Grünewald，翻譯成中文意思是「綠林」。我們這些來自世界各地的學術綠林好漢，把這個柏林著名的富人區，變成了思想猛獸出沒的山野。

我和友友沒住在中心提供的宿舍，因為我們有選帝侯大街上自己的宅邸，但我在中心三樓上，享有自己的工作室，那房間雖然不大，但居高臨下，很有點燈塔兼碉堡的意思。

我窗外，對面是美麗的中心圖書館，這是我所知世界上支持學術研究最給力的圖書館，你出題兒吧，甭管多偏，「超前研究中心」圖書館先查自己藏書，沒有就查柏林各圖書館藏書，再沒有查全德國圖書館、歐洲圖書館、世界……反正，既然接受了這位學者，就相信她／他的研究超前有益，圖書館就全力以赴，把自己變成孩子尋找的那個巨人肩膀，讓你站上去。學者們只管開書單，而永遠不會聽到一個反問：「幹嘛找這些書？有用嗎？」

我的研究，從開頭就設定了雙向：重構「我的」中文思想傳統，深化中外思想交流。為前者，我給圖書館出了個難題：盡可能找到所有《金瓶梅》的中英文版本。第一個月，什麼都沒有，我想：完了，德國圖書館輸了。但第二個月，幾個中外文本到達，雖然沒有驚喜，但看來圖書館沒交白卷。誰知第三個月才把我震了：我都不知道他們從哪裡發掘出來的，一套兩大函二十巨冊的影印萬曆本《金瓶梅》抵達。這是所有《金瓶梅》版本中最寶貴的一種。它一六一七年最早印行，原版藏台北故宮博物院，現在影印出版這套，是從二十世紀初只印了一百部的傅斯年私人藏本翻印而來，傅氏當年朱筆眉批，一併印入，歷歷在目。想到這部古今第一奇書，出版四百年來種種遭際，由不得要從肺腑深處發一聲慨歎。

那一年之內，我時時摩挲翻閱這部被我稱為「第一部中文現代小說」的巨著，寫成了醞釀已久的文章〈我，蘭陵笑笑生〉。此文貌似與詩無涉，其實在指向重建一個個性創造的中文詩意傳統。

《金瓶梅》，剖析人物心理的深度和力度，不讓杜思妥耶夫斯基。揭示社會現實的鋒利冷峻，超越迄今一切中文文本。而作為純正的文學作品，其主題之深邃、結構之宏大、文字之鮮活、形容之豔麗，更令吾等玩文字者自慚形穢，只能哀鳴「笑笑生笑我」。

我那篇小文，就算借花獻佛、借奇稱奇，建立一個虛構之虛構，自笑笑生第一人稱之口，反向搜掏巨著的內涵，一笑歷史，再笑世人，更笑自我：笑笑生擲千古之名於腦後，掉頭冷笑而去，吾等放著這偉大前人的肩膀不登或竟視而不見，卻仍孜孜於惡俗名利。惜哉哀哉，中國文學！

寫此文的同時，我還用萬曆本，對比大陸齊魯書社出版的刪節本，為老爸和自己，專門複印了一萬多字「被失蹤」的精華。至少在我這裡，這些背了幾百年骯髒惡名的文字，獲得了正名平反：其色、其豔，實乃現實逼迫中一條心理探險之途，非如此不能抵達人性之幽境。

沒真正打開過自己傳統的寶箱，卻侈談有深度、有境界的中外文學交流，可能嗎？抑或從頭就是自欺欺人？

「超前研究中心」設在柏林，因為柏林猶如歐洲身上的現實大穴，點按著它，能聽清這動盪世界跳動的脈搏。

我常常被問到：「你在倫敦住了十五年，現在又住在柏林，這兩個城市有什麼不同？」我的回答，相當簡潔：「倫敦是全球化平台，而柏林是歐洲平台。倫敦碼頭大，國際資訊通過英語順暢直達，甚至毋需翻譯。柏林是歐洲歷史、地理的匯合點，歐洲咳嗽感冒，柏林就打噴嚏。」

玩笑歸玩笑，但歐盟、歐洲的一舉一動，確實能直接在柏林引起反應。而柏林和德國的意見，又常常左右和代表了歐盟的意見，說它「牽一髮動全身」也不為過。

二〇一二年到二〇一三年，堪稱世事紛紜、國際動盪。各種地區性麻煩此起彼伏，特別是中東火藥庫，自從伊拉克戰爭後，從未消停過。埃及引人注目，首次民主選舉總統穆希爾，被軍方推翻，民眾聚集開羅解放廣場，釀成舉世矚目的大事件。而敘利亞長期內戰，更給可怕的伊斯蘭國（IS）提供了機會，讓中世紀版本的血淋淋宗教衝突，赤裸裸再現於當代。稍後，烏克蘭危機登場，戳破了冷戰後東歐的民主泡沫，而把流通世界的利益邏輯暴露無遺。與此同時，遠東東海、南海危機的烏雲，也已經在地平線上翻滾醞釀……

哦，我們這「超前研究」啊，哪兒是「前」？往哪兒「超前」？昨天，似乎還人人知道「從哪兒解放出來」，但今天，誰知道「朝哪兒解放去」？一九九九年我們威瑪國際論文競賽選擇的課題，再次只剩一個問號，而答案，卻更加渺茫。

二〇一二年十月，我接到電話：邀請我參加一個小型午餐會，會上前英國首相托尼・布萊爾要做演講。這個午餐會，是「朝向危機的歐洲」國際論壇的開幕式。題目有意思，但，為什麼請我？電話那頭說：「我們做了研究，您合適。」

我的朋友們聽說我要去和布萊爾吃飯，都笑：「準備好你的鞋子！」這典故出自伊拉克戰爭後，美國總統小布希的新聞發布會，一位記者當場脫鞋向布希砸去，布希身手不錯，躲過之後，還不乏幽默：「我看清了，那鞋十號。」一場哄笑，輕鬆化解了一場小小危機。

布萊爾同樣不招人待見，他曾帶領英國，力挺美國第二次伊拉克戰爭，其後，當薩達姆・海珊被扳倒，卻上天入地找不到英美聲稱的化學武器，而布希、布萊爾此時也已改口，把開戰理由，從化武轉移到專制政權頭上，宣稱扳倒海珊反正是勝利。

聽起來很漂亮，可實在禁不起追問。如果英美反獨裁如此純潔，那沙烏地阿拉伯等等一堆美國盟友獨裁者怎麼說？我朋友、巴勒斯坦名作家巴爾庫提有妙言：「他們不反對雜種，可只反對不是自己養的雜種」。

後來知道，那次開戰的真正原因，是海珊竟敢「犯上」，想把石油結算的貨幣，從美元換成歐元，這還得了？石油美元是美元硬通貨之「硬」的核心，如此給美元抽血，他非垮不可，非死不可。

伊拉克戰爭，一面盡顯西方的自私、功利、雙重標準，一面刺激起伊斯蘭民眾的極端情緒，伊斯蘭國出手血腥，卻日漸壯大，攪擾得世界雞犬不寧，這才是災禍的源頭。

那次午餐會，總共三十多人，布萊爾一如既往的神采飛揚，對自己的演講信心十足。我雖然不喜歡此人，卻喜歡這會議的主題「朝向危機的歐洲」，只不過這裡的「歐洲」，應該換成「世界」，「危機」也不僅局限於經濟、政治，而更應該看作精神上的。

布萊爾演講中，有個命題頗有意思，他談到「歐洲的自信」：歐洲如何重建自信？尤其創建能讓下一代接受的原則和價值觀？

午餐後的閒談中，我和布萊爾就此聊了十分鐘，我給他介紹了這些年中英、中歐詩歌交流的情況，希望他理解，一種「文化自信」，不可能靠宣傳，要靠每個文化令人信服的自我反思。反省自身，理解他者，建立深層次溝通，才是信心之途。今天，這對歐洲的下一代，尤其迫切。

誰知布萊爾聽進去沒有？反正他咧著漫畫上那張大嘴，掛著政客的專業式笑容，頻頻點頭。

後來，我對想讓我扔鞋砸他的朋友說：「我和他太近啦，來不及脫鞋呀。」

再後來，二〇一六年，英國對第二次伊拉克戰爭的獨立調查終於結束：薩達姆化學武器之說，查無實據，因此那場戰爭被確定為非法。布萊爾在電視上作坦白狀：「對這錯誤，我負全部責任。」唉，對中東無邊的斷壁殘垣和世界更無邊的仇恨，他負得了責嗎？看著那張臉，我又一次後悔沒提前練好脫鞋的功夫！

二〇一三年三月，我的長詩《同心圓》德文翻譯，由德國著名的漢莎出版社出版。這首長詩，從一九九四年我們進駐德國斯圖加特市「幽居堡」藝術中心開始，一直寫到我們搬到倫敦後的一九九七年。近四年期間，它不僅歸納我們海外漂泊的經驗，更滲透了我們親歷的新困境：這冷戰後的世界，原以為掙脫了專制噩夢，誰知脫掉意識形態外衣，人類突然發現，自己淪入了一個更無理想、甚至更無理性的境地，精神上的走投無路，空前暴露無遺。

這首長詩，一共五章，以「同心圓」為貫穿動機，既打通中國和世界經驗的界限，更從這詩意引申出作品的結構和形式。五章標題是五個圓環，一如易經卦象，以圖像的抽象性含括思想，而避開文字可能的偏狹。五環遞增，與線性描述無關，卻把思想層次疊加進一個「點」，那個世界之點？個人之點？命運之點？最終，詩之點——它們都落入一首詩，看詩人古往今來做同一件事：寫。在每一行詩句中，「再被古老的背叛所感動」。

這是我最後找到的、唯一能信任的「點」。

《同心圓》的詩歌能量，比此前我所有創作更強。它的每個詩句，有短跑的速度，而整部長詩，又有長跑的距離。這個長途衝刺，要求作者、也考驗讀者超強的肺活量。

我說過，當代中文詩的兩大特徵，一是觀念性，二是實驗性。觀念上，我們一不能因襲古代，二不能複製西方，於是只能創新。同時，思想深度還必須訴諸語言深度，形式創造的特徵，就是實驗性。它體現於每一行詩、每一個意象，廣義理解，也滲透了每一個日子、每一個舉動。人生詩意，詩意人生，是同一回事。「現實是我性格的一部分」，我在〈倫敦〉那首詩裡寫道。無論在哪兒，我們從未停止書寫自己的人生之詩。

《同心圓》既抽象又具體，既提純出跨國界的哲學之思，又把親歷的人生吸附進詩歌結構。熟悉我的朋友，能從中認出許多我們的腳印：我的出生地、我動筆寫它的「幽居堡」、「幽居堡」後面消失的花園、倫敦家的街區、紐約的雪、中國黃土地、維也納窗外黃昏光線漂移的老教堂、義大利 Civitella 藝術中心我的「工作塔」……永遠，「懸崖下面才是花園」，「看著你急急奔赴毀滅的地點」，無數「構成的地點」，其實都是「重複的喜劇」，看見街道兩側「兩列平行的墓碑盲目走過」，回顧中，「一個人才找回自己災難的經歷」。

在《同心圓》德文譯本序言裡，我把它稱為一部極端的流亡之書。它「極端」在掙脫冷戰時間段設定的口號，而用「流亡」內含的精神追求，把我的中國經驗、國際經驗、冷戰和後冷戰世界經驗，組合進一個「同心圓」思維，釘住人類不變的處境不放，在深化中完成超越。

這個同心圓的圓心，定位在詩歌的無盡追問上，始終在鑽探一條內心的隧道，以一行詩歸結古往今來——「再被古老的背叛所感動」。

人們總半玩笑、半責備地對我說：「你的詩好黑啊！」對此，我能說什麼？生存的鋒利、思想的冶煉，都在加深那黑，但同時，黑卻在擰亮詩歌的強光，讓創造力敢於說出「毀滅才是我們的知識」。

生命疊入詩，以品質遞增的形式寫下：「減去　直到毀滅的總和」。

二〇〇八年，我們買下了選帝侯大街十八號這所房子，但友友在倫敦工作，我們沒法奢侈地玩雙城記，只好眼睜睜看著大房子閒置。後來覺得太浪費，就把它交給柏林租房仲介，請他們找個租房者。很快，一位名叫 Zich 的先生被介紹來了，他是同性戀，自稱奧地利戲劇演員，仲介說符合租房條件，價錢談妥，出租開始。

其後倒是沒有麻煩。柏林房租少得可憐，一百四十平米的大房子，每月租金只有七百歐元，交完管理費還剩四百，有點荒誕，但 Zich 倒是每月按時匯入帳戶。我們也就懶得費神過問。

直到有一天，當初把房子賣給我們的前房東，突然發來一封電郵：「知道嗎？你們的房子變成旅館了？」信的附件是一張照片，打開一看，赫！這不是我們的房子嗎？布置得好漂亮！同性戀品味確實不錯，那雕花天花板、原裝木地板，配上帷幕大床，古典家具，寬暢明亮猶如皇宮。按郵件指點的網站一查，同一張照片旁一行說明：「柏林市中心，家居形式的五星級賓館」！

原來，Zich 從「租下」這房子起，一直拿它做旅館生意。人們能在網上按日、週、月租房，價格頗為昂貴，Zich 坐收暴利，扔給我們的小錢，還不到一個零頭。

我趕緊給 Zich 發信，告訴他這是違法的，他必須立刻停止這「買賣」。同時我宣布：取消與他的合同，他必須立刻搬出我們家。這下好，郵件發出，Zich 乾脆連原來付的那點房租小錢也停了。

三番五次的信石沉大海，租房仍在進行，萬般無奈，我們生平第一次找律師、打官司，把 Zich 告上了法庭。

打官司的過程一波三折，Zich 三拖六賴，我們那律師也不是省油的燈，找不到 Zich 時，先想從我們身上咬下肉來。我們只能見招拆招，臨陣磨槍地惡補法律課。幸虧，Zich 畢竟還怕法律（一說，他還有另外一處用同樣辦法掙錢的房子，為了保護那筆收入，他認栽了），他最終交了律師費，退還了我們的房子。

交還鑰匙那天，Zich 嘻皮笑臉，想和我握手。我說：「誰握你的手，你是個壞人。」

二〇一二年十二月三十一日，我們柏林家的裝修工程剛剛完成。那天晚上，我們只請了一九九一年就認識的老朋友謝淵弘、姚建兩口子。晚餐之後，窗外的柏林已鞭炮聲四起，我一時興至，提議到臨近的波茲坦廣場走走，謝、姚二位欣然應允。

除了中國，我還從沒見過任何其他國家和城市，如柏林這般熱愛中國鞭炮，尤其新年前夜，柏林街頭堪稱槍林彈雨，「冒著敵人的砲火」這句歌詞，用在柏林實在合適，因為四面橫飛的炮仗，令人防不勝防，更有壞小孩兒，用一種自造土槍，專門對人發射鞭炮，一至每年這一夜，都有不少「中彈者」，被送到醫院搶救。

我們既提心吊膽、又興高采烈地一步步「前進」。

不知因為面對老友，不免懷舊，還是新年夜這道坎，自然喚起人生感慨，走到半途，我忽然想到顧城和謝燁：「好快，一轉眼他們去世二十年了。」

謝、姚兩位在柏林三十多年，一九九一年認識我們，一九九二年認識顧城他們，當然也對一九九三年他們的暴斃震驚至極。眼前仍是這座城市，新年也年年輪迴，一如既往，但物是人非，斯人逝去久矣，最令人扼腕的，是那道當年過不去的坎，隔二十年後再看，其實哪有多大多難？

人生慨歎，最怕拉開距離，回頭遠眺。

一九九二年，顧城繼我之後，獲得柏林 DAAD 藝術項目邀請，和謝燁一起到柏林住一年。一九九三年初，世界文化宮舉行了一個當代中國文學大型活動，邀請了一群當時四海漂泊的中文作家前來，我也自澳大利亞長途飛來。激烈的歷史動盪之後，異國他鄉再次聚首，不免感慨萬端。

顧城、謝燁那時的柏林住處，是 Storkwinkel 十二號，我對這地址記憶深刻，因為他們去世後幾年，友友再次成為 DAAD 學者，我們住進了這同一所房子。有點嚇人哪！幸運的是，我們住二樓的單元，而顧城他們住過的是四樓。

住在那裡的三個月，感覺好奇怪。最初，顧城仍被他悲劇性的慘死所覆蓋，完全無法被正常回憶，而三個月間，每天的日常生活，都像悄悄舉行一個儀式：開同一扇大門、同一處信箱，上同一道樓梯，下意識不能不想他們。三個月後某天，忽然，我的感覺變了，好像他們回來了，又如當年北京老朋友那樣，恢復了本來的樣子，包括那些弱點。這變化，讓我寫下〈柏林・Storkwinkel 12 號〉一詩：「只有　死者被恢復的善仍走在回家的路上」，「你們的名字／偷換成我們的　鬼魂是一張舊照片」……

也是那一年，我的德譯詩集《面具與鱷魚》出版，詩集後邊，收入了一九九三年我在世界文化宮活動前後的一批照片，其中一張，我和顧城同坐在世界文化宮講台上，我正滔滔不絕，顧城卻在走神，那張臉上的表情，我從未見過：茫然，失神，慘澹，他可能沒想到鏡頭也會對準自己，那無意中洩露的內心，是不是預示著可怕的災難？我不知道，但不得不說，這張我們最後的合影，清清楚楚拍下了「命運」。

從二〇一三年回望，我們不止在看顧城謝燁，同樣在看自己「這一代」。

誰能想像，就在二〇一三年裡，這位曾和我一同緬懷逝者的姚建，自己也被發現了胰腺癌，又陰差陽錯地遇上個手術事故，昏迷了十天，就那麼不明不白地走了。有時，我止不住把那個新年夜和她的去世聯繫到一起，唉，新年談論不吉之事，難道真能成一種讖語？

無論如何，那一晚在我腦海又播下另一顆詩的種子。我們「這一代」，三十多年前開始寫作時，何等意氣風發、野心勃勃，似乎青春用不完，時間無窮無盡。一路走來，半生過去，鏡中兩鬢斑白，顧城們已蓋棺定論，而我們審視自己手中，有多少作品，能配得上當年的奢望？排除封閉在國門家門裡的自吹自擂，「這一代」真值得驕傲嗎？我們憑什麼品質，有別於其他「代」？

一抹幽幽愁思，籠罩著我對自己這一代的反省，讓我寫下了組詩〈輓詩〉。

這個組詩的結構和形式，直接轉換自肖斯塔科維奇第十五號 E 小調弦樂四重奏。

想到肖斯塔科維奇，既偶然又必然。偶然在當我回顧人生歷程，幾十年，短暫又冗長，清晰更混濁，看似一條直路，其實布滿轉折，每個轉折都可能導致全然不同的方向……

我在選帝侯大街盡頭處新建的公園裡慢慢散步，聽著柏林地鐵 U1 和 U2 線路上，輪軸刮擦過鐵軌的刺耳聲音，念頭忽然從我這一代，跳到二十世紀初俄羅斯革命那一代，一種相似的曲線，滲透了我們的精神履歷：從理想、野心、激情始，遭遇失望、挫折、隕落，終歸哀傷的反省……思想，也吱吱嘎嘎拐著彎駛過。

肖斯塔科維奇的弦樂四重奏聲，銳利地在我心底響起。

肖斯塔科維奇，是他那一代人內心矛盾之集大成者。體現在音樂裡，他的交響樂奔放囂張，充滿英雄氣概，也不乏「被英雄」的無奈。但如果說，他用大樂團滿足了官方聽覺，則把室內樂留給了自己內心，尤其是十五首弦樂四重奏，技巧並不複雜，卻直接抵達一種純粹：深深地、不管不顧地鑽研靈魂的純粹！老肖在弦樂四重奏裡，毫不妥協地、絕對地忠實於自己。

欸，我想到，聽聽老肖最後一首弦樂四重奏吧，看他最後如何檢視自己的人生，這或許能給我的思考一個最好參照。

拿出肖斯塔科維奇弦樂四重奏總集，找到最後那首第十五號E小調，讀解說才知道，這首作品作於老肖去世前僅僅七個月。

CD盒上還是那張熟悉的面孔：緊鎖的眉頭，抿住的薄嘴唇，大黑眼鏡框後面，一雙飽含痛苦的眼睛，幽深得永遠像渴望要訴說。

我想起他在回憶錄裡說過：「我的作品都是墓碑。到哪兒去給圖哈切夫斯基、給梅耶霍爾德建立墓碑呢？因此，我把我的作品獻給他們全體」——那是他那被毀滅的「一代人」全體。回憶錄裡還有一張照片，老肖的手捂在臉上：「我看見了死亡的眼睛」。

我說，〈輓詩〉「轉換」自老肖，而沒用「借鑒」一詞，因為這是一次極為獨特的經驗：讓詩歌如翻譯一樣，直接兌換音樂的結構和形式。由此直接並置老肖「那一代」和我自己「這一代」，讓兩個不同的歷史、時代、個人，匯入同一命運。

如果不是寫詩因緣，我會喜歡這首四重奏，但很可能忽略它那極為獨特的、大有深意焉的構思：全曲六個樂章，六次重複使用慢板這個形式。具體地說：一，哀歌：慢板；二，小夜曲：慢板；三，間奏曲：慢板；四，夜曲：慢板；五，葬禮進行曲：極慢的慢板；六，結語。最後一首，雖然沒用「慢板」這個詞，但音樂上，卻是對此前五首慢板的深刻歸納，慢到不能更慢，慢至隕落進虛無的黑洞，唯一能承接一切人生慢板的，唯有死寂。

這六首慢板，可以直接理解為六首哀歌，六首又是一首，一步步推進人生之哀、思想之哀、藝術之哀。六首的長度和反差，滲透了老肖的匠心：第一首最長，十一分鐘四十五秒；第三首最短，一分二十九秒；其餘四首介乎四到六分鐘之間，對比強烈而整體感極強，這雙「死亡的眼睛」，反復地、深深地盯視、追逐著最後那個詞：結語。

被老肖力量所震撼，我讓〈輓詩〉大膽實驗，直接沿用他的結構：音樂的每一分鐘，兌換成詩歌五行。六首詩，一個結構，語言是中文的，感受是楊煉的，而形式深處隱身指揮這支樂曲行進的，卻是老肖！

這首詩，第一章開始，銜接上老肖「我的音樂都是墓碑」：「而墓碑後邊空無一人／而中提琴沙啞／持續　在收回／弦的厭倦／嗚咽抿著消失」，到最後那〈結語〉的結語：「慨歎的地平線　提純從指甲到顱骨的鈣／／攏住悲苦的星球／／離開／一轉身倒空所有名字」……

——哪兒是我哪兒是老肖啊？我們有區別嗎？所有時代詩人和詩歌的命運有區別嗎？抑或，一首詩已收容了一切！

二〇一三年夏天，臨近我「超前研究中心」學者獎金結束時，中東局勢再次緊張，埃及在推翻穆巴拉克統治之後，新的民主選舉並未一勞永逸解決社會危機，相反，民選上台的新總統反而推出新的獨裁，危機造成大批民眾上街，軍隊出動，諸多政治主張喧囂混亂，國家未來動盪不清。

埃及是中東穆斯林世界的壓艙石，埃及混亂，讓本來像火藥桶的中東，點著了火苗一般更加危險。全世界憂心忡忡的目光，不得不盯著那裡。

「超前研究中心」為此專門組織了一場研討會，邀請曾獲得中心獎金的三位阿拉伯學者、一位土耳其學者，共同探討中東局勢，特別是其未來的走向。這可真讓「超前研究」名副其實了：中東牽一髮動全身地連接著歐洲和世界，探討它能否穩定？將怎樣穩定？可不就是超前探討世界的未來嗎？

研討會場人頭濟濟，發言者爭先恐後、慷慨激昂，我坐在觀眾席上認真聆聽，從關切，到疑惑，繼而問號叢生，兩個多小時，台上激情洋溢地爭辯該穆斯林兄弟會還是軍隊執掌權力？如何交接？誰來組閣等等等等之後，我不得不舉手要求發言，我的要點：一，兩個小時，令我沮喪失望。二，這場爭論，只與權力（遊戲）有關，權力從這隻手移到那隻手，只是同一思維方式的重演。三，真正的阿拉伯文化和現實的未來，奠基於阿拉伯現代文化轉型，這只能基於思維方式的根本改變，思想自覺遠比權力轉移重要。四，過去兩小時討論，無一字涉及這個根本問題，也就是說，未來阿拉伯文化的精神基礎何在？我們毫無概念。五，倘若台上這些阿拉伯「知識分子」對此根本問題都不加思考，如何期待阿拉伯民眾將獲得思想啟蒙，從而走出權力利用宗教的怪圈？

接著，我以中國文革後通過自我追問，進行痛苦的文化反思為例，強調一個文化的現代轉型只能發生於內部，而無法被外力壓迫完成。相反，外力壓迫，經常造成群體的極端情緒反應，在激烈而膚淺的口號中，令獨立思考的聲音遭到更大壓迫。對阿拉伯世界，這反映在宗教極端情緒，在中國，這經常表現為民族主義情緒。而獨立思考的明晰、敏感、精緻，經常比外來「敵人」更招致內部群體的仇恨，必欲以背叛之名徹底毀滅之。

說白了，所有權力討論的潛台詞，只是「利益」二字。在阿拉伯文化面臨何去何從的關頭，恰恰應該遠離利益，探求重建未來的根本。

我最後希望，阿拉伯知識分子以真正的自省追問，創造現代阿拉伯文化的基礎。中國知識分子最終找到的「獨立思考為體，古今中外為用」，同樣可以成為阿拉伯文化轉型的方程式。

我結束發言：以今天研討會獲得的經驗，阿拉伯世界離走出困境還很遙遠，不只因為外部衝突，更由於阿拉伯文化界自身沒有準備好轉變的基因。

事實上，這正是我和阿多尼斯精神上的相遇點。

相反的案例，可以印證於今日伊斯蘭國危機，它以極端保守的中世紀仇恨，卻能席捲裹挾許多阿拉伯青年，因為他們頭腦中是空白的：無力反思過去，何來能力「超前」？

我發言後，房間另一頭，忽然站起一位陌生人，大聲鼓掌。散會之後，我們走到一起，我才知道，他名字叫 Paul Unschuld，中文名字文樹德，是一位研究中國中醫史的專家，又是一位出版過三十多本著作的作家，他最新的英文書《中國的隕落和崛起》，立論公允，思考深邃，植根歷史資料，面對現實提問，是一本西方學者寫作而全無偏見的極為難得的作品。

「超前研究中心」，因為它能夠提問，所以能超前。事實上，我們每個人，不都應該是這樣一個「中心」嗎？

二〇一四年，我結束領取中心的學者獎金，但仍住柏林，一邊編輯《楊煉創作總集一九七八—二〇一五》九卷本，一邊創作總集中最後一部詩作《空間七殤》——由七部組詩構成的一本組詩集。這部作品，集中呈現了我「智力的空間」的詩學觀念，並希望在語言完成度上，達到前所未有的程度。

正當我直接以「超前研究」為題，寫一組題贈給阿多尼斯的詩時，敘利亞發生悲劇：不知哪一方，竟用化學武器殺害了大批熟睡的孩子們。電視畫面非常恐怖：成排躺著的孩子，安詳的睡姿與生前完全相同，只有面孔變成了死灰色。我想起，哦，「阿多尼斯」，不正是古代神話中一個英俊少年的名字嗎？如今，那本不能死的阿多尼斯，別無選擇，只能躺進成排灰色的孩子間，用每個孩子的死，被殺死、再被殺死——

晦暗如大馬士革　一張六千年的底片
含著樹木　女詩人的蔥綠間　那美少年
含著化學　躺進成排灰色的孩子
一只只玻璃櫃子無聲震碎　被某一天

每一天　提煉出不呼吸的性質……

唉，面對不吝惜殺死孩子，如不在乎殺死神和未來的世界，我們還能說什麼呢？灰色的死孩子，提供了一個關於「深度」的反面意象：他們呈現出人性能夠多麼黑暗冷酷。在這裡，時間同樣從未流走，僅僅流入了歷史的空間，遞增著恐怖看不見的重量。

二〇一六年四月二日早上，柏林梯葉爾花園，一條荒草萋萋的河邊，我帶著身體裡六十多個早春，靜靜看著一隻藍頂黃羽的小鳥，像從大地某道年輪間偶然析出的，在枝頭，叫著，跳著。牠在呼喚什麼未來？

二十六，「剩水圖——你不認識雪的顏色」

二〇一五年底，北京酒廠藝術區，藝術家尚揚先生的工作室裡，我們正面對著這樣一件藝術巨作——〈剩水圖〉。

剩下之水，因其寶貴，格外解渴。

這是一幅四聯大作。背後四幅大畫，整體長八米五二，寬二米五三，綜合材料，典型尚揚先生風格。那些脫胎自中國古典山水的抽象風景，連接著他的「董其昌計畫」系列，突兀，嶙峋，傾斜，黑灰白主調，互不連接，又一氣呵成。凝視它們，漸漸能認出長江三峽兩側的山峰。那些山，懷抱過屈原秭歸故里，目送過李白的飛舟，有「千里江陵一日還」的瀟灑，更有三峽原住民的祖輩繁衍生死輪迴，但如今，這一切都淹沒在三峽大壩無情逼漲的水下。畫布上的形象，是山？是人？它們佝僂，蹣跚，彷彿在掙扎跋涉，卻又無力移動，上身想要互相攙扶，雙眼正在彼此張望，更多時候，是向身後的故鄉頻頻回顧，可腳，卻像樹根在深處釘著，要生生拔出，何止艱難？簡直就是撕裂。

撕裂真的發生了：尚揚先生在油彩、瀝青、丙烯等等材料上，乾脆加上兩塊直接撕下的畫布，撕下又黏連著，於是畫布的疼，就閃電般射出山的、人的內心之疼。走不動的天空，也因失血而蒼白了。平靜的畫面，無語而顫抖。

山猶如此，人何以堪？

這件藝術裝置大作，立體地、有生命有靈魂地講述著自己的故事：

它的左邊，一堆鏽跡斑斑的鐵管，散放，疊壓，像曾經的生命，如今被遺棄在水下，成了沉默生鏽的記憶。偏右邊，斜倚在畫面上的六條扁擔，用攤在地上的鐵鉤、陳述著三峽挑夫們世代生存的滄桑。靠近去看，那一條條扁擔內側，是不識字的挑夫們，請人寫下的手機號碼，這些竹製的名片，一個個還等待著「回頭客」，但如果你撥打它們，只能聽到盲音。它們的主人和故鄉一起消失了。

尚揚先生在這件裝置作品中，安排了三組錄音，音量不大，要貼得很近，我們就能聽見逝去的世界：三峽的濤聲，那鏽鐵管深處回響的歷史。三峽船夫的號子，那曾充溢過中國文化的血性活力。三峽兩岸小鎮的市聲，那祖先們存在過、生活過的一縷餘音。

這一切如今在哪裡呢？長江和依偎它生存的生命一起被埋葬了。

〈剩水圖〉標題，脫胎於元朝文人畫大家黃公望的〈剩山圖〉。這裡，一個「剩」字，涵義無窮，感慨無窮。

如果說，五四以降，喊出「打倒孔家店」的文化虛無主義者，其實因愛之深而痛之切，在倉促魯莽中犯下錯誤的話，那在有足夠反省時間的二十世紀末，置自然、歷史、文化、生民家園之破壞於不顧，強行遷移民眾，建壩蓄水，則除了肉食者謀利使然，別無任何可能的解釋。三峽移民一步一回頭的腳印，被淹沒在欲望的洪水下。這場植根於人性毀滅的「自然災難」，被尚揚先生的「母本已壞」一語道破。〈剩水圖〉上，我們還能剩下什麼？

我對尚揚先生說：〈剩水圖〉是件史詩性的大作——或者說，它乾脆就是一首史詩。看它聽它，沒法不被深深震撼。

史詩：篩選傳統，重寫歷史，貫通中西，完成於從觀念到技巧根本獨創的作品。

〈剩水圖〉，帶給我多層次的整體震撼：

首先，是它藝術上的豐富：這裡既有優雅，更有獷野。這件作品與尚揚先生此前的「大風景」、「董其昌計畫」系列內在關聯。他早年深厚的歐洲油畫技巧，提煉、提純黃土高原獲得的抽象概括力，穿透時間與董其昌山水構成的思想對話，一一滲透進〈剩水圖〉，讓那背後四幅大畫，成為既傳統、更個人的深層藝術背景。那是長江、三峽、山水、人物、具象、寫意……又遠不止這一切，它們都匯入了一個短語：「尚揚表現」。恰如唐吳道子一日畫五百里嘉陵江山水，這四幅大畫，概括了尚揚先生一生對長江的印象感受。那群活生生的山像、人像，對應著三峽，超出了三峽，象徵著整個大自然的受難，呼喚著人類或許殘存的良知。從畫開始，那些鐵管、扁擔、音響，又在裝置中一層層疊加，逼近觀者聽者，讓作品脫離平面，立體凸出，朝我們壓來，甚至沒頂而過。在它面前佇立越久，作品越顯出一種強大的吸力，把我們吸進其中，成為它的（被那命運吞沒的）

一部分。是啊，面對這條內心的滔滔長江，誰能置身事外？

其次，是它觀念上的深度：我是說藝術內涵的深度，因為這裡一切都通過藝術語言說出。那六條扁擔，含括了一個農業中國數千年的歷史。每條是一個人、一個家、一個村莊、一種祖祖輩輩。那一堆鐵水管，是一個二十世紀報廢了的工業中國。即使沒有錄音，凝視它們，也能聽到看見大躍進的口號、土高爐的火光。這些現成品，每個都有自己的故事，也映現著它們主人的身影。尚揚先生清晰深切的人文關懷，把一切技術手段，用於完成一件觀念藝術。這裡的觀念是「有人」的。太人性了，因此拒絕一切簡單化，無論是招搖現實題材的宣傳，抑或玩弄「先鋒技巧」帶來的空洞。〈剩水圖〉一如尚揚先生其他創作，展示了一種穿越中國歷史迷途，而免遭損毀的純正理想主義。這藝術的原教旨，把對精神困境的追問，轉化為創造的動力，作品因此豐沛充實。站在〈剩水圖〉前，我的震撼，來自如此不同、甚至互相衝突的材料，卻呈現出「一件作品」渾然一體的完整性。這唯一驗證著，一個藝術家駕馭的能力。

最終，〈剩水圖〉建構起一種真正的藝術人格，讓一個藝術家能面對全球化精神危機而不迷失。二十世紀中國，從五四的匆忙，到冷戰的盲目，甚至文革後的反省，都被一場當今的利益大洪水席捲和吞沒，不僅使一整套冷戰意識形態話語一夜過時，還常常讓它淪為商品，掩飾、裝飾種種巧言令色的交易。這也包括對文學、藝術的炒作販賣。當代中國藝術，並不外在於世界思想、藝術的膚淺空洞，某種意義上，暴發孿生愚蠢，把當代中國價值判斷的極度匱乏，凸顯到了極致。一道看不見的牆，圈起一個民族的精神，令狹隘因妄自尊大而加倍。真藝術家，至此何為？是投入利益洪流？抑或抽身退避自保？都不是。尚揚先生的「知其不可為而為之」，如另一偉大楚人屈原，逆風而問，逆風而行。〈剩水圖〉就是他的屈子行吟圖，更是他的〈天問〉圖。其中，大自然、歷史、現實、人生，被一層層追問，這提問的能量，遠勝回答。尚揚先生的憂患，縱向銜接著千年前屈原的憂患，橫向連接當代阿多尼斯們的憂患，那是藝術——以詩歌之名——古往今來揭示的憂患。秭歸不遠，大馬士革不遠，都在〈剩水圖〉內，夜深人靜，屈子和死於化學的灰色孩子們，仍在水下一同嗚咽。

〈剩水圖〉以其現實性、當下性觸目驚心。尚揚先生感慨的「母本」，直指扭曲的人性，包括唆使、縱容、鼓勵人性自我毀滅的社會和文化。

〈剩水圖〉是一首哀歌，毫不留情地、強有力地凸顯它。絕境不在遠處，就在我們腳下，這土地蘊含了人類精神危機的全部深度。宛如一道傷口被撕開，我們震撼、刺痛，因為無從迴避自己內心那一片殘缺、破敗和崩潰。

自私、玩世不恭、徹底冷漠，人的「非人性」，日益公開和肆無忌憚，在全球權錢遊戲中，人類自殺更謀殺一切（包括祖先傳給我們的山山水水），我們羞恥全無，我們加速狂奔，我們——恰是這條末日之路。

哦，多好的標題：「剩水」——是剩下的智慧之水？抑或這世界只剩了滔滔欲望之水、貪婪之水？滅頂之災中，真應了那句「人或為魚鱉」——人遠不如魚鱉！

尚揚先生沒有重蹈他的前輩史東山、徐渥之覆轍，他走上另一條路：一個人的精神自覺之路。我說，〈剩水圖〉是一首史詩。因為它集自然、歷史、文化、現實、語言諸多層次於一身，用全新的藝術觀念和強有力的創造性語言，攥緊了人生命運的「詩意」。尚揚先生一如但丁，不迴避現實的地獄之旅，更在抵達最深處時，繼續「向下」，一個人的精神煉獄就等在那裡。

所謂滌淨自身、所謂拯救，就是經歷毀滅而不終止，反而一次次從「不可能」開始：傑作的精神內核是藝術人格，誰不放棄，就在積累能量，誰尋找，就能成為一個新的源頭。最寶貴的藝術力作，正是藝術家自身。

這樣，〈剩水圖〉同時又是一張「倖存者圖」。它含括的精神歷程，彰顯了一個藝術家如何憑一己之力，逆向激發一個古老文化重新起源。其艱難正與深邃成正比，這不是一首壯麗的史詩是什麼？

〈剩水圖〉凸起了一個思想制高點。它讓我油然記起，一九八〇年代漫遊中國時，曾在巫峽邊登岸，爬上旁邊一座無名高山，在山頂，赫然發現一座亂石纍纍的傾圮台基（是夢中雲雨的楚王台嗎？），從那兒下望，長江蜿蜒如一條錯金線，嵌在青銅器似的群山之間。那條曲折的來路，渺渺遠遠，漫延無窮。

從〈剩水圖〉回溯，尚揚先生的思想之路、藝術之路，也像那條登山小路，在俯瞰中清晰可辨。他在湖北江漢平原長大，杜甫的「星垂平野闊，月湧大江流」，和他從小眺望的恢弘浩瀚、水天一色，既在他枕邊夢中，更滲入了他強勁不屈的個性。

十六歲，對藝術的傾注熱愛，使他拒斥「藝術必須為政治服務」的教條，險些因此被劃為右派，社會風浪狠狠打進少年的經歷。

大學三年級，別人眼睛盯著未來的職業，他卻反感自己將被別人塑造成型的命運，差點上交一紙退學申請書。

從長江到大西北，依偎在大地懷抱中，他的寫實主義油畫巨作〈黃河船夫〉等，滲透了對中國、歷史、人生、命運的深深思考。

八〇年代現代藝術思潮中，他的身影，活躍在武漢「沙龍四九」中，思想和藝術互動激發，讓這裡成為當代中國文化反思的聚焦之處。

八〇年代結尾的一九八九年，天安門槍聲驟起，他含淚把一條白綾拋向空中，飄落的瞬間，他按下快門，那個刻進空間的蝙蝠狀，被塗成黑色，襯著貼近才能認出那特定時期字樣的印刷紙型，製作成一幅標明歷史轉捩點的傑作，也給出一個他何以只當了五十六天美術學院副院長即被免職的注解。

九〇年代創作爆發：「大風景」系列，逆轉「尋根」派的土特產味兒，讓被撕碎的大地，在畫筆下發出呻吟。一抹「尚揚黃」，繪出時代的錯位、現實之魔幻，凸顯出個性化的當代中國藝術美學特徵。

「董其昌計畫」系列接踵而至：一種更強力的雙向開拓，既重構傳統，更打開一部全新的藝術詞典。「董其昌」是一個符號，表明「過去」，是為了理解、打破、顛覆、敞開、整合它，緊連的詞「計畫」，則指向未來。

實現著他的「計畫」，油畫家尚揚一步步發育成空間藝術家尚揚。世界都是材料，任他創造組合，立體構成。一個新邏輯：用極端的當代意識，啟動極端的中國傳統，直到落實為尚揚的極端之作。

二〇一三年，蘇州博物館：展覽之前，一幅十一米長、已經售出的「董其昌計畫」大畫，被摧毀，逆轉，重做，成為「吳門楚語」系列第一幅大作。作品死而復生，像個神話，而中國傳統的自然與文化母題，被反思得既暴力、更唯美。

與此同時，「冊頁」系列、「日記」系列、「手跡」系列等等，乃至素描、草稿，源源而出，與大起大落的強烈顛覆感相對，揭示著人生混沌蒼茫的另一肖像。

這位藝術家不停創造，一再令藝術界和公眾刮目相看。七十多歲，卻活力四射。我筆下回顧的，只是那條過往的登山小徑，但，這座山有多高？這小徑穿過腳下，還將延伸到哪兒？沒人知道。遠景，只在尚揚沉穩的目光中。

尚揚自身，比〈剩水圖〉更像史詩——一首中國知識分子艱難成熟的史詩。史東山的慘劇、徐遲的哀痛，像一塊塊嶙峋的石頭，鋪在尚揚一代腳下。他登上這座廢墟，並未放棄中國知識人熱誠的理想，也絕不簡單化藝術的本質，而是重新確立一個關係：在藝術深處關注人生。藝術的，必然是自我的，建構自我已經包含著關注所有人。以人性為基點，古今中外皆為語言，讓你重新整合書寫。說到底，每個人都在獨立完成「傳統」所做的工作。

〈剩水圖〉，以中國獨特的史詩觀念，顯形為獨創的史詩形式。

猶如屈原之〈離騷〉，短短數百行，把現實、歷史、神話、自然諸層次，用詩人之求索貫穿成一個美學整體。〈剩水圖〉同樣不訴諸線性陳述，而是把線性的時間經驗，轉化成作品空間的豐富性。它讓我們同時面對了三峽移民、中國近代史、傳統反思、大自然的遭遇、輪迴和滄桑——一件作品內的共時命運。

這個智力的空間，不依附於外在時間，而是把時間納入當下，成為其內部疊加的層次。時間摧毀又再生，遞增著思想空間的品質。

由是，〈剩水圖〉給出一個思想體系：哲學上，以空間囊括時間。美學上，以多層次建構作品。現實上，以作品縱深，內涵藝術家的人生原則。

這空間美學統攝著作品：形式聚合力越強，內涵深度和張力越大，我們感受的震撼越強烈。當代的，中國的——尚揚的。〈剩水圖〉，直觀地成為當代中國藝術觀念性、實驗性這兩大特徵的同義詞。何為我們的「創造」理念？一定是獨立思考為體，古今中外為用。

一個人自覺成為歷史的載體，人品必然厚重，作品必然深沉。

我的詩「尚揚計畫」，來自「董其昌計畫」那個標題：「許多鰭的鯊魚 向左 向瀝青龜裂處／許多黑帆 張掛在骸骨間……」詩，是一個此時此地。它無限大，包涵了一切過去和未來：董其昌瞑目的一六三六年，徐渥長歎「沒辦法不分裂」那個武昌寒夜，尚揚先生把白綾拋向空中的鬼魂時刻……都聚集在這裡，繼續「向父親目光中隱沒」，沒入下一件傑作的地平線——「星在一紙退學申請書上閃爍 聖人們上路了」。

二〇一五年初，上海華東師範大學出版社決定出版我的《楊煉創作總集一九七八—二〇一五》九卷本，同時，台灣秀威傳媒出版公司還將出第十卷《發出自己的天問》，一次晚會上，我對尚揚先生談起這十卷本的結構構想：每卷按照創作地點和時期，以「手稿」標明，如中國手稿、南太平洋手稿、歐洲手稿（上、下）等等。

「草稿！」尚揚眼睛一下子亮了起來：「我馬上想到：炭筆線勾勒的草圖，與封面文字組合在一起。」哇！如果尚揚先生能為這套書製作封面，真是太好了。

我想到以「手稿」為總集各卷命名，原因很簡單：二十世紀以來，中國社會、文化的現代轉型迅猛、深刻、更複雜。一百年的無數彎路後，這個過程仍未完成。我自己三十多年的寫作，所有詩人、藝術家的創作，其實都是這部真正「大作」的一部分。相比它，我們每部作品，再精采也是手稿，且不停被更精采的新作變成初稿。

「手稿」之美，在於它的未完成性，因此，蘊含著開放的、可能的完美。

和尚揚先生的合作，將讓我傾盡大半生心血的創作，從一個人的追求，深化成一代人的精神對話。「手稿」一詞，將超越我們年齡和藝術專業的差別，把我們集合進一個歷史、一種文化進程。

這意義，何止是一個設計？它深處，晃動著史東山的影子、徐遲的影子，我們身後，那條登山小徑上無數死者的影子。一篇多重「手稿」啊！

我為這十卷本「總集」寫的總序，題為〈一首人生和思想的小長詩〉。用網路上新近流行的詞彙「小長詩」，來概括我自己的寫作，不可能更合適了。雖然，僅僅我的「同心圓三部曲」（含《☉》、《同心圓》、《敘事詩》三部長詩）已經花去了我十三年多的生命，但這和中國「三千年未有之大變革」比，只是小小一瞬。我們在每一行詩中，登上一座新的山峰，也更看清了自己的來歷。

總序中，其他都不重要，只有下面這三個「必須」，概括了我的、希望也是尚揚先生的藝術準則：「我的全部詩學，說來如是簡單：必須把每首詩作為最後一首詩來寫；必須在每個詩句中全力以赴；必須用每個字絕地反擊。」

尚揚先生為人非常謙和忠厚，做事卻極為嚴肅認真。他為這十幅封面圖，反復構思，一次次起稿，終於拿出時，甚至遠超出我最好的想像。

那不只是十幅草圖，而是整整一個系列作品：十幅炭筆圖，十個精選的色標，詳細的設計說明，包括對紙色、字體的要求，把我的十本書，變成十個遞進的人生章節、十種深化的思想層次。每一幅都是獨特的，帶著那一卷作品的內在精氣，十幅一個整體，把一個詩人的所思所為提升到新的高度。

第一卷《海邊的孩子》（早期詩及編外詩）：炭筆的勾勒，趔趄如沙灘上嬰兒踩下的足跡，一片塗抹，像正在尋找的人生未來。灰綠色標，讓我想起尚揚先生幼時看他父親把赭石色調入石青色，那一筆暖暖的青澀……

第二卷《禮魂及其他》（中國手稿）：「尚揚黃」來了！多麼熟悉的黃，融合了黃土地和尚揚先生對它的深深體悟。這卷裡的〈半坡〉、〈敦煌〉組詩，把古老的《易經》，從外在文本移入了我的詩作的內在風景。而尚揚先生讓他的炭筆線條，蕭蕭飄落，像古樹落葉，又像歷史鬚根，扎在我身上，要我重新生長。

第三卷《大海停止之處》（南太平洋手稿）：粗粗的炭筆海平線，夾雜著渾圓傾斜的落日，像我漂泊途中始終眺望的遠方。一種藍，不是輕佻的蔚藍，而是靜謐的紫藍，對應著人生大海的深度。那行詩：「這是從岸邊眺望自己出海之處」，仍伴隨我每天醒來。

第四卷《同心圓》（歐洲手稿上）：炭筆繪出的圓，變大了，但仍然分散，漂移，像一塊塊大陸，又像腳印。我認出，這是世界的足跡。全球化時代，人類都在大海上漂流，彼此憑處境和思考互相認出。海水的顏色，更深更黑，一種深棕色。同心圓啊，潮汐不是散開，它在聚攏全世界的泥沙。

第五、第六、第七、第八、第九、第十……

我覺得，尚揚先生這十幅封面圖，像個精采的總結，歸納了半個多世紀以來，一種用不同名字延伸的理想主義傳統：二十世紀初期中國知識分子們被砸碎的理想，我老爸謹慎守護的內心理想，尚揚先生從痛苦經驗深處反思、提煉的理想，我這一代逆反偽理想世界、去加倍強化的真理想。我們沒有放棄理想，唯一增添了對何為理想的自覺。

我採用中國古典「和詩」的傳統，為尚揚先生寫了一首和詩，題為《你不認識雪的顏色》，全詩二百行，分列為兩部分：《你不認識（一百行）》和《雪的顏色（一百行）》。第一段階梯式自由體，第二段九節九韻，一爆發一收斂，其張力正如我們這個飽浸一代代人的熱血、歷經滄桑而一再更生的傳統。

《你不認識（一百行）》，直寫被毀滅的三峽，以及我們由此體認的人性厄運：「白綾拋起／亡靈眼中一枚剛剛排版的雪花／印製　山的皺折　河的皺折／人的皺折　風長出魚尾　家咽下魚刺／水令你穴居……」「一條大河穿戴亮晶晶的燈火／下葬一次是看得見的／一條大河滲漏進被遠遠遷走的眼眶／粉身碎骨無數次是看不見的」「你來自扁擔村　竹子內側長出名字……你來自鐵管村　生鏽的四季……你來自噩夢村　一度電兌換一度人性／你來自野鬼村　不認識的水位……」「不知是誰的週年只能永遠過不去／寫至盡頭寫進這祭祀／一條白綾命定的落點　只能不偏不倚／砸中大壩墓碑下的浩淼……」此節完成，正值二〇一六年六月四日，天安門大屠殺二十七週年祭，一個偶然嗎？

《雪的顏色（一百行）》，從回到尚揚先生（我們每個人）的孤獨思考開始：「一滴水賦予一間畫室無邊的雪意／哪怕窗外是六月　蟬聲扎你……」，到負載我們人生的每幅畫、每首詩，其實都在加入同一首——

你這首　剩水圖這首
水的孤獨　人的孤獨　宇宙
攏著一點小小的突兀　剩下
沒人能看見的顏色　死後瘋長的無色
　一枚雪花已足夠
提示一塊水中墓地　誰家菜園在噩耗中成熟

喊叫　我們認識這世界嗎？
一抹白綾平滑　蕩漾　我們來過這世界嗎？
多年後　水退走
它是新的　裹著我們的虛無

北京的雪，柏林的雪，我們漂泊生涯中，一路經歷的雨雪風霜，我們是否知道它們的顏色？滄桑有沒有顏色？命運有沒有顏色？它折射到每雙眼睛裡，我們看見的，是它的、抑或我們自己內心的形象？

雪者血也，慘白殷紅，紛紛揚揚，落進詩句，加入其內涵和品質。「知不知，上」——每個人的一滴水，潛入「不盡長江滾滾來」的歷史之水，越「不認識」，越有無盡去探索和認識的前提。

屈原故里已經沉埋水下，可從〈天問〉到《發出自己的天問》，是另一條穿越兩千餘載的漢語思想長江，一位中文詩人，「誰不是三閭大夫」？

藝術的靈魂，聚焦於藝術的人格上。詩歌的「自由與美」，書寫著我們，講述那麼多故事，其實都在朗誦同一手人生之詩。

古往今來，有一個藝術家的天堂時代嗎？如果沒有，屈原憤發「天問」之處、王維徹悟「行到水窮處，坐看雲起時」之處，就還是我們腳下的出發之處。〈剩水圖〉，猛汲我們思想源頭上乾渴而寶貴的水滴。

《你不認識雪的顏色》，繼續觸摸心頭的凜冽，提煉對自我、對歷史的體認——歷史和個人，一而二二而一，積澱成隻被一雙眼睛認出的顏色。每個人的「小長詩」，卻道出了我們全體。

附錄：一首人生和思想的小長詩

——序《楊煉創作總集一九七八—二〇一五》

「小長詩」，是一個新詞。我記得，在二〇一二年創始的北京文藝網國際華文詩歌獎投稿論壇上，蜂擁而至的新人新作中，這個詞曾令我眼前一亮。為什麼？僅僅因為它在諸多詩歌體裁間，又添加了一個種類？不，其中含量，遠比一個文體概念豐厚得多。仔細想想，「小——長詩」，這不正是對我自己和我們這一代詩人的最佳稱謂？一個詩人，寫作三十餘年，作品再多也是「小」的。但同時，這三十餘年，中國和世界，從文革式的冷戰加赤貧，到全球化的金錢喧囂，其滄桑變遷的幅度深度，除「長詩」一詞何以命名？由是，至少在這裡，我不得不感謝網路時代，它沒有改變我的寫作，卻以一個命名，讓我的人生和思想得以聚焦：「小長詩」，我鉚定其中，始終續寫著同一首作品！

九卷本《楊煉創作總集一九七八—二〇一五》，就是這個意義上的「一部」作品。一九七八年，北京街頭，我們瘦削、年輕、理想十足又野心勃勃，一句「用自己的語言書寫自己的感覺」，劃定了非詩和詩的界碑。整個八〇年代，反思的能量，從現實追問進歷史，再穿透文化和語言，歸結為每個人質疑自身的自覺。這讓我在九〇年代至今的環球漂泊中，敢於杜撰和使用「中國思想辭典」一詞，因為這詞典就在我自己身上。這詞典與其他文化的碰撞，構成一種思想坐標系，讓急遽深化的全球精神困境，內在於每個人的「小長詩」，且驗證其思想、美學品質是否真正有效。站在二〇一五年這個臨時終點上，我在回顧和審視，並一再以「手稿」一詞傳遞某種資訊，但願讀者有此心力目力，能透過我不斷的詩意變形，辨認出一個中文詩人，以全球語境，驗證著中國文化現代轉型的總主題：「獨立思考為體，古今中外為用」。繞過多少彎路，落點竟如此切近。一個簡潔的句子，就濃縮、涵蓋了我們激盪的一生。

我說過：我曾離散於中國，卻從未離散於中文。三十多年，作家身在何處並不重要，重要的是作品——以自身為「根」，主動汲取一切資源，生成自己的創作。這裡的九卷作品，有一個完整結構：第一卷《海邊的孩子》，收錄幾部我從未正式出版的（但卻對成長極為必要的）早期作品。第二卷《[illegible]》（一個我的自造字，用作寫作五年的長詩標題），副標題「中國手稿」，收錄我一九八八年出國前的滿意之作。第三卷《大海停止之處》，副標題「南太平洋手稿」，收錄我幾部一九八八至一九九三年在南太平洋澳大利亞和紐西蘭的詩作，中國經驗與漂泊經驗漸漸匯合。第四至五卷《同心圓》、《敘事詩——空間七殤》，副標題「歐洲手稿（上、下）」，收錄一九九四年之後我定居倫敦、柏林至今的詩作，姑且稱為「成熟的」作品。第六卷散文集《月蝕的七個半夜》，匯集我純文學創作（以有別於時下流行的拉雜「散文」）意義上的散文作品，有意識承繼始於先秦的中文散文傳統。第七卷思想、文論集《雁對我說》，精選我的思想、文學論文，應對作品之提問。第八卷中文對話、訪談選輯《一座向下修建的塔》，展示我和其他中文作家、藝術家思想切磋的成果。第九卷國際對話集和譯詩集《仲夏燈之夜塔》，收入我歷年來與國際作家的對話（《唯一的母語》），和我翻譯的世界各國詩人之作（《仲夏燈之夜塔》），展開當代中文詩的國際文本關係，探索全球化語境中當代傑作的判斷標準。

如果要為這九卷本「總集」確定一個主題，我願意借用對自傳體長詩《敘事詩》的描述：大歷史纏結個人命運，個人內心構成歷史的深度。這首小長詩中，詩作、散文、論文，三足鼎立，對話互補，自圓其說。一座建築，兼具象牙塔和堡壘雙重功能，既自足又開放，用每一首詩全力以赴，又不停「眺望自己出海」，深化這個人生和思想的藝術項目。一九七八到二〇一五，三十七年，我看著自己，不僅寫進、更漸漸活進屈原、奧維德、杜甫、但丁們那個「傳統」——「詩意的他者」的傳統，這裡的「詩意」，一曰主動，二曰全方位，世界上只有一個大海，誰有能力創造內心的他者之旅，誰就是詩人

時間是一種X光，回眸一瞥，才透視出一個歷程的真價值（或無價值）。我的全部詩學，說來如是簡單：必須把每首詩作為最後一首詩來寫；必須在每個詩句中全力以赴；必須用每個字絕地反擊。

那麼，「總集」是否意味著結束？當然不。小長詩雖然小，但精采更在其長。二〇一五年，我的花甲之年，但除了詩這個「本命」，「年」有什麼意義？我的時間，都輸入這個文本的、智力的空間，轉化成了它的品質。這個化學變化，仍將繼續。我們最終能走多遠？這就像問，中國

文化現代轉型那首史詩能有多深。我只能答，那是無盡的。此刻，一如當年：人生——日日水窮處，詩——字字雲起時。

（《你不認識雪的顏色》獲德國羅伯朗特・博世基金會（Bosch Stiftung）「華德無界行者」項目資助，特此鳴謝。）

INK PUBLISHING

文學叢書 551

你不認識雪的顏色

作　　者　楊　煉
總 編 輯　初安民
責任編輯　林家鵬
美術編輯　陳淑美
校　　對　潘貞仁　楊　煉　林家鵬

發 行 人　張書銘
出　　版　INK印刻文學生活雜誌出版有限公司
新北市中和區建一路249號8樓
電話：02-22281626
傳真：02-22281598
e-mail：ink.book@msa.hinet.net
網　　址　舒讀網http：//www.sudu.cc

法律顧問　巨鼎博達法律事務所
施竣中律師
總 代 理　成陽出版股份有限公司
電話：03-3589000（代表號）
傳真：03-3556521
郵政劃撥　19785090　印刻文學生活雜誌出版有限公司
印　　刷　海王印刷事業股份有限公司

港澳總經銷　泛華發行代理有限公司
地　　址　香港新界將軍澳工業邨駿昌街7號2樓
電　　話　(852) 2798 2220
傳　　真　(852) 2796 5471
網　　址　www.gccd.com.hk

出版日期　2017年12月　初版
ISBN　978-986-387-192-7

定　價　450元

國家圖書館出版品預行編目資料

你不認識雪的顏色 / 楊煉 著；
--初版，--新北市：INK印刻文學，
2017.12 面；14.8 × 21公分（文學叢書；551）
ISBN 978-986-387-192-7（平裝）
851.486　　106014341